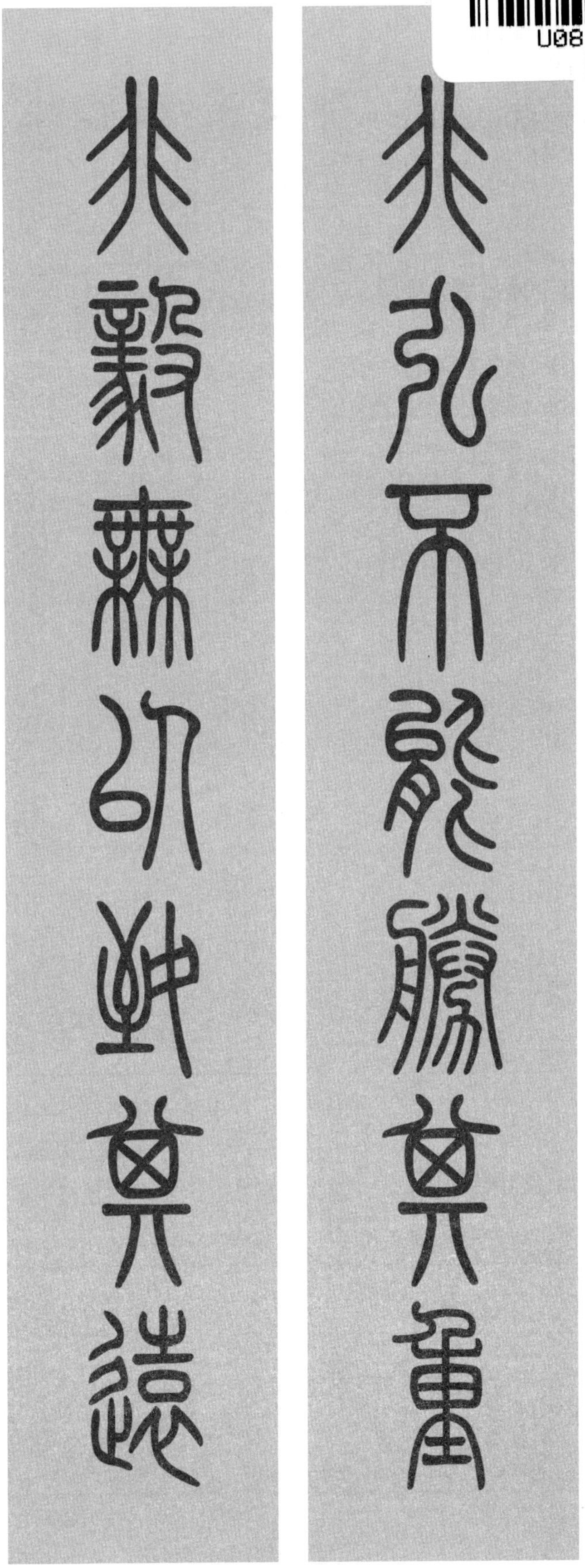

千联经典

QIAN LIAN JING DIAN

胡春芳◎编著

长江出版传媒
湖北科学技术出版社

图书在版编目（CIP）数据

千联经典 / 胡春芳编著 . — 武汉 : 湖北科学技术出版社， 2021.7

ISBN 978-7-5706-1639-8

Ⅰ . ①千… Ⅱ . ①胡… Ⅲ . ①对联 – 作品集 – 中国
Ⅳ . ① I269

中国版本图书馆 CIP 数据核字（2021）第 151362 号

责任编辑：王小芳　　封面设计：胡　博

出版发行：湖北科学技术出版社　　电话：027-87679468
地　　址：武汉市雄楚大街 268 号　　邮编：430070
（湖北出版文化城 B 座 13-14 层）
网　　址：http：//www.hbstp.com.cn

印　　刷：武汉市首壹印务有限公司　　邮编：430013

787 × 1092　1/16　13.5 印张　334 千字
2021 年 7 月第 1 版　　2021 年 7 月第 1 次印刷
定价：48.00 元

作者简介

胡春芳,男,湖北省孝昌县险峰中学教师。平生所好,观鸟老木之上,看水古井之中,赏鱼小河之滨,植树幽谷之隅;或听歌花朝月夕,读书酷暑隆冬,寄情雄峰峻岭,纵目旷野长天。如此而已。

自　　序

胡春芳

我国向称诗的国度,也是对联的国度。对联作为我国特有的一种文学艺术形式,古人称之为“两行诗”“诗中诗”。集句成联,既是一种颇为风雅的文学再创作活动,也是进一步开发和传承我国传统文化的有效途径。前人所集的“衔远山,吞长江,其西南诸峰,林壑尤美;送夕阳,迎素月,当春夏之交,草木际天”“风定花犹落;鸟鸣山更幽”“天若有情天亦老;月如无恨月常圆”“清风明月本无价;近水远山皆有情”“江山如此多娇;风景这边独好”等联语,无不恰到好处,宛然天成。

十多年来,本人也有意致力于这方面的尝试,前后共集得文句联、诗句联、人名联数千副。涉及的人物,既有先秦时代的孔孟老庄等文化哲匠,也有历朝历代的帝王将相、名公巨卿、才子佳人乃至僧道隐逸。由于本书着眼于人之奇、事之奇、情之奇、志之奇,所以在介绍有关人物的时候,对那些身世奇诡、言行卓异者,尽量依据相关史料,酌情加以简述;其他则从略。

楹联大师梁章钜《楹联丛话》云:吾师纪文达公尝言,世间书籍中语,无不可成偶者。客举“唯女子与小人为难养也”,公应曰“有寡妇见鳏夫而欲嫁之”。又举“孟子致为臣而归”,公应曰“伯夷非其君不仕”。皆信口拈出,不假思索,自是别才。

进行集句活动,诚如知友欧阳莲女士所言,我这是“平凡的人,干不平凡的事”。故此,集句的浅陋之处,尚祈读者见谅。

2020 年 11 月 12 日

目　录

一　文句联

去甚　去奢　去泰　《老子》
不傲　不隐　不瞽　《荀子》

天乎　地乎　阳乎　阴乎　〔释智圆〕
皇焉　帝焉　王焉　霸焉　〔释智圆〕

父父　子子　兄兄　弟弟　《易经》
农农　士士　工工　商商　《荀子》

雪藏梅　烟著柳　〔晏　殊〕
花弄月　竹摇风　〔晁端礼〕

考南史　议西陵　〔张　说〕
辟东阁　开北堂　〔王　勃〕

佩虎符　握龙节　〔符　载〕
网凤策　猎麟书　〔张之宏〕

发天机　张地纪　〔李　昉〕
披皇图　稽帝文　〔班　固〕

强公室　弱私家　《孔子家语》
进君子　退小人　〔李　纲〕

吟光风　弄霁月　〔姚　勉〕①
饮坠露　餐落英　〔文天祥〕

朝灼龟　暮揲蓍　〔崔敦礼〕
日对客　夜答书　〔孙　觌〕

携彤弓　仗黄钺　〔岳　飞〕

大寒　大暑　大风　大雨　《管子》
泰春　泰夏　泰秋　泰冬　《管子》

为坻　为屿　为嵁　为岩　〔柳宗元〕
如玦　如带　如规　如钩　〔钟　惺〕

烟光里　云影上　〔向子諲〕
松月下　竹风间　〔黄庭坚〕

目嵯峨　耳潺湲　〔释智圆〕
观簠簋　听铿锵　〔张伯玉〕

开天门　闭地户　〔古　语〕
轧坤轴　撼乾枢　〔吕　温〕

佩虎符　握龙节　〔符　载〕
披皇图　稽帝文　〔班　固〕

佩相印　持将钺　〔苏　辙〕
披皇图　稽帝文　〔班　固〕

览荀卿　采萧相　〔左　思〕
召邹生　延枚叟　〔谢惠连〕

会良朋　逢美景　〔朱敦儒〕
追往事　惜流年　〔晁端礼〕

春融冶　秋鲜妍　〔吴　融〕
夏清凉　冬温燠　〔蔡词立〕

窥绿藻　瞰红莲　〔王　起〕

① 姚勉:宋末状元。少颖悟,日诵数千言,居常作文有魁天下之志。前妻邹竹庄、继室邹梅庄为亲姊妹,均才貌双全。

乘朱辂　驾赤骝　《吕氏春秋》

黄金斗　碧玉壶　〔苏　轼〕
青泥路　白马关　〔张　说〕

蔡卞心　章惇口　〔曾　布〕
苏武节　李陵诗　〔刘辰翁〕

通乎道　合乎德　《庄子》
静而圣　动而王　《庄子》

孝乎父　慈乎子　〔柳　开〕
忠于己　信于人　〔冯　侒〕

得于心　应于手　〔符　载〕
发乎面　动乎形　《新唐书》

始于种　终于获　〔曹　植〕
起乎夏　讫乎秋　〔李　莹〕

耳司听　目司视　〔欧阳修〕
仰畏天　俯畏人　〔王安石〕

静如得　动如失　〔杜　甫〕
处若忘　行若遗　〔韩　愈〕

闻正言　行正道　〔贾　谊〕
读好书　做好人　〔方大琮〕

安众心　收众望　〔白居易〕
观民风　采民言　〔柳宗元〕

君主静　臣主动　〔李昭玘〕
日掌阳　月掌阴　《管子》

钟未鸣　鼓未响　〔释道颜〕

仰青山　俯碧湾　〔姚　勉〕

贞八索　起三坟　〔王履贞〕
歌九序　讽六诗　〔张　鷟〕①

生寄也　死归也　《淮南子》
人为之　天成之　《淮南子》

孝乎父　慈乎子　〔柳　开〕
俭于家　勤于邦　〔张　守〕

约乎己　厚乎人　〔曾　巩〕
忠于长　孝于亲　〔刘克庄〕

得之心　应之手　〔家铉翁〕
发乎面　动乎形　《新唐书》

理愈精　言愈约　〔蔡　沈〕
学益富　文益奇　〔富　弼〕

智如日　慧如月　《坛经》
明是因　暗是缘　《坛经》

闻正言　行正道　〔贾　谊〕
修善因　结善缘　〔倪　思〕②

读古书　行古道　〔刘一止〕
访旧友　遵旧途　〔王　起〕

男主外　女主内　〔郑　獬〕
日掌阳　月掌阴　《管子》

贪人廉　淫人洁　〔王安石〕
鄙夫宽　薄夫敦　《孟子》

汤伐桀　周伐纣　〔皮日休〕

---

①　张鷟:字文成,唐代官员,有“青钱学士”之称。幼时曾梦一大鸟,紫色,五彩成文,飞下,至庭前不去。以告祖父,云:“此吉祥也。昔蔡衡云:‘凤之类有五,其色赤文章凤也,青者鸾也,黄者鹓雏也,白者鸿鹄也,紫者鸑鷟(yuè zhuó)也。’此鸟为凤凰之佐,汝当为帝辅也。”遂以为名字焉。

②　倪思:宋代官员、学者。他说:松声、涧声、山禽声、野虫声、鹤声、琴声、棋子落声、雨滴阶声、雪洒窗声、煎茶声,皆声之至清者也,而读书声为最。

虎已伏　龙已降　〔白玉蟾〕

水二盎　酒二缸　〔宋　祁〕①
饭一盂　蔬一盘　〔韩　愈〕

歌于斯　哭于斯　《礼记》
彼一时　此一时　《孟子》

生亦乐　死亦乐　〔严君平〕
进亦忧　退亦忧　〔范仲淹〕

斛输斛　斗输斗　〔陆九渊〕
信传信　疑传疑　〔楼　钥〕

彼为彼　我为我　〔白居易〕
圣自圣　贤自贤　〔柳宗元〕

心自心　物自物　〔陈　瓘〕
水是水　山是山　〔黄庭坚〕

二而一　一而二　〔释居简〕
三即四　四即三　〔王　质〕

始则终　终则始　《荀子》
明乃哲　哲乃明　《管子》

器亦道　道亦器　〔程　颢〕
天即地　地即天　〔释宗杲〕

志动气　气动志　〔黄　榦〕
言顾行　行顾言　《中庸》

不此岸　不彼岸　《维摩诘经》
非有为　非无为　〔闵文叔〕

如石焉　如水焉　〔白居易〕

魏灭蜀　晋灭吴　〔张　耒〕

静乎是　动乎是　〔袁　甫〕
处于斯　出于斯　〔张　震〕

穷亦乐　通亦乐　《庄子》
进亦忧　退亦忧　〔范仲淹〕

朝也吃　暮也吃　〔释道济〕
行亦学　坐亦学　〔释道璨〕

子统子　母统母　〔郑　樵〕
信传信　疑传疑　〔楼　钥〕

天自天　地自地　〔释道璨〕
圣自圣　贤自贤　〔柳宗元〕

一复一　万复万　〔释契嵩〕
百则百　千则千　〔富　弼〕

废而兴　兴而废　〔余禹绩〕
消而长　长而消　〔方逢振〕

动即静　静即动　〔杨　简〕
明乃哲　哲乃明　《管子》

器亦道　道亦器　〔程　颢〕
心即佛　佛即心　〔李　石〕

志动气　气动志　〔黄　榦〕
文顾行　行顾文　〔李　华〕

无思也　无为也　《易传》
若天然　若地然　《管子》

为是乎　为非乎　〔刘　峻〕②

---

①　宋祁：北宋大臣、文学家。因为有名句“红杏枝头春意闹”，又曾任过尚书，人称“红杏尚书”。他本是殿试时的状元，兄宋庠为探花，但章献太后刘娥不同意，谓弟不可以先兄，将宋庠定为状元，而置宋祁为第十名。世人称誉兄弟俩为“双状元”。乡人传说元宪（宋庠）母梦朱衣人畀（bì，给与）一大珠，受而怀之，既寤，犹觉暖，已而生元宪。后又梦前朱衣人携文选一部与之，遂生景文（宋祁），故宋祁小字选哥。

②　刘峻：南朝梁文学家。他生于乱世，幼时与家人失散，被卖到富人刘实家中。因其勤奋好学，常日夜苦读，人称“书淫”。

若天然　若地然　《管子》

如礼何　如乐何　《论语》

不自先　不自后　〔薛举岩〕
恶乎始　恶乎终　《荀子》

不思善　不思恶　《坛经》
无所合　无所离　《淮南子》

捐尔书　捐尔笔　〔牟　巘〕
启予足　启予手　〔曾　子〕

毋少少　毋贱贱　《管子》
不亲亲　不子子　〔赵　湘〕

歆为首　原为腹　宁为尾　〔唐　庚〕
褚得肉　欧得骨　虞得筋　〔洪　适〕

不事心　不劳意　不动力　《管子》
无奇胜　无智名　无勇功　《孙子兵法》

人法地　地法天　天法道　《老子》
事系日　日系月　月系年　〔王　质〕

礼非礼　乐非乐　刑非刑　政非政　〔杨　简〕
君不君　臣不臣　父不父　子不子　《论语》

山是山　水是水　僧是僧　俗是俗　〔黄檗希运〕
我自我　物自物　天自天　人自人　〔梅尧臣〕

不乐寿　不哀夭　不荣通　不愧穷　《庄子》
无天怨　无人非　无物累　无鬼责　《庄子》

志于道　据于德　依于仁　游于艺　《论语》
甘其食　美其服　安其居　乐其俗　《老子》

众胜寡　疾胜徐　勇胜怯　智胜愚　《管子》
柔制刚　阴制阳　浊制清　弱制强　〔吴　筠〕

仁之端　义之端　礼之端　智之端　《孟子》
长亦正　短亦正　小亦正　大亦正　《管子》

依此说　依此用　依此行　依此作　《坛经》
可以兴　可以观　可以群　可以怨　《论语》

道乃生　生乃思　思乃知　知乃止　《管子》
眼即耳　耳即鼻　鼻即舌　舌即身　《华严金狮子章》

足容重　手容恭　目容端　口容止　声容静　头容直　气容肃　立容德　《礼记》
视思明　听思聪　色思温　貌思恭　言思忠　事思敬　疑思问　忿思难　《论语》

包乾裹坤　把日捉月　〔乐朋龟〕
规天矩地　负阴抱阳　〔宋徽宗〕①

进贤退奸　兴利除害　〔汪　澈〕
惩恶劝善　激浊扬清　〔李存勖〕

---

① 宋徽宗：即宋朝第八位皇帝赵佶(jí)。宋神宗给他取名“佶”，意为“吉人天相”。他是“瘦金体”创始人。他在书画上的花押是一个类似拉长了的“天”字，据说象征“天下一人”。“靖康之乱”中被金俘虏，受尽折磨而死。元代丞相脱脱评价他说：“宋徽宗诸事皆能，独不能为君耳！”

探赜索隐　钩深致远　《周易》
显幽阐微　商是确非　〔赵汝腾〕

去危即安　转祸为福　〔杨　炯〕①
用大掩小　弃短从长　〔张　鷟〕

闭目澄心　览今照古　〔欧阳修〕
遗形去智　抱素反真　《淮南子》

春嘘秋吸　风行雨止　〔朱子槐〕
日移月运　暑往寒来　〔宋　祁〕

兄爱弟敬　夫和妻柔　《左传》
父慈子孝　君义臣忠　〔李义范〕

东生南长　西成北聚　〔郑子春〕
春耕夏耘　秋获冬藏　〔晁　错〕

天地离合　春秋启闭　〔王禹偁〕
事物消长　气数推移　〔金履祥〕

屋宇靓深　梅竹茂密　〔刘学箕〕
殿堂岑寂　水木清华　〔徐　铉〕

祸福无门　吉凶由己　《贞观政要》
邪正莫隐　善恶自分　《贞观政要》

旋斡乾坤　笼络宇宙　〔李彦弼〕
提挈天地　把握阴阳　《黄帝内经》

发挥帝业　润色皇猷　〔唐肃宗〕
跨蹑地络　周旋天纲　〔李　白〕

风月情怀　松筠志节　〔白玉蟾〕
玉雪精神　冰霜操履　〔刘　宰〕

崇山峻岭　茂林修竹　〔王羲之〕

索隐探异　钩深致远　〔张　楚〕
考名责实　搜古评今　〔释元照〕

诵诗读书　进德修业　〔姚　勉〕
秉义立道　正身齐家　〔家铉翁〕

养生治性　行义求志　〔苏　轼〕
学古居今　持方入圆　〔欧阳修〕

君明臣良　父慈子孝　〔古　语〕
兄爱弟敬　夫和妻柔　《左传》

东生南长　西成北聚　〔郑子春〕
春耕夏耘　秋收冬藏　《荀子》

天地离合　春秋启闭　〔王禹偁〕
日月运行　寒暑往来　《黄帝内经》

祸福倚伏　吉凶展转　〔李　纲〕
阴阳消长　否泰乘除　〔史　浩〕

春雨霖霪　夏风飘急　〔赵善括〕
秋气含收　冬物盖藏　〔宋　祁〕

疾徐共节　长短同旨　〔许尧佐〕
迟速异分　大小殊功　《文心雕龙》

开阖阴阳　卷舒云雨　〔真德秀〕
把捉日月　包裹乾坤　〔乐朋龟〕

摩挲旧题　俯仰陈迹　〔朱　熹〕②
沉酣古制　游戏新腔　〔刘克庄〕

珊瑚江海　琉璃日月　〔张　鷟〕
金银宫阙　珠玉山渊　〔杨万里〕

吴姬越客　郑女卫童　〔宋之问〕③

---

①　杨炯:唐代诗人“初唐四杰”之一。自谓“愧在卢前,耻居王后”。

②　朱熹:南宋理学家、教育家。世称“朱子”,是孔子、孟子以来弘扬儒学最杰出的大师。出生时,右眼角长有七颗黑痣,排列如北斗。

③　宋之问:初唐诗人。父亲宋令文富文辞,且工书,有力绝人,世称三绝。三个儿子各得其一绝:宋之悌骁勇过人,宋之逊精于草隶,宋之问则工专文词,一时传为美谈。

晨烟暮霭　春煦秋阴　〔颜延之〕

秦筝羌笛　齐纨蜀绮　〔朱长文〕
郑声卫乐　赵带燕裾　〔王　维〕

南磬北竽　东瑟西缶　〔崔敦礼〕
春蕨夏笋　秋茶冬瓜　〔李　问〕

内量己德　外考人言　〔史　浩〕
下求民瘼　上体天心　〔杨　杰〕

昼勤三省　夜惕四知　《太上感应篇》
诸恶莫作　众善奉行　《太上感应篇》

礼由天作　乐以地制　〔吕元泰〕
宽将猛济　惠与威行　〔崔致远〕

绝代风流　惊人事业　〔李　新〕
擎天手段　盖世声名　〔白玉蟾〕

度曲风前　吟诗月里　〔罗　椅〕
嚼冰松下　钓雪溪头　〔杨万里〕

日出东沼　月生西陂　《文心雕龙》
天临南面　星拱北辰　〔方　岳〕

晋室南迁　宋臣北徙　〔杨　炯〕
秦人东顾　汉氏西来　〔胡　旦〕②

南皮射雉　东门逐兔　〔张　鷟〕
西山访药　北壁寻经　〔杨　炯〕

东接扬、楚　西控滁、濠　〔韩元吉〕
南通梅、惠　北暨福、泉　〔刘克庄〕

秦章汉绶　鲁衣宋冠　〔李　峤〕①

夏寝冬室　春台秋户　〔欧阳詹〕
西掖北门　南宫东省　〔魏了翁〕

耳聆和声　目睹能事　〔彭　乘〕
心归正觉　口诵真经　〔阙　名〕

衲子参禅　秀才读书　〔释宗杲〕
田夫拥耒　蚕妇持桑　〔倪若水〕

乐由天作　礼以地制　《礼记》
宽将猛济　惠与威行　〔崔致远〕

情因习改　性与虑迁　〔褚　亮〕
影由形起　响逐声来　〔向居士〕

度曲风前　吟诗月里　〔罗　椅〕
读书松下　作赋梅边　〔李廷忠〕

鸂鶒滩头　鸥鹏海畔　〔戴　栩〕
凤凰城下　鹦鹉洲前　〔李廷忠〕

饮水西江　披云南岳　〔李　刘〕
结庐北渚　著书东皋　〔程　俱〕

西序编蒲　东堂折桂　〔葛立方〕
南宫奏赋　北阙登名　〔徐元杰〕

南郭吹竽　东堂折桂　〔杨　亿〕
西山访药　北壁寻经　〔杨　炯〕

艺通游、夏　仁履颜、闵　〔李廷忠〕
道侔伊、吕　功盖管、萧　〔周紫芝〕

---

① 李峤：唐代宰相，与杜审言、崔融、苏味道并称“文章四友”。早孤，事母孝。为儿时，梦神人遗双笔，自是有文辞。

② 胡旦：宋代状元。他曾说：“应举不作状元，仕宦不作宰相，乃虚生也。”他曾为富阳“两圣祠”题联：“孔夫子，关夫子，圣德威灵同传百世；著春秋，看春秋，庙堂香火永续千年。”这一联，还有一种版本，即徐渭题富阳二圣祠联：“孔夫子，关夫子，两位夫子，圣德威灵同传万世；著春秋，看春秋，一部春秋，庙堂香火永续千年。”《宋史》说，旦喜读书，既丧明，犹令人诵经史，隐几听之不少辍。既死，子孙贫甚，寓柩民间。皇祐末，知襄州王田为言于朝，得钱二十万以葬。

目短曹、刘　心卑管、晏　〔周紫芝〕
术穷桑、孔　势挟金、张　〔刘　巘〕

陈登豪气　杜牧粗才　〔刘克庄〕
陶谦雅尚　祖逖雄心　〔杨　炯〕

长想巨源　每思元度　〔王　勃〕
既闻郭璞　更见应璩　〔吴　淑〕

子猷于竹　渊明于菊　〔陈　著〕
阮籍以酒　嵇康以琴　〔苏　辙〕

楚媛调弦　韩娥对酒　〔王　勃〕
燕姬抚琴　秦女吹笙　〔平　洌〕

豺能杀虎　鼠可害象　〔周必大〕
妖犹畏狗　魅亦惧猫　〔李师政〕

带七尺剑　持三寸笔　〔陈子昂〕②
垂五色棒　种一县花　〔陈　著〕

吟自在诗　饮欢喜酒　〔邵　雍〕③
提智慧剑　破烦恼贼　〔白居易〕

足踏黄槐　手攀丹桂　〔方逢辰〕
心驰紫路　目送白云　〔江　总〕

绿野江山　红蕖风月　〔史　浩〕
白云岩谷　青草汀洲　〔黄　滔〕

青衫勃窣　白发萧疏　〔李廷忠〕
翠瞀缥缈　红袖翩翻　〔王　珪〕

帝羲龙图　史籀虫篆　〔王　起〕
神农牛首　蜚仲鸟身　〔皮日休〕

惠连诗梦　子敬琴情　〔张　说〕
阴铿药铫　徐邈酒铛　〔陆龟蒙〕①

子猷于竹　渊明于菊　〔陈　著〕
叔夜以琴　逸少以书　〔欧阳守道〕

董奉抵掌　葛洪拍肩　〔李　观〕
庄生献臂　杨子拔毛　〔李商隐〕

执晏子鞭　为李膺御　〔李　新〕
鼓伯牙琴　运匠石斤　〔刘　宰〕

鸟鸣山幽　蝉噪林寂　〔吴　敏〕
虎啸风烈　猿啼月高　〔胡次焱〕

开方便门　示真实相　《法华经》
提智慧剑　破烦恼贼　〔白居易〕

唱白铜鞮　吟青玉案　〔李　刘〕
持紫荷橐　运红牙筹　〔李廷忠〕

碧鸡坊里　白鹿坡前　〔李　刘〕
丹凤城外　黑龙水边　〔常　衮〕

朱门赫奕　黄阁巍峨　〔徐　夤〕
青衣蹀躞　红袖徬徨　《柳如是别传》④

青衫勃窣　白发萧疏　〔李廷忠〕
翠鬓缥缈　红袖翩翻　〔杨　亿〕

---

①　陆龟蒙：唐代农学家、文学家，别号天随子、江湖散人，与皮日休并称“皮陆”。平生好钓鱼、饮茶、吟诗。他在《江湖散人传》中写道：散人者，散诞之人也。心散、意散、形散、神散。

②　陈子昂：唐代文学家。《新唐书》载：陈子昂“会父丧，庐冢次，每哀恸，闻者为涕。县令段简贪暴，闻其富，欲害子昂，家人纳钱二十万缗。简薄其赂，捕送狱中。子昂之见捕，自筮，卦成，惊曰：‘天命不佑，吾殆死乎！’果死狱中，年四十三。”

③　邵雍：北宋哲学家、易学家，有“内圣外王”之誉。《宋史》云：雍少时，自雄其才，慷慨欲树功名。于书无所不读，始为学，即坚苦刻厉，寒不炉，暑不扇，夜不就席者数年。

④　《柳如是别传》：陈寅恪的封刀之作，讲述的是明末名妓柳如是嫁给钱谦益的故事。该书在作者双目失明情况下口述，由助手黄萱女士笔录而成。陈寅恪任教清华时，人称“公子的公子，教授之教授”。

红树倚槛　青蕖傍砌〔李德裕〕
白云覆岭　碧雾攒峰〔石文素〕

高居庙堂　远处江湖〔李廷忠〕
仰愧朝廷　俯惭朋友〔苏　辙〕

真成失脚　何许噬脐〔赵孟坚〕
只缘糊口　未免折腰〔王　炎〕

多算胜　少算不胜《孙子兵法》
孟子然　孔子亦然〔曾　巩〕

目不邪视　耳不妄听《颜氏家训》
心无结怨　口无烦言《韩非子》

达则行道　穷则立言〔张　守〕
进而求名　退而修身《淮南子》

赏以春夏　刑以秋冬《左传》
本于礼义　合于人情〔苏　轼〕

生于忧患　死于安乐《孟子》
民以殷盛　国以富强〔李　斯〕

静以修身　俭以养德〔诸葛亮〕
敬而无失　恭而有礼《论语》

南惟会稽　北惟真定〔史　浩〕
西而江陵　东而鄂渚〔王　炎〕

物有本末　事有终始《礼记》
道无远近　德无重轻〔韦处厚〕

事有得失　理有是非〔廖　偁〕
道无远近　德无重轻〔韦处厚〕

播之金石　被之丝竹〔黄　裳〕
动诸琴瑟　形诸音声《淮南子》

著于竹帛　镂于金石《淮南子》
铭诸钟鼎　播诸乐章〔孔武仲〕

稽之天地　质之鬼神〔彭汝砺〕

翠竹碧梧　红莲绿水〔李　刘〕
紫萸黄菊　白鹤青松〔史　浩〕

苟非会面　何以宣心〔宋太祖〕
正缘糊口　不惮折腰〔王　炎〕

不忍回头　且烦出手〔李　石〕
愿言提耳　敢勿开心〔方　岳〕

用管窥天　用锥指地《庄子》
以阴处阳　以柔乘刚《周易注》

仰以观象　俯以察法〔杨　炯〕
进而求名　退而修身《淮南子》

进思尽忠　退思补过《贞观政要》
内能治身　外能得人《淮南子》

仁从中出　义从外作《管子》
名可务立　功可强成《淮南子》

居必择乡　游必就士《荀子》
持之有故　言之成理《荀子》

西望夏口　东望武昌〔苏　轼〕
南合沅湘　北合汉沔〔苏　辙〕

上有明君　下有良相〔程　珌〕
内无嬖女　外无奸臣〔张　俞〕

物有本末　事有先后〔胡　寅〕
道无远近　德无重轻〔韦处厚〕

事有是非　理有曲直〔陈　渊〕
道无远近　德无重轻〔韦处厚〕

列之简册　被之金石〔曾　巩〕
动诸琴瑟　形诸音声《淮南子》

载之简策　被之金石〔苏　轼〕
铭诸钟鼎　播诸乐章〔孔武仲〕

青山以友　白云以家〔陈　著〕

铭诸钟鼎　播诸乐章　〔孔武仲〕

借人冠履　佩人剑带　〔李　观〕
乘君鸾鹤　驾君虬龙　〔李　白〕

奖善须明　惩奸须锐　〔李　儇〕
治兵欲严　抚民欲宽　〔苏　轼〕

春玩其华　秋登其实　《颜氏家训》
业精于勤　行成于思　〔韩　愈〕

孔子之圣　孟轲之贤　〔曾　巩〕
作事成法　出言成章　《淮南子》

受命于天　赋形于地　〔苏　辙〕
扶义而动　推理而行　《淮南子》

果敢之气　刚正之节　〔王安石〕
老当益壮　穷且益坚　〔王　勃〕

蒲柳之姿　松柏之质　《世说新语》
风霜其操　铁石其心　〔韩　瑗〕

或东或西　或南或北　〔陈　瓘〕
且冬且夏　且春且秋　《淮南子》

或出或处　或默或语　《易经》
不思不虑　不忧不图　《管子》

不有不无　不动不静　〔张志和〕
莫死莫生　莫虚莫盈　《淮南子》

不有不无　不动不静　〔张志和〕
自生自死　自去自来　〔李　贽〕

不出不入　不定不乱　《坛经》
无古无今　无始无终　《庄子》

无存无亡　无得无丧　〔黄　裳〕
莫死莫生　莫虚莫盈　《淮南子》

有往有复　有散有聚　〔欧阳守道〕
无生无灭　无去无来　〔李　华〕

苍玉为屋　黄金为床　〔王　●〕

死生由天　道义由我　〔姚　勉〕
进退在命　忠信在人　〔古　语〕

举袂成云　挥汗成雨　《史记》
张旗为风　伐鼓为雷　〔李　观〕

名成于前　德垂于后　《韩非子》
虽死之日　犹生之年　〔常　璩〕

凿井而饮　耕田而食　《击壤歌》
冬曝其日　夏濯其泉　〔陶渊明〕

处心有道　行己有方　〔韩　愈〕
毁誉不动　哀乐不生　《坛经》

嵇康之达　阮孚之放　〔苏　轼〕
穷处而荣　独居而乐　《荀子》

挺挺魏谟　昂昂嵇绍　〔李　刘〕
英英文若　桓桓孔明　〔晁良贞〕

用车用马　用文用武　《六韬》
使智使勇　使贪使愚　《新唐书》

无德无怨　无好无恶　《管子》
不思不虑　不忧不图　《管子》

不有不无　不动不静　〔张志和〕
非清非浊　非浅非深　〔法融禅师〕

有前有后　有左有右　《管子》
无古无今　无始无终　《庄子》

不出不入　不定不乱　《坛经》
莫死莫生　莫虚莫盈　《淮南子》

不生不老　不病不死　〔苏　轼〕
无作无止　无欠无余　〔苏　轼〕

孰得孰失　孰重孰轻　〔谢德舆〕
何大何小　何是何非　〔黄　裳〕

何浅何深　何近何远　〔杨　简〕
孰缓孰急　孰后孰先　〔程　珌〕

吾山吾水　吾风吾月　〔陈　著〕
我陵我阿　我泉我池　〔苏　辙〕

学礼学诗　惟忠惟孝　〔徐　铉〕
积善积德　允武允文　〔梁文矩〕

不以物喜　不以己悲　〔范仲淹〕
然后有功　然后无敌　《管子》

以天为盖　以地为舆　《淮南子》
与阴俱闭　与阳俱开　《淮南子》

日出而作　日入而息　《击壤歌》
其生也荣　其死也哀　《论语》

闻是则进　闻非则退　〔皮日休〕
见恶而怒　见善而喜　〔苏　辙〕

不戚乎毁　不悦乎誉　《抱朴子》
无长于己　无短于人　〔释遵式〕

无恋乎内　无怨乎外　〔赵善括〕
不愧于天　不负于人　〔张舜民〕

迩之事父　远之事君　《论语》
贫而无谄　富而无骄　《论语》

仁以为经　义以为纪　《淮南子》
居则有名　动则有功　《荀子》

言不苟出　行不苟为　《淮南子》
居则有名　动则有功　《荀子》

心焉如灰　形焉如槁　〔连文凤〕
生兮若浮　死兮若休　〔贾　谊〕

文事在左　武事在右　《管子》
天道曰圆　地道曰方　《淮南子》

使人有礼　遇人有信　《管子》

若有若无　若亡若存　《黄帝内经》
如来如去　如灭如生　〔张　说〕

不识不知　何思何虑　〔杨　简〕
非出非处　无见无闻　〔法　琳〕

观水观山　听风听雨　〔释居简〕
学书学剑　习赋习经　〔郑　霖〕

无为福先　无为祸始　〔刘子元〕
不以物喜　不以己悲　〔范仲淹〕

月朝卜日　月夕卜宅　《荀子》
与道为际　与德为邻　《淮南子》

有田以食　有屋以居　〔孙　觌〕
无尘可染　无垢可磨　《宗镜录》

处富不骄　处贫不忧　〔杨　简〕
在人无非　在己无枉　〔曾　肇〕

无恋乎内　无怨乎外　〔赵善括〕
不惧于法　不畏于神　〔元　宗〕

生而为英　死而为灵　〔欧阳修〕
天弗能杀　地弗能霾　《淮南子》

贵而不骄　富而不奢　《管子》
居则有名　动则有功　《荀子》

失之不忧　得之不喜　《淮南子》
居则有名　动则有功　《荀子》

遵天之道　循天之理　《淮南子》
言不苟出　行不苟为　《淮南子》

畜之以道　养之以德　《管子》
祸至不惧　福至不喜　《孔子家语》

出乎其类　拔乎其萃　《孟子》
仰之弥高　钻之弥坚　《论语》

上察于天　下察于地　《管子》

义以与交　廉以与处　《管子》

上理乎天　下理乎地　〔范致君〕
内求于己　外求于人　〔王　湜〕

天位于上　地位于下　〔方实孙〕
女正乎内　男正乎外　〔郑　侠〕

视之无端　察之无涯　〔司马相如〕
来焉莫见　往焉莫追　《抱朴子》

就之如日　望之如云　《孔子家语》
凄然似秋　暖然似春　《庄子》

礼仪三百　威仪三千　《礼记》
寓言十九　重言十七　《庄子》

召公为保　周公为师　《尚书》
孔子去卫　孟子去齐　〔唐　庚〕

民有定业　官有定职　〔欧阳修〕
兵无常势　水无常形　《孙子兵法》

行不违道　言不违仁　〔苏　轼〕
食无求饱　居无求安　《论语》

进不可当　退不可追　〔苏　轼〕
来无所拒　去无所留　〔中　宗〕

仰无所愧　俯无所怍　〔洪　适〕
进不敢佞　退不敢诬　〔张　为〕

远可使近　大可使小　〔黄镇成〕
柔能制刚　弱能制强　《三略》

达非我荣　穷非我辱　〔李　纲〕
毁不吾伤　誉不吾喜　〔欧阳修〕

劝我以义　敦我以仁　〔独孤及〕
济人之急　救人之危　《太上感应篇》

乾道成男　坤道成女　《易经》
圣人为君　贤人为臣　〔石　介〕

内求于己　外求于人　〔王　湜〕

女正乎内　男正乎外　〔郑　侠〕
阳交于阴　刚交于柔　〔邵　雍〕

始乎无端　卒乎无穷　《管子》
来焉莫见　往焉莫追　《抱朴子》

出乎无上　入乎无下　《抱朴子》
来焉莫见　往焉莫追　《抱朴子》

经礼三百　曲礼三千　《礼记》
寓言十九　重言十七　《庄子》

文舞九成　武舞九成　〔刘　昺〕
益者三友　损者三友　〔孔　子〕

天有常道　地有常数　《荀子》
卦无定象　爻无定辞　〔吴　沆〕

位不期骄　禄不期侈　《尚书》
食无求饱　居无求安　《论语》

赏不以喜　罚不以怒　〔司马光〕
功有所望　罪有所归　〔叶　适〕

生有以养　死有以葬　〔周必大〕
仰无所愧　俯无所怍　〔洪　适〕

小可为大　贱可为贵　《管子》
柔能制刚　弱能制强　《三略》

毁不吾伤　誉不吾喜　〔欧阳修〕
得非我美　失非我耻　〔刘禹锡〕

博我以文　约我以礼　《论语》
从人之性　顺人之情　《荀子》

聋者司视　瞽者司听　〔高斯得〕
君人执信　臣人执忠　〔唐德宗〕

圣人受命　贤人受任　〔严　从〕
饥者得食　寒者得衣　〔管　子〕

愚者似直　弱者似仁　〔俗　语〕
圣人如春　至人如秋　《坛经》

周以之兴　秦以之亡　〔苏　辙〕
项由是弱　汉由是强　〔皮日休〕

西曰乌镇　东曰青镇　〔张　侃〕
南则漓水　北则湘水　〔吴　曾〕

在于天耶　在于人耶　〔柳　开〕
出乎性哉　出乎情哉　〔苏　颂〕

将有为也　将有行也　《易经》
不亦乐乎　不亦悦乎　〔王思任〕②

果真语乎　果实语乎　〔邹　浩〕③
是虚言也　是妄言也　〔陆九渊〕

如是而生　如是而死　〔苏　轼〕
于此乎入　于此乎出　〔袁　甫〕

无有作好　无有作恶　《尚书》
有以为是　有以为非　〔王　觌〕

自性若悟　自性若迷　《坛经》
云何名忏　云何名悔　《坛经》

三千年华　三千年实　〔史　浩〕
八千岁春　八千岁秋　〔周必大〕

大以小视　小以大视　〔曾　丰〕
热因寒用　寒因热用　《黄帝内经》

学以佐行　思以佐学　〔陈师道〕
言以足志　文以足言　《论语》

乐以天下　忧以天下　《孟子》

超一切理　离一切相　〔裴　休〕
作无量罪　结无量冤　〔释知礼〕①

西曰乌镇　东曰青镇　〔张　侃〕
北为湘水　南为漓水　〔柳　开〕

日为君象　月为臣象　〔古　语〕
龙者阳精　虎者阴精　《管辂别传》

将有为也　将有行也　《易经》
不亦重乎　不亦远乎　《论语》

将为牧邪　将为樵邪　〔苏　辙〕
其在彼乎　其在我乎　《庄子》

尔其动也　尔其静也　〔瞿楚贤〕
莫之前焉　莫之后焉　〔张　侃〕

如是而生　如是而死　〔苏　轼〕
有以为是　有以为非　〔王　觌〕

君子怀德　君子怀刑　《论语》
一则以喜　一则以惧　《论语》

土木其形　土木其智　〔陆龟蒙〕
所以养性　所以养德　《淮南子》

人由地显　地由人著　〔王梦槐〕
文以行立　行以文传　《文心雕龙》

法本心生　心因法昧　〔张宗旦〕
神由形住　形以神留　〔施肩吾〕

人王尊耶　法王尊耶　〔阙　名〕
智者寿乎　仁者寿乎　《孔子家语》

乐以天下　忧以天下　《孟子》

---

① 释知礼:宋代天台宗学者,俗姓金。宋真宗赐号“法智大师”。七岁母逝,悲痛至极,向父亲请求出家。

② 王思任:明末官员、文学家。出生时,母唐氏梦金星入怀,故小名金星。顺治三年,绍兴为清兵所破,有人劝他投降,他闭门大书“不降!”绝食数天而死,死前三呼高皇帝。

③ 邹浩:宋代人。初,浩除谏官,恐贻亲忧,欲固辞。母张氏曰:“儿能报国,无愧于公论,吾顾何忧?”及浩两谪岭表,母不易初意。

得之若惊 失之若惊 《老子》

智者若何 仁者若何 《荀子》
乐以天下 忧以天下 《孟子》

取不得处 舍不得处 〔释宗杲〕
私在其中 公在其中 〔牛僧孺〕

是卿履耶 非卿履耶 〔苏 轼〕
我亦不知 他亦不知 〔杨 简〕

亭亭雁塔 翼翼蜂台 〔任知古〕
昏昏鹿塞 淼淼鸡田 〔许敬宗〕

关关皋鹤 啾啾岩猿 〔阙 名〕
呦呦苑鹿 喔喔园鸡 〔李商隐〕

巍巍高山 汤汤流水 〔刘 宰〕
森森巨柏 落落长松 〔王 勃〕

百僚师师 九官济济 〔萧 纲〕
四牡骙骙 八鸾喈喈 《诗经》

碧烟濛濛 紫霞漠漠 〔白玉蟾〕
白云悠悠 青草芊芊 〔白玉蟾〕

雁行肃肃 麟趾振振 〔李曾伯〕
鲸钟隐隐 鹤鼓冬冬 〔张 鷟〕

眉目娟娟 衣裳楚楚 〔刘 过〕
胸襟磊磊 意气飘飘 〔郑 霖〕

文采离离 诗律坎坎 〔李 刘〕
词源浩浩 笔阵翩翩 〔刘 宰〕

汾川溶溶 淮源沨沨 〔徐 铉〕
巫峡峨峨 岷江汤汤 〔欧阳詹〕

商邑翼翼 鲁山岩岩 〔杨冠卿〕

生乎由是 死乎由是 《荀子》

喜以天下 怒以天下 〔陈 襄〕
私在其中 公在其中 〔牛僧孺〕

誉满天下 谤满天下 〔梁启超〕①
私在其中 公在其中 〔牛僧孺〕

灼灼红榴 垂垂绿柳 〔杨无咎〕
森森翠柏 骚骚白杨 〔阙 名〕

呦呦鹿鸣 振振鹭舞 〔沈东美〕
逐逐鹗视 昂昂鸿骞 〔李 白〕

明明令德 滔滔雅量 〔庞行基〕
蔼蔼嘉声 亭亭洁操 〔阙 名〕

茫茫往代 渺渺来世 《文心雕龙》
滔滔何穷 漫漫安竭 〔鲍 照〕

慧日寂寂 定光明明 〔法融禅师〕
真如眇眇 正觉巍巍 〔阙 名〕

雁行肃肃 麟趾振振 〔李曾伯〕
凫钟隐隐 鼍鼓逢逢 〔张 鷟〕

弁冕峨峨 剑佩肃肃 〔郭孝友〕
衣冠济济 车马喧喧 〔李 峤〕

眉目娟娟 衣裳楚楚 〔刘 过〕
形神落落 气宇堂堂 〔郭元素〕

竹月娟娟 松风瑟瑟 〔白玉蟾〕
石泉潺潺 山木森森 〔于 邵〕

泰山岩岩 洞庭浩浩 〔陈 著〕
巫峡峨峨 岷江汤汤 〔欧阳詹〕

蜀天遥遥 蜀江迢迢 〔释道璨〕

---

① 梁启超:清末民初思想家、政治家、文学家,清代最优秀的学者。他与张之洞有过两副很有名的对联:披一品衣,抱九仙骨,狂生无礼称愚弟;行千里路,读万卷书,侠士有志傲王侯。 四水江第一,四时夏第二,老夫居江夏,谁是第一,谁是第二?三教儒在先,三才人在后,小子本儒人,何敢在先,何敢在后?

周邦赫赫　汉室巍巍　〔崔　融〕

蜀天遥遥　蜀江迢迢　〔释道璨〕
鲁山岩岩　鲁水汤汤　〔刘　敞〕

霏霏霭霭　摇摇曳曳　〔张　岱〕
缤缤纷纷　氤氤氲氲　〔杨　炯〕

观空离空　见色非色　〔金　颖〕
在欲无欲　居尘出尘　〔张　果〕

法出于礼　礼出于治　《管子》
德进乎学　学进乎思　〔方大琮〕

情出乎性　性隐乎情　〔释契嵩〕
人观于水　水鉴于人　〔王季友〕

由皇而帝　由帝而王　〔宋度宗〕
从儒至道　从道至释　〔欧阳詹〕

怡怡如也　温温如也　〔上官均〕①
彬彬乎哉　郁郁乎哉　〔黄　滔〕

仁者谓仁　智者谓智　〔林希逸〕
共则有共　别则有别　《荀子》

道其所道　德其所德　〔韩　愈〕
乐民之乐　忧民之忧　《孟子》

小用而小　大用而大　〔袁说友〕
有则言有　无则言无　〔玄　觉〕

取其可取　弃其可弃　《宋书》
行所当行　止所当止　〔袁　甫〕

行所当行　止所当止　〔袁　甫〕
思以无思　为以无为　〔袁　甫〕

官人不官　事人不事　《管子》

吴山苍苍　吴水泱泱　〔罗　隐〕

蜀天遥遥　蜀江迢迢　〔释道璨〕
闽山苍苍　闽水汤汤　〔廖　刚〕

左学右学　上庠下庠　〔于志宁〕
前佛后佛　大身小身　〔张　说〕

驾狄攻狄　驱戎伐戎　〔唐高宗〕
就梦说梦　傍家出家　〔楼　钥〕

一以传十　十以传百　〔刘光祖〕
两而生四　四而生八　〔朱　熹〕

祸或生福　福亦生祸　〔陆　贽〕
人而为鬼　鬼复为人　〔孙　觌〕

申申如也　夭夭如也　《论语》
彬彬乎哉　郁郁乎哉　〔黄　滔〕

目煌煌兮　气英英兮　〔邓光荐〕
足蹈蹈如　言恂恂如　〔吕　午〕

善不是善　恶不是恶　〔释宗杲〕
证亦非证　入亦非入　〔释克勤〕

小用而小　大用而大　〔袁说友〕
是则言是　非则言非　〔玄　觉〕

往则俱往　来则俱来　〔陈　亮〕②
乐亦同乐　忧亦同忧　〔李　观〕

急其所急　缓其所缓　〔史　浩〕
行所当行　止所当止　〔袁　甫〕

言不妄言　行不妄行　〔陈　淳〕
闻为真闻　知为真知　〔苏　轼〕

南山之南　北山之北　〔方　回〕

---

① 上官均：宋代榜眼、监察御史。卒之日，家无余资。待朋友之赙，始克殓；待朝廷之赐，始克葬。

② 陈亮：南宋状元、文学家、思想家。生而目光有芒，为人才气超迈，喜谈兵，论议风生，下笔数千言立就。自称“人中之龙，文中之虎。”

国非其国　民非其民　《管子》

阵间容阵　队间容队　〔李昭玘〕
言上生言　机上生机　〔释克勤〕

以诈应诈　以谲应谲　《淮南子》
为君不君　为臣不臣　《国语》

以国守国　以民守民　《管子》
时止则止　时行则行　《周易》

当用则用　当舍则舍　〔袁　甫〕
可行即行　可止即止　〔释契嵩〕

可进则进　可退则退　〔阳　枋〕
欲仕则仕　欲隐则隐　〔苏　轼〕

须来即来　须住即住　〔白居易〕
宜行则行　宜止则止　〔韩　愈〕

因天事天　因地事地　《礼记》
以圣继圣　以仁继仁　〔范祖禹〕

入松为松　入竹为竹　〔杨　简〕
遇花成花　遇柳成柳　〔释道璨〕

他目则目　他耳则耳　〔皮日休〕
人笑亦笑　人号亦号　〔卢重元〕

言是如非　言非如是　《韩非子》
虽难斯易　虽易斯难　《文心雕龙》

以缓为急　以急为缓　《管子》
用阴和阳　用阳和阴　《黄帝内经》

将强敌弱　将弱敌强　〔苏　辙〕
用阴和阳　用阳和阴　《黄帝内经》

似是而非　似非而是　〔杨敬之〕
若同而异　若异而同　〔刘子翚〕①

西家之西　东家之东　〔唐文若〕

至乐无乐　至誉无誉　《庄子》
象忧亦忧　象喜亦喜　《孟子》

日出而出　日入而入　〔连文凤〕
时止则止　时行则行　《周易》

以国守国　以民守民　《管子》
使为则为　使止则止　《颜氏家训》

当因则因　当革则革　〔袁　燮〕
可行即行　可止即止　〔释契嵩〕

可进则进　可退则退　〔阳　枋〕
当赏而赏　当罚而罚　〔员兴宗〕

须来即来　须住即住　〔白居易〕
可行则行　可止则止　〔张　侃〕

因天事天　因地事地　《礼记》
以阴居阴　以阳居阳　〔袁说友〕

曰阳而阳　曰雨而雨　〔黄　俞〕
谈禅则禅　谈诗则诗　〔释绍嵩〕

他耳则耳　他目则目　〔范　浚〕
人笑亦笑　人号亦号　〔卢重元〕

以右应左　以左应右　《黄帝内经》
用阴和阳　用阳和阴　《黄帝内经》

用阴和阳　用阳和阴　《黄帝内经》
以明显暗　以暗显明　《坛经》

以拙用巧　以巧用拙　〔李　石〕
将强敌弱　将弱敌强　〔苏　辙〕

左痛注右　右痛注左　〔苏　轼〕
阳病治阴　阴病治阳　《黄帝内经》

① 刘子翚:宋代理学家,朱熹的老师。释宗杲《刘子翚像赞》云:财色功名,一刀两断。立地成佛,须是这汉。

小而行大　大而行小　《淮南子》
宽以济猛　猛以济宽　《左传》

长以御短　短以御长　〔华　岳〕
先亦制后　后亦制先　《淮南子》

正剑不邪　邪剑不正　《坛经》
忠臣不私　私臣不忠　《后汉书》

色即是空　空即是色　《心经》
名即是实　实即是名　〔陈舜俞〕

水中有火　火中有水　《淮南子》
阴外无阳　阳外无阴　〔杨万里〕

礼中有乐　乐中有礼　〔真德秀〕
阴外无阳　阳外无阴　〔杨万里〕

道外无物　物外无道　〔孔　子〕
理中有事　事中有理　〔汪应辰〕①

理中有事　事中有理　〔汪应辰〕
心外无境　境外无心　〔法　融〕

人观竹耶　竹观人耶　〔杨万里〕
周梦蝶欤　蝶梦周欤　〔舒岳祥〕

天自天也　人自人也　〔员兴宗〕
君为君焉　臣为臣焉　〔刘　敞〕

内者内治　外者外治　《黄帝内经》
塞因塞用　通因通用　《黄帝内经》

果何益哉　果何益哉　〔陈知柔〕
不其然乎　不其然乎　〔白居易〕

秦欤汉欤　从古如斯　〔李　华〕
时耶命耶　为之奈何　〔李　华〕

小而行大　大而行小　《淮南子》
长以御短　短以御长　〔华　岳〕

同其所异　异其所同　〔孔颖达〕
非其所是　是其所非　〔释大观〕

义则非利　利则非义　〔胡　旦〕
人而不天　天而不人　〔曹彦约〕

气听乎志　志听乎气　〔杨万里〕
文生于情　情生于文　《世说新语》

刚中有柔　柔中有刚　〔方实孙〕
阴外无阳　阳外无阴　〔杨万里〕

道外无物　物外无道　〔孔　子〕
诗中有画　画中有诗　〔苏　轼〕

理中有事　事中有理　〔汪应辰〕
心外无佛　佛外无心　《达摩血脉论》

周梦蝶欤　蝶梦周欤　〔舒岳祥〕
秦坑儒耶　儒坑秦耶　〔司空图〕

乍凶乍吉　乍吉乍凶　〔欧阳詹〕
方生方死　方死方生　《庄子》

冬日冬服　夏日夏服　《韩非子》
同则同之　异则异之　《荀子》

忽兮怳兮　怳兮忽兮　《淮南子》
左之右之　右之左之　〔皇甫湜〕

秦欤汉欤　将近代欤　〔李　华〕
时耶命耶　有如是耶　〔李　华〕

苦事苦事　〔欧阳修〕
愁人愁人　〔欧阳修〕

以人度人　以情度情　以类度类　《荀子》

---

①　汪应辰：宋代状元、大臣。初名洋，字圣锡。后来，宋高宗赐名应辰。五岁知读书，多识奇字。从人借书，一经目不忘。年十八中状元。

欲王而王　欲霸而霸　欲强而强　《荀子》

羞以为臣　羞以为子　羞以为弟　《荀子》
或泄于目　或泄于口　或泄于耳　〔王　充〕①

以浅持博　以古持今　以一持万　《荀子》
不行而知　不见而名　不为而成　《老子》

必周必密　必宽必舒　必坚必固　《管子》
可浅可深　可浮可沉　可曲可直　《管子》

知者不惑　仁者不忧　勇者不惧　《论语》
至人无己　神人无功　圣人无名　《庄子》

至言不文　至乐不笑　至音不叫　《淮南子》
大道无形　大仁无亲　大辩无声　《淮南子》

以铜为镜　以古为镜　以人为镜　《贞观政要》
所语皆善　所视皆善　所行皆善　《太上感应篇》

非礼勿视　非礼勿听　非礼勿言　非礼勿动　《论语》
可以养目　可以养耳　可以养口　可以养体　《荀子》

守之以愚　守之以让　守之以怯　守之以谦　《孔子家语》
未尝知哀　未尝知忧　未尝知劳　未尝知惧　《孔子家语》

有正有邪　有美有恶　有丑有好　有凶有吉　〔王安石〕
无动无静　无生无灭　无去无来　无是无非　《坛经》

无古无今　无变无异　无断无续　无穷无极　〔郑思肖〕
有小有大　有消有长　有动有静　有实有虚　〔杨　简〕

以治待乱　以静待哗　以近待远　以佚待劳　《孙子兵法》
不谋而当　不言而信　不虑而得　不为而成　《淮南子》

人皆取先　己独取后　人皆取实　己独取虚　《庄子》
不入于杨　则归于墨　不入于老　则归于佛　〔韩　愈〕

上焉而上　下焉而下　贵焉而贵　贱焉而贱　〔柳宗元〕

---

① 王充:东汉思想家。范晔《后汉书》载:王充“家贫无书,常游洛阳市肆,阅所卖书,一见辄能诵忆。日久,遂博通众流百家之言。”谢承《后汉书》载:“班固年十三,王充见之,抚其背谓班彪曰:‘此儿必记汉事。’”班彪即班固之父。

白则成白　黑则成黑　青则成青　黄则成黄　〔黄庭坚〕

以简易为法　以清净为心　〔苏　轼〕
与天地合德　与日月合明　〔李德裕〕

寒往则暑来　阳消则阴长　〔吕祖谦〕
声出而响应　形动而影随　〔赵鼎臣〕

凭情以会通　负气以适变　《文心雕龙》
体圆而法方　背阴而抱阳　《淮南子》

背恶而向善　避祸而就福　〔李若水〕
端身以律物　劳己以裕人　〔苏　轼〕

居庙堂之高　处江湖之远　〔范仲淹〕
上尽言于主　下致力于民　《管子》

大夫安其职　处士修其道　《淮南子》
君子行于礼　小民笃于农　《管子》

度之以远事　验之以近物　《荀子》
接之以高宴　纵之以清谈　〔李　白〕

尔自在户内　我自在户外　《阅微草堂笔记》
尔亦不必言　我亦不必说　《阅微草堂笔记》

被于身为律　说于口为法　〔惟　宽〕
存诸心曰德　见诸事曰功　《太上感应篇》

图难于其易　为大于其细　《老子》
功立而不废　名成而不毁　〔佚　名〕

刑罚无所施　鞭策无所用　《贞观政要》
势利不能诱　声色不能淫　《淮南子》

富贵不能淫　贫贱不能忧　〔苏　辙〕
古者之所易　今人之所难　《颜氏家训》

闻毁而不惨　见誉而不悦　《抱朴子》
古者之所易　今人之所难　《颜氏家训》

静而法天地　动而顺日月　《淮南子》
居则坐庙堂　出则宰征伐　〔阎苍舒〕

曲终则叹发　燕罢则心悲　《抱朴子》
事修而谤兴　德高而毁来　〔韩　愈〕

崇道以致化　立德以养物　〔冯万石〕
度爵而制服　量禄而用财　《管子》

负伊皋之器　怀孔孟之业　〔江宾王〕
悟老庄之旨　运尧舜之心　〔裴耀卿〕

处百龄之内　居一世之中　〔萧　统〕①
上见利不喜　下临难不恐　《韩非子》

不以轻害重　不以小妨大　〔苏　辙〕
不以卑犯尊　不以弱胜强　〔黄　裳〕

生乎今之世　志乎古之道　《荀子》
仰不愧于天　俯不怍于人　《孟子》

内欲絜诸己　外欲和诸人　〔章望之〕
上不抑于公　下不扰于私　〔周表臣〕

舍浅而求深　离近而求远　〔杨　简〕
依正以为邪　傍公以为私　〔王岩叟〕

刑罚无所施　鞭策无所用　《贞观政要》
礼乐不能出　教化不能兴　〔曾　巩〕

势利不能诱　声色不能淫　《淮南子》
古者之所易　今人之所难　《颜氏家训》

毁誉不能动　富贵不能淫　〔罗　颂〕
古者之所易　今人之所难　《颜氏家训》

孟賁勇于力　曾子勇于义　〔黄　裳〕
曼卿豪于诗　永叔豪于辞　〔石　介〕

---

①　萧统:南朝梁文学家,梁武帝萧衍长子。美姿容,善举止。读书数行并下,过目皆忆。虽然被立为太子,然尚未即位,就去世了。谥号“昭明”,世称“昭明太子”。

有善必有恶　有治必有乱　〔李清臣〕
无为故无败　无执故无失　《老子》

知天之所为　知人之所行　《淮南子》
其交也以道　其接也以礼　《孟子》

释实而攻虚　释坚而攻脆　《管子》
居晦以御明　居阴以御阳　〔苏　轼〕

八千岁为春　八千岁为秋　《庄子》
焉知其所终　焉知其所始　《庄子》

一日有三善　一日有三恶　《太上感应篇》
为之用者众　为之用者寡　《管子》

天之所助者　人之所助者　《易经》
生而知之乎　学而知之乎　〔田　锡〕

非我而当者　是我而当者　《荀子》
古人以为难　今人以为难　《世说新语》

兴天下同利　除天下同害　《荀子》
得其人则存　失其人则亡　《荀子》

上取象于天　下取象于地　《荀子》
日食则修德　月食则修刑　《管子》

贵可以问贱　老可以问幼　〔刘　开〕
子不得议父　臣不得议君　〔颜真卿〕

召公为太保　周公为太傅　《礼记》
孔子为先圣　颜子为先师　〔蒋　夔〕

将以钓川耶　将以钓国耶　〔骆宾王〕
何从而知之　何从而信之　〔苏　洵〕

人各自私也　人各自利也　〔黄宗羲〕
何从而知之　何从而信之　〔苏　洵〕

下贫则上贫　下富则上富　《荀子》
民重而君重　民轻而君轻　《管子》

俗富则国富　人安则国安　〔杨相如〕
盘圆而水圆　盂方而水方　《荀子》

有止则有行　有静则有动　〔陈元晋〕
无为故无败　无执故无失　《老子》

自无而至有　自简而至繁　〔林希逸〕
由粗以及精　由著以及微　〔张　栻〕

居晦以御明　居阴以御阳　〔苏　轼〕
舍贵而为贱　舍富而为贫　《荀子》

一以己为马　一以己为牛　《庄子》
此意人不知　此意人不会　〔白居易〕

知性之情者　知命之情者　《淮南子》
邦有道如矢　邦无道如矢　《论语》

生亦我所欲　义亦我所欲　《孟子》
古人以为难　今人以为难　《世说新语》

智而为愚者　睿而为愚者　〔柳宗元〕
彼亦一是非　此亦一是非　《庄子》

入不可以守　出不可以战　《荀子》
进则死于敌　退则死于诛　《韩非子》

内举不避亲　外举不避仇　《韩非子》
爱而知其恶　憎而知其善　《礼记》

上不欺乎君　下不欺乎民　〔王观国〕
内不欺诸己　外不欺诸人　〔吕南公〕

观其所养也　观其自养也　《周易》
足以食人矣　足以衣人矣　《荀子》

果生于物乎　果生于我乎　〔苏　轼〕
何从而知之　何从而信之　〔苏　洵〕

道存则国存　道亡则国亡　《荀子》
民重而君重　民轻而君轻　《管子》

官省则事省　官烦则事烦　《周书》
民重而君重　民轻而君轻　《管子》

君尊则法尊　法尊则令尊　〔李清臣〕
官扰而吏扰　吏扰而人扰　〔窦公衡〕

形同则性同　性同则情同　〔李　觏〕
心清则神清　神清则气清　〔吴如愚〕

国大而政小　国小而政大　《管子》
民重则君轻　民轻则君重　《管子》

此是而彼非　此非而彼是　〔陈　亮〕
彼轻则此重　彼重则此轻　〔王　洋〕

鹤寄于人耶　人寄于鹤耶　〔邓石如〕①
道进于技乎　技进于道乎　〔林希逸〕

可以处而处　可以仕而仕　《孟子》
谓我马则马　谓我牛则牛　〔吕南公〕

可以王而王　可以霸而霸　〔李宗闵〕
置诸安则安　置诸危则危　《汉纪》

善者未必善　恶者未必恶　〔释师范〕
是底终于是　非底终于非　〔徐元杰〕

动者安乎动　植者安乎植　〔韦　骧〕
士者安于士　农者安于农　〔李　缯〕

行于不可行　立于不可立　〔叶　适〕
默于所当默　为于所当为　〔李　纲〕

忧天下之忧　乐天下之乐　〔舒元褒〕
是天下之是　非天下之非　〔皇甫湜〕

大才授大事　小才授小事　〔释契嵩〕
大行受大名　小行受小名　《逸周书》

大者安其大　小者乐其小　〔苏　轼〕
义者友其义　仁者师其仁　〔李　观〕

彼得即我得　彼失即我失　〔杨　简〕
彼安则此安　彼危则此危　〔程　颐〕

国大而政小　国小而政大　《管子》
彼轻则此重　彼重则此轻　〔王　洋〕

治千而乱一　治一而乱千　《韩非子》
救左则失右　救右则失左　〔王　当〕

可以处而处　可以仕而仕　《孟子》
呼我牛则牛　呼我马则马　《老子》

可以处而处　可以仕而仕　《孟子》
置诸安则安　置诸危则危　《汉纪》

可以王而王　可以霸而霸　〔李宗闵〕
置之安则安　置之危则危　〔彭汝砺〕

动者安乎动　植者安乎植　〔韦　骧〕
是底终于是　非底终于非　〔徐元杰〕

行于不可行　立于不可立　〔叶　适〕
见人所不见　知人所不知　《淮南子》

留其所当留　去其所当去　〔杨万里〕
戒其所宜戒　忧其所宜忧　〔刘　蕡〕

大言受大禄　小言受小禄　《后周书》
大行受大名　小行受小名　《逸周书》

道者同于道　德者同于德　《道德经》
富民安其富　贫民安其贫　〔苏　辙〕

有静必有动　有动必有静　〔李　翱〕
无心则无戒　无戒则无心　〔许　筹〕

---

① 邓石如:清代书法家。他的名联很多,摘几例如下:海为龙世界,天是鹤家乡。座上南华秋水,屏间北苑春山。春风大雅能容物,秋水文章不染尘。世虑全消,见几点落花,闻数声啼鸟;尘缘割断,推半窗明月,卧一榻清风。茅屋八九间,钓雨耕烟,须信富不如贫,贵不如贱;竹书千万字,灌花酿酒,益知安自宜乐,闲自宜清。容人却侮,谨身却病,小饮却愁,少思却梦,种花却俗,焚香却秽;静坐补劳,独宿补虚,节用补贫,为善补过,息忿补气,寡言补烦。自题铁砚山房碧山书屋联:沧海日,赤城霞,峨眉雪,巫峡云,洞庭月,彭蠡烟,潇湘雨,武夷峰,庐山瀑布,合宇宙奇观,绘吾斋壁;少陵诗,摩诘画,左传文,司马史,薛涛笺,右军帖,南华经,相如赋,屈子离骚,收古今绝艺,置我山窗。自挽联:长七尺大身躯,享不得利禄,享不得功名,徒抱那断简残编,有何味也;这一块臭皮囊,要什么衣裳,要什么棺椁,不如投荒郊野草,岂不快哉。

可举而举焉　可进而进焉　〔韩　愈〕
宜罚者罚之　宜赏者赏之　〔韩　愈〕

智足以役勇　勇足以济智　〔何去非〕
知始终副行　行始终靠知　〔陈　淳〕

上不能使下　下不能事上　〔孔武仲〕
君毋以使臣　臣毋以事君　《管子》

上而亿万世　下而亿万世　〔王　令〕
前乎数千年　后乎数千年　〔计有功〕

身修而家齐　家齐而国治　〔周必大〕①
名正则言顺　言顺则事成　〔古　语〕

煦煦如雨露　肃肃如风霜　〔李清臣〕
昭昭若日月　离离若星辰　〔高　俭〕

制作侔神明　德行动天地　〔李　白〕
道理贯心肝　忠义填骨髓　〔苏　轼〕

于相而离相　于念而无念　《坛经》
因物以识物　因人以知人　《淮南子》

上无以使下　下无以事上　《韩非子》
君毋以使臣　臣毋以事君　《管子》

果不异乎因　因不异乎果　〔释契嵩〕
行不出乎言　言不出乎行　〔尚　衡〕

宣惠以养威　蓄威以尊惠　〔陆　贽〕
循名而督实　按实而定名　《管子》

由门而升堂　由堂而入室　〔黄　裳〕
因时以制礼　因礼以定名　〔刘安节〕

通人焉草草　法士焉断断　〔陈傅良〕
山云兮溶溶　溪水兮泠泠　〔释居简〕

守道而忘势　行义而忘利　修德而忘名　〔苏　轼〕
安分以养福　宽胃以养气　省费以养财　〔苏　轼〕

由一而至百　由百而至千　由千而至万　〔赵顺孙〕
积日以为月　积月以为年　积年以为世　〔章望之〕

做第一等人　干第一等事　说第一等话　抱第一等识　〔吕　坤〕
贤而能容罢　知而能容愚　博而能容浅　粹而能容杂　《荀子》

六尘六门六识　《坛经》
一国一家一身　〔商逸卿〕

大勇反为不勇　《淮南子》
无形而制有形　《淮南子》

凭南轩以长啸　〔杨　炯〕
仰北辰而永思　〔曹　丕〕

不食不寝不息　《山海经》
无心无我无人　〔牧常晁〕

玄猿啸而长吟　〔司马相如〕
白鹤嗷以哀号　〔司马相如〕

掩清琴而独进　〔王　勃〕
怀良辰以孤往　〔陶渊明〕②

---

①　身修而家齐　家齐而国治：见于《文忠集》。

②　陶渊明：东晋诗人，田园诗人鼻祖，我国文学史上第一个大量写饮酒诗的诗人。后人称他为“百世田园之主，千古隐逸之宗。”九岁丧父，与母亲、妹妹三人在外祖父家生活。任彭泽县令八十一天，挂冠而去。

引清风而独啸　〔范　钺〕
怀良辰以孤往　〔陶渊明〕

心迟迟而有违　〔班　昭〕
魂茕茕以无端　〔宋　玉〕

日晻晻其将暮　〔班　彪〕
情眷眷而怀归　〔王　粲〕

景翳翳以将入　〔陶渊明〕
心戚戚而不宁　〔曹　丕〕

志眇眇而远驰　〔王劭之〕
魂翩翩以遥怀　〔陈　琳〕

心徘徊以踌躇　〔向　秀〕
步徙倚而盘桓　〔苏　轼〕

托行云以送怀　〔陶渊明〕
临清流而赋诗　〔陶渊明〕

日昧昧其将暮　〔屈　原〕
情眷眷而怀归　〔王　粲〕

景翳翳以将入　〔陶渊明〕
情悁悁而思归　〔张　衡〕

景翳翳以将入　〔陶渊明〕
神飘飘而不安　〔陶渊明〕

步徙倚以忘趣　〔陶渊明〕
意惶惑而靡宁　〔陶渊明〕

小信成则大信立　《韩非子》
阴气盛而阳气衰　《黄帝内经》

青鱼跃于东沼　白鸟戏于西渚　〔曹　植〕
春霞飞乎绛雪　秋风生乎紫烟　〔员半千〕

论圣功之深远　谈天德之高大　《贞观政要》
求异闻于振古　劳睿思于当年　《贞观政要》

悲晨曦之易夕　感人生之长勤　〔陶渊明〕
形不病而已悴　心未老而先衰　〔欧阳修〕

会桃李之芳园　序天伦之乐事　〔李　白〕
俨骖騑于上路　访风景于崇阿　〔王　勃〕

迁阛阓于东西　校轮舆于南北　〔刘　筠〕
习干戈于春夏　学羽籥于秋冬　〔吴　淑〕

喻死生为旦暮　用盈虚为消息　〔吴处厚〕
视轩冕如土芥　等富贵如烟云　〔廖　刚〕

瞻凤闱而列鼎　抗龟浦而开筵　〔李　峤〕
蕴龙韬以启路　驰豹骑以清尘　〔陈山甫〕

跬步朝市之上　俯仰山林之下　〔苏　轼〕
因时以安其位　当世而乐其业　《淮南子》

人各得自私也　人各得自利也　〔黄宗羲〕
民有为之饥者　民有为之寒者　《管子》

青鱼跃于东沼　白鸟戏于西渚　〔曹　植〕
黄云冠于北山　紫气冲于南斗　〔李　峤〕

观成败于前踪　访得失于当代　《贞观政要》
念稼穑之艰难　思纺绩之辛苦　《贞观政要》

淡柔情于俗内　负雅志于高云　〔陶渊明〕
悟已往之不谏　知来者之可追　〔陶渊明〕

拟耳目于日月　方声气乎风雷　《文心雕龙》
弃燕雀之小志　慕鸿鹄以高翔　〔丘　迟〕

顾禄位如锱铢　视富贵如土芥　〔司马光〕
喻死生为旦暮　用盈虚为消息　〔吴处厚〕

应鼍鼓以赴节　循鸟迹以成文　〔平　冽〕
瞻凤闱而列鼎　抗龟浦而开筵　〔李　峤〕

总二气而取则　俾万物而立程　〔王　起〕
和五味以正性　备百行以资身　〔徐安贞〕

思量一切恶事　思量一切善事　《坛经》
刹那无有生相　刹那无有灭相　《坛经》

有口不以私言　有目不以私视　《韩非子》
在家欲得其孝　在国欲得其忠　〔苏　辙〕

无可以为有乎 贫可以为富乎 《管子》 举天下之大道 立天下之大功 《荀子》
阴则能制阳矣 静则能制动矣 《管子》 静其民而不扰 佚其民而不劳 《管子》

静则与阴俱闭 动则与阳俱开 《淮南子》以谈论为英华 以忠恕为珍宝 《世说新语》
视之不见其形 听之不闻其声 《淮南子》无丝竹之乱耳 无案牍之劳形 〔刘禹锡〕

仰以观于天文 俯以察于地理 《易经》 穷则独善其身 达则兼善天下 《孟子》
内不惭于国家 外不愧于诸侯 《淮南子》 内不惭于国家 外不愧于诸侯 《淮南子》

出乎无形之外 入乎至道之内 《抱朴子》 铸兵器为农器 更旧节为新节 〔胡直钧〕
上与神明为友 下与造化为人 《淮南子》 遂天性于物性 即人心于己心 〔徐元弼〕

大字要如小字 小字要如大字 〔米 芾〕丧之不以为丧 得之不以为得 〔牛应真〕①
孔子必用墨子 墨子必用孔子 〔韩 愈〕乐非其所可乐 忧非其所可忧 〔郑 侠〕②

天视自我民视 天听自我民听 《尚书》 夫爱人不私赏也 恶人不私罚也 《管子》
无为其所不为 无欲其所不欲 《孟子》 故有道则民归之 无道则民去之 《管子》

俛仰乎虫臂鼠肝 奔走乎车尘马足 〔张 嵲〕
眷恋于良辰美景 留连于明月清风 〔陆龟蒙〕

法天地而分四序 配星辰而统五行 〔唐代宗〕
执圭璧以奉九庙 垂衣裳以临万邦 〔唐宪宗〕

茂先摇笔而散珠 太冲动墨而横锦 《文心雕龙》
嵇康师心以遣论 阮籍使气以命诗 《文心雕龙》

刘桢吮墨而作赋 王粲称觞而献寿 〔平 冽〕
嵇康师心以遣论 阮籍使气以命诗 《文心雕龙》

嵇康师心以遣论 阮籍使气以命诗 《文心雕龙》
杨璇染血而书帛 陶景用荻而画灰 〔吴 淑〕

远慕老庄之齐物 近嘉阮生之放旷 〔刘 琨〕③
苟全性命于乱世 不求闻达于诸侯 〔诸葛亮〕

有聪明睿智之才 有仁民爱物之意 〔王安石〕

---

① 牛应真:一作牛应贞,唐代女才子,有《遗芳集》。少聪颖,十三岁时,能诵佛经二百余卷、儒经子史数百卷。她曾在梦中诵《左传》,一字不漏。往往熟睡中与人谈论,数夜不停。嫁弘农杨广源,年二十四而卒。

② 郑侠:宋代官员、诗人。一生为民请命,居官清廉。自言“无功于国,无德于民,若华衣美食,与盗无异。”

③ 刘琨:西晋文学家、军事家、音乐家,“金谷二十四友”之一,被幽州刺史段匹磾(dī)缢死,时年四十八岁。有名言曰:“吾枕戈待旦,志枭逆虏,常恐祖生先吾着鞭耳。”

非弘不能胜其重　非毅无以致其远　〔朱　熹〕

心不存慎终之规　口不吐训格之言　《孔子家语》
位虽高为用者少　德虽厚不誉者多　《管子》

受任于败军之际　奉命于危难之间　〔诸葛亮〕
安燕而血气不惰　劳倦而容貌不枯　《荀子》

决诸东方则东流　决诸西方则西流　《孟子》
从其大体为大人　从其小体为小人　《孟子》

决诸东方则东流　决诸西方则西流　《孟子》
养其小者为小人　养其大者为大人　《孟子》

决诸东方则东流　决诸西方则西流　《孟子》
修其善者为善人　修其恶者为恶人　《扬子法言》

绳者所以绳万物　准者所以准万物　《淮南子》
小取焉则小得福　大取焉则大得福　《管子》

高上尊贵不以骄人　聪明圣智不以穷人　《荀子》
温良宽厚则民爱之　整齐严庄则民畏之　《管子》

褒其可褒而贬其可贬　〔韩　愈〕
是其所是而非其所非　《淮南子》

齐 鲁 秦 晋 宋 郑 吴 楚　〔晁补之〕
尧 舜 禹 汤 文 武 成 康　〔苏　轼〕

皋 夔 稷 契 伊 傅 周 召　〔王　赏〕
尧 舜 禹 汤 文 武 成 康　〔苏　轼〕

燕 秦 赵 魏 齐 梁 吴 楚　〔蒋士铨〕
尧 舜 禹 汤 文 武 成 康　〔苏　轼〕

钟 鼎 甗 鬲 盘 匜 尊 敦　〔李清照〕①
金 石 丝 竹 匏 土 革 木　〔韩　愈〕

凡月之夜　花之晨　雪之夕　〔袁宏道〕
有酒可醉　茶可饮　水可游　〔袁宏道〕

游泗水　登桓山　吹笛饮酒　〔苏　轼〕
治东坡　筑雪堂　弹琴弈棋　〔苏　轼〕

① 李清照：宋代女词人，享有“千古第一才女”之称。丈夫赵明诚《题易安居士三十一岁之照》云：清丽其词，端庄其品。归去来兮，真堪偕隐。

二　诗句联

（一）

习习谷风　以阴以雨　《诗经》
泛泛杨舟　载沉载浮　《诗经》

既醉以酒　既饱以德　《诗经》
不愧于人　不畏于天　《诗经》

相顾无相识　〔王　绩〕①
可望不可攀　〔任　华〕

阅人如阅川　〔刘禹锡〕
视古犹视今　〔韩　愈〕

展转复展转　〔齐　己〕
苦辛长苦辛　〔李　白〕

今夕知何夕　〔韩　愈〕
他乡胜故乡　〔杜　甫〕

诗成梦不成　〔白居易〕
镜归人未归　《破镜诗》

书去魂亦去　〔孟　郊〕
燕归人未归　〔晏几道〕

书去神亦去　《琵琶记》
春归人未归　〔陈　著〕

巧笑倩兮　美目盼兮　《诗经》
中心藏之　何日忘之　《诗经》

自西自东　自南自北　《诗经》
我任我辇　我车我牛　《诗经》

相见又相别　〔长孙佐辅〕
送君兼送春　〔雍裕之〕

交心不交面　〔白居易〕
可嗟复可惜　〔白居易〕

折柳复折柳　〔刘　绘〕
看花还看花　〔高　启〕②

书去魂亦去　〔孟　郊〕
镜归人未归　《破镜诗》

书去魂亦去　〔孟　郊〕
诗成梦不成　〔白居易〕

书去神亦去　《琵琶记》
燕归人未归　〔晏几道〕

诗成梦不成　〔白居易〕
春归人未归　〔陈　著〕

---

① 王绩:初唐诗人。十五岁游历长安,拜见权倾朝野的大臣杨素,被在座公卿誉为“神童仙子”。好饮酒,时称“斗酒学士”。

② 高启:明代诗人。朱元璋拟任命他为户部右侍郎,固辞不赴。后来朱元璋借苏州知府魏观一案将他腰斩。有咏梅名句:雪满山中高士卧,月明林下美人来。

惜春春已晚〔司空图〕
忆君君不知〔韦　庄〕①

素琴弹复弹〔贾　岛〕
故人知未知〔马致远〕

夜夜守明月〔李　贺〕
朝朝近浮名〔孟　郊〕

切切鬼神语〔白居易〕
凄凄天地秋〔孟　郊〕

劳劳一寸心〔李　贺〕
脉脉万重情〔刘禹锡〕

娟娟修竹里《随园诗话》
苍苍古木中〔刘长卿〕

出门意迟迟《随园诗话》
回首恨依依〔李　煜〕

云深树苍苍〔白居易〕
池阔雨萧萧〔李商隐〕

雨烟轻漠漠〔李　端〕
心思乱霏霏〔韦应物〕

旅思正茫茫〔白居易〕
清夜何悠悠〔王　维〕

寂寂还寂寂〔李　白〕
悠悠复悠悠〔温庭筠〕

举杯邀明月〔李　白〕
把酒问青天〔苏　轼〕②

扣船歌月色〔陈　羽〕
引琴弹秋思〔白居易〕

此间堪寄傲《随园诗话》
何处不宜春〔王　勃〕

待此湖上月〔宋之问〕
欲访云中君〔岑　参〕

萧骚寒雨夜〔杜　牧〕③
惆怅异乡人〔张　祜〕

万事付杯酒〔刘　叉〕
千里归寸心〔常　建〕

万里独归客〔刘禹锡〕
百年长恨歌〔张可久〕

何事独伤怀〔刘禹锡〕
此物最关身〔白居易〕

流水如有意〔王　维〕
素琴本无弦〔李　白〕

室静琴思深〔刘禹锡〕
风清月色多〔戴叔伦〕

深闭竹间扉　静扫松下地〔白居易〕
仰摘枝上果　俯折畦中葵〔白居易〕

---

① 忆君君不知:胡春芳《失题》:地是伤心地,时是伤感时。爱我我未觉,忆君君不知。

② 举杯邀明月　把酒问青天:说到这一联,还有两句类似的诗句“翘首望明月,拔剑问青天”。这是被称为“民国第一女刺客”的施剑翘写的。当年,她的父亲被军阀孙传芳所杀。她立志替父报仇,于是吟出了这样感愤的诗句。从那以后,她遂将原名“施谷兰”改为“施剑翘”。后来,她终于亲手刺杀了孙传芳,报了父仇。

③ 杜牧:唐代诗人,与李商隐并称“小李杜”。二十三岁时,写下名作《阿房宫赋》。《新唐书》载:卒,年五十。初,牧梦人告曰:“尔应名毕。”复梦书“皎皎白驹”字,或曰“过隙也。”俄而炊甑裂,牧曰“不祥也。”乃自为墓志,悉取所为文章焚之。牧于诗,情致豪迈,人号为“小杜”,以别杜甫云。

朝采山上薇　暮采山上薇〔白居易〕
来亦一布衣　去亦一布衣〔岑　参〕

朝亦独醉歌　暮亦独醉睡〔白居易〕
身闲无所为　心闲无所思〔白居易〕

（二）

风华篇

乌巾白袷紫香囊〔李叔卿〕
青鞋黄帽绿蓑衣〔杨万里〕

碧幢红旆白貂裘〔崔与之〕
紫绶朱绂青布衫〔白居易〕

峨冠博带青藜杖〔沈　禧〕
短靴低帽白蕉衫〔白居易〕

冰衫雪袴胭脂勒〔叶　适〕
银杯锦被骕骦裘〔李大力〕

月帔花冠冰雪容〔杨　凭〕
绮襦珠络锦绣裆〔杨维桢〕

冰肌玉骨神仙貌〔汤湘芷〕
荷衣蕙带芙蓉裳〔李　薰〕

鹤骨龙筋金玉相〔杨万里〕
风衿月佩霜雪身〔杨万里〕

星冠霞帔云衣裳〔薛师石〕
雪肤冰骨玉精神〔郑　洪〕

星冠霞帔云衣裳〔薛师石〕
锦心绣口冰肌肤〔杨长孺〕

皓齿明眸娇态度〔蔡　伸〕
冰肌玉骨淡裳衣〔赵　文〕

羽衣霞佩云为袂〔杨万里〕
凤盖龙车玉作轮〔周麟之〕

碧幢红旆白貂裘〔崔与之〕
青鞋黄帽绿蓑衣〔杨万里〕

乌帽白袍青竹榻〔黄公度〕
绛衣朱裳红锦包〔杨万里〕

峨冠博带青藜杖〔沈　禧〕
短袴长衫白苎巾〔释智愚〕

冰衫雪袴胭脂勒〔叶　适〕
绮襦珠络锦绣裆〔杨维桢〕

童颜鹤发神仙骨〔杨公远〕
霜标雪操冰玉姿〔卓　田〕

冰肌玉骨神仙貌〔汤湘芷〕
风衿月佩霜雪身〔杨万里〕

星冠霞帔云衣裳〔薛师石〕
冰魂月魄水精神〔黄　庚〕

星冠霞帔云衣裳〔薛师石〕
锦心绣口冰肌肤〔杨长孺〕

玉肌花脸柳腰肢〔欧阳修〕
冰魂月魄水精神〔黄　庚〕

冰肌玉骨淡裳衣〔赵　文〕
云鬟风鬓浅梳妆〔白　朴〕

芳姿艳态妖且妍〔杨　衡〕
玉骨冰肌软更香〔王之道〕

玉貌琼颜奇又异〔王　喆〕
芳姿艳态妖且妍〔杨　衡〕

容态温柔心性慧〔苏　轼〕
肌理细腻骨肉匀〔杜　甫〕

水晶帘下学箜篌〔苏曼殊〕
琉璃河上看鸳鸯〔范成大〕

坐上美人鸣宝瑟〔张　耒〕
云外仙童弄玉箫〔张如兰〕

月下谁家弄羌笛〔贾汝愚〕
江上何人搊玉筝〔张可久〕

花燕身材柳莺语〔姚　勉〕
水月襟怀冰雪姿〔龚自璋〕

气爽神清意诞散〔王　问〕
眉疏目朗姿圆通〔邓　林〕

白面书生四角巾〔朱继芳〕
紫髯公子五花骢〔宋　濂〕

纯阳真人坐黄鹤〔王叔承〕
广寒仙子跨青鸾〔元好问〕

南州高士芰荷衣〔潘　纯〕
西湖仙人莲叶舟〔杨维桢〕

武夷仙翁冰雪颜〔章　甫〕
陈留徵士鸾鹤姿〔谭宗浚〕

金似衣裳玉似身〔韦　庄〕
水如环佩月如襟〔杜　牧〕

神如秋水肤如雪〔卫宗武〕
貌似桃花体似银〔吕　岩〕

云为蝉鬓霞为裳〔陈　鹤〕
水作珠帘月作钩〔陆　游〕

锦筝弹尽鸳鸯曲〔顾　瑛〕
玉箫吹彻凤凰台〔释智愚〕

精神婉娈性情适〔康　海〕
肌理细腻骨肉匀〔杜　甫〕

何处佳人弄玉箫〔胡斗南〕
谁家红袖凭江楼〔杜　牧〕

院中仙女修香火〔张　籍〕
溪上佳人看客舟〔姜　夔〕

花燕身材柳莺语〔姚　勉〕
霜玉肌肤冰雪魂〔赵必象〕①

玉肌铅粉傲秋霜〔苏　轼〕
霞裾琼佩动春风〔张玉娘〕

貌古神清意閒雅〔商　盘〕
眉疏目朗姿圆通〔邓　林〕

蕊珠仙子下瑶池〔赵彦端〕
云华夫人朝玉京〔阎伯敏〕

太乙真人乘白鹤〔白玉蟾〕
广寒仙子跨青鸾〔元好问〕

金华仙人紫绮裘〔程公许〕
鸿都道士白玉簪〔利　登〕

峨眉仙人冰雪颜〔钱　杜〕
陈留徵士鸾鹤姿〔谭宗浚〕

面似银盆身似玉《水浒传》
神如秋水气如兰〔赵我佩〕

萼为裳衣蕊为组〔梅尧臣〕
玉作精神雪作肤〔赵福元〕

冰为仙骨水为肌〔杨万里〕
云作高台月作楼〔蔡　孚〕

① 赵必象:宋代文人。有名句:无方可疗相思病,有药难医薄幸心。

玉为肌骨冰为容 〔林景熙〕
雪是衣裳月是魂 〔杨万里〕

雪是衣裳月是魂 〔杨万里〕
雾为襟袖玉为冠 〔韩　偓〕

冰作形容雪作眉 〔李　涉〕
玉为肌肤花为颜 〔王　淮〕

霓作衣裳冰作面 〔王之望〕
玉为肌骨铁为肠 《红楼梦》

冰作形容雪作眉 〔李　涉〕
玉为肌骨铁为肠 《红楼梦》

石作心肝冰作脾 〔刘　基〕
玉为颜面水为神 〔张　翥〕

清弦脆管纤纤手 〔白居易〕
雾鬓云鬟淡淡妆 〔佚　名〕

雪是衣裳月是魂 〔杨万里〕
冰作精神玉作胎 〔顾太清〕

冰作形容雪作眉 〔李　涉〕
雾为襟袖玉为冠 〔韩　偓〕

霓作衣裳冰作面 〔王之望〕
玉为肌肤花为颜 〔王　淮〕

石作心肝冰作脾 〔刘　基〕
玉为肌骨铁为肠 《红楼梦》

冰作形容雪作眉 〔李　涉〕
玉为颜面水为神 〔张　翥〕

脱了罗衣著苎衣 〔黄　昇〕①
洗却浓妆作淡妆 〔苏　辙〕

银筝玉柱纤纤手 〔张　渥〕
雾鬓云鬟淡淡妆 〔佚　名〕

节操篇

土木形骸麋鹿心 〔白居易〕
水月精神玉雪胎 〔王从叔〕

金玉肝脾锦绣肠 〔杨万里〕
土木形骸麋鹿心 〔白居易〕

铁石肝肠忠义胆 〔边居谊〕
冰雪襟怀锦绣文 〔曾　协〕

冰玉精神霜雪操 〔释绍嵩〕
星斗心胸锦绣肠 〔李弥逊〕

龙虎精神金鼓气 〔张　耒〕
廊庙功名江海心 〔宋　祁〕

苍松筋骨鹤精神 〔白玉蟾〕

冰玉精神霜雪操 〔释绍嵩〕
土木形骸麋鹿心 〔白居易〕

铁石肝肠忠义胆 〔边居谊〕
土木形骸麋鹿心 〔白居易〕

铁石肝肠忠义胆 〔边居谊〕
冰玉精神霜雪操 〔释绍嵩〕

龙虎精神金鼓气 〔张　耒〕
星斗心胸锦绣肠 〔李弥逊〕

苍松气节鹤精神 〔张　羽〕
黄金肌骨铁心肠 〔释绍昙〕

松竹风姿鹤性情 〔温庭筠〕

① 黄昇:宋代诗人。自称“少日书癖,中年酒病,晚岁诗愁。”

黄金意气铁肝肠 〔柳亚子〕
冰霜气骨玉精神 〔张道洽〕

松竹风姿鹤性情 〔温庭筠〕
冰霜骨格玉精神 〔陈　纪〕

千秋遗恨无人识 《随园诗话》
一片幽情只自知 〔李玉照〕

看取秦皇汉武功 〔熊　鼎〕
留得千秋万古名 〔徐　钧〕

看取秦皇汉武功 〔熊　鼎〕
赢得生前身后名 〔辛弃疾〕

侬家自有麒麟阁 〔司空图〕
吾人岂是蓬蒿士 〔韩　维〕

侬家自有麒麟阁 〔司空图〕
我辈岂是蓬蒿人 〔李　白〕

吾家自有诗书粕 〔叶秀发〕
我辈岂是蓬蒿人 〔李　白〕

男儿自许功名事 〔王　炎〕
我辈岂是蓬蒿人 〔李　白〕

他年自有春秋笔 〔龚　开〕
我辈岂是蓬蒿人 〔李　白〕

渔家自有神仙国 〔姚　勉〕
我辈岂是蓬蒿人 〔李　白〕

书生自有嶙峋骨 〔董每戡〕
我辈岂是蓬蒿人 〔李　白〕

竞利奔名何足夸 〔清珙禅师〕
鸣鸾佩玉不须论 〔胡　寅〕

包羞忍耻是男儿 〔杜　牧〕
趋炎附热非英豪 〔方士鼐〕

丈夫事业须磊落 〔沈　铉〕
英雄本色自光明 〔王者政〕

丈夫节概当礌落 〔智　圆〕
英雄本色自光明 〔王者政〕

结交以义不以利 〔段克己〕
相期同苦亦同甘 〔仲　并〕

哲思篇

自古死生元有命 〔方　回〕
从来祸福本无门 〔楼　钥〕

自古兴衰皆有数 〔顾　逢〕
从来祸福本无门 〔楼　钥〕

自古穷通皆有定 《红楼梦》
从来祸福本无门 〔楼　钥〕

自古须眉愧巾帼 〔塞尔赫〕
由来忠孝贯儒释 〔王安修〕

自古诗人少显荣 〔司空图〕
由来世路多崎岖 〔朱秉成〕

自古人生有离合 〔强　至〕
由来世路多崎岖 〔朱秉成〕

自古达官酣富贵 〔蒋　捷〕
从来志士耻温饱 〔刘文嘉〕

从来美酒无深巷 〔黄庭坚〕
自古佳城属吉人 〔刘克庄〕

自古孝子为忠臣 〔陆　游〕

自古才人多薄命 〔赵必象〕

从来沧海变桑田　〔陈　著〕

自昔佳人多薄命　〔辛弃疾〕
从来志士易悲秋　〔李陶吟〕

由来绝艺知音少　〔陆九渊〕
自古诗人失意多　〔姜特立〕

片言可送半生穷　〔曾　丰〕
一醉能销千古愁　〔李流谦〕

片言可送半生穷　〔曾　丰〕
一醉能消万古愁　〔乔　吉〕

万事到头都是梦　〔苏　轼〕
百年回首总堪哀　〔陆　游〕

诗逢穷处始为奇　〔俞　桂〕
花到浓时自有香　〔吴　芾〕

巾帼须眉固无异　〔汪　端〕
神理人情本不同　〔范成大〕

功名富贵亦何有　〔黎士弘〕
楼阁山林本自空　〔韩元吉〕

吾身汝影俱无实　〔释智圆〕
镜花水月原非真　〔仓央嘉措〕

是非得失分霄壤　〔陈　普〕
鲁鱼豕亥辨毫厘　〔戈　涢〕

玉笙金管浑如梦　〔秦　观〕
舞衫歌扇总生尘　〔苏　轼〕

贵贱贤愚同一致　〔司马光〕
朝市山林自两途　〔李流谦〕

利缰名锁休贪恋　〔王　喆〕
人情物理要推求　〔陈景沂〕

从来志士易悲秋　〔李陶吟〕

自古英雄多好色　〔张学良〕
从来志士易悲秋　〔李陶吟〕

由来高士怜曲蘖　〔王　炎〕
自古红颜畏画工　〔苏　澹〕

片言可送半生穷　〔曾　丰〕
一句能销万古愁　〔杨万里〕

片言可送半生穷　〔曾　丰〕
一酌能消万古愁　〔段成己〕

诗逢穷处始为奇　〔俞　桂〕
云到何方不是家　〔元　稹〕

山林台阁原无异　〔苏　轼〕
神理人情本不同　〔范成大〕

巾帼须眉固无异　〔汪　端〕
钟鼎山林本自同　〔陆　游〕

吾身汝影俱无实　〔释智圆〕
蜗角蝇头总是虚　〔高　翥〕

镜花水月原非真　〔仓央嘉措〕
蜗角蝇头总是虚　〔高　翥〕

富贵贫贱亦偶尔　〔万寿祺〕①
死生祸福只须臾　〔宋　琬〕

钟鼎山林非二物　〔洪咨夔〕
佛土仙家本一般　〔陈　藻〕

长短死生无两处　〔吴　融〕
富贵荣华能几时　〔李　峤〕

物理废兴有往复　〔孔武仲〕
人生交契无故新　〔仇　远〕

---

①　万寿祺：明末清初文学家、书画家。他博览群书，多才多艺，凡礼、乐、兵、农、天文、历法、历史、地理之学，凡诗文、书画、金石、琴棋、刀剑以及女工刺绣、革工缝纫等百工技艺，无不通晓。

人生险易乘除里 〔陈与义〕
山云浓淡去来间 〔葛绍体〕

水光潋滟晴方好 〔苏　轼〕
山色空濛雪更奇 〔楼　钥〕

水光潋滟晴方好 〔苏　轼〕
山色空濛雨更幽 〔方芳佩〕①

波光潋滟晴偏好 〔李霜涯〕
山色空濛雪更奇 〔楼　钥〕

波光潋滟晴偏好 〔李霜涯〕
山色空濛雨更幽 〔方芳佩〕

叶落花开自有时 〔释重显〕
秋去春来不失期 〔邵　雍〕

男儿固有四方志 《太平广记》
名士常为万古愁 〔袁　枚〕

丈夫固有四方志 〔王　冕〕
名士常为万古愁 〔袁　枚〕

人生自古多离别 〔汪元量〕
物性由来易变迁 〔陈　宓〕

桑海由来有迁改 〔李　新〕
英雄自昔多沉沦 〔黎廷瑞〕

男儿不朽须名节 〔程公许〕
丈夫未死要峥嵘 〔邵懿辰〕

壮士从来有热血 《随园诗话》
良工自古多苦心 〔徐　贲〕

文章自古多憎命 〔林景熙〕
兴废由来只靠天 〔刘　锡〕

人生富贵不易得 〔晁补之〕

在山泉水本来清 《随园诗话》
动人春色不须多 〔王安石〕

水光潋滟晴方好 〔苏　轼〕
山色空濛雨益奇 〔释如净〕

波光潋滟晴偏好 〔李霜涯〕
山色空蒙雨亦奇 〔苏　轼〕

波光潋滟晴偏好 〔李霜涯〕
山色空濛雨益奇 〔释如净〕

问舍求田不须鄙 〔杨　时〕
乐性安贫莫谓非 〔梅尧臣〕

丈夫自是人中虎 〔徐　渭〕
男子要为天下奇 〔王庭珪〕

男儿本有四方志 〔柳　瑾〕
名士常为万古愁 〔袁　枚〕

人生自古一场梦 〔佚　名〕
世事从来半局棋 〔叶　适〕

人生自古多离别 〔汪元量〕
天地由来有废兴 〔李思衍〕

英雄自昔多沉沦 〔黎廷瑞〕
神仙从古恋烟霞 《随园诗话》

虚名自古能为累 〔陆　游〕
盛誉由来易失真 〔陈文驷〕

英雄自古埋秋草 〔陆　游〕
王侯到底是虚名 〔陆　游〕

吉凶自古不可定 〔王　炎〕
得丧从来未易评 〔陆　游〕

人生聚散浑无据 〔白玉蟾〕

① 方芳佩:清代女诗人。女及媳均能诗。梁山舟重宴鹿鸣,赋诗四章,和者百余人。芳佩时年八十,亦和三章,评者以为诸人不能及。

神仙风格本难俦　〔廖　融〕
天公变化岂有常　〔苏　轼〕

人生聚散浑无据　〔白玉蟾〕
山云变灭岂有常　〔高延第〕①

造化功夫只在人　〔吕　岩〕
文章得失不由天　〔鲁　迅〕

陵谷迁移不易量　〔陈　造〕
文章得失总难知　〔汪仲洋〕

文章最忌随人后　〔黄庭坚〕
功名岂必收目前　〔强　至〕

富贵必从勤苦得　〔杜　甫〕
是非多自爱憎生　〔刘　兼〕

用舍从来关治乱　〔高　诩〕
忧欢元不系晴阴　〔陈　普〕

是非元不较毫厘　〔仇　远〕
得失何用分锱铢　〔苏　辙〕

穷通何必较功勋　〔王安石〕
成败安能论是非　〔陆文圭〕

得失何用分锱铢　〔苏　辙〕
成败安能论是非　〔陆文圭〕

得失何用分锱铢　〔苏　辙〕
名利那须较有无　〔袁　燮〕

名利那须较有无　〔袁　燮〕
成败安能论是非　〔陆文圭〕

是非不用分今昨　〔黄庭坚〕
名利那须较有无　〔袁　燮〕

贤圣何曾免是非　〔宋太宗〕②
智慧只足劳精神　〔韩　愈〕

神仙本不离忠孝　〔袁保龄〕
贤圣何曾免是非　〔宋太宗〕

唯大丈夫能气概　〔释印肃〕
是真名士自风流　《菜根谭》③

也知物理关人事　〔释绍昙〕
从教沧海变桑田　〔释原妙〕

也知物理关人事　〔释绍昙〕
任从沧海变桑田　〔释子淳〕

须知人事同天道　〔释智圆〕
任从沧海变桑田　〔释子淳〕

云起云消本无迹　〔宗　泽〕④
花落花开自有时　〔严　蕊〕

春来春去容颜改　〔段克己〕
花落花开岁月迁　〔汤国梨〕

---

① 高延第：清代学者。有位“贵人”要召见他，他婉辞不往，说：“读书人自有其分，以布衣干谒显者，是越分也。”

② 宋太宗：宋代第二位皇帝。《宋史·太宗本纪》载：初，后梦神人捧日以授，已而有娠，遂生帝于浚仪官舍。

③ 是真名士自风流：《菜根谭》原句为“唯大英雄能本色，是真名士自风流。”《菜根谭》：明代文学家洪应明编著的一部论述修养、人生、处世、出世的语录体著作。书名寓意为“咬得菜根，则百事可做”。此书与陈继儒《小窗幽记》、王永彬《围炉夜话》并称为“处世三大奇书”。书中名言警句不可胜数，如：宠辱不惊，闲看庭前花开花落；去留无意，漫随天外云卷云舒。此联又作：宠辱不惊，看庭前花开花落；去留无意，望天上云卷云舒。

④ 宗泽：宋代抗金名臣。金人畏惮他，称他“宗爷爷”。《宋史》云：“母刘，梦天大雷电，光烛其身。翌日而泽生。”临终，“泽无一语及家事，但连呼‘过河’者三而薨。”

潮生潮落朝还暮〔黄　庚〕
年来年去春复冬〔王　炎〕

花开花落日复夜〔刘　基〕
年去年来秋更春〔郭良骥〕

年来年去春复冬〔王　炎〕
花落花开暑又寒〔胡梅所〕

潮去潮来春复秋〔张　田〕
花落花开暑又寒〔胡梅所〕

清诗要自清心出〔方　回〕
虎子应须虎穴探〔陈　棣〕

仙姿要是仙家伴〔廖行之〕
名山本待名人游〔周之瑛〕

若将世路比山路〔范成大〕
敢道麻衣胜锦衣〔释文珦〕

强弱是非空冗冗〔姬　翼〕
悲欢聚散徒纷纷〔许乃济〕①

黄金自有黄金价〔释文礼〕
国士终期国士酬〔周　昙〕

今时天即古时天〔方　回〕
此日人非昔日人《周秦行纪》

花开岁岁复年年〔黄庭坚〕
潮生暮暮还朝朝〔杨维桢〕

潮生潮落朝还暮〔黄　庚〕
年去年来秋更春〔郭良骥〕

年去年来秋更春〔郭良骥〕
花落花开暑又寒〔胡梅所〕

帆来帆去朝还暮〔释行海〕
花落花开暑又寒〔胡梅所〕

清诗要自清心出〔方　回〕
活水还须活火烹〔苏　轼〕

清诗要自清心出〔方　回〕
名山本待名人游〔周之瑛〕

心安即是身安处〔苏　辙〕
春老恰如秋老时〔史　铸〕

强弱是非空冗冗〔姬　翼〕
死生贵贱本悠悠〔陆　游〕

金子终得金子换《红楼梦》
葫芦自与葫芦缠〔方　回〕

明珠自有明珠价〔释安永〕
国士终期国士酬〔周　昙〕

年年后浪推前浪〔毛泽东〕
岁岁新花即旧花〔王　洋〕

闲适篇

朝听樵歌暮渔唱〔卞思义〕
晚诵儒书早佛经〔朱　翌〕

夜理渔丝朝采菊〔戴表元〕
昼课莲经暮叩禅〔金君卿〕

---

① 许乃济：清代官员。兄弟七人，三人中进士，四人中举人。书法家梁同书曾书写“世间数百年旧家，无非积德；天下第一件好事，还是读书”一联送给他的父亲许学范，称颂许氏家族。

上友麋鹿下凫鹥　〔苏　轼〕
前随牧童后樵夫　〔方　回〕

西望沙羡东秣陵　〔岳　珂〕
南登太姥北徐州　〔郁达夫〕

东望武昌西夏口　〔于　石〕
南瞻庐阜北淮山　〔张　栻〕

朝餐红霞暮饮瀑　〔白玉蟾〕
行对青山坐看花　〔四明士子〕

他年共作沧浪客　〔员兴宗〕
此日聊为梁父吟　〔胡　宏〕

南山行尽到西湖　〔杨万里〕
北庵睡起坐东厢　〔陆　游〕

黄金台下识行骖　〔张之翰〕
碧澜堂上看衔舻　〔苏　轼〕

黄泥潭口檥征篷　〔贺　铸〕
红蓼滩头泊钓船　〔黄　慎〕

碧桃树底醉流霞　〔张元凯〕
红蓼滩头泊钓船　〔黄　慎〕

绿杨陌上送行人　〔白居易〕
红蓼滩头泊钓船　〔黄　慎〕

碧油幢下闻啼鸟　〔曹　谷〕
红莲叶上见游龟　〔张　嵲〕

紫宸殿上启金瓯　〔岳　珂〕
绿槐阴下倒银瓶　〔张公庠〕

碧纱窗下修花谱　〔汪元量〕
绿杨阴里听莺声　〔王执礼〕

西望沙羡东秣陵　〔岳　珂〕
南瞻庐阜北淮山　〔张　栻〕

东望武昌西夏口　〔于　石〕
南登太姥北徐州　〔郁达夫〕①

东望尧山西舜宫　〔胡　槻〕
南窥海岭北江津　〔李龙高〕

他年自有春秋笔　〔龚　开〕
今宵且作风月谈　〔李东阳〕

他年终作岱岳游　〔沈德潜〕
此日聊为梁父吟　〔胡　宏〕

白玉窗中闻落叶　〔钱　起〕
碧澜堂上看衔舻　〔苏　轼〕

碧桃湾里听鸣榔　《随园诗话》
黄石桥头看钓矶　〔髡　残〕②

碧桃树底醉流霞　〔张元凯〕
红蓼花中系钓船　〔叶承宗〕

红蓼滩头泊钓船　〔黄　慎〕
黄藤山下驻归程　〔韦　庄〕

碧油幢下见悬车　〔韩元吉〕
绿杨陌上送行人　〔白居易〕

黄鹤楼中吹玉笛　〔李　白〕
紫宸殿上启金瓯　〔岳　珂〕

红檀声里酾金荷　〔陈　造〕
绿槐阴下倒银瓶　〔张公庠〕

碧纱窗下修花谱　〔汪元量〕
绿阴亭上看医书　〔李东阳〕

---

① 郁达夫：诗人、散文家、小说家。三岁丧父，九岁能赋诗。有名句“曾因酒醉鞭名马，生怕情多累美人。”

② 髡(kūn)残：清初四僧之一。俗姓刘，法名髡残。自谓平生有“三惭愧”：尝惭愧这只脚，不曾阅历天下多山；又尝惭此两眼钝置，不能读万卷书；又惭两耳未尝记受智者教诲。

碧纱窗下修花谱 〔汪元量〕
黄叶林中读道书 〔朱福田〕

绿杨阴里拥樽罍 〔邵　雍〕
碧桃花下试枰棋 〔王　珪〕

翠微楼上赏黄花 〔魏　野〕
白云堆里看青山 〔陆　游〕

翠微楼上赏黄花 〔魏　野〕
白玉床前看紫云 〔王　履〕

武陵溪上看桃花 〔陆　游〕
巫山庙下听猿声 〔陆　游〕

武陵桥上观春色 〔王九龄〕
若耶溪畔醉秋风 〔宋敏求〕

吴松江上听春雨 〔王　冕〕
若耶溪畔醉秋风 〔宋敏求〕

阖闾城畔寄孤云 〔范　汭〕
秦淮桥下问扁舟 〔练子宁〕

华阳洞里持真经 〔张　蠙〕
锦官门外曳枯筇 〔陆　游〕

铜壶阁上看明月 〔陆　游〕
铁瓮城边见故人 〔罗　隐〕

天竺山前听流水 〔叶绍翁〕
嘉陵江畔饯行车 〔刘　兼〕

沧浪亭下把钓竿 〔王　迈〕
桃花源上觅渔舟 〔仇　远〕

红杏花中觅酒仙 〔韦　庄〕
白纸坊下逢僧家 〔张之洞〕①

绿杨阴里拥樽罍 〔邵　雍〕
紫薇花下演丝纶 〔吴景奎〕

翠微楼上赏黄花 〔魏　野〕
白云窗下展乌丝 〔谢枋得〕

白云湖上衔杯日 〔沈　佳〕
黄鹤楼前吹笛时 〔吕　岩〕

山阴道上玩春晖 〔苏　洞〕
若耶溪畔醉秋风 〔宋敏求〕

桃花源头酿春酒 〔杨维桢〕
若耶溪畔醉秋风 〔宋敏求〕

浣纱石上窥明月 〔李　白〕
极浦亭前望远天 〔陈宜中〕②

鹦鹉洲前吊豪士 〔孔武仲〕
阖闾城下谒名侯 〔罗　隐〕

缥缈峰头望太湖 〔范成大〕
琵琶亭上看庐山 〔崔　鶠〕

嘉陵江畔饯行车 〔刘　兼〕
武夷山下棹归舠 〔柴元彪〕

巾子峰头舣钓船 〔白　珽〕
桃花源上觅渔舟 〔仇　远〕

木兰堂上看游人 〔武　衍〕
石榴花下听啼莺 〔李　壁〕③

---

① 张之洞:清代总督,人称“张香帅”。他是咸丰解元,同治探花,历官大学士、军机大臣,“洋务运动”代表人物之一,与曾国藩、李鸿章、左宗棠并称“晚清中兴四大名臣”。短身巨髯,风仪峻整;任疆寄数十年,及卒,家不增田一亩云。李文田用其名“张之洞”与“陶然亭”构成一联,颇有趣。

② 陈宜中:宋末宰相。史载陈宜中少甚贫,而性特俊拔。有贾人推其生时,以为当大贵,以女妻之。

③ 李壁:宋代大臣、学者。《宋史》写作李璧。少英悟,日诵万余言,属辞精博,周必大见其文,异之曰:“此谪仙才也。”

苏公堤畔系吟驴 〔乐雷发〕①
董子园边放去舟 〔邢 侗〕

杨柳隄边看渡船 〔汪元量〕
芙蓉花下把离觞 〔章 采〕

定军山前逢故老 〔赵贞吉〕
濯锦江边忆旧游 〔陆 游〕

淮阴市上钓鱼回 〔盛时泰〕
孤山观里看梅归 〔葛天民〕

万仞峰头看飞鸟 〔项安世〕
五弦声里送归鸿 〔楼 钥〕

岳阳楼上留三日 〔陆 游〕
武夷山前啸一声 〔白玉蟾〕

天柱峰头煮白石 〔张 羽〕
桐川道上看黄花 〔岳 珂〕

西湘东越频驱驰 〔蔡 沈〕
北墅南园熟往还 〔李 莘〕

采芳摘秀春复秋 〔刘 溥〕
赏月吟风酒更琴 〔杨万里〕②

植柳移花兼种竹 〔刘敏中〕③
播谷栽桑复蓺麻 〔陈 普〕

植柳移花兼种竹 〔刘敏中〕
投壶击剑仍弹棋 〔林 鸿〕

玩月乘舟归赤壁 〔陈 亮〕
张帆伐鼓下黄鹤 〔王士禛〕

茱萸堰下泊行舟 〔田 锡〕
杨柳隄边看渡船 〔汪元量〕

盘塘江上宿征艟 〔刘映丹〕
临平山下泛归船 〔方 回〕

蒋山寺里看花开 〔苏 泂〕
桃源洞口送春归 〔阳 枋〕

万仞峰头看飞鸟 〔项安世〕
千年松下麈谈麈 〔邵 雍〕

双剑庙前酤酒吃 〔陈 藻〕
万松岭上买云眠 〔郑 獬〕

叠翠峰前听踏歌 〔艾性夫〕
烂柯山下看围棋 〔柴 望〕

大渡河头洗白足 〔吴伟业〕
罗浮山下著青鞋 〔贡性之〕

听水看山朝复暮 〔张 嵲〕
赏月吟风酒更琴 〔杨万里〕

穿云涉水又寻梅 〔陆 游〕
载月乘风更举觞 〔陈 起〕

植柳移花兼种竹 〔刘敏中〕
论文说剑更争棋 〔陆 深〕

植柳移花兼种竹 〔刘敏中〕
吟诗作赋更鸣琴 《霞笺记》

锵金佩玉趋丹陛 〔和 凝〕
度曲吹箫向碧流 〔柳如是〕

---

① 乐雷发:宋末特科状元、文学家。他出生时,正是雷声大作,天降甘霖。父母以春雷震天,雷霆万钧,甘霖落地,滋润嘉禾之意,给他取名乐雷发。

② 杨万里:与尤袤、范成大、陆游合称南宋“中兴四大诗人”。平生作诗两万多首,现存四千多首。父亲精通《易经》,常常忍着饥寒购买书籍。十年过去,藏书数千卷。他指着藏书,要杨万里发奋攻读。权臣韩侂(tuō)胄筑南园,请杨万里作记,他说:“官可弃,记不可作也!”

③ 刘敏中:元代官员、文学家。自幼卓异不凡,平生“身不怀币,口不论钱。”

度曲吹箫向碧流〔柳如是〕
吟诗把酒对青春〔陈与义〕

烹葵煮笋饷东皋〔王 霖〕
抱琴携酒过西邻〔陆 游〕

跃马扬鞭游洛阳〔张 羽〕
挟笙吹鹤度瀛州〔张 泰〕

枕石漱流涤尘务〔毛方平〕
买鱼沽酒浣羁愁〔黎廷瑞〕

骑牛吹笛伴村童〔陆 游〕
卷蓑背笠随渔翁〔陈 造〕

插花沽酒醉清明〔周端臣〕
烧香煮茗作重阳〔戴表元〕

对花把酒倾玻璃〔欧阳修〕
洗手濯足听潺湲〔黄 庶〕

鸣钟交鼓吹竽笙〔梁国治〕
戛金击石鸣丝弦〔李 嶷〕

看雪寻花玩风月〔白居易〕
乐天知命任生涯〔苏 颂〕

对酒卷帘邀明月〔苏 轼〕
垂袖开怀待好风〔元 稹〕

置酒张灯促华馔〔杜 甫〕
批风抹月待嘉宾〔卫宗武〕

烹羊炰羔召同僚〔郭 翼〕
杀鸡煮鸭邀比邻〔杨 基〕

戴花持酒祝东风〔欧阳修〕
披衣散发坐南荣〔陶宗仪〕

跃马扬鞭游洛阳〔张 羽〕
椎牛置酒宴镐京〔皇甫汸〕

弄翰然脂咏玉台〔钱钟书〕
椎牛击鼓会金钗〔汤显祖〕

掀髯抚掌谈世事〔方孝孺〕①
挥毫洒墨运天机〔周是修〕

插花藉草醉清明〔陆 游〕
烧香煮茗作重阳〔戴表元〕

对花把酒倾玻璃〔欧阳修〕
伴云随月弄潺湲〔杨 时〕

洗手濯足听潺湲〔黄 庶〕
佩萸囊菊陟崔嵬〔杨公远〕

煮茗烧香了岁时〔范成大〕
著书论字当生涯〔王之道〕

包羞忍耻随缘分〔洪 皓〕②
乐天知命任生涯〔苏 颂〕

对酒鸣琴追野趣〔武三思〕
登高临远快幽情〔利书记〕

访梅寻友款幽居〔卫宗武〕
批风抹月待嘉宾〔卫宗武〕

吟诗作赋北窗里〔李 白〕
伐薪烧炭南山中〔白居易〕

---

① 方孝孺：明代大臣、文学家、思想家。在"靖难之役"期间，拒绝为燕王朱棣草拟即位诏书，被诛十族（九族加门生），死者达八百多人。他是我国历史上唯一被"诛十族"的人，也是第一个被称作"读书种子"的人——明成祖朱棣的高参姚广孝曾对朱棣说："杀孝孺，天下读书种子绝矣。"姚广孝，明代政治家、佛学家、文学家，明成祖的主要谋士，人称"黑衣宰相"。年轻时，相术奇才袁珙遇他于嵩山寺，谓之曰："是何异僧！目三角，形如病虎，性必嗜杀，刘秉忠流也。"

② 洪皓：宋代礼部尚书。有八子，长子洪适，榜眼，官右丞相；次子洪遵，状元，官右丞相；三子洪迈官副丞相。人称"一门三丞相四学士"。

吟诗作赋北窗里〔李　白〕
鸣钟伐鼓南山阿〔黄公度〕

题诗弄笔北窗下〔范成大〕
射柳击球东苑里〔朱有燉〕

披蓑顶笠携鱼去〔杨公远〕
啸笙坎鼓踏雪归〔洪咨夔〕

揽古怀今情曷已〔晁说之〕
探奥搜奇兴不穷《随园诗话》

吸月餐霞听鸟讴〔许　元〕
吟诗酿酒待花开〔刘禹锡〕

柳暗桑秾闻布谷〔温庭筠〕
水清沙净见游鱼〔陆　游〕

风平浪息卧孤篷〔董嗣杲〕
月淡江空泛小舟〔释普岩〕

同汲寒泉煮白石〔释文珦〕
独倚修篁傲碧空〔张　栻〕

闲看南云度北山〔杨万里〕
忽见新花发故枝〔毛直方〕

不是看山便读书《随园诗话》
若非说剑即论文〔姜特立〕

春蚓秋蛇供醉笔〔许月卿〕②
冬裘夏葛赋行装《随园诗话》

貂裘狐帽醉走马〔陆　游〕
竹床石枕卧看山〔吴龙翰〕

诗囊茶器每随身〔翁　卷〕

射柳击球东苑里〔朱有燉〕
鸣钟伐鼓南山阿〔黄公度〕

张帆打鼓开船去〔江　开〕
卖鱼沽酒唱歌归〔吴　潜〕

拈花摘叶情无限〔晏　殊〕
探奥搜奇兴不穷《随园诗话》①

游山玩水随缘转〔尹志平〕
涉涧穿林信意行〔陆　游〕

柳暗桑秾闻布谷〔温庭筠〕
风轻日淡看游鱼〔胡　宏〕

柳暗桑秾闻布谷〔温庭筠〕
月淡烟深听牧笛〔陆　游〕

痛饮丹泉卧玄石〔胡　衍〕
狂歌白鹿上青天〔谭用之〕

愿持北斗挹东海〔贝　琼〕
甘把渔竿伴钓翁〔陈文蔚〕

除却种花并醉酒〔李流谦〕
只有围棋与鼓琴〔楼　钥〕

不辞挹月披云卧〔彭应求〕
便作登山临水行〔白居易〕

蒲团竹屋坐听雪〔姚　勉〕
月壑云岩卧读书〔陈　宓〕

剑匣诗囊长作伴〔梁羽生〕③
芒鞋竹杖好为朋〔斌宗法师〕

月夜花晨时泛楫〔严　恒〕

---

① 《随园诗话》:清代“一代骚坛主”袁枚所作,清代诗话中最负盛名的一种,是为标榜其“性灵说”这一美学思想而编撰的。袁枚有自题联:不作公卿,非无福命都缘懒;难成仙佛,为爱文章又恋花。

② 许月卿:南宋官员。宋亡后,衰(cuī,同“縗”,衰服,丧服)服三年不言。后虽言,尝如病狂,时人称之山屋先生。宋末诗人谢枋得尝自题其门曰:要看今日谢枋得,便是当年许月卿。

③ 梁羽生:武侠小说作家。金庸送悼唁联:同行同事同年大先辈,亦狂亦侠亦文好朋友。

松邻竹侣偶忘形 〔吴昌绶〕

秋蔬春茗供谈笑 〔彭　年〕
语燕啼莺代唱酬 〔戴复古〕

葛巾芒屩恣优游 〔李　昉〕
竹篱茅屋漫徘徊 〔吴　芾〕

金鞭珠弹嬉春日 〔王国维〕
纶巾鹤氅弄秋光 〔陆　游〕

蒲团藜杖焚香坐 〔陈师道〕
珠帘银烛听歌眠 〔刘　炳〕

春蚓秋蛇随意画 〔苏　轼〕
越水吴山任兴行 〔李群玉〕

复岭重冈策马过 〔张德懋〕
野桥孤店跨驴行 〔陆　游〕

哀丝豪竹助剧饮 〔陆　游〕
断编残简伴闲居 〔黄庭坚〕

哀丝豪竹助剧饮 〔陆　游〕
暗香疏影伴沉吟 〔丘逢甲〕

短蓑长笛下江村 〔王守仁〕①
淡烟疏雨泛湖船 〔李　洪〕

浊酒狂歌醉朝暮 〔曹　勋〕
长蓑短笠任阴晴 〔朱　熹〕

浊酒狂歌醉朝暮 〔曹　勋〕
粗茶淡饭度春秋 《水浒传》

听雨听风听子规 〔丁竹岩〕
说椿说柏说蟠桃 〔郭应祥〕

听风听雨听滩浪 〔邓　深〕
看山看雪看梅花 〔宋　无〕

松邻竹侣偶忘形 〔吴昌绶〕

葛巾藜杖得徜徉 〔郭　印〕
竹篱茅屋漫徘徊 〔吴　芾〕

纶巾鹤氅弄秋光 〔陆　游〕
诗囊酒担答春晖 〔陈　著〕

诗瓢酒盏朝还暮 〔杨方立〕
玉管金弦春复秋 〔沈祖棻〕

星冠霞佩踏云行 〔刘霞裳〕
珠帘银烛听歌眠 〔刘　炳〕

东家西舍随缘住 〔冯子振〕
北陌南阡信脚游 〔陆　游〕

良辰佳景列华筵 〔胡文卿〕
金缸玉斝开瑶席 〔朱　熹〕

哀丝豪竹助剧饮 〔陆　游〕
孤灯残火伴清吟 〔王　柏〕

清风明月杖头挑 〔释慧圆〕
淡烟轻雾笔底生 〔蒋廷锡〕

残杯冷炙度朝夕 〔吴孺子〕
长蓑短笠任阴晴 〔朱　熹〕

浊酒狂歌醉朝暮 〔曹　勋〕
明月清风任去来 〔赵子甄〕

听雨听风听子规 〔丁竹岩〕
看山看雪看梅花 〔宋　无〕

说椿说柏说蟠桃 〔郭应祥〕
看山看雪看梅花 〔宋　无〕

看山看水还看书 〔王　冕〕
吟风吟雨又吟晴 〔钱　时〕

---

① 王守仁：明代杰出的思想家、教育家、文学家、哲学家和军事家。他文武兼备，是我国历史上罕见的全能大儒。病逝江西南安舟中，临终前，学生问他有何遗言，他说："此心光明，亦复何言！"

看山看水还看书〔王　冕〕
宜烟宜雨又宜风〔郑　谷〕

山边水边相盘桓〔释崇岳〕
南陌北陌重逢迎〔韩　维〕

东院敲棋西院琴〔楼　钥〕
南家饮酒北家眠〔白居易〕

东畦种禾西畦菽〔郑文焯〕
南家饮酒北家眠〔白居易〕

饥时吃饭慵时睡〔范成大〕
醒后吟诗醉后眠〔曹彦约〕

坐看飞云行看水〔项安世〕
渴饮清泉困饮茶〔谢　谔〕

坐看孤云行看月〔释士圭〕
动观流水静观山〔文徵明〕

秋采菊英春采荠〔毛　滂〕
朝看烟云暮看霞〔于　石〕

囊中诗句壶中酒〔黄　庚〕
床头周易杖头钱〔喻良能〕

门外长槐窗外竹〔王九思〕
枕上清泉座上山〔吴鼎芳〕

闲共野人临野水〔刘得仁〕
每逢芳树问芳名〔徐　凝〕

试向花翁问花讯〔宋伯仁〕
且排春句答春工〔吴锡畴〕

赋罢木犀观水犀〔陈与义〕

看山看水还看书〔王　冕〕
论诗论画复论禅〔龚自珍〕

楼头沽酒楼外泊〔朱彝尊〕
堂上击筑堂下吟〔吴　镇〕①

东崦题诗西崦醉〔高　启〕
南家饮酒北家眠〔白居易〕

东畦种禾西畦菽〔郑文焯〕
南山采药北山棋〔卢　挚〕

饥来吃饭困来睡〔刘学箕〕
醒后吟诗醉后眠〔曹彦约〕

坐看孤云行看月〔释士圭〕
渴饮清泉困饮茶〔谢　谔〕

仰看飞鸿俯看鳞〔房　皞〕
动观流水静观山〔文徵明〕

樽有葡萄簪有菊〔刘克庄〕
饭满钵盂茶满瓯〔释如净〕

囊中诗句壶中酒〔黄　庚〕
徽外琴声局外棋〔宋伯仁〕②

蓑下清风笠下烟〔蔡正孙〕
衣上残云屐上霜〔沈　应〕

聊唤玉人斟玉斝〔吴　潜〕
且排春句答春工〔吴锡畴〕③

出门东行复西行〔陆　游〕
策杖南园或北园〔邵　雍〕

日日论诗坐碧苔〔释文珦〕

---

①　吴镇：清代官员。传说在他出生前夜，母梦挖井得一明珠。其父喜曰："昌吾宗者，其此子乎？"于是给他取名"昌"。

②　宋伯仁：宋末诗人，善画梅。自称每至梅花开放时，徘徊竹篱茅屋间，满腹清霜，两肩寒月，谛玩梅之低昂俯仰，分合卷舒。进而图形百种，各肖其形。

③　吴锡畴：宋末诗人。有佳句：世事只堪频对酒，诗情自可饱看山。

抛了儒书读相书 〔杨万里〕
年年把酒对黄花 〔喻良能〕

日日题诗待海棠 〔赵　蕃〕
年年把酒对荷花 〔佚　名〕

日日题诗待海棠 〔赵　蕃〕
年年挥泪看梅花 〔戴复古〕

日日湖头采紫莼 〔潘恭辰〕
夜夜山中煮白石 〔姜　夔〕

夜夜城头听觱篥 〔李　濂〕
日日涧边寻茯苓 〔戴叔伦〕

夜夜西山採明月 〔白玉蟾〕
日日东园探早梅 〔胡　寅〕

夜夜湖边倚钓槎 〔孙　锐〕
日日江头数别帆 〔黎　简〕①

年年楼上盼飞鸿 〔魏之琇〕
日日江头数别帆 〔黎　简〕

日日江头数过船 〔赵　蕃〕
年年楼上盼飞鸿 〔魏之琇〕

日日沙头候归雁 〔郑　韶〕
年年楼上盼飞鸿 〔魏之琇〕

卷叶时时注佛经 〔皎　然〕
吟诗日日待春风 〔陈与义〕

吟诗日日数梅花 〔赵　蕃〕
卷叶时时注佛经 〔皎　然〕

箬帽棕鞋神奕奕 〔吴伟业〕
幅巾藜杖兴悠悠 〔谢应芳〕

花边行立花边坐 〔方　回〕
雪中出去雪中回 〔杨万里〕

芙蓉城边观芙蓉 〔岳　珂〕
鸳鸯湖上学鸳鸯 〔林云凤〕

回龙桥上忆龙回 〔释行海〕
归雁亭边送雁归 〔苏　轼〕

呜呜歌讴坎坎鼓 〔陆　游〕
沈沈箫管索索丝 〔查慎行〕

朝朝暮暮欢不已 〔李国梁〕
岁岁年年乐未涯 〔解　缙〕

隐逸篇

蒲团纸帐松窗下 〔阮　阅〕
幅巾芒屩竹阴中 〔晁公休〕

茅檐竹屋南溟上 〔苏　辙〕
幅巾藜杖北城头 〔陆　游〕

烟蓑风笠南山下 〔张　栻〕
幅巾藜杖北城头 〔陆　游〕

烟蓑雨笠长林下 〔苏　轼〕
蕨芽蒲笋短檠边 〔陈傅良〕

蒲团藜杖屋三间 〔葛立方〕
茶灶笔床舟一叶 〔居　节〕

① 黎简：清代诗人、书画家。性情耿介，不慕名利，世人目之为狂，遂自号“狂简”。袁枚负盛名，游罗浮，邀与相见，谢不往也。

油笠芒鞋筇一枝　〔戴　栩〕

竹几松屏六尺床　〔冯廷櫆〕
诗瓢茗碗一炉香　〔周尔墉〕

葛裙纱帽吟长夏　〔朱曰藩〕
松龛蒲簟度芳春　〔王凤娴〕

葛帐�床弄素琴　〔陆　游〕
涧松岩竹谈幽禅　〔李弥逊〕

蕙风兰思寄清琴　〔薛昭蕴〕
槿篱竹屋著闲身　〔陆　游〕

松盖筠幢护石门　〔李弥逊〕
豆棚瓜架映柴关　〔李宪噩〕

舟楫马蹄销岁月　〔刘文嘉〕
草衣木履度晨昏　〔汤胤勣〕

竹杖纱巾遂性情　〔崔　峒〕
烟蓑雨笠寄生涯　〔朱　槔〕①

溪萝涧鸟为俦侣　〔李群玉〕
孤云野鹤是亲朋　〔徐　铉〕

墨客骚人为伴侣　〔彭正大〕
好风明月是生涯　〔钱公辅〕

墨客骚人为伴侣　〔彭正大〕
药囊诗卷是生涯　〔贺　铸〕

麻鞋竹杖蹑青霞　〔汪元量〕
笋屐荷衣入翠微　〔张　坦〕

竹篱茅舍养吾清　〔曾　丰〕
溪鸟山花共我闲　〔王安石〕

蒲团藜杖屋三间　〔葛立方〕

葛裙纱帽吟长夏　〔朱曰藩〕
布衾纸帐饯残冬　〔李若水〕

纸帐蒲团坐清夜　〔陆　游〕
涧松岩竹谈幽禅　〔李弥逊〕

葛帐筠床弄素琴　〔陆　游〕
槿篱竹屋著闲身　〔陆　游〕

松盖筠幢护石门　〔李弥逊〕
竹篱茅舍掩柴扉　〔谢　逸〕

花阴柳影映帘栊　〔毛　滂〕
水光竹色照琴书　〔倪　瓒〕

舟楫马蹄销岁月　〔刘文嘉〕
药匙茶筅送昏朝　〔汪仲鈖〕

竹杖芒鞋即行李　〔苏　辙〕
药囊诗卷是生涯　〔贺　铸〕

墨客骚人为伴侣　〔彭正大〕
孤云野鹤是亲朋　〔徐　铉〕

墨客骚人为伴侣　〔彭正大〕
纶竿蓑笠是生涯　〔徐　积〕②

竹杖草履步苍苔　〔晁补之〕
笋屐荷衣入翠微　〔张　坦〕

麻鞋竹杖蹑青霞　〔汪元量〕
雪笠风蓑钓白蘋　〔杨万里〕

竹篱茅舍养吾清　〔曾　丰〕
雨笠烟蓑伴我闲　〔史弥宁〕

---

①　朱槔：宋代人，朱熹叔父。负异才，不肯随俗；又超脱，淡于名利，尝梦为玉澜堂之游，甚异，有诗纪之。

②　徐积：宋代聋人教官，著名孝子。三岁父死，因父名石，终身不用石器。行遇石，避而勿践。事母至孝，母亡，庐墓三年，哭不绝音。

布衣蔬食欲终身〔林季仲〕
藤鞋竹杖聊穷年〔苏　辙〕

布衣蔬食且随缘〔王　炎〕
竹篱茅舍自甘心〔王　淇〕

茗碗酒杯皆可意〔顾　清〕
雨笠烟蓑自称心〔王禹偁〕

茗碗酒杯皆可意〔顾　清〕
柳风桃雨总关心〔释惠琏〕

柴扉草屋无人问〔颜　萱〕
蕙抱兰怀只自怜〔何绍基〕①

物态人情素谙练〔文　同〕
春风秋月久交游〔陈　普〕

纸帐蒲团地炉暖〔杨万里〕
草窗瓦枕松风凉〔艾性夫〕

轻舟细马平生愿〔陆　钺〕
闲云野鹤故人心〔黄彦平〕

雪月风烟俱属我〔杨公远〕
生死穷通一任渠〔陈　藻〕

功名得失非所愕〔陆　钺〕
死生宠辱不须惊〔王吉昌〕

穷通寿夭俱莫问〔陆文圭〕
雪月风花总不知〔曹彦约〕

人行柳色花光里〔杨万里〕
身在荷香水影中〔杨万里〕

身在荷香水影中〔杨万里〕
家在兰烟竹雨中〔谭嗣同〕②

布衣蔬食且随缘〔王　炎〕
雨笠烟蓑自称心〔王禹偁〕

茗碗酒杯皆可意〔顾　清〕
竹篱茅舍自甘心〔王　淇〕

茗碗酒杯皆可意〔顾　清〕
溪松径竹素知心〔陈允平〕

茗碗酒杯皆可意〔顾　清〕
秋风春雨总关心〔丁鹤年〕

葛巾羽扇姑自适〔吴则礼〕
荷衣蕙带始相宜〔司马光〕

柳桥槐市暂经过〔释斯植〕
春风秋月久交游〔陈　普〕

短艇轻蓑良不恶〔王　炎〕
山肴野蔌亦自佳〔吴　芾〕

雪月风烟俱属我〔杨公远〕
是非荣辱不关渠〔胡仲弓〕

修短穷通一无恨〔黄公度〕
是非荣辱百不知〔张　耒〕

是非得失都休计〔吴　潜〕
穷通寿夭俱莫问〔陆文圭〕

荣辱是非都不问〔吴　芾〕
东西南北总无知〔释印肃〕

身在荷香水影中〔杨万里〕
梦寄梅村竹坞间〔陆　游〕

---

① 何绍基:清代诗人、书法家,“书联圣手”。他的名联有:自知性癖难谐俗,且喜身闲不属人。入世须才更须节,传家积德还积书。自题联:行路有何难,我曾从天柱、九嶷、三涂、太白、紫阁、终南,直到上京王者地;得师真不易,所愿与高堂、二戴、安国、子长、相如、正则,同依东鲁圣人家。

② 谭嗣同:字复生,号壮飞,“戊戌六君子”之一。遇害后,夫人李闰取“忍死须臾待杜根”之意,自号“臾生”,并赋诗悼亡云:已无壮志酬明主,剩有臾生泣后尘。康有为嗟悼曰:复生不复生矣,有为安有为哉!

梦到霜松雪梅边　〔方　回〕

人在白云流水外　〔葛长庚〕
家住苍烟落照间　〔陆　游〕

每对雄词观健笔　〔文　同〕
总把新桃换旧符　〔王安石〕

时将旧衲添新线　〔杜荀鹤〕
每于败局算残棋　〔钱谦益〕

静听帘雨写鸣琴　〔李弥逊〕
闲看仙人扫落花　〔丰　坊〕

卧听松风夹雨声　〔祝允明〕
起看玉宇泻银河　〔陈　著〕

石鼎烹茶火煨栗　〔陆　游〕
粝食充饥衲御寒　〔吴　潜〕

暂听紫燕黄鹂语　〔史弥坚〕
更结青鸟白鹤缘　〔徐　瑞〕

物外烟霞为伴侣　〔吕　岩〕
案头诗卷是生涯　〔顾　逢〕

风前月下抚心琴　〔马　钰〕
柳边雪外舣兰舟　〔仇　远〕

星前月底闲吟咏　〔沈　禧〕
水边亭下独徘徊　〔金君卿〕

桃花江上弄泉石　〔潘德舆〕
幕府山头刈草莱　〔马之纯〕

武陵溪口驻扁舟　〔王昌龄〕
岳阳城下系孤舲　〔汪元量〕

岳阳城下系孤舲　〔汪元量〕
昆明湖上浮轻舫　〔乾　隆〕

梦到霜松雪梅边　〔方　回〕

常向花前浇浊酒　〔庄盘珠〕
偶从树底闻流莺　〔杨季鸾〕

总把新桃换旧符　〔王安石〕
每于败局算残棋　〔钱谦益〕

每于败局算残棋　〔钱谦益〕
偶因佳友得壮观　〔朱克家〕

还向琴书讨生活　〔徐大镛〕
不从龟鹤问年龄　〔佚　名〕

坐听饥猿响翠微　〔刘　基〕
起看飞云度碧天　〔张　栻〕

暂听紫燕黄鹂语　〔史弥坚〕①
长傍青山碧水居　〔李群玉〕

遥忆白狼山下客　〔钱谦贞〕
更约青莲社里人　〔邓仁宪〕

雪中霜里伴松筠　〔程敦厚〕
水边山脚友渔樵　〔程炎子〕

竹际松间构小堂　〔韩　维〕
山崖水畔得幽居　〔吴　芾〕

柳外梅边从徙倚　〔仇　远〕
山腰海角偶徘徊　〔李弥逊〕

武陵溪上栽桃花　〔赵汝淳〕
香炉峰下结茅庐　〔张　蠙〕

吴淞江口放扁舟　〔贤　岩〕
岳阳城下系孤舲　〔汪元量〕

昆明湖上浮轻舫　〔乾　隆〕
岳阳城下系扁舟　〔赵汝鐩〕

---

①　史弥坚：南宋政治、军事人物。宰相史浩幼子。兄史弥远为相久，史弥坚多次劝他辞去相位，不听，自己遂辞职回乡。

凤凰台前看明月　〔李孝光〕
梧桐阴里听清砧　〔章永康〕

金阊城头夜吹笛　〔吴鼎芳〕
武陵山下朝买船　〔王安石〕

青山影里开茅堂　〔林　鸿〕
绿萝阴下列蒲团　〔何景明〕

桄榔树下共谈诗　〔戴复古〕
芰荷香里独垂纶　〔来　鹄〕②

海棠花下共吹箫　〔朱有燉〕
鹧鸪声里独凭栏　〔李东阳〕

玉兰花下同呼酒　〔汪　沆〕
芭蕉叶上独题诗　〔韦应物〕

吟诗诵赋清且永　〔汪　莘〕
采山钓水美而鲜　〔吴　潜〕

勘书评画了残年　〔徐似道〕
焚香洗钵过浮生　〔卢　纶〕

烹茶煮药过残年　〔杨　时〕
烧香弄翰了余生　〔倪　瓒〕

吹火煮鱼倾浊酒　〔喻良能〕
引风招月伴清樽　〔于　石〕

提壶携砚上高台　《随园诗话》
饵云钩月钓清津　〔释正觉〕

弹丝理曲坐高堂　〔黄省曾〕
问柳寻花到野亭　〔杜　甫〕

枕流漱石多佳趣　〔佚　名〕
安贫知足有馀欢　〔高梅阁〕

浔阳江头夜送客　〔白居易〕
武陵山下朝买船　〔王安石〕

青山影里开茅堂　〔林　鸿〕
乌桕阴中把酒杯　〔陆　游〕

桂花香里看唐诗　〔俞　桂〕
贝多叶上写莲经　〔吕思诚〕①

鹧鸪声里独凭栏　〔李东阳〕
桄榔树下共谈诗　〔戴复古〕

海棠花下共吹箫　〔朱有燉〕
芭蕉叶上独题诗　〔韦应物〕

玉兰花下同呼酒　〔汪　沆〕
金明池上共扬鞭　〔曹　泾〕

勘书评画了残年　〔徐似道〕
焚香洗钵过馀生　〔李　端〕

弹琴酌酒送飞鸟　〔林　鸿〕
焚香洗钵过浮生　〔卢　纶〕

饮水曲肱眠细草　〔郑刚中〕
荫松坐石濯清流　〔林　石〕

提壶携砚上高台　《随园诗话》
引风招月伴清樽　〔于　石〕

弹丝理曲坐高堂　〔黄省曾〕
饵云钩月钓清津　〔释正觉〕

弹丝理曲坐高堂　〔黄省曾〕
读书饮酒居名山　〔黄　鹤〕

典钱沽酒了今朝　〔方　回〕
击磬焚香毕此生　〔晁说之〕

---

① 吕思诚:元代名臣、学者。性情刚直、倔强,直言敢谏,秉公办事。《元史》载:母冯氏,梦一丈夫,乌巾、白襕(lán)衫、红鞓(tīng)束带,趋而揖曰:“我文昌星也。”及寤,思诚生,目有神光,见者异之。

② 来鹄:唐代诗人。少有大志,广学权谋机变之术,得鬼谷子真传,又能为政,有汉张子房之风。

典钱沽酒了今朝 〔方 回〕
临水登山送此生 〔释文珦〕

课雨量晴聚邻里 〔王 霖〕
种竹栽花教子孙 〔王之道〕

栽松艺菊餐烟霞 〔陈长方〕
烧香礼佛学神仙 〔谢方叔〕

吟山歌水嘲风月 〔白居易〕
闭户焚香养性灵 〔董 楷〕

整冠肃貌讽章句 〔王拱辰〕
闭户焚香读坎离 〔项安世〕

闭户著书多岁月 〔王 维〕
谈经阅世无春秋 〔敖陶孙〕

升高望远腰脚健 〔缪 沅〕
问柳寻花步屧轻 〔郭 印〕

独酌独吟谁与共 〔魏 野〕
自去自来人不知 〔九华山白衣〕

山前山后寻蕨萁 〔戴表元〕
舍南舍北探梅花 〔陆 游〕

不圆不缺行中道 〔周无所住〕
无思无虑乐天真 〔郭 印〕

独步独吟仍独坐 〔邵 雍〕
如痴如醉又如闲 〔韦 庄〕

独步独吟仍独坐 〔邵 雍〕
自笑自怜还自语 〔王之道〕

独唱独酬还独卧 〔朱淑真〕
闲行闲坐复闲吟 〔田 淳〕

沽酒烹鸡会邻里 〔苏 籀〕
种竹栽花教子孙 〔王之道〕

安炉立鼎法乾坤 〔张伯端〕
烧丹炼药学神仙 〔释印肃〕

吟山歌水嘲风月 〔白居易〕
栽松艺菊餐烟霞 〔陈长方〕

整冠肃貌讽章句 〔王拱辰〕①
闭户焚香养性灵 〔董 楷〕

修身治性藏幽隐 〔宋太宗〕
耕云钓月老林泉 〔刘 宰〕

浇花酿酒勤料理 〔李处权〕
煮茗焚香净扫除 〔李处权〕

幕天席地生涯阔 〔释师体〕
煮茗评诗岁月深 〔徐集孙〕

闲醉闲吟聊自得 〔张 咏〕
独行独坐任天然 〔释延寿〕

独往独来山下路 〔王安石〕
或行或坐水边亭 〔赵师秀〕

游山游水几千重 〔施肩吾〕
如病如痴二十秋 〔刘得仁〕

独步独吟仍独坐 〔邵 雍〕
非来非去亦非忙 〔宋太宗〕

独唱独酬还独卧 〔朱淑真〕
无住无往亦无来 《坛经》

独唱独酬还独卧 〔朱淑真〕
闲眠闲坐或闲行 〔陈宪章〕

---

① 王拱辰:北宋状元、诗人。关于他中状元,苏辙有诗原注:“公少年过泗州,于僧伽塔中见一老僧,谓公归视祖墓,有白兔者,君当第一人及第,已而果然。”欧阳修曾写过这样两句诗调侃他的婚姻生活:旧女婿为新女婿,大姨夫作小姨夫。

石作藩篱树作邻〔葛一龙〕
山为屏障草为裀〔邹　浩〕

草作衣裳茅作舍〔慈　觉〕
山为屏障水为邻〔刘春池〕①

云作交游山作宾〔陈　普〕
山为屏障水为邻〔刘春池〕

云作交游山作宾〔陈　普〕
鹤为车驾酒为粮〔吕　岩〕

修竹当篱梅当户〔汪　莘〕
清风为伴月为邻〔向子諲〕

修竹当篱梅当户〔汪　莘〕
清泉为镜石为屏〔于　石〕

枕上有书尊有酒〔元好问〕
瓮中无米琴无弦〔胡　适〕

家园有桃瓮有酒〔曹　勋〕
屋山无笋圃无蔬〔刘克庄〕

醒后自看还自笑〔陆　游〕
醉来忘渴复忘饥〔白居易〕

已是有花兼有酒〔黄庭坚〕
却应无悔复无尤〔白居易〕

已是有花兼有酒〔黄庭坚〕
不堪无月又无人〔钱钟书〕

莫忧世事兼身事〔韩　愈〕
休道这边与那边〔释印肃〕

动物篇

东鸦西兔从飞驰〔张　镃〕
社燕宾鸿任去来〔周必大〕

春猿秋鹤聊徜徉〔方　岳〕
社燕宾鸿任去来〔周必大〕

春猿秋鹤聊徜徉〔方　岳〕
沙禽云鸟自往来〔卫宗武〕

金凤银鹅各分散〔吴为楫〕
野蝶园蜂自去来〔李东阳〕

鸣鸠乳燕相料理〔洪咨夔〕
游鱼舞兽自奔忙〔苏　轼〕

解猿放鹤各消摇〔陆　游〕
游鱼舞兽自奔忙〔苏　轼〕

狂蜂游蝶自来往〔吴　芾〕
解猿放鹤各消摇〔陆　游〕

乳莺飞燕共低徊〔楼　钥〕
解猿放鹤各消摇〔陆　游〕

戏蝶狂蜂相往返〔薛　逢〕
乳莺飞燕共低徊〔楼　钥〕

戏蝶狂蜂相往返〔薛　逢〕
归鸿去雁各参差〔张　镃〕

戏蝶狂蜂相往返〔薛　逢〕
浴鹭飞鸥自去回〔黄幼藻〕

鸣鸠乳燕相颉颃〔仇　远〕
浴鹭飞鸥自去回〔黄幼藻〕

---

① 刘春池:清代金陵人,织造府计吏。不戒于火,将龙衣贡物,俱付焚如。赔累后,既贫且老,而诗兴不衰。

旧燕新莺沸消息　〔洪咨夔〕
长蛇封豕争雄豪　〔汪　莘〕

怪兽珍禽左右至　〔汪元量〕
雌蝶雄蜂次第来　《随园诗话》

长蛇猛虎盘深谷　〔方殿元〕
狂蜂乱蝶度繁阴　〔孙应时〕

高梧寒柳度飞鸦　〔钱　起〕
远水遥天起断鸿　〔于　石〕

残烟衰草泣寒蛩　〔于　石〕
老树荒城噪暮鸦　〔黎廷瑞〕

语燕啼莺亦可伤　〔白玉蟾〕
卧龙跃马不胜哀　〔姚濬昌〕

卧虎蹲羊各自闲　〔张嗣古〕
游蜂飞蝶为谁忙　〔刘学箕〕

山精木魅不可听　〔卢　纶〕
晨鹊昏鸦亦厌闻　〔贺　铸〕

断鸿凄雁不堪听　〔马一浮〕
晨鹊昏鸦亦厌闻　〔贺　铸〕

飞蝶鸣鸠俱得意　〔陆　游〕
溪鱼野鸟共忘形　〔郑　獬〕

语燕流莺都绝迹　〔钱钟书〕
沙鸥汀鹭共忘机　〔杨公远〕

调笙握管乘青鸾　〔钱聚瀛〕
击鼓吹箫屠白羊　〔苏　轼〕

冷丝枯木拂蛛网　〔黄庭坚〕
败蓑破笠挂鱼竿　〔杨万里〕

痴龙怪鱼肆凭恃　〔欧阳修〕
长蛇封豕恣纵横　〔王　冕〕

怨鹤惊猿号夜帐　〔孙　觌〕
游蜂舞蝶弄朝暾　〔邹汉勋〕①

长蛇猛虎盘深谷　〔方殿元〕
舞蝶游蜂过短墙　〔释如净〕

断霞散绮飞孤鹜　〔吕胜己〕
残烟衰草泣寒蛩　〔于　石〕

妖狐狡兔无所依　〔郑　偶〕
游蜂戏蝶空自忙　〔陆　游〕

离鸾别鹄不自怜　〔王　炎〕
游蜂飞蝶为谁忙　〔刘学箕〕

雌蝶雄蜂不同类　〔刘秉忠〕
怨鹤愁猿孰与俦　〔陈傅良〕

寡鹄孤鸾不忍看　〔吴伟业〕
晨鹊昏鸦亦厌闻　〔贺　铸〕

怨鹤惊猿应待我　〔黄　庚〕
游蜂舞蝶自随人　〔杨　亿〕

野鬼闲神俱屏迹　〔释师观〕
千妖百怪尽潜踪　〔释普度〕

左龙右虎环紫极　〔李　杭〕
雄雷雌电绕丹屋　〔杨维桢〕

豺牙虎爪銛于剑　〔宋　祁〕
凤鼓龙箫殷若雷　〔孔凡章〕

冷丝枯木拂蛛网　〔黄庭坚〕
断霞残雨洗虹桥　〔白玉蟾〕

---

①　邹汉勋：清代学者、舆地学家。幼聪颖好学，乡居苦书少，辄诣郡学借观，手录口诵，于天文推步、方舆沿革、六书、九数之属，靡不研究。与魏源、何绍基并称“湘中三杰”。乡谚云：“记不全，问魏源；记不清，问汉勋。”父深研“三礼”，母吴珊瑚通晓古今地理沿革，与邹汉勋兄弟六人皆致力舆地之学，号称“邹家七子”。

冷丝枯木拂蛛网　〔黄庭坚〕
断云残柳接狼烟　〔蔡宗尧〕

深水高林放鱼鸟　〔雍裕之〕
平沙细草散羊牛　〔元好问〕

空山残月杜鹃啼　〔王同祖〕
斜阳芳草鹧鸪飞　〔蒲寿宬〕

龙车凤辇非难遇　〔杜光庭〕
鹤驾云軿或可期　〔杨　损〕

鹤算龟龄不足论　〔芹　庵〕
驼峰熊掌岂堪夸　〔老　舍〕

羊质虎皮安足齿　〔钱世锡〕
驼峰熊掌岂堪夸　〔老　舍〕

云龙风虎知有会　〔刘黄裳〕
山妖木魅何由逢　〔祝维诰〕

燕雀鸾凰不并居　〔晁说之〕
鸳鸯鸂鶒总双飞　〔徐　夤〕

虾蟆蛱蝶偏如意　〔刘　基〕
鹭鸶鸂鶒总多情　〔郑　韶〕

春燕秋鸿岂知我　〔利书记〕
晨乌夜鹤莫愁予　〔陈　造〕

渊鱼林鸟已闻法　〔黄　照〕
珠凫玉雁又成埃　〔林景熙〕

凤笙龙管吹秋声　〔刘学箕〕
兔葵燕麦撼春风　〔阮　阅〕

羊尾驼峰腻人口　〔王　冕〕
凤管鸾箫增我悲　〔顾梦圭〕

象床犀簟伏熊枕　〔石　珝〕

细雨凄风阻雁行　〔王静淑〕
断云残柳接狼烟　〔蔡宗尧〕

残星荒店野鸡啼　〔文天祥〕
秋水长天孤鹜飞　〔辛弃疾〕

鸥汀鹭渚逢迎处　〔夏承焘〕
蝶影蜂声烂熳时　〔李建勋〕

龙眼犀纹那可辨　〔舒　位〕
驴颙马颔实难明　〔释崇岳〕

燕颔虎头何足羡　〔张　羽〕
驼峰熊掌岂堪夸　〔老　舍〕

孔龟张鹊难重觏　《随园诗话》
山妖木魅何由逢　〔祝维诰〕

鹤骨龙筋尚宛然　〔苏　轼〕
鸟巢鱼窟更安如　〔王余佑〕①

虎鼠龙鱼无定态　〔王国维〕
燕雀鸾凰不并居　〔晁说之〕

山猿野鹤俱无恙　〔赵必象〕
篱鷃云鹏各有程　〔张　载〕

野鹤沙鸥惯看客　〔李长庚〕
春燕秋鸿岂知我　〔利书记〕

龙章凤姿委秋草　〔黄庭坚〕
兔葵燕麦撼春风　〔阮　阅〕

莺歌燕语戏晴晖　〔仲　并〕
鸾丝凤竹醉春风　〔陆　游〕

燕颔鸾肩非我友　〔耿　镃〕
雁烟蛩雨属他家　〔周文璞〕

金鞍玉勒控龙媒　〔俞允文〕

① 王余佑：清初学者。自称五公山人，躬耕养亲，不求闻达，三十年不入城市，而为学益勤。有时登临峰顶，慷慨悲歌，泣数行下。

麟符虎节烂龙光　〔董　颖〕

麟角凤毛多异质　〔苏　轼〕
虎头燕颔足奇谋　〔刘　过〕

渚鹭沙鸥多旧识　〔胡舜陟〕
鸣鸠乳燕皆新声　〔孙衣言〕

心猨意马须自缚　〔宋太宗〕
秋蛇春蚓任人传　〔王之道〕

鸳鸯鹦鹉两相推　〔杨万里〕
燕子蜂儿各自忙　〔苏　泂〕

坎虎离龙战几回　〔白玉蟾〕
玉兔金乌落二边　〔释慧温〕

鹤骨龙筋金玉相　〔杨万里〕
鸾裾凤带茱萸囊　〔沈　愚〕

白马黄驼傍草眠　〔谢　榛〕
戏蝶流莺绕树飞　〔释慧晖〕

玉兔银蟾休道远　〔秦　观〕①
雨师云将莫论功　〔王　炎〕

虎头燕颔君休论　〔金　涓〕
猩唇熊掌我无缘　〔杨万里〕

牛酥马乳宫中赐　〔朱有燉〕
鱼金虎竹天上来　〔张　祜〕

白雪黄云迷雁影　〔祝允明〕
碧溪青嶂绕螺亭　〔苏　轼〕

黄蜂紫蝶自颠倒　〔晁说之〕
青鸾白凤恣翱翔　〔项安世〕

黄龙青雀未可测　〔宋徵舆〕
白猿苍鸟莫相猜　〔管　棆〕

霓帔霞裳引鹤旌　〔丘逢甲〕

虬须燕颔生英风　〔顾　璘〕
鸾歌凤吹动祥云　〔顾　况〕

山妖水魅骑旋风　〔陈　陶〕
汀鸿沙鹭狎晴晖　〔方　回〕

河鲤江鱼各自流　〔许振祎〕
秋蛇春蚓任人传　〔王之道〕

斑竹鸾弦几回死　〔王　醇〕
兔葵燕麦一番新　〔张　耒〕

越禽胡马相逢地　〔欧阳修〕
雨莺风燕乍晴天　〔汤显祖〕

豹房虎圈恣盘游　〔张际亮〕
驼峰狮岭任搜罗　〔俞廉三〕

猿猱虎豹夹路啼　〔蔡　沈〕
蜜蜂蝴蝶绕藤飞　〔傅若金〕

木人石女共谈玄　〔王吉昌〕
春鸟秋虫自作声　〔黄景仁〕

怒犀饿虎沙中蹲　〔陈锺祥〕
玉兔金乌火里旋　〔释法全〕

蝶思莺情梦中见　〔沈　愚〕
兔角龟毛眼里栽　〔释宗杲〕

黄蜂紫蝶自颠倒　〔晁说之〕
翠蛟白凤相蜿蜒　〔张天英〕

红蜂翠蝶闲飞舞　〔黄　铢〕
青鸾白凤恣翱翔　〔项安世〕

白凤赤龙浑异事　〔张弘范〕
黄骢紫燕非凡材　〔彭兆荪〕

---

①　秦观：北宋文学家，“苏门四学士”之一，“婉约派”重要词人。苏轼戏称他为“山抹微云秦学士”。去世后，苏轼叹曰：“少游已矣，虽万人何赎？”有名句：自在飞花轻似梦，无边丝雨细如愁。

红鸾紫凤欢流霞〔项安世〕
丹鸡白犬随行辆〔王士祯〕

苍龙夭矫丹凤舞〔清宣宗〕
黄鹂上下紫燕翻〔曾　燠〕

狐狸啸舞豺狼嗥〔岳　珂〕
风雷奔击鬼神呼〔胡仲弓〕

春猿长吟秋鹤飞〔王柏心〕
夜乌悲啼朝雉鸣〔皇甫汸〕

东乌西兔自昏晓〔刘　宰〕
塞雁宾鸿互燠寒〔徐树铭〕

狐鼠蜂蚁争噬吞〔柳宗元〕
熊罴狮豹相奔波〔王　逢〕

鱼婢蟹奴供俎豆〔乐雷发〕
雷公电母听使令〔戴　良〕

龙颀虎脊视天地〔张　耒〕
鹤书凤诏驰遐陬〔叶绍本〕

苍鹿却走青羊奔〔程敏政〕①
玄乌罢飞白驹驰〔光聪诚〕

龙蛇纵横虎豹乱〔崔　觐〕
鸾鹤翔舞猿猱轻〔白玉蟾〕

瘦马长吟蹇驴吼〔孔清真〕
夜乌悲啼朝雉鸣〔皇甫汸〕

银蟾未出金乌在〔徐　夤〕
狡兔犹存走狗死〔姚文田〕②

仓庚布谷相和呼〔苏　辙〕
鸡鹕鸂鶒争浮沉〔王子昭〕

乌鸦蝼蚁有君臣〔郑　侠〕
蜻蜓蛱蝶无情思〔秦　观〕

雷公电母听使令〔戴　良〕
虾蟆蜥蜴担工劳〔王　淮〕

土牛木马撼山海〔杨真人〕
风师雨客逐春秋〔释如净〕

---

① 程敏政:明代探花、大臣。自幼聪慧过人,读书过目成诵,人们把他比作东汉神童孔融和唐代神童李泌。有一次,大学士李贤请他吃饭,指着席上果品出了一句上联:"因荷(谐何)而得藕(谐偶)。"程敏政立即对出下联:"有杏(谐幸)不须梅(谐媒)。"又有一次,程敏政应诏与明英宗共进晚餐。席间明英宗欲试其才学,就以宴席上的螃蟹出句:"螃蟹浑身甲胄。"他略加思索,应声对出下联:"凤凰遍体文章。"明英宗一听,不禁大喜。与此同时,另一位四岁时就被举荐为神童的李东阳也在座。程敏政对出下联之后,李东阳从容不迫地说:"蜘蛛满腹经纶。"皇上一听,大异之,曰:"是儿他日作宰相耶!"后来,正如明英宗所预言的那样,李东阳"入相而经济天下,程则终于学士,以文章名世。然偶尔一对,而终身事业见之也。"另有记载说,李东阳与程敏政过采石,李得句云:五风十雨梅黄节。程即应云:二水三山李白诗。此外,明代张谊《宦游纪闻》记载:安南使入朝,出一对云:琴瑟琵琶八大王,一般头脑。程敏政对曰:魑魅魍魉(chī mèi wǎng liǎng)四小鬼,各样肚肠。这一联,后来演变为另一神妙无比的拆字联:相传八国联军进犯中国时,腐败无能的清政府屈膝求和。议和会上,一个日本人十分嚣张地提出上联要求答对:骑奇马,张长弓,琴瑟琵琶八大王,王王在上,单戈作戦(战)。八国联军代表以为此联中方无人能对,正好借此羞辱清廷。然而话音未落,就有一位清朝官员昂然对出下联:伪为人,袭龙衣,魑魅魍魉四小鬼,鬼鬼犯边,合手即拿。

② 姚文田:清代状元、大臣。少时家贫,父客游他方,母沈氏亲自口授经籍。有时家里生不起火,揭不开锅,人们劝她卖掉旧屋地。沈氏说:"等我儿子作官时,留此地盖一品坊啊!"姚文田后来果然做了礼部尚书(从一品)。他的自题联值得一赏:"世上几百年旧家,无非积德;天下第一件好事,还是读书。"还有人用他的名字做了一副奇妙的嵌字联:姚文田号秋农,彭邦畴号春农,两个农夫,空想田畴之乐;帅承瀛字仙舟,何凌汉字仙槎,一行仙吏,同登瀛汉之天。

城狐社鼠积威福〔梁启超〕
奇神怪魃生愁哀〔李流谦〕

虫鸣鸟噪感时节〔杨　时〕
龙吟虎啸生风云〔范祖禹〕

乌惊兔忽易寒暑〔陈　造〕
鹤唳猿啼饯昏晓〔龚大明〕

凤翥鸾骞竞翀举〔允　礼〕
熊蹲豹掷争低昂〔柳宗元〕

龙争虎战俱寂寞〔贝　琼〕
莺啼燕语空徘徊〔黎民表〕

龙骧虎视出皇都〔欧阳詹〕
鸾歌凤舞入帝乡〔司马光〕

鸾飞凤舞出金城〔吕　岩〕
马载驴驮上铁船〔释重显〕

虎绕龙蟠归大定〔王丹桂〕
蝶怨蜂愁静小园〔朱有燉〕

云淡烟横鱼动镜〔倪　称〕
庭闲人静鸟窥帘〔王之道〕

虎战龙争方未已〔张　羽〕
鸦鸣鹊噪总无休〔胡乔木〕

虎踞龙蟠那得久〔屈大均〕
兔走乌飞不觉长〔韦　庄〕

蝶舞蜂狂谁便道〔元好问〕
猿惊鹤怨吾当归〔章　甫〕

燕语莺啼春又夏〔文天祥〕
龙吟虎啸去还来〔马　钰〕

虫鸣鸟噪感时节〔杨　时〕
龙吟虎啸随风云〔黄庭坚〕

乌惊兔忽易寒暑〔陈　造〕
龙吟虎啸生风云〔范祖禹〕①

鹤唳猿啼饯昏晓〔龚大明〕
鹭去鸥来管送迎〔汪元量〕

狮纽螭盘斗华侈〔何　栻〕②
熊蹲豹攫争轩昂〔司马光〕

驴鸣狗吠成狼籍〔释绍昙〕
龙骧虎步反狐疑〔陈　普〕

鸾骞凤翥来帝庭〔释善珍〕
龙骧虎视出皇都〔欧阳詹〕

虎踞龙蟠拱上京〔成多禄〕
鸡鸣犬吠闻中洲〔沈　周〕

鹤怨猿惊嗟往事〔鲁千之〕
莺啼燕语报新年〔皇甫冉〕

龙争虎斗不肯止〔文天祥〕
鸦鸣鹊噪总无休〔胡乔木〕

燕去鸿来何日了〔葛长庚〕
鹤长凫短几时齐〔元好问〕

鸾停鹄峙何由见〔马　弓〕
雁叫猿啼不可闻〔乔　莱〕

燕乳鸠鸣春又老〔喻良能〕
猿惊鹤怨吾当归〔章　甫〕

鹤怨猿啼朝复暮〔黄　侃〕
龙吟虎啸去还来〔马　钰〕

---

① 范祖禹：宋代史学家、文学家。史载“其生也，母梦一伟丈夫被金甲入寝室，曰：‘吾汉将军邓禹。’既寤，犹见之，遂以为名。”少孤，由叔祖范镇抚养成人。范镇十分器重他，曾说：“此儿，天下士也。”

② 何栻：清代知府。去职后，经商致富，筑“壶园”（后改称“瓠园”）。创立湖心诗社。客至，不问姓名，觞咏昼欢，有累月不去者。

花睡柳眠春自懒〔陆　游〕
鸟语蜂喧蝶亦忙〔杨万里〕

猿吟鹤唳本无意〔苏　轼〕
虎变龙腾各有心〔李流谦〕

猨啼鹤唳非无意〔薛　嵎〕
虎变龙腾各有心〔李流谦〕

鸠唤乌啼终有侣〔戴　埴〕
鸾飘凤泊总无家〔梁启超〕

鸾飘凤泊蛟螭舞〔谢应之〕
燕忙莺懒蝶蜂翾〔游九言〕

燕去鸿归音信绝〔朱敦儒〕
鱼沉雁断消息稀〔黄公度〕

猿啼鸦噪溪云暮〔邵稽仲〕
龙咆虎啸松风寒〔欧阳修〕

鬼泣神愁日光薄〔周是修〕
鱼枯雁死星芒消〔刘　基〕

莺啼燕语兼蛙鸣〔永　瑆〕
凤仪鱼跃更龙拿〔岳　珂〕

鸟飞鱼跃白云间〔陶　弼〕
鸡鸣犬吠青霞中〔杨万里〕

龟游鹤舞千年寿〔胡文卿〕
虎踞龙蟠万古雄〔臧鲁子〕

蛇盘瓦沟鼠穿壁〔冯　著〕
猿叫枫林鱼跃波〔高　启〕

蜚廉吹笙虎击筑〔刘　基〕
雷神伐鼓云扬旗〔王　淮〕

猛虎负山蛟得水〔郑刚中〕
巨鱼纵壑鸿遇风〔岳　珂〕

紫燕窥帘莺绕林〔陈　造〕

蝶舞莺啼亦伤魄〔汪　莘〕
鸟语花飞总断肠〔袁中道〕

猿号鹤唳岂无意〔苏　辙〕
虎变龙腾各有心〔李流谦〕

猨啼鹤唳非无意〔薛　嵎〕
凤泊鸾飘别有愁〔龚自珍〕

蝶绕蜂随俱入座〔黄庭坚〕
鱼沉鹭起各归家〔韩　维〕

石走雷轰鬼神怖〔林　宪〕
水涌月落鱼龙愁〔陆　游〕

猿啼虎啸车马绝〔宋　琬〕
鱼沉雁断消息稀〔黄公度〕

鬼泣神愁日光薄〔周是修〕
龙咆虎啸松风寒〔欧阳修〕

柳绿花红春鸟啼〔亮禅师〕
木落风高秋雁归〔张　耒〕

鸦归燕语等闲度〔袁宏道〕
鸾歌凤吟次第来〔王禹偁〕

沙浅滩平双鹭下〔朱　翌〕
日明风细一鸥飞〔陈　岩〕

蛇盘瓦沟鼠穿壁〔冯　著〕
龙护瑶窗凤掩扉〔李商隐〕

蜩蝉蜕壳鸡抱雏〔孙　蕡〕
鹁鸪鸣雨鹤吟风〔董嗣杲〕

飞鸟冲天鱼纵壑〔黄公度〕
卧虎踞石龙蟠松〔李梦吕〕

紫燕窥帘莺绕林〔陈　造〕
白虎摇瑟凤吹笙〔宋之问〕

燕子南来雁北飞〔贾蓬莱〕

白马嘶霜雁叫烟 〔鲍 溶〕

燕子南飞雁北归 〔吴湖帆〕
伯劳东去鹤西还 〔戴叔伦〕

阳乌东出又西颓 〔郭 印〕
塞雁南来已北归 〔释行海〕

燕莺语言凤凰意 〔赵崇嶓〕
鹰隼仪形蝼蚁心 〔刘禹锡〕

惟有石龟并木雁 〔仇 远〕
只无蚱蜢与蜻蜓 〔杨万里〕

休嗟凤泊与鸾飘 〔何佩玉〕
莫畏虎啸并猿啼 〔张 羽〕

见兔必能知顾犬 〔周 昙〕
割鸡不用烦屠龙 〔邓 肃〕

似有黄鹂鸣翠柳 〔黄庭坚〕
未觉红鸾映白鸥 〔杨万里〕

绿槐阴里黄莺语 〔韦 庄〕
紫阳花下白鸡鸣 〔周文璞〕

乌龙滩下白云堆 〔杨万里〕
玄菟城头紫气横 〔李希圣〕

碧桃枝上金鸡鸣 〔吕 岩〕
绿杨阴下玉骢嘶 〔孙 蕡〕

碧鸡坊外送行旌 〔罗元琦〕
丹凤城边转画轮 《随园诗话》

紫荆花下啭黄鹂 〔朱 绛〕
白云堆里奋苍虬 〔沈 禧〕

紫帽峰前双鹭下 〔梁克家〕
碧桃花外一莺飞 〔赵汝回〕

白龙堆下千蹄马 〔温庭筠〕
紫皇殿前五色麟 〔贯 休〕

伯劳东去鹤西还 〔戴叔伦〕

江鱼西上雀东飞 〔黄 辉〕
塞雁南翥马北嘶 〔李 壁〕

鸠雎夫妇雁兄弟 〔方 回〕
豺狼父子蚁君臣 〔岳 珂〕

虬甲凤毛与麟角 〔吴 照〕
虎圈鹿馆兼龙池 〔王 昶〕

岂免狐疑更狼顾 〔李东阳〕
尽教蝶闹与蜂喧 〔方 岳〕

休把鸾刀切蚁肝 〔刘克庄〕
莫将牛弩射羊群 〔苏 轼〕

虎皮难以裹羊质 〔汪元量〕
鹊巢那得不鸠居 〔陈 普〕

武昌城头黄鹤楼 〔孙 蕡〕
扬子江边白鹭洲 〔蔡 羽〕

碧纱窗外黄鹂语 〔方千里〕
紫阳花下白鸡鸣 〔周文璞〕

玄菟城头紫气横 〔李希圣〕
黄鹤楼前白浪生 〔张 氏〕

翠蛟亭下看流泉 〔黄公望〕
碧鸡坊外送行旌 〔罗元琦〕

青枫渡口晒鸬鹚 〔唐时升〕
白莲花底起鸳鸯 〔阮恩滦〕

黄獐引脰探绿叶 〔郑 獬〕
白鹭冲波掠翠萍 〔龚静仪〕

紫帽峰前双鹭下 〔梁克家〕
碧桃枝上一莺啼 〔缪宝娟〕

馆娃宫中麋鹿游 〔杨维桢〕
越王台上鹧鸪啼 〔刘辰翁〕

馆娃宫中麋鹿游 〔杨维桢〕
越王台下杜鹃飞 〔沈明臣〕

芰荷香里鸳鸯浦 〔詹　玉〕
枇杷花下鹿麋踪 〔居　节〕

凤凰城上驻龙旂 〔王　英〕
蜻蜓浦中闻雁声 〔陆　游〕

一双燕子守朱门 〔周邦彦〕
几点沙鸥泛碧流 〔白玉蟾〕

鹤恋故巢云恋岫 〔刘禹锡〕
鱼爱深池鸟爱丛 〔杜　濬〕①

莺边杨柳鸥边草 〔杨万里〕
水上蜻蜓木上蝉 〔姜特立〕

山中麋鹿川中鱼 《随园诗话》
水上蜻蜓木上蝉 〔姜特立〕

燕子不飞莺不语 〔周紫芝〕
蛱蝶未生蜂未来 〔梅尧臣〕

两两狐狸上宫树 〔蒋超伯〕
双双鸳鸯戏苹洲 〔米　芾〕

淅淅凄风匝凤帏 〔朱让栩〕
漠漠轻烟护鹊巢 〔王志道〕

白鹭沉沉飞复起 〔刘辰翁〕
黄鹤悠悠去不还 〔白玉蟾〕

黄鸟翩翩杨柳垂 〔高　适〕
白蘋茫茫鹧鸪飞 〔张　籍〕

绿草离离蝴蝶戏 〔秦　观〕
白蘋茫茫鹧鸪飞 〔张　籍〕

落花风里杜鹃啼 〔王　炎〕
望乡台上鹧鸪飞 〔李　琏〕

昆明池里跃金鳞 〔贺德英〕
姑射山头卧玉鲸 〔吕祖俭〕

两个鸳鸯浮绿水 〔白玉蟾〕
一双鸂鶒浴红衣 〔王　炎〕

前村后村啼杜宇 〔范成大〕
南冈北冈鸣鹁鸠 〔方　岳〕

雄虬怒吼雌虬吟 〔洪咨夔〕
老凤高栖雏凤飞 〔李流谦〕

水上蜻蜓木上蝉 〔姜特立〕
云间鸿雁草间虫 〔朱敦儒〕

山中麋鹿川中鱼 《随园诗话》
云间鸿雁草间虫 〔朱敦儒〕

啼鸠唤雨鹊唤晴 〔杨　揆〕
候虫鸣秋鸟鸣春 〔方　岳〕

点点白鸥天外堕 〔程颂万〕
啾啾黄雀竹间飞 〔郑　獬〕

鸳鸯对对起还沉 〔俞　桂〕
燕子双双西又东 〔张九成〕

黄蝶飞飞缀野蒿 〔晁补之〕
白鸟翩翩下夕阳 〔子　兰〕

绿草离离蝴蝶戏 〔秦　观〕
黄鸟翩翩杨柳垂 〔高　适〕

紫云悠悠送黄鹄 〔通真道人〕
青山奕奕蟠苍龙 〔李　祁〕

---

① 杜濬(jùn)：清初诗人。明亡后，不出仕。流寓金陵三十余年，家贫至不能举火，仍不屈。性简傲，老而益贫，贫而益狂。平生嗜茶，他说："夫予论茶四妙：曰湛，曰幽，曰灵，曰远。用以澡吾根器，美吾智意，改吾闻见，导吾杳冥。"

黄莺历历啼红树　〔吴越人〕
白鹭飞飞点碧塘　〔舒　亶〕

娇莺历历啼芳树　〔沈宣王〕
小蝶翩翩过短墙　《随园诗话》

布谷处处催春种　〔杜　甫〕
杜宇声声唤客愁　〔戴叔伦〕

燕子双双花片片　〔冯时行〕
沙鸥点点柳丝丝　〔李曾伯〕

花枝扬扬蝶宛宛　〔高　启〕
泉声碎碎鸟关关　〔袁中道〕

鸟鸣喈喈烟蒙蒙　〔孟　郊〕
龙吟杳杳天悠悠　〔颜　奎〕

金鸡山头金鸡驿　〔吴国伦〕
白龙洞口白龙台　〔张自明〕

杜鹃花上杜鹃啼　〔曾　巩〕
燕子楼中燕子飞　〔华春娘〕

燕子楼头燕子回　〔王凤娴〕
凤凰池上凤凰飞　〔峡中白衣〕

飞鸿杳杳江天阔　〔陆　游〕
归鸦澹澹夕阳闲　〔黎廷瑞〕

孤雁哀哀叫晓云　〔赵　蕃〕
双蝶飞飞戏晚风　〔陆　游〕

鹭鸶两两浴兰汀　〔蓉湖女子〕
蝴蝶双双入菜花　〔范成大〕

花枝扬扬蝶宛宛　〔高　启〕
春风曳曳鸟关关　〔魏了翁〕

溪水溶溶鱼唼唼　〔张学典〕
江花冉冉鸟嘤嘤　〔张　掞〕

黄鹤山中黄鹤观　〔蒋时中〕
白龙洞口白龙台　〔张自明〕

燕子楼中燕子飞　〔华春娘〕
凤凰台上凤凰游　〔李　白〕

杜鹃花里杜鹃啼　〔杨行敏〕
凤凰池上凤凰飞　〔峡中白衣〕

鹧鸪塘外鹧鸪啼　〔金志章〕
凤凰池上凤凰飞　〔峡中白衣〕

人物篇

叔孙礼乐萧何律　〔杜　甫〕
伯阳道德释迦心　〔释智圆〕

茂叔莲花子猷竹　〔孙玉庭〕
灵均心事少陵诗　〔苏　洞〕

嵇康琴酒鲍照文　〔李群玉〕
蒋京词赋谢麟诗　〔方　干〕

杜牧风怀宋玉词　〔沈　峄〕
王维诗画钟繇书　〔李东阳〕

茂叔莲花子猷竹　〔孙玉庭〕
灵运诗篇逸少书　〔郑　畋〕

谢朓篇章韩信钺　〔白居易〕
高适歌行李白诗　〔司空图〕

嵇康琴酒鲍照文　〔李群玉〕
王维诗画钟繇书　〔李东阳〕

杜牧科名李贺曹　〔魏　野〕
阮瑀军书王粲诗　〔钱　起〕

韩柳文章李杜诗〔王禹偁〕
稽阮襟怀管乐才〔李 郢〕

庄周高论伯牙琴〔罗 隐〕
潘郎美貌谢公诗〔李嘉祐〕

韩信栖迟项羽穷〔冯 京〕①
杜陵清瘦孟郊寒〔戴复古〕

郊岛苦寒温李侩〔冯廷櫆〕
屈宋清华班马薰〔贯 朴〕

贾谊升堂马入室〔曾 丰〕
颜渊复礼老归根〔曾 丰〕

李广不侯马援谤〔陈 第〕
张良未遇韩信贫〔李 白〕

李白杜甫生不遭〔陆 游〕
屈原贾谊死有灵〔陆 游〕

白傅苏仙名不灭〔喻良能〕
王良伯乐骨已朽〔陈 深〕

张禹孔光更何别〔乔 莱〕
秦皇汉武将毋同〔曹振镛〕

张禹孔光俱已矣〔王 遂〕
楚客湘君安在哉〔戴 良〕②

周公孔子徒自欺〔卢 仝〕
秦皇汉武空相待〔李 白〕

孔丘盗跖那复辨〔汪 莘〕
李牧廉颇莫更论〔王安石〕

贯休齐己何足言〔邓辅纶〕
李牧廉颇莫更论〔王安石〕

李杜文章欧柳笔〔郑兰荪〕
稽阮襟怀管乐才〔李 郢〕

仲尼饥饿颜回夭〔韩 维〕
子期凋谢吕安亡〔韦 庄〕

杜陵清瘦孟郊寒〔戴复古〕
张祜轻狂李益痴〔刘克庄〕

湘妃抚掌汉女笑〔韩元吉〕
文殊顿足普贤哭〔黄庭坚〕

信陵盗符侯嬴死〔卢 亘〕
屈原怀石杜甫亡〔施朝幹〕

贾生已去王通逝〔沈元沧〕
项籍不还韩信死〔文天祥〕

赵禹张汤网未收〔陈 普〕
吕望甘罗道已彰〔秦韬玉〕

张禹孔光更何别〔乔 莱〕
李成郭熙将无同〔王正己〕

陶公谢客称同调〔徐 釚〕
贾生晁错是知音〔陈 洎〕

张禹孔光俱已矣〔王 遂〕
秦皇汉武安在哉〔祖之望〕

荆轲专诸何足数〔陆 游〕
李牧廉颇莫更论〔王安石〕

蔡邕嵇康那足数〔焦 竑〕
李牧廉颇莫更论〔王安石〕

关仝范宽焉得比〔方 回〕
贯休齐己何足言〔邓辅纶〕

---

① 冯京:宋代大臣。宋朝最后一位三元及第的状元。人称“两娶宰相女,三魁天下元。”

② 戴良:元代诗人。为人神气爽朗,美须髯,不妄喜怒,终日危坐无惰容。生平嗜读书,虽祁寒盛暑,恒至夜分乃寐。故天文地理医卜佛老之书,靡不精究。

王蒙谢尚不堪论 〔陈 普〕
贯休齐己何足言 〔邓辅纶〕

释迦老子皆等闲 〔汪 莘〕
齐姜宋女总寻常 〔李 祯〕

李白陶潜共生死 〔贝 琼〕
方叔召虎相先后 〔李贻德〕

秦皇汉武夸雄才 〔王柏心〕
周公孔子留贤名 〔张 咏〕

华歆王朗尽名士 〔管世铭〕
老子庄生真毒手 〔陈 普〕

周公谢傅皆尘土 〔李 壁〕
秦皇汉武俱蜉蝣 〔邓辅纶〕

谢安王导惟丘墓 〔冯 班〕
孔丘盗跖俱尘埃 〔杜 甫〕

秦皇汉武元英杰 〔沈明臣〕
刘伶毕卓非凡庸 〔苏 洞〕

李陵苏武真吾师 〔张舜民〕
释迦弥勒是他奴 〔释如净〕

尧天舜日定不尔 〔岳 珂〕
班史苏诗岂必然 〔刘克庄〕

颜筋柳骨追欧虞 〔陆 游〕
杜诗韩笔继骚雅 〔曾 丰〕

少陵东坡二豪者 〔沈 周〕
渊明子晰两达人 〔厉 鹗〕

金张许史应难比 〔尹 鹗〕
韩白孙吴稍可陪 〔贯 休〕

李郭徐常非其比 〔张之洞〕

王蒙谢尚不堪论 〔陈 普〕
蔡邕嵇康那足数 〔焦 竑〕

周瑜陆逊久寂寞 〔张 耒〕
汉武秦皇漫苦辛 〔李咸用〕

前李后蔡亦杰出 〔姚文田〕
南卢北孙皆绝伦 〔姚文田〕

秦皇汉武夸雄才 〔王柏心〕
钟繇梁鹄称神工 〔李 崧〕

老子庄生真毒手 〔陈 普〕
吕蒙陆逊诚奸贼 〔陈 普〕

秦皇汉武俱蜉蝣 〔邓辅纶〕
愚公智叟总灰尘 〔李世熊〕①

谢安王导惟丘墓 〔冯 班〕
刘伶毕卓俱尘埃 〔徐学谟〕

李陵苏武真吾师 〔张舜民〕
师旷离娄不我徒 〔释子淳〕

神荼郁垒为其主 〔永 瑊〕
释迦弥勒是他奴 〔释如净〕

尧碑舜碣不可见 〔赵 翼〕
孔思周情幸未泯 〔刘克庄〕

寒山拾得相拖拽 〔释梵琮〕
苏秦张仪自纵横 〔释道璨〕

少陵山谷千年恨 〔杨万里〕
蜀魄湘魂万古悲 〔韦 庄〕

随陆苏张何足比 〔楼 钥〕
韩白孙吴稍可陪 〔贯 休〕

金张许史斗骄奢 〔薛 蕙〕

① 李世熊:明末清初学者。少负奇气,植大节,更危险,死生弗渝。笃交游,敢任难事。生平喜读异书,博闻强记。年八十,读书恒至夜分始休。

韩白孙吴稍可陪 〔贯　休〕

房杜王魏各兴起 〔奕　询〕
郭张陈沈皆奋飞 〔严　复〕

莫作陶潜范蠡看 〔白居易〕
当与许由巢父伦 〔释文珦〕

圆冠方袂何仙子 〔郑斗焕〕
玉佩琼琚杜拾遗 〔释绍嵩〕

铁心石骨昌黎伯 〔周　炎〕
流马木牛诸葛公 〔楼　钥〕

金匮石室董狐笔 〔宋　濂〕
疏花冷雨信陵坟 〔李　濂〕

孔孟诗书如败箨 〔梁无技〕
徐常功业总荒丘 〔李良年〕

陈琳毕竟输朱淑 〔严　蘅〕
宋玉何曾似屈原 〔于鉴之〕

李陵寄书别苏武 〔顾　况〕
孙膑减灶捉庞涓 《古尊宿语录》

曹瞒落笔惊刘备 〔沈继祖〕
贾谊投文吊屈平 〔雍裕之〕

汉家名臣杨德祖 〔李　颀〕
宋时豪士石曼卿 〔叶　李〕

唐家名臣白居易 〔王　恭〕
汉宫佳人班婕妤 〔任士林〕

临川内史谢康乐 〔梅尧臣〕
平原太守颜清臣 〔朱　霈〕

阳羡才子陈其年 〔吕师濂〕
越溪渔客贺知章 〔温庭筠〕

江南处士杨无咎 〔赵　蕃〕
浙东老人黄大痴 〔刘　崧〕

尧舜桀纣陈兴亡 〔杨维桢〕

杜甫李白与怀素 〔裴　说〕
少昊专项及高辛 〔陈　普〕

光风霁月黄山谷 〔许月卿〕
玉佩琼琚杜拾遗 〔释绍嵩〕

方睛秀骨郭文举 〔祖世英〕
童颜鹤发顾崇丘 〔邓　肃〕

绿蓑青笠玄真子 〔张　炎〕
赭袍白马飞将军 〔郝　经〕

红灯白酒贺兰营 〔胡　延〕
丹霞翠壁高欢宫 〔元好问〕

萧何只解追韩信 〔李商隐〕
王建不能怜贾岛 〔戴复古〕

李陵寄书别苏武 〔顾　况〕
贾谊投文吊屈平 〔雍裕之〕

孙膑减灶捉庞涓 《古尊宿语录》
贾谊投文吊屈平 〔雍裕之〕

相如去蜀谒武帝 〔李　白〕
伯牙入海随成连 〔马朴臣〕

唐家名臣白居易 〔王　恭〕
宋时豪士石曼卿 〔叶　李〕

临川内史谢康乐 〔梅尧臣〕
平原太守颜真卿 〔文天祥〕

阳羡才子陈其年 〔吕师濂〕
会稽诗客赵能卿 〔罗　隐〕

元和学士白居易 〔周必大〕
天宝宰相杨国忠 〔白居易〕

百年再见王摩诘 〔吴　宽〕
几时重拜李轻车 〔元好问〕

千古英风想子陵〔俞　成〕
半生豪气学元龙〔仇　远〕

一生好色马相如〔晁冲之〕
千古风流贺季真〔苏　轼〕

平生任达陶元亮〔戴复古〕
千古风流张季鹰〔曹　寅〕

奇才岂但骆宾王〔苗令琮〕
古调难逢钟子期〔陈　著〕

幽怀远慕陶彭泽〔王禹偁〕
清诗直比谢元晖〔丁　敬〕

世间安得王摩诘〔王禹偁〕
座中唯有许飞琼〔许　浑〕

世间已无张居正〔黄仁宇〕
座中那有锺子期〔程恩泽〕

若问旧时黄庭坚〔黄庭坚〕
记取前回白玉蟾〔白玉蟾〕

欲访孤山支道林〔苏　轼〕
想见襄阳孟浩然〔释绍嵩〕

无人唤起李太白〔德　普〕
凭谁说与谢玄晖〔黄庭坚〕

每忆故人王逸少〔郭　奎〕
不见旧日安期生〔杨万里〕

哦诗直拟陶元亮〔钱钟书〕
乘兴何如王子猷〔唐仲友〕

楚国大夫憔悴日〔杜　牧〕
鬼谷先生隐遁时〔陆希声〕

逢波逐浪送张骞〔沈亚之〕
御风骑气从安期〔卫宗武〕

千古知言汉武帝〔龚自珍〕
一生好色马相如〔晁冲之〕

千古风流谢康乐〔刘　宰〕
平生萧瑟庾子山〔余　怀〕

高情独有林和靖〔丁鹤年〕
奇才岂但骆宾王〔苗令琮〕

高情独有林和靖〔丁鹤年〕
古调难逢钟子期〔陈　著〕

梦中曾揖蔡文姬〔陈　造〕
樽前方见董娇娆〔戴复古〕

世间安得王摩诘〔王禹偁〕
座中那有锺子期〔程恩泽〕

世间再无陈寅恪〔刘继兴〕
座中那有锺子期〔程恩泽〕

肯逊当年祢正平〔文天祥〕
不减昔时陈太丘〔杜　甫〕

欲访孤山支道林〔苏　轼〕
试问襄阳杜元凯〔伊福讷〕

当时亦笑张丽华〔苏　轼〕
只今长乐郑康成〔刘子翚〕

每忆故人王逸少〔郭　奎〕
不见当年孟浩然〔张　盖〕

辋川傥问王摩诘〔吴　藻〕①
镜湖不羡贺知章〔蔡升元〕

清风明月思玄度〔周必大〕
流水空山待子期〔程嘉燧〕

曳裾不必效邹阳〔陈与义〕
纪绩还须仗蔡邕〔许应龙〕

① 吴藻:清代才女。精绘事,自绘饮酒读骚图,又题饮酒读骚图曲。

奇字终须问子云〔陈　著〕
芳草还应梦惠连〔陈　棣〕

愿随鸡犬事刘安〔于　石〕
悔将词赋学陈琳〔郁达夫〕

愿随鸡犬事刘安〔于　石〕
敢将衰病学嵇康〔程嘉燧〕

拟使张华见陆云〔马　异〕
竟留王猛佐苻坚〔杨　奂〕

祖龙犹是秦天子〔李　裕〕
曼倩曾为汉侍郎〔崔　澹〕

退之但作石鼓歌〔罗　颂〕
少陵不赋海棠诗〔全大用〕

班超素恶文墨吏〔谭嗣同〕
祢衡耻逐屠沽儿〔李　白〕

王嫱本是倾城色〔郑文康〕
扬雄非有动人姿〔曾　丰〕

张巡原抱男儿性〔方玉润〕
安期固是神仙伦〔王　履〕

薛涛诗思饶春色〔张玉娘〕①
杜陵茅屋怕秋风〔艾性夫〕

元龙豪气那足数〔程虞卿〕
靖节高风不可攀〔陆龟蒙〕

苎萝山下见西施〔郑　獬〕
岳阳楼上酹湘妃〔陆　游〕

武牢关外庾公楼〔罗　隐〕
于越山中谢傅家〔朱　右〕

谢公楼上风流客〔陈宝之〕

欲随鸡犬事刘安〔苏　轼〕
悔将词赋学陈琳〔郁达夫〕

欲随鸡犬事刘安〔苏　轼〕
敢将衰病学嵇康〔程嘉燧〕

拟撑小艇访林逋〔程公许〕
欲题幽句吊湘君〔陆　游〕

思将白铁铸项伯〔王　苏〕
谩把丹砂问葛洪〔徐　泳〕

湘灵解佩凌波去〔陈紫婉〕
嫦娥驾玉上云来〔王之道〕

渊明素怀诸葛志〔谢枋得〕
夫差曾报阖闾仇〔沈德潜〕

孟轲善养浩然气〔梅尧臣〕
庄生能悟逍遥理〔钱谦益〕

张芝自有凌云意〔唐时升〕
嵇康未是解书人〔张尔岐〕

女娲炼石补天手〔贯云石〕
秦王倒海鞭山才〔唐仲冕〕

徐娘风情犹可喜〔高斯得〕
贾生才调更无伦〔李商隐〕

玳瑁筵中见绿珠〔丘　密〕
金银台上宴赤松〔陶元藻〕

姑苏观下逢居简〔周　弼〕
桃花潭上见汪伦〔潘伯脩〕

岳王墓下石如马〔易　恒〕
苏小坟前柳似烟〔高　启〕

王母驰车返玄圃〔彭　郁〕

① 张玉娘：字若琼，自号一贞居士，处州松阳人。与李清照、朱淑真、吴淑姬并称为“宋代四大女词人”。她与高中榜眼的沈佺情投意合，将婚，而沈佺病逝。过了几年，张玉娘亦为他绝食而亡，终年二十八岁。他们的爱情故事，人称松阳“梁祝”；她与沈佺等人的墓群被称为“鹦鹉冢”。

昭王台下飘零人〔沈季友〕
秦女骖鸾凌紫霞〔严永华〕

王母驰车返玄圃〔彭　郁〕
帝子乘风下翠微〔毛泽东〕

郑姐无言下玉墀〔皮日休〕
湘妃有意解明珰〔姚　宽〕①

庄生说剑固豪快〔王士禛〕
刘伶爱酒真荒淫〔舒　坦〕

西子淡妆仍浅颦〔滕　岑〕
孟轲深信亦远疑〔李　觏〕

李白当年流夜郎〔苏　轼〕
陶潜今日在瀛洲〔李　频〕

鲁连未必蹈沧海〔鲍　溶〕②
项羽何曾在故乡〔李商隐〕

寂寞陶潜方止酒〔苏　轼〕
飘零宋玉自悲秋〔唐圭璋〕

惟有渊明偏好饮〔欧阳修〕
安得东坡共赋诗〔胡仲弓〕

应笑王戎成俗物〔韦应物〕
须信渊明是可人〔苏　轼〕

每怜庄周齐物论〔叶　适〕
长歌李白行路难〔仇　远〕

当时姚宋并燕许〔李　涉〕
后来韦柳继孟王〔夏力恕〕

蹙踏鲍谢跨徐庾〔苏　轼〕
比拟管乐卑萧曹〔杨　基〕

钱王英武康王弱〔袁　枚〕
吕氏强梁刘氏危〔于　石〕

许君说字郑君笺〔王继香〕
庄子谈空惠子听〔苏　辙〕

谢公红药远公莲〔释智圆〕
吕家赤兔项家骓〔谢应芳〕

墨氏似仁杨似义〔陈　普〕
祝融如孔雁如颜〔曾　丰〕

孔明回首学渊明〔刘克庄〕
昭君传意向文君〔吉师老〕

支公养马复养鹤〔皎　然〕
孔子修经亦修纬〔蒋湘南〕

曹霸画马兼画骨〔姚清华〕
孔子修经亦修纬〔蒋湘南〕

孔子修经亦修纬〔蒋湘南〕
郑熏作贼还作官《随园诗话》

范增可用非能用〔朱淑真〕③
陶令思归未得归〔周必大〕

薛涛坟上草萋萋〔聂大年〕
李陵台畔柳纷纷〔朱彝尊〕

---

① 姚宽：宋代科学家、史学家、词人。因花客篇，人称“名花三十客”：牡丹——贵客；梅花——清客；兰花——幽客；桃花——妖客；杏花——艳客；莲花——溪客；木犀——岩客；海棠——蜀客；踯躅（zhí zhú，即杜鹃花）——山客；梨花——淡客；瑞香——闺客；菊花——寿客；木芙蓉——醉客；荼蘼——才客；腊梅——寒客；琼花——仙客；素馨——韵客；丁香——情客；葵花——忠客；含笑——佞客；杨花——狂客；玫瑰——刺客；月季——痴客；木槿——时客；安石榴——村客；鼓子花——田客；棣棠——俗客；曼陀罗——恶客；孤灯——穷客；棠梨——鬼客。

② 鲍溶：唐代诗人。唐末江南诗论家张为著《诗人主客图》，尊鲍溶为“博解宏拔主”，将他与“广大教化主”白居易、“高古奥逸主”孟云卿、“清奇雅正主”李益、“清奇僻苦主”孟郊、“瑰奇美丽主”武元衡并列为“六主”。

③ 朱淑真：宋代女诗人、词人，号幽栖居士。诗词多写爱情生活，被称为“红艳诗人”，是与李清照齐名的才女、美女。丈夫为一文法小吏，因志趣不合，婚后生活很不如意，抑郁而终。

韩侯台下波粼粼〔郭　麟〕
荆卿坟上草离离〔刘　致〕

太白楼前风猎猎〔王　问〕
亚夫营畔柳濛濛〔汪　遵〕

曹公不怒刘公怒〔李东阳〕
班生未老庄生老〔湛　泛〕

亚夫营畔柳濛濛〔汪　遵〕
子陵滩下水沄沄〔喻良能〕

孔融怀抱正怡怡〔刘　兼〕
陈琳书记本翩翩〔钱　起〕

风景篇

青溪柳色白门潮〔邓　瑜〕
赤城霞气苍梧烟〔李　白〕

紫云门阙碧霞城〔汪　莘〕
青松路径白云关〔戴复古〕

黄鱼白鸟泛青蒲〔张　檝〕
翠壁丹岩倚碧穹〔崔与之〕

黑云黄槐度白鸟〔陈师道〕
绿蒲紫菱盖碧流〔张　籍〕

红叶青山锁白云〔文徵明〕
翠竹丹崖倚碧流〔神　一〕

红叶青山锁白云〔文徵明〕
翠壁丹岩倚碧穹〔崔与之〕

碧瓦朱甍接翠崖〔张孝章〕
赤灵白日联青星〔徐　照〕

绿杨红杏描春色〔张　咏〕
丹枫黄槲壮秋容〔王之道〕

朱阑碧槛倚云限〔何景福〕
白沙翠竹映江皋〔邓文原〕

绿琼洲渚青瑶嶂〔王安石〕
紫云门阙碧霞城〔汪　莘〕

黄鱼白鸟泛青蒲〔张　檝〕
翠竹丹崖倚碧流〔神　一〕①

黑云黄槐度白鸟〔陈师道〕
翠壁丹岩倚碧穹〔崔与之〕

绿蒲紫菱盖碧流〔张　籍〕
红叶青山锁白云〔文徵明〕

绿蒲紫菱盖碧流〔张　籍〕
红树青山飞白云〔唐　寅〕

红树青山飞白云〔唐　寅〕
翠壁丹岩倚碧穹〔崔与之〕

绿盖红幢笼碧水〔赵长卿〕
紫阁青梯压翠岑〔蔡　襄〕

白鸥黄鸟弄春声〔袁　凯〕
翠蒡红蓼点秋光〔贺祥麟〕

白沙翠竹映江皋〔邓文原〕
朱栏碧瓦照山限〔苏　辙〕

① 神一：明末才女，原名夏淑吉。善琴工弈，励志操，善词赋。二十一岁守寡。明亡出家为尼，法名神一。有《龙隐遗草》。

白云红树隐沙洲　〔杨思圣〕
朱栏碧瓦照山限　〔苏　辙〕

紫气丹光涌玉台　〔王　逢〕
翠辇红旗出帝京　〔苏　颋〕

赤日彤霞照晚坡　〔齐　己〕
朱阁青楼映暮川　〔张　耒〕

绿树青山带晚霞　〔王　直〕
翠壁苍崖起昼烟　〔文　同〕

绿树青山带晚霞　〔王　直〕
紫烟黄气捧朝曦　〔范成大〕

黄屋朱扉照初日　〔陈　沂〕
绿叶红花媚晓烟　〔晏　殊〕

黄屋朱扉照初日　〔陈　沂〕
白蘋红蓼映斜阳　〔释如琰〕

白日青天散晓霞　〔杨万里〕
苍松翠竹映斜晖　〔盛　璲〕

朱甍碧瓦照孤城　〔杨　时〕
翠箔红窗映大堤　〔苏　辙〕

青苑红堂压瑞云　〔曹　唐〕
朱楼紫殿贴晴空　〔白玉蟾〕

碧雾红霞映流水　〔释重显〕
青松翠竹照华轩　〔林　仰〕

黄芦白藋摇断渚　〔丁　复〕
翠峰苍壁挟洄川　〔留元刚〕

红霞紫烟凝老壁　〔齐　己〕
翠崖丹壁绕芳洲　〔黄公望〕

白沙碧波抱幽渚　〔赵文哲〕
翠崖丹壁绕芳洲　〔黄公望〕

碧林红叶惊飞鸟　〔李东阳〕

红菱白芡护山堂　〔张　湘〕
青萝翠竹锁禅关　〔陈舜俞〕

黄牛白狗接高唐　〔汪元量〕
绿云紫气向函关　〔李　白〕

绿树青山带晚霞　〔王　直〕
翠壁丹厓淡夕曛　〔朱成泳〕

青岩碧洞经朝雨　〔孙光宪〕
翠壁苍崖起昼烟　〔文　同〕

黄屋朱扉照初日　〔陈　沂〕
绿树青山带晚霞　〔王　直〕

黄屋朱扉照初日　〔陈　沂〕
青烟紫雾落斜晖　〔徐大受〕

黄屋朱扉照初日　〔陈　沂〕
苍松翠竹映斜晖　〔盛　璲〕

朱甍碧瓦照孤城　〔杨　时〕
苍松翠竹映斜晖　〔盛　璲〕

碧水丹山添清气　〔王　庚〕
青苑红堂压瑞云　〔曹　唐〕

青松翠竹照华轩　〔林　仰〕
红云碧海映重楼　《柳如是别传》

碧雾红霞映流水　〔释重显〕
翠峰苍壁挟洄川　〔留元刚〕

黄芦白藋摇断渚　〔丁　复〕
翠崖丹壁绕芳洲　〔黄公望〕

青霜黄叶压穷野　〔释智愚〕
翠崖丹壁绕芳洲　〔黄公望〕

白沙碧波抱幽渚　〔赵文哲〕
青林红树拥平畴　〔陆　游〕

碧浪红旌动彩霞　〔陈文蔚〕

翠岭苍岩带落霞 〔王之望〕

红云紫气灿虚室 〔盛世忠〕
丹崖翠壁明空山 〔孙应时〕

红蓼白苹开两岸 〔释法泰〕
碧梧翠竹环三峰 〔李梦吕〕

黄叶青苔深一丈 〔杨万里〕
翠竹苍梧高百寻 〔吴履泰〕

碧瓦朱栏照山谷 〔苏 轼〕
青天白日映楼台 〔韩 愈〕

碧瓦朱甍照城郭 〔杜 甫〕
绿荷红芰绕楼台 〔杨 备〕

碧瓦朱甍照山水 〔单可惠〕
青天白日映楼台 〔韩 愈〕

紫绶朱轮照城郭 〔陈子龙〕
绿荷红芰绕楼台 〔杨 备〕

丹光翠色映楼阁 〔于 立〕
碧瓦朱甍照山水 〔单可惠〕

玄圃苍洲莽空阔 〔项安世〕
碧梧翠竹郁参差 〔陈 基〕

紫苔红藓绕峥嵘 〔齐 己〕
白莲翠竹依崔嵬 〔苏 轼〕

青枫乌桕争萧瑟 〔朱 黼〕
碧桃红杏斗芳菲 〔顾 清〕

碧沼红芳烟雨静 〔韦 庄〕
白沙翠竹泉石幽 〔刘 过〕

红粉朱楼春色阑 《红楼梦》
翠岩丹壑夏云生 〔王 宠〕

丹林黄叶斜阳外 〔杜 耒〕

朱栏翠袖倚轻风 〔吴 儆〕

绿萝丹荔环重门 〔宋祖昱〕
碧云红树掩双关 〔元 璟〕

绿荷红芰香四合 〔范成大〕
白雾苍烟暗九秋 〔李弥逊〕

碧杉紫柏罗旌旄 〔晁补之〕
绿蕉青苇列旗枪 〔舒岳祥〕

碧瓦朱甍照城郭 〔杜 甫〕
青天白日映楼台 〔韩 愈〕

绿荷红芰绕楼台 〔杨 备〕
紫云苍雾缠松杉 〔白玉蟾〕

紫绶朱轮照城郭 〔陈子龙〕
青天白日映楼台 〔韩 愈〕

苍藤翠茑缠柯枝 〔王 昶〕
绿荷红芰绕楼台 〔杨 备〕

朱户绿窗深窈窕 〔严 仁〕
翠崖青嶂高嵯峨 〔陆 游〕

紫阁丹楼纷照耀 〔王 勃〕
碧梧翠竹郁参差 〔陈 基〕

红萸紫菊夸强健 〔李流谦〕
丹葩翠叶竞妖浓 〔张 冕〕

丹枫白蘋斗颜色 〔舒梦兰〕
朱房翠户演精神 〔董嗣杲〕

绿荷红芰水风清 〔韩 维〕
白沙翠竹泉石幽 〔刘 过〕

丹林黄叶斜阳外 〔杜 耒〕
青楼碧纱大道边 〔权德舆〕

绿女红男夕照前 〔钱昌照〕

绿女红男夕照前　〔钱昌照〕　朱门碧殿暮湖边　〔王稚登〕①

苍桧丹枫古渡头　〔陆　游〕
白杨红槿短篱边　〔张　耒〕

苍桧丹枫古渡头　〔陆　游〕
青楼碧纱大道边　〔权德舆〕

绿叶红葩古墙畔　〔释智圆〕
青楼碧纱大道边　〔权德舆〕

白山黑水檐楹外　〔孙承宗〕②
翠巘苍崖杖屦间　〔王　阮〕

白云丹霞起足下　〔傅玉书〕
红裳翠盖在眼中　〔杨万里〕

白云丹霞起足下　〔傅玉书〕
赤石苍崖入眼中　〔张继先〕

白鹭青烟剡江口　〔高似孙〕
碧瓮红栏溢水头　〔白居易〕

朱甍碧瓦城边路　〔戴敦元〕
赤日黄尘江上村　〔陆　游〕

朱甍碧瓦城边路　〔戴敦元〕
翠壁苍崖水外山　〔王之道〕

绿舫红衣柳下过　〔高　启〕
赤鹰黄鹘云中来　〔郑　嵎〕

绿药红蕖水面开　〔吴伟业〕
赤鹰黄鹘云中来　〔郑　嵎〕

乌云红日楼头过　〔黄　钊〕
绿柳青帘槛外飘　〔赵　帅〕

高低远近万株松　〔赵汝鐩〕
碧绿青红百样花　〔释绍昙〕

绿杨红杏满城春　〔杨巨源〕
白云黄菊十分秋　〔利　登〕

赤日黄尘三百里　〔元好问〕
碧槛红栏十二重　〔吴受竹〕

绿树青山数十里　〔郁达夫〕
苍壁丹厓几万寻　〔邵　宝〕

丹崖翠壁千万丈　〔文天祥〕
绿树黄鹂三五声　〔陈　章〕

碧岚翠霭千万叠　〔张笃庆〕
朱楼紫殿三四重　〔白居易〕

丹山碧水桃千树　〔祝允明〕
白云红叶屋三间　〔黎民表〕

碧户朱门杨柳岸　〔释道璨〕
绿鬓红唇桃李花　〔崔　颢〕

丹甍碧瓦真人宫　〔仲　并〕
黄叶青苔野老家　〔刘克庄〕

苍崖翠壁老君洞　〔杨幼舆〕
丹甍碧瓦真人宫　〔仲　并〕

丹甍碧瓦真人宫　〔仲　并〕
绿竹青松老衲家　〔田汝鵕〕

翠水丹山气磅礴　〔张　雨〕
绿林红树石峥嵘　〔仇　远〕

---

①　王稚登：明代文学家，与“秦淮八艳”中的马湘兰交好。七十岁大寿时，马湘兰集资买船载歌妓数十人，前往苏州置酒祝寿，宴饮累月，歌舞达旦。

②　孙承宗：明末榜眼、军事家，明熹宗的老师。相貌奇伟，铁面剑眉，须髯戟张。在清军进攻高阳时，率领全城百姓及家人守城，城破后自缢身亡，全家子孙男女四十余口死难。

青莲紫芡倾珠玑 〔苏　辙〕
碧梧翠竹呈琅玕 〔蒲寿宬〕

碧树红花相掩映 〔慈恩院女仙〕
绿水青山共渺茫 〔邵　博〕

碧梧翠竹相因依 〔汪　莘〕
绿水青山共渺茫 〔邵　博〕

绿树碧檐相掩映 〔吴　融〕
青天白云自卷舒 〔言友恂〕

绿窗朱户相明灭 〔苏　轼〕
青天白云自卷舒 〔言友恂〕

赤菱紫芡离披熟 〔李　德〕
碧杜红蘅缥缈香 〔佚　名〕

碧甃朱栏夹镜明 〔杨汝谐〕
白塔红亭罨画开 〔周映清〕

紫雾红尘拂天起 〔孙　蕡〕①
碧瓦朱轩压水开 〔宋　庠〕

黄笠青蓑乘棹去 〔潘　高〕
碧油红旆出关来 〔赵文度〕

红芳绿草接东墙 〔权德舆〕
白浪青枫满北楼 〔李群玉〕

青乌白鹤去不返 〔王　迈〕
红蕊黄花落又开 〔王　珪〕

翠壁青林断复连 〔龙　瑄〕
绿竹丹枫去又来 〔张舜民〕

白衣苍狗暗还明 〔李弥逊〕
绿竹丹枫去又来 〔张舜民〕

纸窗竹屋闭幽深 〔郑刚中〕

紫盖黄旗俱寂寞 〔周震荣〕
红楼绿阁皆支离 〔郑　嵎〕

丹枫翠竹同摇落 〔沈一贯〕
绿水青山共渺茫 〔邵　博〕

丹霞紫雾互吞吐 〔王　冕〕
绿树碧檐相掩映 〔吴　融〕

丹霞紫雾互吞吐 〔王　冕〕
青天白云自卷舒 〔言友恂〕

绿窗朱户相明灭 〔苏　轼〕
黄卷青灯自卷舒 〔陈传良〕

赤菱紫芡离披熟 〔李　德〕
绿蘅翠芷参差香 〔赵崇鉘〕

青帘白舫荡波出 〔黄　标〕
碧瓦朱轩压水开 〔宋　庠〕

紫雾红尘拂天起 〔孙　蕡〕
白马青袍卷地来 〔吴兆骞〕

翠竹苍松贴屋牢 〔董嗣杲〕
紫花青蒂压枝繁 〔钱惟演〕

红芳绿草接东墙 〔权德舆〕
苍梧翠柏泣西风 〔朱　槔〕

翠壁青林断复连 〔龙　瑄〕
红蕊黄花落又开 〔王　珪〕

翠壁青林断复连 〔龙　瑄〕
白衣苍狗暗还明 〔李弥逊〕

嫚绿妖红醉春色 〔范端臣〕
嫩黄酽白媚秋晖 〔姜特立〕

波光柳色碧溟蒙 〔欧阳修〕

① 孙蕡(fén):明初诗人。平生负节概,不妄交游。梁维枢《玉剑尊闻》云:孙蕡为蓝玉题画坐诛,临刑口占曰:鼍(tuó)鼓三声急,西山日又斜。黄泉无客舍,今夜宿谁家?《列朝诗集·孙蕡传》载:高皇问监杀指挥,孙蕡死时何语?以此诗对。高皇怒曰:"何不早奏!"竟杀指挥。

琪树琳宫锁寂寥 〔陈鹏年〕

琼楼金屋映丹霞 〔吴 宽〕
画帘绣箔照朱甍 〔郑 琰〕

玉树琼楼照碧溪 〔释智圆〕
银烛金杯映绿纱 〔苏曼殊〕

琼帘绣幕围彤炉 〔黄 佐〕
银烛金杯映绿纱 〔苏曼殊〕

绮席瑶屏围叠嶂 〔彭 年〕
月榭风亭绕曲池 〔释绍嵩〕

竹屋芦门映短墙 〔项安世〕
水光山色接长天 〔曹 勋〕

花光山影照清流 〔王 铚〕
珠帘绮阁映微波 〔谭吉瑄〕

岸花汀草驻残春 〔吴 宽〕
泉声云影弄新秋 〔赵孟頫〕

霓裾霞珮下瑶台 〔赵以夫〕
紫凤青鸾上玉京 〔傅 诚〕

琼宫贝阙倚霄汉 〔柯 潜〕②
玉轮金辂驻虚空 〔徐 氏〕

金殿玉楼倚朝日 〔陆 畅〕
苑柳宫槐生晓烟 〔梁有誉〕

林花草卉纷丹绿 〔吕 福〕
蓼芽蔬甲簇青红 〔陆 游〕

琼花瑶草光新鲜 〔王艺孙〕
玉楼金殿影参差 〔卢 纶〕

风枝雨叶绿婆娑 〔王 炎〕

画帘绣箔照朱甍 〔郑 琰〕
银烛金杯映绿纱 〔苏曼殊〕

琼树瑶林掩翠苔 〔袁世凯〕
银烛金杯映绿纱 〔苏曼殊〕

琼帘绣幕围彤炉 〔黄 佐〕
柴门茅屋绕丹枫 〔孙宝仁〕

绮席瑶屏围叠嶂 〔彭 年〕
琼台琳宇环奇峰 〔黄应龙〕

茅屋柴扉护短篱 〔永 忠〕
水光山色接长天 〔曹 勋〕

竹篱茅舍掩清谿 〔敦 敏〕①
珠帘绮阁映微波 〔谭吉瑄〕

月户云窗敞秋霁 〔杨 基〕
林风溪雨弄春阴 〔王人鉴〕

羽衣虹裳灭烟雾 〔何梦桂〕
绣鞍宝勒生光辉 〔张 宪〕

渔市花村夹酒楼 〔杨 备〕
柏树松阴覆竹斋 〔颜仁郁〕

竹篱茅舍出青黄 〔苏 轼〕
溪草林花争碧红 〔刘克庄〕

杏村桃坞春三月 〔黄庭坚〕
岸蓼汀凫水四围 〔吴俊升〕

瑶钗宝髻光玲珑 〔张 和〕③
花冠蕊帔色婵娟 〔刘言史〕

---

① 敦敏:姓爱新觉罗氏,与曹雪芹交好。有诗《赠曹雪芹》:碧水青山曲径遐,薜萝门巷足烟霞。寻诗人去留僧舍,卖画钱来付酒家。燕市狂歌悲遇合,秦淮残梦忆繁华。新愁旧恨知多少,都付酕醄醉眼斜。

② 柯潜:明代状元。相传柯潜降生时,霞光闪烁,他家屋顶似烈火熊熊。乡邻误以为他家闹火灾,纷纷赶来救火。

③ 张和:明代官员。廷试拟他为第一,因他的眼睛生翳,改为二甲第一。生平以厚道自居,他说“人当于有过中求无过,不当于无过中求有过。”去世时,浙之士大夫多跋涉千里临其丧,尽哀而去。

瑶钗宝髻光玲珑〔张　和〕
玉楼金殿影参差〔卢　纶〕

月脸冰肌香细腻〔晏几道〕
瑶钗宝髻光玲珑〔张　和〕

金精玉英光陆离〔铁　保〕
瑶林琼树影交加〔欧阳修〕

珠楼玉阁互飞动〔张　耒〕
风廊水槛交萦纡〔梁启心〕

柳堤荷荡赤栏桥〔汪　莘〕
麦风槐雨黄梅天〔杨万里〕

锦云绣雾参差起〔叶　适〕
珠箔银屏迤逦开〔白居易〕

锦云绣雾参差起〔叶　适〕
春风秋月寻常度〔冯　开〕

锦云绣雾参差起〔叶　适〕
水榭风亭取次开〔蒋山卿〕

琼楼玉宇匝天开〔胡　寅〕
瑶草琪花遍地生〔丁耀亢〕②

杏花榆荚晓风前〔窦　常〕
人语鸡声宿雾中〔赵　蕃〕

断云流水自东去〔秦　观〕
金戈铁马从西来〔张　耒〕

瑶钗宝髻光玲珑〔张　和〕
琼琚玉佩声丁当〔卓　田〕

珠鞍金络光陆离〔徐乾学〕①
瑶林琼树影交加〔欧阳修〕

锦苔绣石光清荧〔周　砥〕
瑶林琼树影交加〔欧阳修〕

贝阙琼楼互隐现〔张笃庆〕
银山玉树相钩连〔程安仁〕

柳堤荷荡赤栏桥〔汪　莘〕
凫汀鹤渚白苹洲〔白玉蟾〕

锦云绣雾参差起〔叶　适〕
秋月春风等闲度〔白居易〕

锦云绣雾参差起〔叶　适〕
月殿霞扉次第开〔唐之淳〕

金宫玉殿凌空起〔顾　禄〕
草阁柴扉傍竹开〔林　弼〕

朝云暮雨山头宅〔晁补之〕
竹篱茆舍水边家〔喻良能〕

银轮玉兔向东流〔姚　合〕
金戈铁马从西来〔张　耒〕

山容水态依然好〔张　翥〕
柳思花情分外娇〔苏　泂〕

---

① 徐乾学：清代大臣、学者、藏书家，顾炎武外甥，康熙九年探花。与顺治十六年状元徐元文、康熙十二年探花徐秉义三兄弟并称“昆山三徐”“同胞三鼎甲”。他家的“传是楼”，是我国藏书史上著名的藏书楼。“传是楼”有对联曰：“教子有遗经，诗书易春秋礼记；传家无别业，解会状榜眼探花。”解会状，即解元、会元、状元。此联一说为昆山徐氏祠堂联。

② 丁耀亢：明末清初诗人、剧作家。少负才名，为人洒脱，放荡不羁。他的小令极富情味，试摘几个片断：名不求，利不贪，只学佛，不学仙，人间第一个痴呆汉。花几株，竹一林，几轴画，一张琴，纸窗儿窄小多风韵。看几本书，吃几杯茶，闭一闭眼，养一养神，把那痴心妄想全消尽。五亩田园，栽花又栽柳；五亩宅墙，养鸡又养狗。身安莫怨贫，无病休嫌瘦。几处清林，闲行又闲走；几个相知，能诗又能酒。万事不如杯在手，待够何时够。浮云本是空，明月还依旧，赏中秋直醉到九月九。

怪兽珍禽左右至 〔汪元量〕
黑风白雨东西屯 〔张 碧〕

泄雾濛云互吞吐 〔张 翥〕
疾风猛雨相凭陵 〔黄 钺〕

远烟轻霭弄春容 〔周 密〕
残风剩雨做秋阴 〔杨万里〕

远水遥山入秋暮 〔李慈铭〕
微风细雨酿春朝 〔周之瑛〕

剩水残山倚夕曛 〔顾邦英〕
短松疏竹媚朝辉 〔王国维〕

落霞孤鹜唱渔舟 〔吕声之〕
衰柳残阳泊钓船 〔释行海〕

细草幽泉荫修竹 〔杨 基〕
老屋深松覆古藤 〔王守仁〕

枯芦败苇支破屋 〔张祖同〕
野草闲花护短墙 〔汪元量〕

老树荒村停落照 〔李先芳〕
疏柳残烟噪暮鸦 〔罗附凤〕

幽草乱花荒故垒 〔无名氏〕
澹烟疏雨噪新鸦 〔李先芳〕

短栅疏篱罥绿萝 〔刘逴后〕
杰阁危甍架紫烟 〔董凤三〕

淡烟疏雨笼青嶂 〔释 玿〕
瘦竹长松滴翠香 〔释志璇〕

瑞气祥光入绛房 〔马 钰〕
细雨微风透碧纱 〔顾 瑛〕

宫殿峥嵘笼紫气 〔贯 休〕
楼阁玲珑隐翠微 〔孙莹培〕

艳杏夭桃两行排 〔辛弃疾〕
秀壁奇峰万叠开 〔钱明相〕

远岫平林断还续 〔刘 炳〕
淡日浓云合复开 〔司马光〕

游丝落絮弄春晴 〔王 炎〕
残风剩雨做秋阴 〔杨万里〕

短栎长松映荜门 〔仇 远〕
重峦复岭锁松关 〔徐锡之〕

细雨斜风驱晓瘴 〔魏了翁〕
剩水残山倚夕曛 〔顾邦英〕

落霞孤鹜唱渔舟 〔吕声之〕
明月清风住钓船 〔郑清之〕

夕阳衰草尽荒丘 〔韦 庄〕
老木寒云满故城 〔韦 庄〕

细草幽泉荫修竹 〔杨 基〕
曲径疏篱护短墙 〔董 琴〕

远水遥天起断鸿 〔于 石〕
轻风细雨落残花 〔武元衡〕

老树荒村停落照 〔李先芳〕
斜窗短屋傍残晖 〔仲 并〕

幽草乱花荒故垒 〔无名氏〕
微云疏雨凉新秋 〔喻良能〕

短栅疏篱罥绿萝 〔刘逴后〕
瘦竹长松滴翠香 〔释志璇〕

微雨疏风过碧空 《随园诗话》
瑞气祥光入绛房 〔马 钰〕

野径纡回抱丹嶂 〔李雍熙〕
懒云窈窕扶红墙 〔赵福云〕

流水孤村鸦万点 〔王 奕〕
断岸危桥树几层 〔凌志珪〕

疏云薄日冷吴江 〔方汝疆〕
凉雨寒烟锁灞桥 〔米云卿〕

楚云湘雨会阳台 〔唐彦谦〕
青牛紫气度灵关 〔骆宾王〕

淡烟疏柳鲈鱼市 〔刘　宰〕
茂林修竹野人家 〔陈　辅〕

荒山野水涪州路 〔陆　游〕
片云孤月蓟门关 〔许邦才〕

茂林脩竹碧溪头 〔孙　沔〕
幽花好鸟翠霏间 〔陈　造〕

澹烟衰草斜阳外 〔段克己〕
废苑荒城古道边 〔沈明臣〕

西崦东阜暖气浮 〔刘蒙山〕
北关南荡霁华开 〔刘克庄〕

惊涛骇浪兼天吼 〔许南英〕
细雨轻烟著地昏 〔杨万里〕

青草岸头人独立 〔柳　富〕
绿杨阴里水分流 〔邵　雍〕

青草湖中月正圆 〔张志和〕
黄云城边乌欲栖 〔李　白〕

青衣江上雨初晴 〔易佩绅〕
黄鹤山头雪未消 〔殷尧藩〕

锦官城里花正都 〔王　炎〕
卢龙塞外草初肥 〔卢汝弼〕

白浪花中插朱阁 〔陆　游〕
绿槐影里傍青楼 〔顾甄远〕

绿树阴中红练起 〔陆　游〕
黄叶山头紫雾生 〔项安世〕

破瓦荒畦旧市井 〔刘　基〕
冷风残雪古招提 〔刘克庄〕

奇山秀水神仙府 〔李廷忠〕
碧瓦朱门将相居 〔吕公著〕①

茂林修竹山阴道 〔叶梦得〕
荒烟衰草金谷园 〔舒　頔〕

哀丝豪竹朱门里 〔张维屏〕②
杰阁层楼白石边 《随园诗话》

衰柳昏鸦斜日里 〔冯　开〕
废苑荒城古道边 〔沈明臣〕

重冈复岭接天高 〔陈秀民〕
长松修竹与云浮 〔胡　寅〕

青草岸头人独立 〔柳　富〕
碧纱窗外燕双来 〔孔祥淑〕

碧桃洞口花乱飞 〔汪　莘〕
绿杨阴里水分流 〔邵　雍〕

青草湖中月正圆 〔张志和〕
黄石城头雨未干 〔王贞仪〕

西虹桥上月初圆 〔文徵明〕
东邻寺里花正开 〔高　启〕

苏公堤边花正开 〔皇甫涍〕
吴王台上雨初晴 〔崔敦礼〕

白浪花中插朱阁 〔陆　游〕
翠茸锦上织黄云 〔杨万里〕

兰陵山下翠烟浮 〔郭　俨〕
桑乾河上白云横 〔李鸿章〕

① 吕公著:宋代宰相、学者。幼嗜学,至忘寝食。父夷简器异之,曰:“他日必为公辅。”

② 张维屏:清代官员、诗人。因癖爱松,自号松心子。首次进京赴考,诗坛大家翁方纲阅其诗作,惊呼“诗坛大敌至矣!”

博罗山下碧桃春　〔高　骈〕
居庸关前白日秋　〔金士松〕

翠竹庵前白藕池　〔陈　襄〕
碧玉溪头黄叶村　〔释智愚〕

绿水城边碧油舸　〔张元凯〕
翠竹庵前白藕池　〔陈　襄〕

碧桃溪上蓝桥路　〔蔡　伸〕
青枫江畔白蘋洲　〔李　益〕

碧桃溪上蓝桥路　〔蔡　伸〕
绿杨阴里白沙堤　〔白居易〕

碧桃溪上蓝桥路　〔蔡　伸〕
绿柳阴中白浪花　〔司马光〕

紫屏风外碧波文　〔陆龟蒙〕
绿柳阴中白浪花　〔司马光〕

乌衣巷口青芜路　〔汪元量〕
黄陵祠畔白苹汀　〔张元干〕

青草池边绿树枝　〔张邦奇〕
白粉墙头红杏花　〔君　端〕

白露沙滩浸绿湄　〔王予可〕①
朱楼旭日映红妆　〔翁　森〕

参差楼殿倚青霞　〔吴则礼〕
突兀峰峦入翠微　〔韩宜可〕②

轻薄红绡覆白莲　〔韩　偓〕
颠倒苍苔落绛英　〔韩　愈〕

演漾绿蒲涵白芷　〔王　维〕
偃蹇苍松锁翠岩　〔郝　显〕

蜿蜒翠阜围绿野　〔陆　游〕
绰约彤霞降紫霄　〔赵　鼎〕

参差碧瓦扬青旗　〔张　羽〕
绰约彤霞降紫霄　〔赵　鼎〕

倚天翠壁夹黄流　〔洪咨夔〕
绕屋青山锁白云　〔王　炎〕

莺啼绿树飞红雨　〔赵　汸〕③
泉落青山出白云　〔白居易〕

依山茅屋两三间　〔阳　枋〕
隔水人烟四五家　〔舒　坦〕

乌衣巷口斜阳冷　〔彭玉麟〕④
白帝城边晓角残　〔许　浑〕

乌衣巷口斜阳冷　〔彭玉麟〕
翠芳亭畔晓霜寒　〔王　珪〕

黄鹤楼前春水阔　〔杜　牧〕
紫荆关外秋气高　〔查慎行〕

白马津头春日迟　〔刘禹锡〕
黄鹤楼前秋月寒　〔饶廷直〕

黄鹤楼前秋月寒　〔饶廷直〕
黄金台上秋风发　〔郝　经〕

---

① 王予可：金代人。躯干雄伟，貌奇古。年三十许，大病后忽发狂，久之能把笔作诗文，及说世外恍惚事。落魄嗜酒，每入城，市人争以酒食遗之。

② 韩宜可：明初名臣。明太祖时，任监察御史。当着明太祖、丞相胡惟庸等人之面，出示弹劾奏章，乞斩胡惟庸等人以谢天下。病逝之际，"是夜大星陨，枥马皆惊嘶，人谓：'宜可当之'云。"

③ 赵汸：元末明初学者。有记载说其母梦飞鸟自齐云岩来集于怀，觉有娠。第二年便生下了他。他资禀卓绝，自孩抱读书辄能成诵。

④ 彭玉麟：晚清政治家、军事家，字雪琴，人称"雪帅"。晚年捐俸银一万二千两，建船山书院。曾国藩称之曰：烈士肝肠名士胆，杀人手段救人心。

玄武湖中春草生　〔黄　度〕

黄金台上秋风发　〔郝　经〕
白帝城头春草生　〔刘禹锡〕

黄鹤楼头秋日阴　〔吴　炯〕
赤泥岭上春风寒　〔戴表元〕

黄陵庙前枫叶丹　〔汪元量〕
青衣江上夕阳红　〔陆　游〕

洛阳城头晓霜白　〔李　颀〕
昆明湖上晚烟苍　〔毛　澂〕

桐庐江上晚潮生　〔李　郢〕
台儿庄外夕阳悬　〔郁达夫〕

石头城下楚帆开　〔高　启〕
金水桥边蜀鸟啼　〔张　羽〕

白莲亭下柳垂丝　〔宋　白〕
青草渡头波接天　〔陆　游〕

武昌城下柳垂丝　〔黄瑞莲〕
钱塘江上雪飞花　〔白玉蟾〕

鹦鹉洲头浪飐沙　〔刘禹锡〕
琵琶亭下水笼烟　〔韩元吉〕

桃花渡上风吹雨　〔晁说之〕
荔枝园下客舣船　〔程公许〕

南屏山下风吹土　〔韩元吉〕
北固江头浪拍空　〔无名氏〕

合香殿外花如锦　〔朱有燉〕
洗马池头草若烟　〔陆　仁〕

涌金桥畔柳如霞　〔陆维钊〕
洗马池头草若烟　〔陆　仁〕

玄武湖中春草生　〔黄　度〕

黄金台上秋风发　〔郝　经〕
乌桓城下春草生　〔贡性之〕

白鹭洲前石径斜　〔陆维钊〕
黄叶溪头村路长　《随园诗话》

昆仑山巅半峰碧　〔郝　经〕
太液池边数树红　〔罗公升〕

石帆山下朝炊动　〔陶望龄〕
桐庐江上晚潮生　〔李　郢〕

石帆山下朝炊动　〔陶望龄〕
台儿庄外夕阳悬　〔郁达夫〕

黄金台上草连天　〔胡　曾〕
紫云楼下花映人　〔李　序〕

白莲亭下柳垂丝　〔宋　白〕
碧沙洲外水摇天　〔吴颖芳〕①

姑苏台上乌啼曙　〔王国维〕
扬子江头月满船　〔萨都剌〕

鹦鹉洲头浪飐沙　〔刘禹锡〕
鸳鸯湖畔草粘天　〔吴伟业〕

南屏山下风吹土　〔韩元吉〕
西泠桥畔草连汀　〔黄公绍〕

太液池头水浸云　〔王仲修〕
姑苏台下草连天　〔吴　山〕

锁江亭下石如铁　〔毛　澂〕
洗马池头草若烟　〔陆　仁〕

临春阁下花蒙茸　〔赵汝淳〕
合江亭畔雨霏微　〔周朱耒〕

---

① 吴颖芳:清代文人。家境富裕,居所有桑竹园池之胜。客至则探筒拈赏花、钓鱼、围棋、赋诗、鼓琴、吹笛等各一事,必尽欢乃去。

邯郸市上风萧瑟〔傅若金〕
苎萝溪下水潆洄〔秋　瑾〕①

岳阳楼外草萋迷〔彭玉麟〕
嘉陵江上雨霏微〔陆　游〕

岳阳楼外草萋迷〔彭玉麟〕
石头城下柳萧疏〔李　祯〕

金谷园中莺乱飞〔刘禹锡〕
香炉峰下水交流〔陆　游〕

香炉峰顶生紫烟〔宋大樽〕
姑苏台下起黄尘〔卫　万〕

武陵溪上桃花桨〔程颂万〕
阖庐城外木兰舟〔沈明臣〕

姑苏城外枫林寺〔赵　蕃〕
洞庭湖上岳阳楼〔李商隐〕

雁荡峰前桂花雨〔林景熙〕
钱塘江上鲤鱼风〔元　璟〕

凤凰山下芙蓉阁〔方　回〕
鹦鹉洲畔葭苇乡〔岳　珂〕

藕花洲上芙蓉楫〔衔元卿〕
胭脂塘里木兰舟〔杨维桢〕

天都峰下旧茅屋〔方　回〕
灵寿山前古梵宫〔阮　阅〕

两贤堂下千竿竹〔赵　蕃〕
五老峰前万顷江〔黄庭坚〕

姑苏城畔千年木〔陈　羽〕

石头城下浪崔嵬〔胡　曾〕
岳阳楼外草萋迷〔彭玉麟〕

石帆山下雨空濛〔陆　游〕
岳阳楼外草萋迷〔彭玉麟〕

钱塘门外水清浅〔徐咸安〕
岳阳楼外草萋迷〔彭玉麟〕

姑苏台下起黄尘〔卫　万〕
金陵城头生紫烟〔张天英〕

武陵溪上桃花桨〔程颂万〕
石头城下木兰桡〔韩　偓〕

姑苏城外寒山寺〔张　继〕
洞庭湖上岳阳楼〔李商隐〕

洞庭湖上岳阳楼〔李商隐〕
宣州城外敬亭山〔毛奇龄〕

凤凰山下芙蓉驿〔方　岳〕
鹦鹉洲畔葭苇乡〔岳　珂〕

芙蓉浪中蔷薇水〔文天祥〕
杜鹃花里鹧鸪声〔陆　莱〕②

北邙道上麒麟冢〔吕祖谦〕
西子湖边杨柳枝〔瞿　佑〕

五老峰前松荫庭〔杨万里〕
两贤堂下竹参天〔赵　蕃〕

千株松下一间房〔释文珦〕
百尺楼头万叠山〔欧阳修〕

玉井峰头十丈莲〔张　栻〕

---

①　秋瑾:晚清志士,自称“鉴湖女侠”,与唐群英、葛健豪并称“潇湘三女杰”。其故居有嵌名联:悲哉秋之为气,惨矣瑾其可怀。

②　陆菶(róu):清代官员、学者。幼时值大军收平湖,父被执,菶诣军前乞代父。军将手诗箑(shà,扇子)示之曰:“儿能读是耶? 吾赦汝父。”菶朗诵曰:“收兵四解降王缚,教子三登上将台。此宋人赠曹武惠王诗也。将军不嗜杀,即今之武惠王矣!”将军喜,挟与北行,善育之,为议婚。

嘉陵江上万重山	〔元　稹〕	金谷园中百尺桐	〔张令仪〕
馆娃宫畔千年寺	〔白居易〕	楚王宫外千条柳	〔徐祯卿〕
姑苏台下百花洲	〔卢　钺〕	齐女门前万里台	〔吴伟业〕
燕王城里千株柳	〔王稚登〕	白玉堂前一树梅	〔蒋维翰〕
齐女门前万里台	〔吴伟业〕	紫云楼畔万株花	〔王仲修〕
白玉堂前一树梅	〔蒋维翰〕	白马湖中千尺浪	〔汪懋麟〕
翠螺山畔万株松	〔黄彭年〕	翠螺山畔万株松	〔黄彭年〕
青玉峡口双厓开	〔翁方纲〕	玄都观里桃千树	〔刘禹锡〕
紫盖峰前万壑流	〔胡　寅〕	清胜堂前花万重	〔周必大〕
晋阳城下碧波深	〔周　昙〕	武夷山下白云深	〔项安世〕
函谷关头紫气浓	〔张良臣〕	函谷关头紫气浓	〔张良臣〕
贺家湖上黄梅雨	〔项安世〕	襄阳城外江山好	〔吕　岩〕
洞庭山下白蘋风	〔吴　焯〕	齐安道上风土嘉	〔汪　琬〕
豆蔻梢头春色浅	〔谢　逸〕	橙黄橘绿风光好	〔姜特立〕
布谷声中夏令新	〔陆　游〕	酒丹米白鱼蟹肥	〔陈　著〕
花红柳绿春明媚	〔周是修〕	萝翠松青护宝幢	〔萧　照〕
蜂黄蝶紫燕参差	〔欧阳修〕	草绿花红展绣衾	〔王　谌〕
山青水碧绕朱檐	〔高士钊〕	月淡星疏天欲晓	〔陆　游〕
芦白枫丹照绿苹	〔陈　瑚〕	雨涩风怪夜向阑	〔刘　过〕
斗转星移天欲晓	〔雪窦禅师〕	风惨云低月欲堕	〔李流谦〕
雨涩风怪夜向阑	〔刘　过〕	参横斗转夜将阑	〔倪　稱〕
雨暖云香日正迟	〔祝允明〕	秧老蚕眠雨初霁	〔蒲寿宬〕
雪寒梅瘦月初生	〔邓　剡〕	春暖风和日渐长	〔释慧晖〕
花繁柳暗九门深	〔钱　起〕	花明柳暗沙堤外	〔敖陶孙〕
山叠云重一径幽	〔刘　沧〕	云愁鸟恨驿坡前	〔张　祜〕
柳绿桃红湖水曲	〔柴随亨〕	霜重风严景寂寥	〔释正觉〕
沙白松青夕照边	〔苏曼殊〕	柳残荷老客凄凉	〔刘　嶶〕
树深藤老竹回环	〔白居易〕	花落鸟啼春事阔	〔艾性夫〕
山长溪曲路高低	〔谢深甫〕	露冷风高秋意深	〔释智愚〕

烟浓水淡荷香浅　〔倪翼周〕
露冷风高秋意深　〔释智愚〕

草软沙平春日透　〔庞　籍〕
云散天高秋月明　〔储光羲〕

山寒江冷丹枫落　〔黄庭坚〕
猿啼鹤啸白云飞　〔文天祥〕

蝶乱蜂忙红粉妒　〔黄　裳〕
猿啼鹤啸白云飞　〔文天祥〕

云垂霞起各璀璨　〔陆师道〕
烟销日出更崔嵬　〔韩元吉〕

月黑风悲鬼摇树　〔张　耒〕
山昏水暮鸟寻群　〔白玉蟾〕

云破月来花弄影　〔张　先〕
庭闲人静鸟窥帘　〔王之道〕

白水沿堤护绿苗　〔叶　茵〕
碧瓦照日生青烟　〔欧阳修〕

朔风吹散三更雪　〔纳兰性德〕
雁声惊起一天秋　〔无名氏〕

楼观玲珑云缥缈　〔仇　远〕
溪流婉转树蒙茏　〔刘　敞〕

溪流清浅路横斜　〔方士繇〕
楼阁高低树浅深　〔白居易〕

蒲芽长短草浮沉　〔葛绍体〕
山花红紫树高低　〔欧阳修〕

烟霭模糊雨昏黑　〔刘　过〕
雷风激烈云嵯峨　〔周是修〕

远山重叠水透迤　〔韩　翃〕
高天寥落云峥嵘　〔韦应物〕

莺歌蝶舞韶光长　〔鲍君徽〕①
柳暗花明春事深　〔章良能〕

天闲云散雨声寒　〔王　冕〕
风恬烟静月光微　〔水府君〕

莺衔蝶弄红芳尽　〔杨　凝〕
猿啼鹤啸白云飞　〔文天祥〕

霜陨叶枯红粉落　〔袁　燮〕
猿啼鹤啸白云飞　〔文天祥〕

云流电走何纵横　〔司马光〕
烟销日出更崔嵬　〔韩元吉〕

云破月来花弄影　〔张　先〕
猿愁鱼踊水翻波　〔韩　愈〕

霜繁露重樛枝落　〔宋　庠〕
冰薄沙昏短草枯　〔仇　远〕

青阴百尺蔽白日　〔黄庭坚〕
碧桃几树隐红楼　〔左　辅〕

庾岭梅花清似玉　〔无名氏〕
湘江秋色湛如冰　〔齐　己〕

台殿晻暖山嶕峣　〔文　同〕
楼阁高低树浅深　〔白居易〕

客亭长短路南北　〔黄庭坚〕
山花红紫树高低　〔欧阳修〕

日月光明天广大　〔陆　游〕
雷风激烈云嵯峨　〔周是修〕

轻烟淡荡月模糊　〔王稚登〕
微风和暖日鲜明　〔温庭筠〕

高峰偃蹇云崔嵬　〔文　同〕
远山重叠水透迤　〔韩　翃〕

① 鲍君徽：唐代女诗人。善诗，早寡，无兄弟。被唐德宗召入宫中，不久，以奉养老母为由，上疏乞归。

碧云缥缈月琳琅〔钱　时〕
青山重叠水萦纡〔张　野〕

绿苔深锁蘼芜院〔吕采芝〕
碧沼初开菡萏花〔王照圆〕①

青山突兀云模糊〔樊　阜〕
绿阴重叠鸟间关〔李　祯〕

桃花红白玫瑰紫〔萧道管〕
麦苗苍翠柳条黄〔郁达夫〕

黄叶乍飞红蕊发〔罗洪先〕
碧柳初长紫燕啼〔永　理〕

麦穗微黄稻苗绿〔杨　亿〕
岸蓼疏红水荇青〔杨士奇〕

山色围门水绕墙〔姚孝锡〕
花枝拂眼柳垂肩〔吴　芾〕

芙蓉带露桃含雨〔饶芝祥〕
菖蒲翻叶柳交枝〔卢　纶〕

修竹护窗梅夹路〔张　炜〕
清风弄水月衔山〔苏　轼〕

水绕山堂竹映桥〔刘子翚〕
花压茅檐柳拂堤〔姚　倩〕

茱萸子落芙蓉老〔马　贯〕
荔枝花发杜鹃鸣〔卢　纶〕

水蓼花红稻穗黄〔罗　隐〕
芙蓉露白蒹葭苍〔顾　瑛〕

白玉花开绿锦池〔吴　融〕
青山屏绕碧溪湾〔陈　著〕

黄茅隐约青林外〔沈明臣〕
白衣只在青门里〔贾　岛〕

青溪遥接乌衣口〔皇甫汸〕
白云深锁紫金坛〔王平国〕

白云吞吐红莲阁〔王　建〕
青山掩障碧纱橱〔王　建〕

黄云萧条白日暗〔李　颀〕
绿荷消瘦碧芦肥〔范成大〕

绿树参差碧烟起〔鲍　恂〕
丹枫零落白云飞〔鲁　铎〕

荷花初红柳条碧〔李　白〕
麦穗微黄稻苗绿〔杨　亿〕

山光照槛水绕廊〔翁　森〕
花枝拂眼柳垂肩〔吴　芾〕

田翁戴笠儿跨牛〔陈鉴之〕
溪女采莲童抱瓜〔陆　游〕

倦鸟投林云返岫〔吴　潜〕
孤松凌雪鹤鸣阴〔宋　庠〕

亭围花木阁临池〔赵汝鐩〕
山绕楼台水接天〔苏　洞〕

芭蕉叶大栀子肥〔韩　愈〕
桑柘阴浓麦浪深〔王　恽〕

茱萸子落芙蓉老〔马　贯〕
杜鹃花发鹧鸪飞〔周　弼〕

绿芜墙绕青苔院〔陈　克〕
黄金蕊绽红玉房〔白居易〕

黄茅隐约青林外〔沈明臣〕
白云吞吐翠微间〔杨　简〕

---

① 王照圆：清末女诗人、训诂学家，学者郝懿行妻。出身书香门第，常以“平生要做校书女，不负乌衣巷里人”的诗句自勉。人以“高邮王父子，栖霞郝夫妇”相称。

朱栏照见绿波中　〔葛一龙〕

碧岩只在丹霞里　〔包　恢〕①
黄莺不离绿阴中　〔章　甫〕

白云只在青山外　〔胡仲弓〕
碧桐依旧绿阶前　〔吴　潜〕

河水东流日西沉　〔卢　纶〕
塞雁南翥马北嘶　〔李　壁〕

河水东流日西下　〔刘　基〕
越鸟南翔雁北飞　〔韦　庄〕

夕阳西去水东还　〔刘　兼〕
燕子南来雁北飞　〔贯蓬莱〕

霜雪夏落雷冬鸣　〔王安石〕
蟾蜍东去鹊南飞　〔施肩吾〕

太液芙蓉未央柳　〔白居易〕
蓬岛烟霞阆苑钟　〔李商隐〕

洞庭风月潇湘雨　〔楼　钥〕
蓬岛烟霞阆苑钟　〔李商隐〕

杨柳池塘桃杏坞　〔谢应芳〕③
芰荷舟舫草茅庐　〔张伯常〕

杨柳池塘桃李径　〔叶景山〕
梧桐庭院凤凰台　〔庄受祺〕

月荡琼楼瑶台上　〔元好问〕
日在花阴竹径间　〔张绍文〕

黄莺不离绿阴中　〔章　甫〕

白云只在青山外　〔胡仲弓〕
黄莺不离绿阴中　〔章　甫〕

大江东去日西坠　〔黄　昇〕
危亭北据水南流　〔王　过〕

河水东流日西下　〔刘　基〕
塞雁南翥马北嘶　〔李　壁〕

河水东流日西下　〔刘　基〕
燕子南来雁北飞　〔贯蓬莱〕②

夕阳西去水东流　〔释梵思〕
燕子南来雁北飞　〔贯蓬莱〕

烟寺晚钟渔浦笛　〔黎廷瑞〕
竹窗明月柳桥风　〔石　沆〕

洞庭云水潇湘雨　〔黄　滔〕
蓬岛烟霞阆苑钟　〔李商隐〕

巫山云雨洛川神　〔权德舆〕
蓬岛烟霞阆苑钟　〔李商隐〕

杨柳池塘桃李径　〔叶景山〕
芰荷舟舫草茅庐　〔张伯常〕

三间茅屋东溪上　〔赵　嘏〕④
数家灯火北山前　〔方　回〕

车马来往云雾里　〔清圣祖〕
楼阁朦胧烟雨中　〔韩　偓〕

---

①　包恢:宋代刑部尚书,包拯九世孙。为官期间,沉妖妓于水,化为狐,人皆神之。

②　贯蓬莱:元代女诗人,上官粹妻。幼与粹同读书学画,尝于白练帕上画绯桃掷粹,并题七绝一首。后粹为盗所戕,蓬莱即自刎。

③　谢应芳:元末明初学者,有《鹊桥仙·寄汪南轩》:青年去了。青衫破了。旧日青毡无了。一时清兴未能除,说与故人知道。春花春好。秋花秋好。每日看花尤好。人生沽酒买花钱,消得杖头多少?

④　赵嘏:唐代诗人。《唐才子传》云:“有美姬溺爱,及计偕,留侍母。会中元游鹤林寺,浙帅窥见悦之,夺归。”后来,浙帅“遣介送姬入长安。时嘏方出关,途次横水驿,于马上相遇,姬因抱嘏痛哭,信宿而卒。”

江上清风山间月〔赵希逢〕
驿前斜日渡头烟〔陆　游〕

岩前丹桂陇头梅〔周必大〕
屋后青山门外溪〔肃靖王〕

山下藤萝飘翠带〔郑板桥〕
池上芙蓉映碧波〔杨公远〕

江南绿水通朱阁〔顾　况〕
塞上红山映碧池〔老　舍〕

清池翠盖拥红蕖〔欧阳修〕
平湖青草覆白沙〔白玉蟾〕

屋头老木挂疏藤〔洪咨夔〕
水边衰柳噪寒鸦〔寇　准〕

海上银台对金阙〔田　锡〕
山间瘦竹映枯松〔邓　肃〕

湖边春色浓于酒〔胡仲弓〕
塞上秋光冷似冰〔刘克庄〕

门外数根杨柳树〔戴复古〕
檐头一束杜鹃花〔洪咨夔〕

湖上荷花十万枝〔许　惠〕
山头茅舍两三间〔王之道〕

满枝晴雪照青霞〔范成大〕
半亩寒潭映碧天〔虚云法师〕

一溪流水绕青山〔邓　肃〕
两岸平畴接翠微〔楼　钥〕

两岸芦花飞白雪〔申涵光〕
万壑松风卷翠涛〔朱有燉〕

十里红楼依绿水〔秦　观〕
一带青烟护白溪〔葛绍体〕

门外红尘溪上竹〔宋　聚〕
岩前丹桂陇头梅〔周必大〕

池上芙蓉映碧波〔杨公远〕
楼外江山展翠屏〔蔡　伸〕

阶前萱草开丹花〔韩　维〕
槛外云光映翠岚《随园诗话》

天上红云湿翠旗〔金幼孜〕
门前白水映青山〔孙应时〕

渡口斜风吹细雨〔朱令昭〕
水边衰柳噪寒鸦〔寇　准〕①

山间瘦竹映枯松〔邓　肃〕
水边衰柳噪寒鸦〔寇　准〕

窗下红蕖始脱泥〔洪咨夔〕
庭前紫薇初作花〔李流谦〕

门前柳色依然绿〔陆世仪〕
墙角桃花未肯红〔黄　庚〕

窗外一株红杏树〔顾　逢〕
庭前十丈紫藤花〔老　舍〕

湖上荷花十万枝〔许　惠〕
溪边茅屋两三家〔辛　丝〕

几点疏星映朱户〔吴文英〕
一眉新月报黄昏〔李若水〕

一曲菱歌韵碧澜〔许孟昭〕
两部蛙声闹绿汀〔张玉珍〕

万点春风吐白云〔张　炜〕
几场秋雨老黄花〔张可久〕

两道苍松列翠幢〔赵　蕃〕
一带青烟护白溪〔葛绍体〕

---

① 寇准:北宋宰相。七岁吟了一首小诗《咏华山》:只有天在上,更无山与齐。举头红日近,俯首白云低。

两道苍松列翠幢　〔赵　蕃〕
千尺黄云错紫霞　〔陈　造〕

数树丹枫映苍桧　〔陆　游〕
十里青松接翠微　〔王应麟〕

几里朱栏绕青壁　〔文　同〕
一湾碧水映蓝天　〔霍松林〕

千树玲珑围绿水　〔杨　基〕
万仞嵯峨插碧霄　〔释师一〕

万仞苍崖插碧流　〔李　洪〕
一树红花映绿波　〔杨巨源〕

千亩红莲间白蘋　〔陈廷桂〕
万仞苍崖插碧流　〔李　洪〕

千亩红莲间白蘋　〔陈廷桂〕
万叠青山缭碧溪　〔刘克庄〕

一曲青山映小池　〔叶梦得〕
半架朱藤覆短垣　〔文　昭〕

数片白云生宇宙　〔释道宁〕
满川红叶映人家　〔文　同〕

一双黄鸟隔墙啼　〔贺　铸〕
数枝红杏向人开　〔祖无择〕

漫山桃李争春色　〔戴复古〕
满庭松柏撼秋风　〔释文准〕

满城桃李争春色　〔陆　游〕
半山松竹自秋声　〔张绍文〕

数朵梅花弄春色　〔叶巽齐〕
满池荷叶动秋风　〔窦　巩〕

满地霜华浓似雪　〔王国维〕

数树丹枫映苍桧　〔陆　游〕
千尺黄云错紫霞　〔陈　造〕

几里朱栏绕青壁　〔文　同〕
一丈红蔷荫碧溪　〔黄　侃〕①

几里朱栏绕青壁　〔文　同〕
万点红灯映碧波　《随园诗话》

五粒青松护翠苔　〔胡　宿〕
一树红花映绿波　〔杨巨源〕

万仞苍崖插碧流　〔李　洪〕
一带青烟护白溪　〔葛绍体〕

千亩红莲间白蘋　〔陈廷桂〕
万丈青山插碧天　〔萧　炳〕

一曲朱栏倚绿杨　〔韩邦靖〕
万叠青山缭碧溪　〔刘克庄〕

半林红叶写深秋　〔景　安〕
一声黄鸟报残春　〔白居易〕

万叠青山绕茅屋　《全宋文》
两树红蕉隔禁扉　〔杨　基〕

万树红云日边倚　〔陈　凤〕
一双白鹤云中呼　〔顾景星〕

满城桃李争春色　〔陆　游〕
半山松竹撼秋风　〔岳　飞〕

满城桃李争春色　〔陆　游〕
四山松桂动秋风　〔释大观〕

满天风雨震雷霆　〔欧阳程〕
半山松竹奏笙簧　〔黄公度〕

满地霜华浓似雪　〔王国维〕

① 黄侃：语言文字学家。章太炎门生，时人称他们为“章疯”“黄疯”。他曾说：读书人当以四海为量，以千载为心。

一庭秋色清如水〔张　耒〕
一池春水绿如苔〔刘无极〕

一池春水绿如苔〔刘无极〕
满岸芦花白如雪〔高道宽〕
半溪柳色碧于烟〔浦映绿〕

千树梨花白似云〔卢　昭〕
半溪柳色碧于烟〔浦映绿〕

满岸芦花白如雪〔高道宽〕
半溪柳色碧于烟〔浦映绿〕

满岸芦花白如雪〔高道宽〕
一篙春水绿于苔〔朱令昭〕

满岸芦花白如雪〔高道宽〕
一池春水绿于苔〔林　逋〕

几点白鸥清似画〔赵希迈〕
满山红叶艳于花〔洪咨夔〕

一村桃杏红如锦〔杨公远〕
满山松竹翠成林〔曾　惇〕

千寻古木含云翠〔梁　颜〕
百年老树当檐黑〔陆维钊〕

一溪春水漾寒碧〔白玉蟾〕
满院秋风敛嫩黄〔沈青崖〕

半间茅屋傍溪斜〔葛　宜〕
几树桃花夹竹开〔梅尧臣〕

百年老树当檐黑〔陆维钊〕
两岸奇花映日红〔陆维钊〕

百尺老松衔半月〔施肩吾〕
万顷沧波没两鸥〔苏　轼〕

四堤杨柳接松筠〔许有壬〕
十里蒹葭入薜萝〔许　浑〕

十里芙蕖红潋滟〔葛　覃〕
千株杨柳翠透迤〔杜大成〕

百尺柳条垂两岸〔杨万里〕
千岁松阴护一亭〔叶　茵〕

一声短笛斜阳外〔黄　庚〕
数点寒鸦夕照中〔弘　晓〕

千柄红莲绿云里〔刘汝藻〕
一点青螺白浪中〔窦　庠〕

一顷稻田三亩竹〔苏　辙〕
数椽茅屋几株松〔王庭诏〕

一泓秋水千竿竹〔赵　嘏〕
数椽茅屋几株松〔王庭诏〕

三亩山园半春草〔张　耒〕
一径茅堂四面花〔程嘉燧〕

千树桃花万点苔〔杨岳斌〕
数椽茅屋几株松〔王庭诏〕

千树桃花万条柳〔黄　任〕
三间茅屋独家村〔杨　杞〕

千树桃花万株柳〔吴　宽〕
三间茅屋独家村〔杨　杞〕

十围老柳千寻柏〔王广心〕
百个修篁一树梅〔赵　蕃〕

十围老柳千寻柏〔王广心〕
三茎瘦竹两株松〔齐　己〕

十亩清溪千个竹〔陈文蔚〕
一川流水半村花〔高　启〕

十亩清溪千个竹〔陈文蔚〕
一曲芳池万柄荷〔刘学箕〕

十丈黄尘千尺雪〔吴伟业〕
万叠青山百道泉〔赵贞吉〕

萝月四窗云万壑　〔释绍昙〕
烟树几行山一围　〔戴　栩〕

蛱蝶双飞燕并栖　〔皇甫汸〕
山木悲鸣水怒流　〔王安石〕

菊未落英梅破蕊　〔李　焘〕①
蜂已成围蝶作团　〔黄庭坚〕

村北村南喧地碓　〔陆　游〕
山前山后响缫车　〔连文凤〕

舍南舍北皆春水　〔杜　甫〕
堂前堂后尽芙蓉　〔韩　维〕

山北山南遍插秧　〔魏了翁〕
庵后庵前尽植花　〔邵　雍〕

村南村北枫叶赤　〔黎廷瑞〕
山前山后沙土红　〔塞尔赫〕

山前山后松风起　〔李　复〕
岗南岗北竹鸡啼　〔洪咨夔〕

山前山后松风起　〔李　复〕
村南村北稻花明　〔吕从庆〕

坨北坨南烟似雾　〔奭　良〕
山前山后花如锦　〔汪元量〕

溪北溪南梅树枝　〔吴则礼〕
山前山后杜鹃花　〔赵若槸〕

农妇农夫相往还　〔戴复古〕
山鸟山云自去来　〔林景熙〕

隄下行人隄上柳　〔纪钜维〕
竹里流泉竹外云　〔陈　基〕

竹里茅茨竹外溪　〔路德章〕

棠梨花发幽窗下　〔释行海〕
杜鹃声在夕阳中　〔释了惠〕

飞鸟冲天鱼纵壑　〔黄公度〕
流水辞山花别枝　〔钱　起〕

街东街西讲佛经　〔韩　愈〕
村南村北响缫车　〔苏　轼〕

舍南舍北种芙蓉　〔刘克庄〕
山前山后开梅花　〔李　洪〕

舍南舍北皆种桃　〔王安石〕
庵后庵前尽植花　〔邵　雍〕

舍南舍北黄埃走　〔徐　恢〕
山前山后白鹇飞　〔晁补之〕

山前山后松风起　〔李　复〕
池北池南春水生　〔王安石〕

山前山后松风起　〔李　复〕
屋头屋尾菜花明　〔洪咨夔〕

舍前舍后桑成林　〔李若川〕
村南村北桃作花　〔李长霞〕

寺前寺后木弯环　〔陈　藻〕
溪南溪北树萦回　〔李东阳〕

桥东桥西好杨柳　〔刘禹锡〕
城南城北佳山水　〔洪咨夔〕

桥上行人桥下水　〔朱继芳〕
竹里流泉竹外云　〔陈　基〕

岩上风烟岩下水　〔董与几〕
竹里茅茨竹外溪　〔路德章〕

楼下兰舟楼上酒　〔许有壬〕

---

①　李焘：宋代历史学家。性刚大，特立独行。张栻说他如霜松雪柏。无嗜好，无姬侍，不殖产。平生生死文字间。

山上楼台山下城　〔吕　敏〕

海气苍茫海天迥　〔英　廉〕
江水荡漾江花香　〔郝　经〕

青城道士跨青牛　〔陈允平〕
白雀主人乘白龙　〔张　泰〕

东山西山云气濛　〔龙启瑞〕
南村北村秔稻香　〔胡　仔〕

千峰万峰锁寒色　〔释重显〕
一树两树啼断猿　〔白玉蟾〕

十里百里闻流莺　〔张时彻〕
一树两树啼断猿　〔白玉蟾〕

柳花黄扑桃花紫　〔丘逢甲〕
山光白衬天光黑　〔鲍之芬〕

二分翠竹三分水　〔王　圣〕
千山红树万山云　〔方　干〕

百分桃花千分柳　〔张问陶〕①
三重江水万重山　〔戴叔伦〕

万年枝上千年叶　〔吴文英〕
百子池头九子萍　〔袁宏道〕

松上闲云石上苔　〔郑　谷〕
槛边修竹砌边花　〔张　徽〕

山际楼台水际村　〔张　镃〕
花间亭馆柳间门　〔马子严〕

柳外楼台花外舫　〔毛　澂〕
竹边池阁水边村　〔史弥应〕

池上楼台堤上路　〔刘学箕〕
帘外桃花帘内人　《红楼梦》

青牛宫中青草生　〔苏　洞〕
白水塘边白鹭飞　〔蒲寿宬〕

玉蟾蜍对玉狻猊　〔张公庠〕
野酴醾压野蔷薇　〔杨万里〕

桃蹊李蹊花零落　〔徐德音〕
松山杏山雪模糊　〔姚元之〕

千峰万峰浸明月　〔王　蒙〕
三树两树啼断猿　〔白玉蟾〕

十里百里闻流莺　〔张时彻〕
三树两树啼断猿　〔白玉蟾〕

一顷豆花三顷竹　〔许　浑〕
九里松阴十里莲　〔杨　基〕

二分翠竹三分水　〔王　圣〕
百里青山十里溪　〔杨万里〕

万年枝上千年叶　〔吴文英〕
一亩园中半亩花　〔吴　锭〕

半亩松筠半亩溪　〔祖　琴〕
几重山水几重云　〔高　启〕

花间亭馆柳间门　〔马子严〕
松下轩廊竹下房　〔白居易〕

竹边池阁水边村　〔史弥应〕
花间亭馆柳间门　〔马子严〕

柳外楼台花外舫　〔毛　澂〕
山下人家林下门　〔卢多逊〕

原上脊令沙上雁　〔吴　镇〕

---

① 张问陶：清代诗人、书画家。因其故乡有山似船，名叫船山，乃自号船山；又因其面貌似猿，又号蜀山老猿。他的诗被誉为“清代蜀中诗人之冠”。袁枚称他为“八十衰翁生平第一知己”。他的家族被称为“清代四川第一家”。他家三弟兄、三妯娌均为诗人，这在世界历史上亦极为罕见。

山下人家林下门　〔卢多逊〕①

塔上佛光堂上月　〔范成大〕
镜中人影水中天　〔杨万里〕

山绕檐楹水绕除　〔喻良能〕
松映轩窗竹映关　〔王稚登〕

柳映疏帘花映林　〔薛梦桂〕
水绕芳堤云绕山　〔姜特立〕

山藏远树云藏屋　〔方　泂〕
烟笼寒水月笼沙　〔杜　牧〕

莲绕闲亭柳绕池　〔李咸用〕
水围深坞树围沙　〔岑　潋〕

云笼碧嶂月笼台　〔释重显〕
路绕青溪水绕山　〔郭　印〕

芦叶深青荷叶紫　〔苏　泂〕
豆花小白槿花红　〔仇　远〕

荔子才丹栀子白　〔吴　泳〕
桑叶初黄梨叶红　〔李德裕〕

荔子才丹栀子白　〔吴　泳〕
梧叶新黄柿叶红　〔杨万里〕

黄牛将犊鸡将雏　〔石　翊〕
白榆生荚柳生花　〔司马光〕

鹧鸪啼后子规啼　〔丘逢甲〕
芙蓉开罢海棠开　〔郝　经〕

鹧鸪啼罢子规啼　〔佚　名〕

柳边桃杏竹边梅　〔陈　著〕

燕语呢喃莺语媚　〔顾贞立〕
桃花轻薄柳花狂　〔陆　游〕

山绕檐楹水绕除　〔喻良能〕
柳映池塘竹映窗　〔周佛海〕

柳映疏帘花映林　〔薛梦桂〕
山含落日水含烟　〔八指头陀〕②

山藏远树云藏屋　〔方　泂〕
竹穿遥径雨穿廊　〔苏　洞〕

蜂衔红蕊蝶衔粉　〔李商隐〕
路绕青溪水绕山　〔郭　印〕

梅花开尽杏花红　〔萨都剌〕③
桐叶吹残蕉叶黄　〔陆　游〕

豆花小白槿花红　〔仇　远〕
荻芽深碧蒌芽青　〔范成大〕

蕉叶半黄荷叶碧　〔杨万里〕
荔子才丹栀子白　〔吴　泳〕

荷花初红酒初碧　〔何景明〕
波痕新绿草新青　〔仇　远〕

江上春来复春去　〔李　瓒〕
门前潮落又潮生　〔倪　瓒〕

鹧鸪啼后子规啼　〔丘逢甲〕
荼蘼开过枣花开　〔顾　春〕

一潭竹影涵鱼影　〔魏　源〕

---

①　卢多逊：北宋宰相。做高官后，家里生活逐渐奢华起来，父亲卢亿深为忧虑。后来，卢多逊全家被宋太宗发配崖州。

②　八指头陀：清末诗僧，中华佛教会第一任会长。二十七岁时，在宁波阿育王寺佛舍利塔前燃二指，并剜臂肉燃灯供佛，自此号“八指头陀”。

③　萨都剌：元代诗人，人称“雁门才子”。性好山水，凡深岩邃壑，人迹所不到者，无不穷其幽胜。至得意处，辄席草坐，徘徊终日不能去，兴至则发为诗歌。

荼蘼开过枣花开 〔顾　春〕

一潭竹影涵鱼影 〔魏　源〕
四面山光接水光 〔戴复古〕

一片菱花间藕花 〔张　謇〕①
四面山光接水光 〔戴复古〕

水竹三分屋二分 〔薛时雨〕
石壁千重树万重 〔李　涉〕

萧萧远树疏林外 〔寇　准〕
漠漠轻烟细雨中 〔刘子翚〕

萧萧红叶掷苍苔 〔皮日休〕
漭漭黄云覆白沙 〔王鸿儒〕

重重绿树围朱阁 〔秦　观〕
纷纷红雨入苍苔 〔郑子覃〕

重重绿树围朱阁 〔秦　观〕
粼粼白水护青田 〔葛　郯〕

粼粼白水护青田 〔葛　郯〕
萧萧碧树隐红墙 〔龚鼎孳〕

离离丹实照绿叶 〔王之道〕
冉冉红云映翠微 〔赵师侠〕

亭亭修竹锁苍烟 〔刘　宰〕
剪剪高荷舞翠阴 〔李弥逊〕

冉冉凉风动白蘋 〔李　中〕
漙漙清露湿黄花 〔李若水〕

渺渺斜风吹细雨 〔苏　轼〕
淅淅寒流涨浅沙 〔王贞白〕

淡淡荒烟送归鸟 〔王　履〕

万树桃花罨柳花 〔秦武域〕

万树桃花罨柳花 〔秦武域〕
四面山光接水光 〔戴复古〕

万树桃花罨柳花 〔秦武域〕
十里荷香杂稻香 〔喻良能〕

奇秀山光接水光 〔赵　方〕
远近娇红乱老红 〔陈　造〕

杳杳白云青嶂间 〔陆　游〕
离离朱实绿丛中 〔周元范〕

郁郁黄花生翠竹 〔宋太宗〕
纷纷红雨入苍苔 〔郑子覃〕

重重绿树围朱阁 〔秦　观〕
叠叠青山锁翠空 〔释子淳〕

灼灼红莲照碧流 〔张　耒〕
粼粼白水护青田 〔葛　郯〕

阴阴绿树映红霞 〔王　宠〕
悠悠白日横苍烟 〔文天祥〕

曲曲碧波飞白鹭 〔方燕昭〕
冉冉红云映翠微 〔赵师侠〕

泛泛轻风漾碧澜 〔周百禄〕
剪剪高荷舞翠阴 〔李弥逊〕

渺渺斜风吹细雨 〔苏　轼〕
昏昏落日衔远山 〔张　耒〕

浩浩长风送急雨 〔白玉蟾〕
淅淅寒流涨浅沙 〔王贞白〕

习习轻风破海棠 〔张　磐〕

---

① 张謇(jiǎn)：清末状元、实业家。“南不拜张，北不投李”，有名言：“愿成一分一毫有用之事，不居八命九命可耻之官。”钱昌照有挽张謇联：成败由天，毁誉由人，一生经济文章，都从实地做起；细行不矜，大德不逾，盖世功名事业，何堪浊浪淘来。

萧萧落日催征骑 〔安致远〕

冥冥细雨落桐花 〔曹 鑨〕

冉冉纤云度林樾 〔秦 观〕
漠漠阴风吹草莱 〔宋 琬〕

亭亭秋水影芙蓉 〔邓 肃〕
渺渺春山啼杜鹃 〔赵 蕃〕

袅袅芙蕖初出水 〔钟 筠〕
依依杨柳已藏鸦 〔赵 葵〕

萧萧秋雨山中夜 〔李流谦〕
泛泛春风湖上舟 〔陈 深〕

瑟瑟凉飔天末起 〔曹慎仪〕
漠漠孤云岭上飞 〔李 复〕

霏霏春雨细如丝 〔陆 游〕
戛戛秋蝉响似筝 〔徐 玑〕

白云莽莽青山头 〔蒋 堂〕
黄鹂两两绿杨间 〔赵孟坚〕

青天漫漫碧水重 〔王 建〕
黄雾沉沉白日昏 〔梁启超〕

白云寂寂掩苍苔 〔白玉蟾〕
红日翩翩下翠烟 〔项安世〕

白榆历历攒红霞 〔陈 璚〕
碧草茸茸照绿波 〔吕 诲〕

红树萧萧覆碧潭 〔杜 牧〕
翠竹森森映白沙 〔顾 敬〕

白云霙霙变苍狗 〔王 冕〕
翠水帖帖开红莲 〔张以宁〕①

黄莺历历啼红树 〔吴越人〕
紫椹累累缀碧桑 〔葛起耕〕

薄薄春云笼皓月 〔刘 兼〕
离离秋草映寒泉 〔邓文原〕

曲曲宫墙绕御河 〔蔡 昶〕
寂寂茅庐映竹扉 〔陆 游〕

面面青山白云住 〔顾 瑛〕
曲曲红桥绿水通 〔释良琦〕

漠漠孤云岭上飞 〔李 复〕
浩浩清风树杪来 〔释法薰〕

萋萋芳草如茵软 〔陆蓉佩〕
辘辘轻车似水流 〔袁镜蓉〕

片片桃花逐水流 〔丘 葵〕
双双燕子望巢飞 〔舒邦佐〕

翠篠娟娟碧雾笼 〔卫石卿〕
白草飒飒黄云开 〔李梦阳〕

白云寂寂掩苍苔 〔白玉蟾〕
绿叶阴阴护翠枝 〔张 耒〕

白云寂寂掩苍苔 〔白玉蟾〕
碧草茸茸照绿波 〔吕 诲〕

碧草茸茸照绿波 〔吕 诲〕
翠竹森森映白沙 〔顾 敬〕

红树萧萧覆碧潭 〔杜 牧〕
绿叶阴阴护翠枝 〔张 耒〕

碧砌磷磷生绿苔 〔罗 邺〕
红叶纷纷下翠微 〔蔡 琬〕

黄莺历历啼红树 〔吴越人〕
白日杲杲行青天 〔张以宁〕

① 张以宁：明初文学家。母陈氏“既有娠，一夕梦小儿擎荷叶向月而拜，觉而公生。”自幼颖异，天赋神采，在襁褓中即嗜好读诵。

碧霞隐隐起朱栊〔沈尹默〕
红露霏霏隔绛纱〔柯九思〕

白日皎皎悬秋旻〔查慎行〕
黄流浊浊激春波〔梅尧臣〕

碧落茫茫堕秋雾〔屠　隆〕
绿云蔼蔼怀春风〔蔡宗尧〕

绿叶森森迎晓日〔陈叔度〕
红树离离映夕晖〔龚　诩〕

红雨毵毵落深树〔章　甫〕
绿竹翛翛隔短墙〔蜀成王〕

红雨毵毵落深树〔章　甫〕
碧蝶飞飞过短篱〔陆　游〕

黄沙莽莽吹急雨〔朱葵之〕
青松幽幽吟劲风〔宋之问〕

丹枫飒飒下寒塘〔杨士凝〕
白杨猎猎起悲风〔汪元量〕

青烟漠漠暗西村〔陆　游〕
白云冉冉度南园〔詹　初〕

绿水溶溶带城郭〔黄廷璹〕
白云霭霭隔江山〔黎廷瑞〕

碧云冉冉春波绿〔许有孚〕
黄叶萧萧秋水清〔张　耒〕

白云冉冉自来去〔王廷魁〕
碧水苍苍空寂寥〔刘　沧〕

黑风飒飒烟弥漫〔顾嗣立〕①
苍松郁郁石嵯峨〔饶　介〕

赤日亭亭昼正赊〔杨　亿〕
碧宇沉沉夜未阑〔张　治〕

朱实离离覆御栏〔王　珪〕
紫气葱葱绕禁庐〔于慎行〕

碧落茫茫堕秋雾〔屠　隆〕
黄流浊浊激春波〔梅尧臣〕

绿叶凄凄映晚霞《随园诗话》
白鸟翩翩下夕阳〔子　兰〕

青天漫漫覆长路〔张　籍〕
绿竹翛翛隔短墙〔蜀成王〕

红雨毵毵落深树〔章　甫〕
黄蝶飞飞缀野蒿〔晁补之〕

红雨毵毵落深树〔章　甫〕
黄叶纷纷舞劲风〔袁　燮〕

黄沙莽莽吹急雨〔朱葵之〕
白杨猎猎起悲风〔汪元量〕

苍苔冉冉荒茅屋〔赵希桐〕
黄叶深深拥竹扉〔杨公远〕

绿筠阴阴翳窗户〔萧　执〕
碧树童童荫屋庐〔周　弼〕

白日迟迟照窗户〔王　冕〕
彤霞灼灼临池台〔齐　己〕

碧云冉冉春波绿〔许有孚〕
白雁萧萧柿叶红〔刘　基〕

碧水苍苍空寂寥〔刘　沧〕
翠竹森森自短长〔韩　维〕

红尘冉冉长安路〔张孝祥〕
青天荡荡淮阴城〔郭　麟〕

青磷荧荧明又灭〔郭　登〕
白鹭矫矫去复还〔赵　蕃〕

① 顾嗣立:清代学者。性轻财,好施与,豪于饮,成立“酒人社”,有“酒王”“酒帝”之称。

紫燕双双掠水飞 〔蔡 伸〕
青莲两两照山开 〔吴 泳〕

秋风淅淅吹芙蓉 〔吴 泳〕
春色迟迟上牡丹 〔于慎行〕

渔舍阴阴映绿蕉 〔黄克晦〕
树影森森照碧空 〔陈 毅〕

庭院深深锁绿苔 〔吴 泳〕
钟磬沉沉隔翠微 〔张正蒙〕

落花寂寂委青苔 〔李 白〕
晴丝冉冉堕碧空 〔王廷陈〕

轻飏习习起青蘋 〔杨 亿〕
细雨濛濛暗碧溪 〔顾 禧〕

啼鸟声声怨夕晖 〔连文凤〕
飞花处处作春寒 〔苏 辙〕

古柏亭亭降异香 〔赵崇嶓〕
长松瑟瑟摇悲风 〔李弥逊〕

画角悠悠送夕阳 〔李之仪〕
璧月迢迢出暮山 〔李 觏〕

孤雁哀哀叫晓云 〔赵 蕃〕
野日昏昏噪暮鸦 〔王 炎〕

老树萧萧吹古风 〔俞 丰〕
平芜漠漠锁寒烟 〔龚 诩〕

老树萧萧吹古风 〔俞 丰〕
疏林黯黯下寒烟 〔张天植〕

寒雨漠漠霏长空 〔喻文鏊〕
清磬泠泠度远滩 〔张 曾〕

微风萧萧吹菰蒲 〔苏 轼〕
细雨蒙蒙湿芰荷 〔杨巨源〕

朱轮轧轧入云去 〔曹 唐〕
红云朵朵下山来 〔于慎行〕

春色迟迟上牡丹 〔于慎行〕
秋意拂拂生梧桐 〔章 甫〕

海棠片片飘红雨 〔陈 孚〕
杨柳丝丝凝碧烟 〔邹登龙〕

云山叠叠几千重 〔拾 得〕①
草屋依依八九间 〔李宪噩〕

轻飏习习起青蘋 〔杨 亿〕
晴丝冉冉堕碧空 〔王廷陈〕

空殿沉沉闭青苔 〔张氏琰〕
古观重重绕翠微 〔李九龄〕

阴风飒飒吹荒皋 〔吴 宽〕
寒空漠漠起愁云 〔陈允平〕

新竹翛翛韵晓风 〔刘禹锡〕
细雨霏霏酿暮寒 〔劳乃宣〕

孤雁哀哀叫晓云 〔赵 蕃〕
画角悠悠送夕阳 〔李之仪〕

嘉木阴阴吐新叶 〔郑刚中〕
老树萧萧吹古风 〔俞 丰〕

老树萧萧吹古风 〔俞 丰〕
长堤漠漠散荒烟 〔李元鼎〕

寒雨漠漠霏长空 〔喻文鏊〕
疏竹萧萧覆短垣 〔王之道〕

短竹萧萧倚北墙 〔苏 轼〕
疏钟杳杳度南陂 〔陆 游〕

乱云漠漠归岩壑 〔吴应莲〕
古木阴阴绕屋庐 〔喻良能〕

---

① 拾得:唐代诗僧,与寒山子齐名。他是由丰干禅师从野外捡回国清寺的,故名。

荷叶团团盖秋水　〔王　建〕
桃花灼灼斗春芳　〔詹　初〕

水光溶溶浸山色　〔喻良能〕
御柳差差拂禁墙　〔王禹偁〕

桧柏森森映华屋　〔苏　辙〕
杨柳依依拂短亭　〔李曾伯〕

古木阴阴溪上村　〔方一夔〕
斜阳冉冉水边楼　〔陈允平〕

斜阳沈沈岭头落　〔洪亮吉〕
孤月亭亭云外生　〔郑　樵〕

春风漠漠杏花香　〔周文璞〕
秋声飒飒芦苇寒　〔曾有光〕

人家簇簇晓烟青　〔赵　蕃〕
湖光渺渺夕阳红　〔曹　勋〕

易水潺潺云草碧　〔陈子龙〕
镜湖渺渺烟波白　〔陆　游〕

天风瑟瑟星河动　〔齐　己〕
霜月娟娟鼓角清　〔张　舍〕

寒雨萧萧桐叶惊　〔张　耒〕
阴云飒飒浪花愁　〔陈　标〕

平沙莽莽黄入天　〔岑　参〕
芳草萋萋绿到门　〔杨先铎〕

桃花灼灼当窗开　〔刘大櫆〕
鹁鸠恰恰向人啼　〔王夫之〕①

池上溶溶浮暖日　〔王　令〕
屋头唧唧鸣寒虫　〔李伯玉〕②

春草萋萋上玉阶　〔汪元量〕
秋风瑟瑟生金声　〔陈景元〕

春光婉婉媚新晴　〔黄姬水〕
秋阳泛泛流清晖　〔王之道〕

暮雨潇潇江上村　〔李　涉〕
斜阳冉冉水边楼　〔陈允平〕

冷风瑟瑟山前起　〔陈　岩〕
寒蛩唧唧草间鸣　〔朱　权〕

茅堂索索秋风发　〔黄庭坚〕
桃花灼灼春水生　〔吴　泳〕

春月皎皎河汉清　〔吴子孝〕
秋声飒飒芦苇寒　〔曾有光〕

易水潺潺云草碧　〔陈子龙〕
阴山萧萧木叶黄　〔王　炎〕

秦川渺渺楚天长　〔张舜民〕
吴山峨峨浙水深　〔陈鸿寿〕

蛱蝶翩翩燕子忙　〔陆　游〕
桃李阴阴柳絮飞　〔王　维〕

寒芜漠漠露华浓　〔罗　邺〕
古道迢迢人迹稀　〔陆　游〕

桃花灼灼当窗开　〔刘大櫆〕
子规得得向人啼　〔杨万里〕

乱山叠叠斜阳里　〔王嗣晖〕
淡烟漠漠古城头　〔梁子固〕

天际孤云云外山　〔蔡　伸〕
池上平桥桥下亭　〔白居易〕

---

①　王夫之：与顾炎武、黄宗羲并称明清之际三大思想家。作为明朝遗臣，拒不接见清廷官员的拜访，并为此写下一联：清风有意难留我，明月无心自照人。“清”指清廷，“明”指明朝。

②　李伯玉：宋代榜眼、大臣。贾似道尝集百官议事，忽厉声曰：“诸君非似道拔擢，安得至此！”众默然莫敢应者，伯玉答曰：“伯玉殿试第二名，平章不拔擢，伯玉地步亦可以至此。”

翠竹黄花曲曲香〔陈 著〕
碧柳红桃得得新〔沈 周〕

酴醿芍药垂垂发〔曾 几〕
菡萏菰蒲细细凉〔袁说友〕

篱花径竹垂垂没〔朱长春〕
烟柳风蒲冉冉斜〔毛 滂〕

长风短雨时时过〔祝允明〕
野草闲云处处生〔皎 然〕

窗前疏雨潇潇滴〔熊 琏〕
竹下幽泉细细流〔徐 贲〕

窗前疏雨潇潇滴〔熊 琏〕①
槛外凉风细细生〔金 墀〕

紫霄峰外日沉沉〔李咸用〕
翠屏山下雨霏霏〔李 堪〕

紫霄峰外日沉沉〔李咸用〕
黄陵庙下月娟娟〔汪 端〕

青城山中云茫茫〔白 逊〕
黄陵庙下月娟娟〔汪 端〕

乌衣镇上水潺潺〔文徵明〕
翠屏山下雨霏霏〔李 堪〕

青衣江上水溶溶〔安 磐〕
翠屏山下雨霏霏〔李 堪〕

青衣江上水溶溶〔安 磐〕
碧湘宫畔雨霏霏〔左宗棠〕

石头城下水淙淙〔苍雪和尚〕
浔阳江上雨潇潇〔李怀民〕

岳麓峰头云幂幂〔罗泽南〕
浔阳江上雨潇潇〔李怀民〕

岳麓峰头云幂幂〔罗泽南〕
武陵溪里草萋萋〔苏广文〕

岳阳城下水漫漫〔白居易〕
武陵溪里草萋萋〔苏广文〕

岳阳城下水漫漫〔白居易〕
钱塘门外草蓠蓠〔曹诚英〕

芙蓉池里叶田田〔姚 合〕
鸳鸯湖上鸟嘤嘤〔葛一龙〕

芙蓉城中花冥冥〔苏 轼〕
鸳鸯湖上鸟嘤嘤〔葛一龙〕

芙蓉城中花冥冥〔苏 轼〕
梧桐楼外雨萧萧〔方 回〕

芙蓉城中花冥冥〔苏 轼〕
凤凰池上雨丝丝〔吴 镇〕

芙蓉堂下水溟溟〔崔 鹍〕
凤凰池上雨丝丝〔吴 镇〕

芙蓉堂下水溟溟〔崔 鹍〕
梧桐楼外雨萧萧〔方 回〕

芙蓉堂下水溟溟〔崔 鹍〕
茑萝寺外草萧萧〔张 浤〕

芙蓉城下水茫茫〔佚 名〕
茑萝寺外草萧萧〔张 浤〕

杨柳楼头风剪剪〔邓 湛〕
梧桐阶下月团团〔刘 瑶〕

---

① 熊琏:清代才女。自幼许配同邑陈遵,未几,遵染病痴呆。据云陈遵之父允悔婚,而琏“坚持不可”,卒归陈家,“里邻称其贤”。熊琏才慧命舛(chuǎn,错误,错乱),苦节一生。家贫,晚为闺塾师,依母弟居。钱泳《履园丛话》载:尝著诗话四卷,其略云:“诗本性情,如松间之风,石上之泉,触之成声,自然天籁。古人用笔各有妙处,不可别执一见,弃此尚彼。”又云:“诗境即画境也。画宜峭,诗亦宜峭;诗宜曲,画亦宜曲;诗宜远,画亦宜远。风神骨气,都从兴到,故人谓画中有诗,诗中有画也。”

江郎峰头云漠漠〔释文珦〕
张公洞下泉泠泠〔岳　珂〕

苏公堤上草离离〔周南老〕
鲍郎山下雨昏昏〔陆　游〕

燕山湘水夜沈沈〔邵　宝〕
秦云越树路悠悠〔沈　周〕

齐楼梁殿黍离离〔释善珍〕
唐陵隋寝草斑斑〔汪时中〕

南陵北苑草离离〔薛玄曦〕
东原西埭鼓冬冬〔陈宪章〕

银台金阙夕沉沉〔白居易〕
蟹栅鱼舍暮苍苍〔胡翘霜〕

玉树琼林光闪闪〔王　冕〕
珠星璧月景离离〔王　冕〕

松林竹坞雨冥冥〔郑刚中〕
芦花菰叶风萧萧〔姚　鼐〕

玉阶金瓦雪澌澌〔王　建〕
竹篱茅舍雨纷纷〔蒲寿宬〕

残霞昏日树苍苍〔张　祜〕
荒云凉雨水悠悠〔王安石〕

冷云衰草暮迢迢〔王安石〕
断烟残霭晚霏霏〔陆　游〕

浮云落叶俱绵绵〔高　启〕
征骖去棹两悠悠〔杨　慎〕①

江郎峰头云漠漠〔释文珦〕
苏公堤上草离离〔周南老〕

宣公桥下水泼泼〔祝允明〕
定王城外柳毵毵〔石承藻〕

吴宫隋苑烟袅袅〔王廷相〕
齐楼梁殿黍离离〔释善珍〕

齐楼梁殿黍离离〔释善珍〕
楚宫吴苑草茸茸〔陈子龙〕

金壶银箭夜沉沉〔王鸿儒〕
月户云窗人悄悄〔沈　宛〕

玉树琼林光闪闪〔王　冕〕
珠宫贝阙烂煌煌〔欧阳修〕

枫叶荻花秋瑟瑟〔白居易〕
芝田兰畹春熙熙〔黄　枢〕

松林竹坞雨冥冥〔郑刚中〕
苇岸芦港风悠悠〔郑世元〕

离宫别苑草萋萋〔汪元量〕
竹篱茅舍雨纷纷〔蒲寿宬〕

断烟残日意沉沉〔武　衍〕
凉风衰柳思凄凄〔吴嘉纪〕

落花飞蝶两翾翾〔赵　蕃〕
孤云独鹤共悠悠〔严　维〕

秦山越树两依依〔姜　夔〕
楚云湘水各悠悠〔戴叔伦〕

---

①　杨慎：明代状元、文学家。内阁首辅杨廷和之子，与解缙、徐渭并称“明代三大才子”。“大礼议”爆发，受廷杖而死者十余人。他也遭到“廷杖”，既而流放滇南，长达三十多年，直至死去。李贽因此称他为“杨戍仙”，并把他与李谪仙、苏坡仙相提并论。流放期间，“暇时红粉傅面，作双丫髻插花，令诸妓扶觞游行，了不为愧。”多次天下大赦，嘉靖皇帝特旨不赦于他。临终时，仍以“临利不敢先人，见义不敢后身”自勉。妻子黄娥，蜀中四大才女之一，有“曲中李易安”之称。父亲官至尚书，母亲知书达理。杨慎原配亡故后，成为他的续弦。杨慎当年流放云南，黄娥不辞风霜之苦，千里跋涉，亲自护送他从北京到云南。杨慎病故云南后，她又万里奔丧，到泸州迎得灵柩归葬。

秦山越树两依依 〔姜　夔〕
楚云吴水共悠悠 〔刘　基〕

水光山色同悠悠 〔陈舜俞〕
岸花汀草共依依 〔顾　敻〕

渚花汀草共萧萧 〔鲍　恂〕
水光山色两悠悠 〔杨　基〕

溪声云影半潺潺 〔马祖常〕
波光山色两盈盈 〔陈　起〕

黄沙白草两茫茫 〔秦简王〕
青松绿竹共依依 〔刘　基〕

黄云白雾交漫漫 〔钱聚瀛〕
青松绿竹共依依 〔刘　基〕

青松绿竹共依依 〔刘　基〕
白云红叶两悠悠 〔程　颢〕

紫气红烟鲜的的 〔贯　休〕
青松绿柳嫩依依 〔尹志平〕

丹葩绿叶郁团团 〔陆　游〕
红芳碧蕊乱殷殷 〔李　德〕

白云幽涧水潺潺 〔王闿运〕
绿苔微径露凄凄 〔刘　沧〕

层峦叠嶂翠重重 〔陈　网〕
长槐高柳碧森森 〔宋祖昱〕

近树远山青历历 〔杨万里〕
前峰后岭碧濛濛 〔卢　纶〕

天光云影碧迢迢 〔顾　春〕
蕙牙兰叶翠纤纤 〔郑　洪〕

尧风舜日两依依 〔释师远〕
楚云吴水共悠悠 〔刘　基〕

渚花汀草共萧萧 〔鲍　恂〕
水光山色同悠悠 〔陈舜俞〕

溪声云影半潺潺 〔马祖常〕①
水光山色两悠悠 〔杨　基〕

碧桃红杏对摇摇 〔齐　己〕
青松绿竹共依依 〔刘　基〕

白驹苍狗两茫茫 〔张　江〕
青松绿竹共依依 〔刘　基〕

碧云黄叶两悠悠 〔曹长河〕
青松绿竹共依依 〔刘　基〕

青松绿竹共依依 〔刘　基〕
白云黄叶两悠悠 〔朱　熹〕

紫气红烟鲜的的 〔贯　休〕
丹葩绿叶郁团团 〔陆　游〕

青幢紫盖立童童 〔韩　愈〕
黄旂红帜走踆踆 〔马廷鸾〕②

青烟紫雾夕冥冥 〔陈　芹〕
黄云白雪昏霏霏 〔郑　作〕

近树远山青历历 〔杨万里〕
层峦叠嶂翠重重 〔陈　网〕

水光山气碧浮浮 〔王安石〕
蕙牙兰叶翠纤纤 〔郑　洪〕

太湖烟水绿沉沉 〔白居易〕
蜀江波影碧悠悠 〔高　骈〕

---

① 马祖常：元代大臣、诗人。乡贡、会试皆第一，廷试第二。十岁时，见烛歒烧屋，解衣沃水以灭火，咸嗟异之。

② 马廷鸾：南宋大臣。有名言：留有余不尽之巧以还造化，留有余不尽之禄以还朝廷，留有余不尽之财以还百姓，留有余不尽之福以还子孙。

滩头云雾黑漫漫〔齐禅师〕
堤边禾黍青离离〔殷云霄〕

槛下新水碧粼粼〔于　立〕
门前细柳绿毵毵〔洪咨夔〕

绕城流水碧潺潺〔李　壁〕
傍檐古木绿阴阴〔王　炎〕

满城流水碧潺潺〔苏　轼〕
一帘明月白纷纷〔朱无瑕〕①

一帘芳树绿葱葱〔范成大〕
满溪流水碧泱泱〔张　耒〕

万层云路碧迢迢〔沈静筠〕
两竿烟篠翠涓涓〔释行海〕

柳长沙白草离离〔苏　洞〕
水肥山翠木欣欣〔释正觉〕

风清泉冷竹修修〔白居易〕
云昏水暖草萋萋〔葛立方〕

三三五五潇湘雁〔仇　远〕
娉娉袅袅洛阳花〔刘　过〕

斜斜洲渚溶溶水〔吴则礼〕
短短蒌蒿浅浅湾〔陈宪章〕

小小园林矮矮屋〔张　卿〕
浅浅池塘短短墙〔王安石〕

小小园林矮矮屋〔张　卿〕
短短墙垣曲曲篱〔严永华〕

深深池沼轻轻雨〔杨万里〕
小小园亭细细风〔蔡　襄〕

淡淡春山浅浅霞〔喻良能〕

竹间茅屋白皑皑〔邓　深〕
堤边草色绿茸茸〔胡如壎〕

门前流水碧粼粼〔高　翥〕
江边细草绿悠悠〔刘　基〕

满城流水碧潺潺〔苏　轼〕
一庭芳草绿纤纤〔张　栔〕

满城流水碧潺潺〔苏　轼〕
一帘芳树绿葱葱〔范成大〕

万竿修竹翠稜稜〔葛绍体〕
满溪流水碧泱泱〔张　耒〕

万层云路碧迢迢〔沈静筠〕
数株烟柳绿毵毵〔史　谨〕

天高海阔路茫茫〔欧阳修〕
地雄山险水悠悠〔许　浑〕

奇峰突兀烟茫茫〔王　洋〕
老松窈窕石娟娟〔黄　钟〕

斜斜洲渚溶溶水〔吴则礼〕
曲曲溪流叠叠山〔杨　筠〕

斜斜洲渚溶溶水〔吴则礼〕
浅浅溪流叠叠沙〔李予望〕

小小园林矮矮屋〔张　卿〕
浅浅溪流短短篱〔刘应时〕

短短墙垣曲曲篱〔严永华〕
小小园亭细细风〔蔡　襄〕

垂垂帘幕深深院〔郑兰荪〕
曲曲阑干淡淡花〔顾贞立〕

寂寂斜阳淡淡云〔陈　著〕

---

① 朱无瑕：明代才女，字泰玉。《列朝诗集小传》载：万历己酉，秦淮有社，会集天下名士。泰玉诗出，人皆自废。

曲曲秋江滟滟波 〔孔武仲〕

森森寒流瑟瑟风 〔张　鉴〕

盈盈绿水依依柳 《随园诗话》
短短青蒲浅浅沙 〔李　石〕

丝丝杨柳丝丝雨 〔蒋　捷〕①
面面轩窗面面风 〔程公许〕

骊山山下水洋洋 〔石　介〕
滇池池上云悠悠 〔范　汭〕

骊山山下水洋洋 〔石　介〕
月湖湖上柳毵毵 〔熊士鹏〕

明星迢迢月皎皎 〔孙　宜〕
清风袅袅夜悠悠 〔欧阳修〕

暖日迟迟花袅袅 〔欧阳修〕
寒烟漠漠树垂垂 〔郑刚中〕

暖日迟迟花袅袅 〔欧阳修〕
淡烟漠漠草萋萋 〔周佛海〕

落花寂寂水潺潺 〔司马光〕
断云漠漠雨凄凄 〔陆　游〕

落花寂寂草绵绵 〔李　玖〕
流云溶溶水悠悠 〔韩　偓〕

乱云扰扰水潺潺 〔辛弃疾〕
悲风惨惨雨修修 〔戎　昱〕

悲风惨惨雨修修 〔戎　昱〕
愁云漠漠草离离 〔窦　庠〕

凉月萧萧风瑟瑟 〔王　逢〕
轻烟漠漠雨冥冥 〔虞似良〕

凉月萧萧风瑟瑟 〔王　逢〕
寒烟漠漠雨濛濛 〔陈　常〕

盈盈绿水依依柳 《随园诗话》
叠叠青山宛宛溪 〔沈　周〕

重重楼阁重重户 〔汪　莘〕
曲曲阑干曲曲池 〔王　质〕

骊山山下水洋洋 〔石　介〕
蛮江江上日晖晖 〔汪广洋〕

晓风细细复鲜鲜 〔杨万里〕
晴云澹澹更悠悠 〔孔武仲〕

暖日迟迟花袅袅 〔欧阳修〕
晴烟漠漠柳毵毵 〔韦　庄〕

暖日迟迟花袅袅 〔欧阳修〕
轻风拂拂水泠泠 〔郭　印〕

落花寂寂水潺潺 〔司马光〕
斜阳澹澹柳阴阴 〔罗　隐〕

残雪漫漫风猎猎 〔张　耒〕
断云漠漠雨凄凄 〔陆　游〕

流水溅溅山重重 〔李　复〕
落花寂寂鸟双双 〔通　门〕

寒云漠漠雪冥冥 〔裘曰修〕
悲风惨惨雨修修 〔戎　昱〕

晴沙漠漠水沄沄 〔方　岳〕
阴云惨惨风凄凄 〔项安世〕

凉月萧萧风瑟瑟 〔王　逢〕
冻云黯黯雨疏疏 〔史胜书〕

小雨纤纤风细细 〔朱　服〕
轻烟漠漠雾绵绵 〔徐　玑〕

① 蒋捷:宋末词人,因“流光容易把人抛,红了樱桃,绿了芭蕉”句,人称“樱桃进士”。宋亡,隐居不仕,气节为人称道。

灵雨潇潇风瑟瑟〔李星渔〕
轻烟漠漠雾绵绵〔徐　巩〕

游鱼鱍鱍莲田田〔白居易〕
流泉决决竹疏疏〔陆　游〕

涧草萋萋泉汩汩〔刘　基〕
溪风飒飒雨霏霏〔钱　时〕

山云漠漠水溟溟〔傅　察〕①
江烟澮澮草萋萋〔无　闷〕

风色萧萧云黯黯〔毛　澂〕
树影悠悠花悄悄〔曹　唐〕

竹篱短短门小小〔杨万里〕
溪流曲曲树阴阴〔陆　游〕

柳花漠漠江溶溶〔程公许〕
松风浩浩云霏霏〔周鼎枢〕

商声凄凄夜沉沉〔黄　哲〕
金风淅淅露微微〔李　中〕

金尊湛湛夜沉沉〔卢　仝〕
银河漾漾月晖晖〔崔　橹〕

银釭闪闪漏迢迢《随园诗话》
金尊湛湛夜沉沉〔卢　仝〕

春风淡淡水淙淙〔杨皇后〕
秋烟脉脉雨微微〔陆龟蒙〕

秋风袅袅月朗朗〔曹　唐〕
春云淡淡日辉辉〔欧阳修〕

秋风飒飒水粼粼〔方　回〕
春烟漠漠雨霏霏〔项安世〕

秋风飒飒水粼粼〔方　回〕
春云漠漠雨纤纤〔王之道〕

征马萧萧车漉漉〔成廷珪〕
战尘漠漠草荒荒〔方　回〕

涧草萋萋泉汩汩〔刘　基〕
山云漠漠雨霏霏〔王禹偁〕

山云漠漠水溟溟〔傅　察〕
溪风飒飒雨霏霏〔钱　时〕

山光滟滟水溶溶〔耶律楚材〕
树影悠悠花悄悄〔曹　唐〕

池塘小小水漫漫〔刘辰翁〕
溪流曲曲树阴阴〔陆　游〕

莲花灼灼叶田田〔田　锡〕
稻苗旆旆鱼斑斑〔苏　辙〕

杨柳垂垂风袅袅〔王　诜〕
陂塘寂寂花愔愔〔魏之琇〕

金屏寂寂漏迢迢〔许宝云〕
银河漾漾月晖晖〔崔　橹〕

银河耿耿露漙漙〔薛　映〕
金尊湛湛夜沉沉〔卢　仝〕

春云拂拂柳摇摇〔宋　祁〕
秋烟脉脉雨微微〔陆龟蒙〕

春风淡淡水淙淙〔杨皇后〕
秋云漠漠雨霏霏〔葛冰如〕

秋风飒飒水粼粼〔方　回〕
春日迟迟柳依依〔刘正之〕

秋风飒飒水粼粼〔方　回〕
春云漠漠雨疏疏〔武　衍〕

松风瑟瑟水泠泠〔王　冕〕
泉声碎碎鸟关关〔袁中道〕

---

① 傅察:宋代官员。年十八,登进士第。蔡京在相位,闻其名,遣子往见,将妻以女,拒弗答。

汉江莽莽雪浮浮　〔李　膺〕
钟山漠漠水洄洄　〔王安石〕

白云片片树重重　〔张　氏〕
黄鹂两两鹤双双　〔张可久〕

绿水悠悠天杳杳　〔晏　殊〕
青林蔼蔼日晖晖　〔蔡　襄〕

白日高高天冏冏　〔唐顺之〕
青山历历水悠悠　〔张　籍〕

白日高高天冏冏　〔唐顺之〕
青山隐隐水悠悠　〔赵秉文〕

白云寂寂水潺潺　〔石安期〕
黄鹄杳杳江悠悠　〔顾　况〕

白云寂寂水潺潺　〔石安期〕
青山簇簇树重重　〔元好问〕

青山簇簇树重重　〔元好问〕
绿杨袅袅草萋萋　〔赵汝鐩〕

青烟漠漠雨纷纷　〔王安石〕
绿杨袅袅草萋萋　〔赵汝鐩〕

前山后山雨浪浪　〔苏　轼〕
南村北村云凄凄　〔陆　游〕

舍前舍后竹冥冥　〔黎廷瑞〕
城南城北草芊芊　〔汪元量〕

山前山后冢累累　〔郑　厚〕
舍南舍北草萋萋　〔于　革〕

山前山后雪漫漫　〔赵时韶〕
舍南舍北草萋萋　〔于　革〕

芙蓉湖上芙蓉花　〔纳兰性德〕
凤凰山下凤凰城　〔朱　翌〕

黄花川上黄花驿　〔汪元量〕
白云峰下白云堂　〔许及之〕

青山叠叠水潺潺　〔刘　宰〕
白云片片树重重　〔张　氏〕

碧水浩浩云茫茫　〔李　白〕
青林蔼蔼日晖晖　〔蔡　襄〕

白日高高天冏冏　〔唐顺之〕
黄鹄杳杳江悠悠　〔顾　况〕

白日高高天冏冏　〔唐顺之〕
青山淡淡水悠悠　〔蒲寿宬〕

白日高高天冏冏　〔唐顺之〕
青山寂寂水澌澌　《红楼梦》

白云寂寂水潺潺　〔石安期〕
青山历历树重重　〔祝允明〕

白云叠叠水潺潺　〔汪元量〕
青山簇簇树重重　〔元好问〕

青山隐隐水迢迢　〔杜　牧〕
绿杨袅袅草萋萋　〔赵汝鐩〕

鸟鸣喈喈烟濛濛　〔孟　郊〕
风吹细细雨娟娟　〔白玉蟾〕

舍前舍后竹冥冥　〔黎廷瑞〕
山南山北雨濛濛　〔韦　庄〕

山前山后冢累累　〔郑　厚〕
城南城北草芊芊　〔汪元量〕

屋前屋后水潺潺　〔曾致尧〕
舍南舍北草萋萋　〔于　革〕

山前山后雪漫漫　〔赵时韶〕
堤南堤北水溶溶　〔曹彦约〕

芙蓉湖上芙蓉花　〔纳兰性德〕
凤凰山下凤凰门　〔文静玉〕

碧玉山头碧玉泉　〔李似权〕
紫藤庵中紫藤花　〔谢章铤〕

红梅阁下红梅树　〔谢应芳〕
紫藤庵中紫藤花　〔谢章铤〕

碧云寺外碧云浮　〔闵孙奭〕
白鹭亭前白鹭飞　〔马之纯〕

春夜迢迢春昼迟　〔汤国梨〕
秋云澹澹秋露清　〔胡　缘〕

春草萋萋春水绿　〔李　玖〕
秋野苍苍秋日黄　〔张　耒〕

春水悠悠春草绿　〔姚月华〕
秋山苍苍秋云黄　〔白玉蟾〕

春草迢迢春波远　〔元好问〕
秋山寂寂秋水清　〔武元衡〕

江水茫茫江月寒　〔邓嘉纯〕
山云浛浛山风微　〔颜　检〕

红花团绕白花团　〔杨万里〕
碧云峰对紫云峰　〔释居简〕

春烟澹澹生春水　〔高观国〕
秋声浩浩鸣秋溪　〔耶律楚材〕

秋露萧萧洗秋月　〔陆　游〕
春山磔磔鸣春禽　〔苏　轼〕

秋声飒飒惊秋睡　〔顾信芳〕
春风翦翦送春寒　〔钱旭东〕

槐叶苍苍柳叶黄　〔岑　参〕
梅子青青杏子红　〔韩元吉〕

环秀山前环秀寺　〔彭启丰〕①
拨云峰下拨云亭　〔董嗣杲〕

碧云寺外碧云浮　〔闵孙奭〕
白鹭洲前白鹭飞　〔苏　洞〕

春草萋萋春水绿　〔李　玖〕
秋山苍苍秋云黄　〔白玉蟾〕

春水悠悠春草绿　〔姚月华〕
秋野苍苍秋日黄　〔张　耒〕

春日迟迟春草绿　〔李　洞〕
秋山寂寂秋水清　〔武元衡〕

江天淡淡江水平　〔梅尧臣〕
山云浛浛山风微　〔颜　检〕

红芙蕖杂白芙蕖　〔杨万里〕
桃花枝映李花枝　〔杨万里〕

春波滟滟浮春渚　〔苏　庠〕
秋声浩浩鸣秋溪　〔耶律楚材〕②

春云郁郁飞春雪　〔严曾杼〕
秋声浩浩鸣秋溪　〔耶律楚材〕

秋露萧萧洗秋月　〔陆　游〕
春风翦翦送春寒　〔钱旭东〕

大儿嗷嗷小儿哭　〔赵汝鐩〕
新鬼啾啾旧鬼啼　〔汪元量〕

月烟黄黄日烟紫　〔梁章钜〕③
梅子青青杏子红　〔韩元吉〕

---

① 彭启丰：清代雍正年间会元、状元，大臣、学者。为了奉养母亲，曾请求辞官。在家中辟园亭，植花竹，拥书万卷。乾隆帝曾赐匾额“慈竹春晖”。祖父彭定求为康熙年间会元、状元。

② 耶律楚材：字晋卿，蒙古帝国时期政治家。父耶律履为金朝大臣，“通术数，尤邃太玄，私谓所亲曰：‘吾年六十而得此子，吾家千里驹也，他日必成伟器，且当为异国用。’因取左氏之‘楚虽有材，晋实用之’以名字。”

③ 梁章钜：清代大臣、楹联大师。七十岁时，好友王淑兰献寿联概述了其事业功名：二十举乡，三十登第，四十还朝，五十出守，六十开府，七十归田，须知此后逍遥，一代福人多暇日；简如格言，详如随笔，博如旁证，精如选学，巧如联话，富如诗集，略数平生著述，千秋大业擅名山。

月烟黄黄日烟紫 〔梁章钜〕
葱叶青青芥叶红 〔袁 凯〕

楼上长江江上山 〔赵 蕃〕
竹外清溪溪外峰 〔方 岳〕

老树倚岩岩倚屋 〔于 石〕
荒山连水水连天 〔韩 玉〕

细雨弄烟烟弄日 〔韩元吉〕
冻云笼月月笼霜 〔庄湘泽〕

路绕青山山绕涧 〔王同祖〕
松阴翠竹竹阴梅 〔李处权〕

竹绕长松松绕亭 〔邵 雍〕
山连积水水连空 〔苏 庠〕

竹夹桃花花映竹 〔白玉蟾〕
云迷沧海海连云 〔邓 瑜〕

水似晴天天似水 〔李 涉〕
云如层树树如云 〔张 镃〕

藕花短短苇花齐 〔袁 佑〕
枫叶潇潇柿叶稀 〔潘 高〕

山下竹林林下屋 《随园诗话》
花边春水水边楼 〔白居易〕

细雨弄烟烟弄日 〔韩元吉〕
荒山连水水连天 〔韩 玉〕

梅影舞风风舞雪 〔杨万里〕
月光浸水水浸天 〔查慎行〕

黄蝶似花花似蝶 〔方 回〕
碧天如水水如天 〔杨万里〕

水浮太空空浮水 〔曾 丰〕
烟笼明月月笼烟 《随园诗话》

竹映梅花花映竹 〔杨万里〕
山环湖水水环山 〔尼妙云〕

阶前老老苍苍竹 〔邓 拓〕
柳外重重叠叠山 〔徐 俯〕①

博雅篇

佛即心兮心即佛 〔张伯端〕
高是低来低是高 〔李 白〕

雪催诗后诗催雪 〔袁说友〕
锺送风来风送锺 〔王 遂〕

醒中醉了醉中醒 〔刘秉忠〕②

佛即心兮心即佛 〔张伯端〕
神是仙来仙是神 〔张献忠〕

水在月兮月在水 〔释道璨〕
春负予耶予负春 〔方 岳〕

孔颜思孟老庄释 〔陈 普〕

---

① 徐俯:宋代官员、诗人。七岁能诗,为舅父黄庭坚所器重。靖康中,张邦昌僭(jiàn)位,俯遂致仕。时工部侍郎何昌言与其弟昌辰避邦昌,皆改名。俯买婢名昌奴,遇客至,即呼前驱使之。

② 刘秉忠:元初政治家,元大都的规划设计者。他建议忽必烈,取《易经》“大哉乾元”之意,将蒙古更名为“大元”。元世祖忽必烈采纳了,这就是元王朝命名由来。忽必烈说他“阴阳术数之精,占事知来,若合符契。”

颠来倒去倒来颠〔陶　埴〕

孔颜思孟老庄释〔陈　普〕
鲁卫晋郑蔡燕曹〔陈　普〕

钟镈鼎鬲匜盘盂〔林光朝〕
柴米油盐酱醋茶〔唐　寅〕

甲乙丙丁庚戊己〔释宗杲〕
之乎者也矣焉哉〔郑清之〕

乌乌兔马牛龙虎〔牧常晁〕
蚊虻虮虱蝇蚁蛆〔翁同龢〕

骓駓骃骆骝騵骐〔汤贻汾〕
龙虎貍豹兕象狮〔翁方纲〕①

獐狍麀麃麋麏麚〔周龙藻〕
獱獭鲮鲤鲂鳂鳒〔王又旦〕

獾狼羊虎罴豹麢〔周亮工〕
鸾鹓乌鸿鹑鸪翚〔刘　基〕

蚊虻蚤虱蝇蚋蜞〔刘　基〕
鸾鹓乌鸿鹑鸪翚〔刘　基〕

乌靴红笠青山路〔姚　椿〕
紫殿朱阑白玉坡〔李东阳〕

紫陌绿窗多少恨〔王　灼〕
碧水青山无限思〔元　稹〕

绿鬓朱颜反为累〔刘子翚〕
紫萸黄菊更添愁〔曹　勋〕

紫芥绿菘何所直〔王安石〕
乌菱白芡不论钱〔苏　轼〕

齐楚吴燕汉晋唐〔陈　普〕

虞夏商周秦楚汉〔杨　慎〕
鲁卫晋郑蔡燕曹〔陈　普〕

甲乙丙丁庚戊己〔释宗杲〕
一二三四五六七〔罗　隐〕

桂椒楠栌枫柞樟〔陈师道〕
青紫朱绿黄白红〔李　石〕

骓駓骃骆骝騵骐〔汤贻汾〕
蚊虻虮虱蝇蚁蛆〔翁同龢〕

獐狍麀麃麋麏麚〔周龙藻〕
龙虎貍豹兕象狮〔翁方纲〕

獾狼羊虎罴豹麢〔周亮工〕
獱獭鲮鲤鲂鳂鳒〔王又旦〕

骓駓骃骆骊骝騵〔苏　轼〕
鸾鹓乌鸿鹑鸪翚〔刘　基〕

蚊虻蚤虱蝇蚋蜞〔刘　基〕
龙虎貍豹兕象狮〔翁方纲〕

青帘绿树映红妆〔苏　泂〕
苍颜白发照乌巾〔杨　基〕

紫陌绿窗多少恨〔王　灼〕
青琴绛树无限情〔皇甫汸〕

青云白鹤方解闷〔白玉蟾〕
紫萸黄菊更添愁〔曹　勋〕

紫芥绿菘何所直〔王安石〕
红菱白藕不论钱〔王希吕〕

---

① 翁方纲：清代书法家、文学家。他终生勤奋好学，六七十岁时还能在灯下作细书，阅蝇头小字。每过一岁，他必用西瓜子写下四个楷字。五十岁后，写了“万寿无疆”；六十岁后，写了“天子万年”；到七十岁则变成“天下太平”。最后一年元旦，写到第七粒西瓜子，眼睛因疲劳看不清东西，他感叹地说：“吾其衰也！”不久就去世了。

紫芥绿菘何所直〔王安石〕
白鱼朱橘不论钱〔高斯得〕

朱甍碧瓦何从得〔秦　观〕
青山白云随所之〔岳　珂〕

白酒黄鸡差自乐〔仇　远〕
碧云红树不胜愁〔韦　庄〕

碧云红树不胜愁〔韦　庄〕
绿水青山尽可悲〔王　冕〕

朱颜丹药已难觅〔戴　良〕
黄金白璧尚可求〔项安世〕

青枝绿叶何须辨〔楼　钥〕
白衣苍狗不足究〔楼　钥〕

白苇黄芦尚带秋〔杨万里〕
朱轮翠盖不胜春〔王　勃〕

青山绿水共为邻〔李嘉祐〕
赤松黄石相忘年〔梁　竑〕

青灯白发照奇骨〔张邦奇〕
朱唇翠眉映明矑〔岑　参〕

黄蕊绿茎如旧岁〔丁宝臣〕
白云红叶又新秋〔齐　己〕

绿水红莲觅旧题〔辛弃疾〕
碧梧翠竹看新除〔杨万里〕

碧洛青嵩付大臣〔白居易〕
白璧黄金爵上卿〔王　质〕

白云苍霭迷行路〔徐　庸〕
丹枫黄菊动吟魂〔杨　亿〕

白石青林映行色〔袁　华〕
红树丹山领去舟〔陈　宽〕

白鸟朱荷引画桡〔王士祯〕

紫芥绿菘何所直〔王安石〕
白酒黄鸡不用钱〔袁　凯〕

丹崖翠壁何从见〔陈　深〕
青山白云随所之〔岳　珂〕

白酒黄鸡差自乐〔仇　远〕
绿水青山尽可悲〔王　冕〕

黄鸡白酒真堪乐〔李　廌〕
绿水青山尽可悲〔王　冕〕

朱颜丹药已难觅〔戴　良〕
赤箭黄精犹可求〔曹尔堪〕

紫霞白云常在眼〔陆曾禹〕
红茱黄菊总关情〔宋　弼〕

白苇黄芦尚带秋〔杨万里〕
红蓼青苹未是春〔启　功〕

黄瑶白璧缀幽花〔曾　极〕
红筵绿酒扑寒香〔顾大典〕

青灯白发照奇骨〔张邦奇〕
碧血丹心焕大名〔张文虎〕

黄蕊绿茎如旧岁〔丁宝臣〕
碧流青嶂似当时〔金君卿〕

碧梧翠竹看新除〔杨万里〕
白酒黄鸡饯旧庄〔潘　高〕

丹枫白苇拂征衣〔孔尚任〕
绿蓑青笠洗行尘〔项安世〕

白云苍霭迷行路〔徐　庸〕
红树丹山领去舟〔陈　宽〕

白鸟朱荷引画桡〔王士祯〕
红树丹山领去舟〔陈　宽〕

紫兰红蓼簇香盘〔赵　湘〕

丹枫黄菊动吟魂 〔杨　亿〕
青灯黄卷照芳樽 〔许月卿〕

碧幕红裙簇画筵 〔李廷忠〕
青灯黄卷照芳樽 〔许月卿〕

红树青林乱秋色 〔卢　亘〕
朱帘翠箔锁春愁 〔许　恕〕

白盐赤米了朝餔 〔陆　游〕
紫塞黄榆起暮愁 〔孙　蕙〕

白云黄竹逢西东 〔萧道管〕
朱绂青袍映后先 〔王　逢〕

朱帘碧瓦干云际 〔杨无咎〕
黄童白叟哭天边 〔陈　第〕

白露黄花岁时晚 〔刘　沧〕
红草绿荷风味殊 〔陆　游〕

翠竹苍林颜色老 〔韩　维〕
紫蟹黄花节物新 〔陈维崧〕

黄花红叶秋天晚 〔罗　椅〕
紫槿绿篱愁意深 〔刘应时〕

绿水朱华秋色嫩 〔秦　观〕
乌纱白苎春风香 〔杨　基〕

青春白日不与我 〔刘　复〕
朱衣红旆未容君 〔方　干〕

白云绿树不关我 〔陆　畅〕
红萸紫菊正思君 〔李流谦〕

翠岩幽谷高低寺 〔李　绅〕
青灯细雨短长吟 〔吴　泳〕

翠竹丹枫共一村 〔李处权〕
白酒黄鸡姓两家 〔赵希逢〕

白酒黄鸡醉秋色 〔王之道〕
青田红树起春愁 〔司空曙〕

白水青山生晚寒 〔姜　夔〕
紫塞黄榆起暮愁 〔孙　蕙〕

青山黑水豁胸襟 〔老　舍〕
黄鸡白酒开心颜 〔王　霖〕

红尘白鸟异风烟 〔郑善夫〕①
青山碧树同春秋 〔唐　英〕

绿杨红杏闹墙头 〔叶　茵〕
黄童白叟哭天边 〔陈　第〕

翠竹苍林颜色老 〔韩　维〕
红草绿荷风味殊 〔陆　游〕

青山绿水亭轩旧 〔陈　著〕
紫蟹黄花节物新 〔陈维崧〕

碧水青山曲径遐 〔敦　敏〕
紫槿绿篱愁意深 〔刘应时〕

黄叶丹枫客里过 〔王稚登〕
红灯白月雪中看 〔杨万里〕

白云绿树不关我 〔陆　畅〕
朱衣红旆未容君 〔方　干〕

翠娥红粉婵娟剑 〔杜光庭〕
绿水朱楼佳丽城 〔顾　璘〕

乌纱白发西台卿 〔欧阳修〕
丹荔黄柑北苑茶 〔元　绛〕

苍髯绿鬓两眸碧 〔白玉蟾〕
红颊白须双眼青 〔刘　过〕

---

① 郑善夫:明代官员、儒学家。敦行谊,婚嫁七弟妹,赀悉推予之,葬母党二十二人。

青袍白纻五千人　〔苏　轼〕
紫伞红旗十万家　〔聂绀弩〕

黄云紫塞三千里　〔纳兰性德〕
白首丹心二十年　〔蒋湘垣〕

白云红树意茫然　〔黄爵滋〕
绿波碧草恨悠哉　〔杨万里〕

绿绮朱弦心未了　〔向子諲〕
白酒黄柑兴不衰　〔袁　凯〕

白石苍苔无客到　〔杨　翰〕
红泉碧树待人来　〔陈子龙〕

联青俪黄配奇耦　〔杨　基〕
绣绿描红较密疏　〔王　瑗〕

青天白日愈光辉　〔释端裕〕
柳容花貌越精神　〔苏　洞〕

青瓜碧李凝冰齿　〔董嗣杲〕
紫萸黄菊映霜须　〔苏　辙〕

碧瓦朱甍随指顾　〔王安石〕
青苔白石任踟跌　〔王九徵〕

绿樽红袖醉箜篌　〔王稚登〕
玉颜珠泪泣琵琶　〔杨　慎〕

白鹤青乌消息断　〔葛长庚〕
旧交新贵音书绝　〔苏　轼〕

白衣苍狗须臾改　〔李公昴〕
银屋瑶阶顷刻成　〔杨万里〕

红霞绿竹忘机地　〔范仲淹〕
淡云微雨养花天　〔耿仙芝〕

红霞绿竹忘机地　〔范仲淹〕
青溪白石浣衣天　〔顾贞立〕

绿发朱颜两少年　〔曾　巩〕

赤日黄尘三百里　〔元好问〕
白首丹心二十年　〔蒋湘垣〕

紫枢黄阁三千秋　〔陈元晋〕
白马彤车一百春　〔范仲淹〕

绿绮朱弦心未了　〔向子諲〕
黄纸红旗事已休　〔仇　远〕

红颜绿鬓催人老　〔杜安世〕
紫芋黄精饱我饥　〔八指头陀〕

紫府青田任性游　〔释智圆〕
白璧黄金取意裁　〔韩元吉〕

苍烟白露两迟疑　〔苏　洞〕
春猿秋鹤几徘徊　〔方　岳〕

黄蒿碧藓埋珠襦　〔边浴礼〕
青旄绛节拂瑶空　〔范　立〕

碧瓦朱甍随指顾　〔王安石〕
乌笼白篮凭拣取　〔袁宏道〕

红旆到时黄叶乱　〔苏　轼〕
青林阙处绿阴开　〔喻良能〕

青苹白芷皆愁思　〔范成大〕
春光秋月总诗情　〔陈文蔚〕

烟鬟螺髻须臾改　〔洪饴孙〕
银屋瑶阶顷刻成　〔杨万里〕

白衣苍狗变化易　〔刘子翚〕
才子佳人相见难　〔朱敦儒〕

红霞绿竹忘机地　〔范仲淹〕
微云淡日养花天　〔邓　深〕

白马朱衣两宫相　〔白居易〕
高天厚地一诗囚　〔元好问〕

青山白云足为侣　〔陈尚文〕

高屐枯筇一老翁　〔陆　游〕
老松瘦竹可相俦　〔刘　敝〕

近水远山都积恨　〔刘　过〕
荒烟衰草不胜悲　〔张　祁〕

近水远山都积恨　〔刘　过〕
野田荒冢只生愁　〔黄庭坚〕

红药紫薇方次第　〔陈　造〕
酒肠诗胆已轮囷　〔陈　造〕

丹楼碧阁唐朝寺　〔曾　巩〕
危冠广袖楚宫妆　〔高　适〕

金阙银城仙客居　〔司马光〕
竹篱茅舍野人家　〔陶　梁〕

药炉经卷老僧居　〔祖　观〕
茅檐竹户野人家　〔苏　辙〕

金阙银城仙客居　〔司马光〕
玉英瑶圃美人家　〔方蒙仲〕

草户柴门野老居　〔刘克庄〕
玉楼珠箔仙人家　〔史　鉴〕

珠宫贝阙黄金殿　〔顾　云〕
锦瑟银筝白玉卮　〔黎　贞〕

瑶爵金盘青玉案　〔史　鉴〕
霞帔星冠赤锦绦　〔李　蓘〕

藜杖荷衣白葛巾　〔谢　晋〕
竹冠芒履紫绮裘　〔陈师道〕

蓉裳蕙带芰荷衫　〔何梦桂〕
棕鞋桐帽薜萝衣　〔郑　洪〕

近水远山都积恨　〔刘　过〕
断云残雨尽堪悲　〔蔡　伸〕

野田荒冢只生愁　〔黄庭坚〕
明月清风足佐欢　〔张　栻〕

瑶琴宝瑟与君弹　〔吕　岩〕
紫薇红药待渠吟　〔杨万里〕

云窗月馆仙人居　〔刘　溥〕
黄叶青苔野老家　〔刘克庄〕

药炉经卷老僧居　〔祖　观〕
竹篱茅舍野人家　〔陶　梁〕

金阙银城仙客居　〔司马光〕
茅檐竹户野人家　〔苏　辙〕

草户柴门野老居　〔刘克庄〕
玉英瑶圃美人家　〔方蒙仲〕

玉骨冰肌处女容　〔白玉蟾〕
白波苍嶂幽人心　〔陈鉴之〕

玉弓金勒紫绡裾　〔薛　涛〕①
霞帔星冠赤锦绦　〔李　蓘〕

藜杖芒鞋白布裘　〔袁敬所〕
霞帔星冠赤锦绦　〔李　蓘〕

珠衣绮馔黄金宅　〔梵　琦〕②
瑶浆琅菜青玉盘　〔司马光〕

银杯锦被骕骦裘　〔李大力〕
蓉裳蕙带芰荷衫　〔何梦桂〕

---

① 薛涛：与鱼玄机、李冶、刘采春合称唐代四大女诗人；与卓文君、花蕊夫人、黄娥并称蜀中四大才女。她制作的桃红色彩笺，人称“薛涛笺”。《名媛诗归》载：涛八九岁知音律，其父一日坐庭中，指井梧示之曰：“庭除一古桐，耸干入云中。”令涛续之，即应声曰：“枝迎南北鸟，叶送往来风。”父愀然久之。

② 梵琦：明代高僧。相传其母张氏梦见红日堕怀，于是生下了他。他还在襁褓中时，有异僧来家中化斋。那僧人摸着他的头顶说：“此佛日也，他日必当振扬佛法。”父母因此给他取小字昙曜。四岁时父母双亡，由亲戚抚养。七岁读书一目十行，人称神童。

金鱼玉带罗襕扣　〔伯　颜〕①
琼佩霞裾云锦裳　〔杜司直〕

玉阶琼室冰壶帐　〔朱景文〕
瑶台金阙水精宫　〔欧阳修〕

鸾帏凤席鸳鸯荐　〔陈允平〕
金鞍玉勒绮罗茵　〔柴元彪〕

银甲锦筝歌舞地　〔舒　頔〕
玉扃金阙神仙都　〔季芝昌〕

春花秋月冬冰雪　〔杨万里〕
朝钟暮管夜箜篌　〔王紫绶〕

绮裘纱帽金船酒　〔舒　坦〕
胡床玉麈锦囊诗　〔陈　造〕

竹杖芒鞋住几时　〔钱　时〕
青山白云过一生　〔陆　游〕

明月清风何用买　〔卫宗武〕
白术黄精不待求　〔陆　游〕

龟年鹤岁犹嫌少　〔叶　适〕
黄金白璧徒云多　〔刘养晦〕

秀水名山观不尽　〔应节严〕
白草黄云望莫穷　〔张　宪〕

锦袍玉带真英雄　〔高　启〕
绿袖青衿美少年　〔徐　渭〕

宦情客况俱牢落　〔仇　远〕
秋思乡愁两苦辛　〔张　耒〕

书香剑气俱寥落　〔林景熙〕
酒肠诗胆两轮囷　〔刘克庄〕

金风玉露一相逢　〔秦　观〕
愁云恨雨两牵萦　〔柳　永〕

琼佩霞裾云锦裳　〔杜司直〕
笋鞋桐帽木叶衣　〔朱彝尊〕

鸾帏凤席鸳鸯荐　〔陈允平〕
金羁玉勒绣罗鞍　〔苏　轼〕

金风玉露玻璃月　〔汪　莘〕
兰宫桂殿凤凰楼　〔皇甫涍〕

夏馆秋林山水窟　〔元好问〕
玉扃金阙神仙都　〔季芝昌〕

银钩铁画太师字　〔姜　夔〕
玉册金符尚父名　〔汪由敦〕

草鞋布袜枯木瓢　〔王叔承〕
蔬饭藜床破衲衣　〔赵必象〕

樵歌牧笛送斜阳　〔汪元量〕
白酒黄鸡话夕曛　〔魏了翁〕

利锁名缰空自苦　〔吴　潜〕
青山白云徒尔为　〔贯　休〕

绳床瓦枕兴偏赊　〔苏　澹〕
白酒黄鸡意自长　〔苏　辙〕

玉笼金锁只烦冤　〔王安石〕
紫兰绿桂等离忧　〔赵崇鉘〕

春蚓秋蛇供醉笔　〔许月卿〕
丹枫黄菊动吟魂　〔杨　亿〕

宦情客况俱牢落　〔仇　远〕
酒肠诗胆两轮囷　〔刘克庄〕

金风玉露一相逢　〔秦　观〕
诗情书意两殷勤　〔白居易〕

沧海桑田几回变　〔汪元量〕
秋光春色四时新　〔程　俱〕

① 伯颜：元代大臣、军事家。初，世祖见其貌伟，听其言厉，曰："非诸侯王臣也，其留事朕。"后来，敕以中书右丞相安童女弟妻之，曰："为伯颜妇，不惭尔氏矣。"

舞榭歌楼俱寂寞 〔瞿　佑〕
春风秋雨长蹉跎 〔靳荣藩〕

草衣箬笠俱潇洒 〔王　冕〕
村歌社舞更风流 〔杨万里〕

锦袍玉带真潇洒 〔释道枢〕
金鞍绣帽亦风流 〔元好问〕

冰肝雪胆自琢磨 〔叶　适〕
琼肌玉腕相芬芳 〔沈一贯〕

渔工樵子互出没 〔吴　宽〕
天光云影共徘徊 〔朱　熹〕

渔工樵子互出没 〔吴　宽〕
山僧野叟相逢迎 〔陆　游〕

渔工樵子互出没 〔吴　宽〕
孤云倦鸟各飞还 〔史　鉴〕

渔工樵子互出没 〔吴　宽〕
龟朋鹤侣相追陪 〔陈　淳〕

渔翁樵叟自行藏 〔胡仲弓〕
梅兄樊弟相追随 〔黄　枢〕

朝云暮雨相萦纡 〔张　羽〕
春色秋光递往来 〔吴　宽〕

水色山容相荡漾 〔黎道华〕
风声月影共徘徊 〔张　榘〕

金堂玉室相掩映 〔汤　中〕
花光人影共娉婷 〔汤国梨〕

舞榭歌楼俱寂寞 〔瞿　佑〕①
瑶琴锦瑟各凄迷 〔汤国梨〕

草衣箬笠俱潇洒 〔王　冕〕
竹溪萝径自幽清 〔居　节〕

金铃玉佩相磋切 〔李　绅〕
冰肝雪胆自琢磨 〔叶　适〕

花馆云窗成憔悴 〔葛长庚〕
钿盟钗约恐蹉跎 〔沈祖棻〕

渔工樵子互出没 〔吴　宽〕
沙禽云鸟自往来 〔卫宗武〕

渔工樵子互出没 〔吴　宽〕
渚鸥沙鸟更浮沉 〔赵　蕃〕

渔工樵子互出没 〔吴　宽〕
梅兄樊弟相追随 〔黄　枢〕

龟朋鹤侣相追陪 〔陈　淳〕
渔翁樵叟自行藏 〔胡仲弓〕

龟朋鹤侣相追陪 〔陈　淳〕
药炉茗碗自周旋 〔马鼎梅〕

水色山容相荡漾 〔黎道华〕
天光云影共徘徊 〔朱　熹〕

水色山容相荡漾 〔黎道华〕
花光人影共娉婷 〔汤国梨〕

月色波光同浩渺 〔沈善宝〕②
竹声人影共萧疏 〔赵　黻〕

---

① 瞿佑:明代文学家。十四岁时,父亲的友人让他以鸡为题赋诗。他当即脱口吟道:宋宗窗下对谈高,五德名声五彩毛。自是范张情义重,割烹何必用牛刀。

② 沈善宝:清代女诗人,字湘佩,号西湖散人。年十二,父猝逝,家贫如洗。以诗、画润笔所入,奉养母亲弟妹。母亲弟妹相继亡故,孤苦伶仃。后来,与夫吏部郎中武凌云游历南北,广结各方才媛,为编撰《名媛诗话》打下基础。五十五岁病逝北京。顾太清诗歌《哭湘佩三妹》有句“平生心性多豪侠,辜负雄才是女身。”诗后自注云:妹殁于同治元年六月十一日。余五月廿九过访,妹忽言:“姊之情何以报之?”余答言:“姊妹之间何言报耶!愿来生吾二人仍如今生。”妹言:“岂止来生,与君世世为弟兄!”余言:“此盟订矣。”相去十日,竟悠然长往,能不痛哉!

月色波光同浩渺　〔沈善宝〕
雨声灯影共凄凉　〔陆　游〕

荻花枫叶同萧瑟　〔刘凤梧〕
山色江声共寂寥　〔纳兰性德〕

山光潭影皆欢喜　〔吴编修〕
径梅溪竹共精神　〔陈　著〕

花港柳堤皆寂寞　〔陈子龙〕
桃蹊李径尽荒凉　〔李　玖〕

宋台梁馆都荒废　〔钱开仕〕
秦松汉柏皆枯僵　〔王初桐〕

汉祀秦坛共杳冥　〔李绳远〕
楚云吴树两依微　〔周　砥〕

汉苑隋宫俱寂寞　〔杜大成〕
楚云淮水各凄其　〔程嘉燧〕

元钞宋椠森罗列　〔王颂蔚〕
商彝周鼎纷斑斓　〔涂逢震〕

汉阙唐陵尽禾黍　〔王士祯〕
吴宫晋苑半桑麻　〔方　岳〕

汉宫秦墓俱荒草　〔孟　洋〕
宋寝齐陵尽野莎　〔孔尚任〕

瑶瑟玉箫无意绪　〔张仲素〕
酒徒诗客断知闻　〔范成大〕

霞裙琼佩无消息　〔王　铚〕
酒场文社废交游　《随园诗话》

玉箸金盘总萧瑟　〔吴廷香〕
银钩铁画常蜿蜒　〔陈德荣〕

葛衣竹杖从逍遥　〔伊福讷〕

荻花枫叶同萧瑟　〔刘凤梧〕
雨声灯影共凄凉　〔陆　游〕

人影花光相上下　〔洪咨夔〕
鱼书蝶梦两浮沉　〔赵　鼎〕

荻花枫叶同萧瑟　〔刘凤梧〕
天光云影共徘徊　〔朱　熹〕

蜂情蝶意都萧索　〔郭　印〕
桃蹊李径尽荒凉　〔李　玖〕

齐瑟吴钩俱寂莫　〔张　筹〕
秦松汉柏皆枯僵　〔王初桐〕①

汉祀秦坛共杳冥　〔李绳远〕
岭云郢树同苍凉　〔张九镡〕

周洛秦函倏兴废　〔方　回〕
吴锦蜀粉暗消磨　〔刘　崧〕

秦关汉苑无消息　〔朱敦儒〕
吴箫燕筑断知闻　〔钱钟书〕

吴山越水好处所　〔王　洋〕
陇云秦树胜风光　〔韩　维〕

金盘玉箸无消息　〔杜　甫〕
酒徒诗客断知闻　〔范成大〕

霞裙琼佩无消息　〔王　铚〕
酒徒诗客断知闻　〔范成大〕

酒场文社废交游　《随园诗话》
冢笔巢书断往还　〔钱谦益〕

纸帏布被从牢落　〔李　膺〕
芒鞋竹杖任蹉跎　〔李俊明〕

春蚓秋蛇徒蚴蟉　〔高　明〕

---

① 王初桐：清代官员。曾于其官署题联：案牍劳形，乃以诗书为案牍；山林适性，且将城市作山林。

布袜棕鞋任往还 〔王世芳〕①
金牌玉字空陆离 〔白玉蟾〕

酒榼诗囊空放荡 〔刘敏中〕
春蚓秋蛇徒蚴蟉 〔高　明〕

酒榼诗囊空放荡 〔刘敏中〕
牙签玉轴徒玲珑 〔姚培谦〕

酒榼诗囊空放荡 〔刘敏中〕
锦袍玉带徒纷纭 〔朱　琦〕

竹冠草衣空卓荦 〔王　冕〕
锦袍玉带徒纷纭 〔朱　琦〕

兰桡桂桨空凌乱 〔汤胤勣〕
锦袍玉带徒纷纭 〔朱　琦〕

荷衣槐笏徒拘束 〔仇　远〕
金泥玉检空吟哦 〔范　咸〕

冰壶水鉴元空洞 〔刘　因〕②
天容海色本澄清 〔苏　轼〕

花须柳眼尚依稀 〔罗与之〕
燕魂莺梦渐惺忪 〔翁元龙〕

花须柳眼尚依稀 〔罗与之〕
风亭月榭已荒芜 〔潘若冲〕

酒筹诗卷慰淹留 〔贺　铸〕
楚云湘水劳相思 〔李流芳〕③

金盘玉碗嗟沈没 〔张允垂〕
瑶琴锦瑟叹凄凉 〔希　光〕

春兰秋菊伤零落 〔梁　霭〕
瑶琴锦瑟叹凄凉 〔希　光〕④

金鞍铁马摇玲珑 〔汪元量〕
玉珂瑶佩响参差 〔杜　牧〕

金英玉树斗玲珑 〔苏　洞〕
瑶花琪草争芳妍 〔钱俊瑞〕

琼林玉树竞奢华 〔杨公远〕
瑶花琪草争芳妍 〔钱俊瑞〕

瑶台银阙斗清新 〔王之道〕
琼林玉树竞奢华 〔杨公远〕

银钩铁画衒奇丽 〔张　宪〕
琼林玉树竞奢华 〔杨公远〕

银钩铁画衒奇丽 〔张　宪〕
哀弦促管竞繁华 〔刘　宰〕

银钩铁画衒奇丽 〔张　宪〕
金英玉树斗玲珑 〔苏　洞〕

罗帷翠幕深调护 〔黄庭坚〕
金针玉指巧安排 〔刘克庄〕

玉匙金龠牢锁扃 〔杨万里〕
天时人事详审度 〔阿克敦〕

---

① 王世芳(1669—1808)：清代“长寿王”，享年一百四十岁。他家七世同堂，旷代罕见。人问养生之术，答曰：“吾惟知屏思虑，节饥饱，顺天和而已。”有诗云：灌花拭竹闲中课，问水寻山物外身。

② 刘因：字梦吉，号静修，元代理学家、诗人。因爱诸葛亮“静以修身”之语，题所居为“静修”。“将生之夕，其父梦神人以马载一儿至其家，曰：‘善养之。’故名之曰骃(yīn，浅黑杂白的马)，字梦骥，后乃改今名字焉。天资绝人，日记千百言，六岁能诗。”其论诗曰：“魏、晋而降，诗学日盛，曹、刘、陶、谢其至者也。隋、唐而降，诗学日变，变而得正，李、杜、韩其至者也。周、宋而降，诗学日弱，弱而后强，欧、苏、黄其至者也。”

③ 李流芳：明代诗人、书画家。魏忠贤建生祠，不往拜，与人云：“拜，一时事，不拜，千古事。”董其昌大加赞叹，云：“其人千古，其艺千古！”

④ 希光：清代女诗人、烈妇。为夫割股疗病，后以身殉夫。

瑶函锦囊密缄封　〔程公许〕

天时人事详审度　〔阿克敦〕
金山锡谷细评量　〔易顺鼎〕

兜率蓬莱果同异　〔赵　蕃〕
麟阁云台竟是非　〔陆　游〕

渭树江云多少恨　〔葛长庚〕
楚尾吴头无限情　〔沈德潜〕

吴歌楚舞欢未毕　〔李　白〕
梁苑隋堤事已空　〔韩　琮〕

燕歌赵舞欢无极　〔谭吉瑄〕
蜀栈吴山兴未穷　〔陆　游〕

楚舞吴歌娱晚景　〔谢应芳〕
汉畤秦原罢晓钟　〔申涵光〕

玉盌金盘间犀箸　〔汪元量〕
锦筝银甲响鹍弦　〔唐彦谦〕

楚雨吴烟动客思　〔释行海〕
春草秋风伤我情　〔皎　然〕

铜环玉锁鸣春雷　〔苏　轼〕
凤笙龙管吹秋声　〔刘学箕〕

溪影山光浸晓寒　〔洪咨夔〕
玉漏银灯破夜凉　〔冯去非〕

王嫱西施洗铅黛　〔杨　基〕
骚人墨客纫芳馨　〔方　回〕

璧月珠星应律灰　〔王仲修〕
玉箫金瑟发商声　〔曹　唐〕

牧踪樵径细寻求　〔顾　春〕①

脂肤荑手不牢固　〔白居易〕
松心玉质未贞坚　〔方　回〕

渭树江云多少恨　〔葛长庚〕
楚水吴山无限情　〔韦　庄〕

山月溪云思有馀　〔强　至〕
岸花汀草意无边　〔仇　远〕

吴歌楚舞欢未毕　〔李　白〕
越吟荆赋思无穷　〔张　翥〕

燕歌赵舞欢无极　〔谭吉瑄〕
楚柁吴樯兴未休　〔释善珍〕

蜀锦吴绫耀朝日　〔李　蓘〕
汉畤秦原罢晓钟　〔申涵光〕

春草秋风伤我情　〔皎　然〕
水光山色解人愁　〔胡仲参〕

荷香柳影成秋意　〔李彭老〕
雨丝风片作春寒　〔卢德仪〕

铜环玉锁鸣春雷　〔苏　轼〕
纶巾羽扇挥秋风　〔李兴宗〕

花脸云鬟坐玉楼　〔白居易〕
锦袍绣帽跃金鞍　〔王庭珪〕②

宝马金鞍过南陌　〔徐　章〕
柳情花意媚东风　〔于伯渊〕

玉壶春漏咽铜龙　〔杨　亿〕
银花莲炬照金尊　〔杨万里〕

---

①　顾春：即顾太清，“清代第一女词人”。她的《红楼梦影》，使得她成为中国小说史上第一位女性小说家和历史上第一位“续红”女作家。《名媛诗话》说她“才气横溢，援笔立成。待人诚信，无骄矜习气，唱和皆即席挥毫，不待铜钵声终，俱已脱稿。”时有“男中成容若（纳兰性德），女中太清春（顾太清）”之说。

②　王庭珪：宋代诗人。绍兴中，胡铨请斩秦桧，谪新州，独庭珪以诗送行，有“痴儿不了公家事，男子要为天下奇”之句。

织女牵牛送夕阳〔德　容〕
玉露金风报素秋〔德　容〕

艳歌美酒消好春〔赵崇嶓〕
玉箫金管吹清秋〔方　峨〕

瑶宫琼馆依林麓〔赵　迪〕
茅檐竹牖傍山涯〔姚　倩〕

宝阁珠楼临上苑〔无名氏〕
金根玉辂幸神都〔张　昭〕

宝阁珠楼临上苑〔无名氏〕
霞帔云冠侍至尊〔张克家〕

桑弧蓬矢拂庭闱〔彭龟年〕
笔床书卷绕壶觞〔文徵明〕

水阁松房遍文字〔李　涉〕
马蹄车辙满尘埃〔罗　隐〕

茅檐苇箔无冠盖〔朱　存〕
金楼玉室有神仙〔白玉蟾〕

金舆石马赓陈迹〔许国焕〕
珠轩绣毂辗香尘〔陈　造〕

露桃雨柳矜新宠〔秦　观〕
玉馆琼楼失旧基〔胡仲弓〕

竹窗松户有佳期〔李嘉祐〕
金堂石室无清缘〔王　泽〕

佛劫仙尘只故吾〔范成大〕
夜雨寒窗是旧人〔林亦之〕

地角天涯见明主〔刘　基〕
花街柳巷觅真人〔吕　岩〕

玉树琼筵映彩霞〔周　繇〕

艳歌美酒消好春〔赵崇嶓〕
玉露金风报素秋〔德　容〕

琅篇珠字照山楹〔陈　郁〕
银烛金杯映绮堂〔李东阳〕

瑶宫琼馆依林麓〔赵　迪〕
玉鱼金碗埋山阿〔钱梦铃〕

宝阁珠楼临上苑〔无名氏〕
玉案金炉对御床〔杨　备〕

村翁溪老开吟社〔马廷鸾〕
春花秋月入诗篇〔鱼玄机〕

晨钟暮鼓动心曲〔虚云法师〕
春风秋月见情怀〔希　光〕

竹叶梅花总性灵〔罗　典〕①
波光云影皆文章〔曾　懿〕

芦花柳绵当裘袂〔杨万里〕
金城铁壁为堤防〔陈　普〕

饭钟粥鼓接名蓝〔赵文哲〕
菱叶蓼花连故宫〔许　浑〕

药床茶灶添新制〔翁元圻〕
秋桂春萝掩旧关〔马　濂〕

金堂石室无清缘〔王　泽〕
涧竹岩云有旧期〔徐　夤〕

佛劫仙尘只故吾〔范成大〕
荇水荷风是旧乡〔鲁　迅〕

月户星楼记古风〔张　镃〕
贝阙珠宫忆旧游〔刘子翚〕

桂宫芝馆结祥云〔李　蓘〕

---

① 罗典：清代学者。主持岳麓书院二十七年，使其发展达到顶峰。后因母年迈辞官归乡，从此脱离官场。

凤楼龙阙倚清光〔韦　庄〕
桂宫芝馆结祥云〔李　蓘〕
罗帏绣幕围香风〔李　贺〕

天根月窟秘真气〔允　禧〕
桂宫芝馆结祥云〔李　蓘〕

铁索金绳露奇字〔潘奕隽〕
琅函石室启秘图〔孙　蕡〕

诗债酒病非畴昔〔赵彦端〕
野梅官柳似当年〔王之道〕

朝钟暮鼓鸣高堂〔高　启〕
春兰秋菊芬幽轩〔舒　頔〕

月天花海当愁乡〔沈祖棻〕
云朋霞友作知音〔马　钰〕

金堂玉室在何处〔曹诚明〕
酒樽茶灶向谁边〔钱　洪〕

琼楼玉宇知何处〔袁　绶〕
酒樽茶灶向谁边〔钱　洪〕

桂径松堂联袂处〔孙云鹤〕
雪碗冰瓯荐茗时〔牟巘五〕

朝云暮雨无定所〔梁　琼〕
北辙南辕有返期〔刘克庄〕

人间天上无归梦〔刘将孙〕
朝云暮雨失欢期〔孙居敬〕

云朋霞友常相聚〔马　钰〕
绮席歌筵不暂离〔苏　轼〕

岸草汀花浑似旧〔晁端礼〕
药炉丹灶尚如新〔陆　游〕

水色山光浑似旧〔薛　瑄〕
药炉丹灶尚如新〔陆　游〕

凤楼龙阙倚清光〔韦　庄〕
凤帐龙帘萦嫩风〔万俟咏〕
桂宫芝馆结祥云〔李　蓘〕

天根月窟秘真气〔允　禧〕
凤帐龙帘萦嫩风〔万俟咏〕

玉简金泥隐秘文〔彭孙遹〕
瑶林琼树含奇花〔李商隐〕

蘋月蓼风如昨日〔项安世〕
野梅官柳似当年〔王之道〕

竹风松露为交旧〔史　浩〕
云朋霞友作知音〔马　钰〕

舞腰歌袖抛何处〔白居易〕
画意诗情在者边〔梁德绳〕

竹篱茅舍知何许〔张元干〕
酒樽茶灶向谁边〔钱　洪〕

汉庙唐陵残照里〔允　礼〕
吴山越水暮烟中〔丘云霄〕

天涯地角有穷时〔晏　殊〕
朝钟暮鼓无了期〔元好问〕

晨钟暮鼓无休时〔陆　游〕
北辙南辕有返期〔刘克庄〕

诗情酒兴常相属〔陆　游〕
绮席歌筵不暂离〔苏　轼〕

山色溪光还似旧〔李时可〕
药炉丹灶尚如新〔陆　游〕

山色湖光浑似旧〔王　炎〕
药炉丹灶尚如新〔陆　游〕

诗豪酒圣空称贤〔李陶吟〕
妇人孺子徒为忠〔李东阳〕

花面玉颜还作土〔吕　岩〕
银鸭金凫也变灰〔韦　检〕

凤友鸾交化作尘〔高文秀〕
珠襦玉匣飞成灰〔黄景仁〕

春思秋怨谁能问〔鲍　溶〕
瘴雨蛮云我欲愁〔陆　游〕

雾鬓烟鬟人不识〔智　圆〕
玉质金相我自知〔家铉翁〕

冰姿玉色谁堪比〔张　镃〕
鹤迹云踪孰可攀〔张继先〕

兰心蕙性谁能赛〔郭应祥〕
鹤迹云踪孰可攀〔张继先〕①

草径茅亭趣最幽〔刘时可〕
葛巾藜杖兴何长〔曾季貍〕

繁弦急管夜初阑〔袁宏道〕
锦荐金炉梦正长〔温庭筠〕

渭水函关元不远〔陆　游〕
鹤算龟龄未是遥〔郭　印〕

吴山越水元相接〔刘　基〕
天意人心本自通〔范成大〕

玉堂珠阁不可到〔谢　伋〕
霁月光风何处寻〔徐　暄〕

玉堂珠阁不可到〔谢　伋〕
琴台歌管无处寻〔戴表元〕

玉堂珠阁不可到〔谢　伋〕
钿誓钗盟何处寻〔陈东甫〕

瑶簪玉笋不可见〔张　耒〕
钿誓钗盟何处寻〔陈东甫〕

铜觚玉盏何须论〔顾　春〕
饭囊酒瓮奚足云〔王禹偁〕

水佩风裳不可要〔魏之琇〕
云车雾驾安能攀〔吴锡麒〕②

花阄酒令不须控〔项安世〕
笔床茶灶何用将〔徐　贲〕

云容水态还堪赏〔杜　牧〕
天意人情未可猜〔苏　泂〕

地志山经不能测〔孔武仲〕
天意人情未可猜〔苏　泂〕

瑶函宝笈诚难窥〔傅玉书〕
水驿云程未易量〔朱　翌〕

竹篱草舍犹堪赏〔陈　宓〕
玉室金堂不可寻〔杨万里〕

锦屏银烛皆堪恨〔佚　名〕
水驿山城尽可哀〔苏曼殊〕

水驿山城尽可哀〔苏曼殊〕
岭云溪月总堪伤〔方孝孺〕

秋月春风长不老〔陆　茜〕
物情人事总堪伤〔丁鹤年〕

人意物情俱自适〔李　廌〕
山林钟鼎各相宜〔李流谦〕

山林朝市都曾住〔冯子振〕
地角天涯无不经〔姚文田〕

---

① 张继先:宋代道士,正一天师道第三十代天师。五岁不言,一日闻鸡鸣,忽笑,赋诗曰:灵鸡有五德,冠距不离身。五更张大口,唤醒梦中人。

② 吴锡麒:清代国子监祭酒、文学家。朱克敬《雨窗消意录》载:阮元守孝期间曾与人聚会,他和祭酒吴谷人同桌,两人谈论诗词,甚为快意。忽然吴的帽子掉到地上,阮元便出联跟吴开玩笑说:"吴祭酒脱帽谈诗,斯文扫地。"吴不甘受嘲弄,当即对道:"阮太史居丧观乐,不孝通天。"

文章气节盖当世〔曾　巩〕
风流儒雅迈同伦〔白　珽〕

道骨仙风元自有〔赵师律〕
酒兴诗情亦已无〔陆　游〕

藜杖芒鞋先有约〔郭　印〕
金樽银笔永无期〔方　回〕

蕉叶荷枝各自秋〔吕渭老〕
野鸟山花别是春〔释普度〕

冰肌香骨未禁愁〔释绍嵩〕
玉树琼楼不奈寒〔王　珪〕

冰肌香骨未禁愁〔释绍嵩〕
琼楼玉阙不胜寒〔白玉蟾〕

春夏秋冬花木节〔释印肃〕
东西南北衣冠乡〔郭　印〕

酒旗戏鼓甚处市〔周邦彦〕
金泥玉检何年禅〔宋祖昱〕

昨夜今朝又明日〔白居易〕
楼头江上复山前〔郑　准〕

绮窗纱幌映朱颜〔司马光〕
金觞玉醴照青春〔司马光〕

银烛金杯映翠眉〔岑　参〕
越罗川锦照乌巾〔杨　基〕

云窗雾阁锁青苔〔宋　无〕
玉甃银床荫碧桐〔陈　越〕

雾鬓风鬟乘翠浪〔朱景文〕
麻鞋竹杖蹑青霞〔汪元量〕

枳篱茅舍掩苍苔〔吴伟业〕
玉树琼楼照碧溪〔释智圆〕

文章气节浑相似〔卢祖皋〕
儒雅风流总不如〔冯时行〕

道骨仙风元自有〔赵师律〕
诗才酒兴不愁无〔周必大〕

桂月松风常满抱〔释子淳〕
柳情花思自盈襟〔项安世〕

露桃烟柳不胜春〔赵崇嶓〕
岭云汀树总宜秋〔纪淑曾〕

冰肌香骨未禁愁〔释绍嵩〕
风鬟雾鬓不胜寒〔李流谦〕

纸帐蒲龛方用事〔张　镃〕
玉露金风正及时〔俞　桂〕

杏花榆叶故园春〔张　祎〕
雁云蛩雨异乡秋〔释行海〕

风前月下花园里〔白居易〕
楼上池边夕照间〔宋　庠〕

朝露晚风并夜月〔杜　范〕
南轩北牖又东扉〔无名氏〕

金觞玉醴照青春〔司马光〕
虹彩霞光映碧秋〔老　舍〕

云窗雾阁锁青苔〔宋　无〕
锦囊玉轴缠朱丝〔王之道〕

雾鬓风鬟乘翠浪〔朱景文〕
雨笠烟蓑傲白鸥〔马廷鸾〕

日幄云幢护青茜〔胡　椝〕
月帔星冠敞翠屏〔杨　基〕

钟声磬韵透青霄〔马　钰〕①
酒思诗情渺碧空〔白玉蟾〕

① 马钰(yù):全真道道士,“北七真”之一,世称“丹阳真人”。他出身豪门大族,家财万贯,号称“马半州”。母亲唐氏受孕时,梦见麻姑赐丹一粒。妻子孙不二亦为“北七真”之一。

仁人义士埋黄土	〔王安石〕	瓦瓯竹箸羞青芹	〔秦　观〕
薄雨轻云掩翠微	〔唐仲友〕	葛裙蒲履帽乌纱	〔宋伯仁〕
林叟野僧休笑我	〔章　岘〕	钟鼎山林岂异涂	〔高　翥〕
晨乌夜鹤莫愁予	〔陈　造〕	乌鸢蝼蚁竟同归	〔范成大〕
礼义智信融为仁	〔白玉蟾〕	穷通得丧寓于此	〔李处权〕
金水木火结成丹	〔白玉蟾〕	用舍行藏诚在兹	〔释智圆〕
敛散卷舒浑在我	〔钱　璧〕	敛散卷舒浑在我	〔钱　璧〕
功名富贵不由人	〔王禹偁〕	重轻取予系於人	〔陈　普〕
功名富贵非由我	〔刘　述〕	功名富贵非由我	〔刘　述〕
重轻取予系於人	〔陈　普〕	生老病死不饶人	〔释如珙〕
功名富贵非由我	〔刘　述〕	功名富贵非由我	〔刘　述〕
是非荣辱不关渠	〔胡仲弓〕	穷达乘除自有天	〔卷刚中〕
功名富贵非由我	〔刘　述〕	功名富贵非由我	〔刘　述〕
安危成败亦唯天	〔小野湖山〕	成败兴衰不属吾	〔段　宝〕
成败兴衰不属吾	〔段　宝〕	成败兴衰不属吾	〔段　宝〕
坎止流行只任天	〔刘彦朝〕	穷达乘除自有天	〔卷刚中〕
行藏用舍何关我	〔魏了翁〕	坎止流行不在人	〔陈　著〕
穷达乘除自有天	〔卷刚中〕	穷达乘除自有天	〔卷刚中〕
贤愚贵贱各有命	〔文　同〕	短长肥瘦各有态	〔苏　轼〕
悲欢离合总无情	〔蒋　捷〕	悲欢离合总无情	〔蒋　捷〕
富贵贱贫俱有恨	〔陆　游〕	风晴雨露皆有意	〔蒋廷锡〕
悲欢离合总无情	〔蒋　捷〕	悲欢离合总无情	〔蒋　捷〕
深浅是非皆为妄	〔宋太宗〕	深浅是非皆为妄	〔宋太宗〕
得丧悲欢尽是空	〔温庭筠〕	得丧升沉总是虚	〔王禹偁〕
醒醉去留皆遂意	〔苏易简〕	痒疴疾痛皆吾身	〔袁　燮〕
是非荣辱总忘言	〔马廷鸾〕	南北东西俱我乡	〔陈与义〕
泉石琴书寄此身	〔左锡璇〕	诗酒琴书谁可并	〔谭处端〕①

① 谭处端:金代人,全真道"北七真"之一。有记载说:谭处端素患风痹,药石难愈。金大定七年,闻重阳至山东,扶杖往求治疗之法。重阳扃户不纳。乃坚守终夕,门忽自开。重阳以为"仙缘"得契,召之同衾而寝。及晨下床,宿疾遂愈。遂乞侍左右,终身侍之。

是非得失付它年〔苏　辙〕
宠禄功名孰与同〔苏　颂〕

合离荣瘁何须较〔陈　造〕
富贵功名焉足图〔杜　甫〕

富贵功名焉足图〔杜　甫〕
是非荣辱岂须争〔朱有燉〕

富贵功名何足道〔王　柏〕
是非荣辱岂须争〔朱有燉〕

离合升沉何足计〔吴语溪〕
是非荣辱岂须争〔朱有燉〕

富贵功名何足取〔释文珦〕
是非荣辱岂须争〔朱有燉〕

存亡死生非所顾〔顾炎武〕
是非荣辱岂须争〔朱有燉〕

死生寿夭无足道〔欧阳修〕
是非荣辱岂须争〔朱有燉〕

死生寿夭无足道〔欧阳修〕
升沉得丧何须问〔王禹偁〕

死生寿夭无足道〔欧阳修〕
逆顺短长休要说〔释智愚〕

死生贵贱何足论〔方　文〕①
逆顺短长休要说〔释智愚〕

功名富贵无能取〔梅尧臣〕
是非荣辱不可加〔徐　珩〕

富贵功名不拟论〔陆　游〕
大小真伪何足评〔苏　轼〕

动静祸福无能逾〔王　柏〕
长短高卑不可求〔李咸用〕

短长成败合有定〔李宪乔〕
是非取与应不移〔梅尧臣〕

死生寿夭固无定〔苏　洵〕
是非取与应不移〔梅尧臣〕

死生寿夭固无定〔苏　洵〕
荣枯得失宁有常〔陈　梓〕

贫富贤愚尽如此〔文　偃〕
远近高低各不同〔苏　轼〕

荣辱升沉只如此〔周　玄〕
功名富贵徒为尔〔余　怀〕

悲欢离合本如此〔龚自珍〕
富贵荣华待若何〔马　钰〕

贵贱贤愚同尽耳〔苏　轼〕
穷达修短何有哉〔厉　志〕

上下升沈总飘忽〔岳　珂〕
是非荣辱任循环〔范仲淹〕

风月烟云自卷舒〔岳　珂〕
鱼龙虾蟹信沉浮〔释道颜〕

风月阴晴任变迁〔曹雪芹〕
鱼龙虾蟹信沉浮〔释道颜〕

盛衰治乱互倚伏〔金志章〕
巧拙贤愚相是非〔白居易〕

声音色相等妄幻〔陶　安〕

功名富贵等樗蒲〔刘　绩〕

---

① 方文:清初诗人。年方六岁,便会背诗。御史左光斗在他家做客,席间问他常读何书,方文答"常读杜诗。""能颂《秋兴》否?""能,但请赐一杯酒。"方文手持酒杯,放声吟诵。每诵一首,就饮酒一杯,如是者八。

王侯蝼蚁同丘墟　〔郭　印〕

富贵寿夭非人力　〔李孝光〕
盈虚消息任天机　〔张继先〕

日月星辰随大道　〔宋太宗〕
诗书礼义照人间　〔陈　普〕

楚腰卫鬓四时芳　〔李　贺〕
蜀锦吴绫五色秾　〔柯九思〕

春风秋月五年过　〔郭　登〕①
暮雨朝云几日归　〔杨　凭〕

才子佳人共一魂　〔陈独秀〕
英雄儿女各千秋　〔赵　翼〕

瑶宫银阙自万古　〔顾　清〕
荻花枫叶也千秋　〔孙九成〕

风月江山自四时　〔姚　勉〕
南北东西本一家　〔曹　勋〕

长短死生无两处　〔吴　融〕
用舍行藏各一时　〔陶梦桂〕

道德文章光万世　〔陈　普〕
风度人品第一流　〔陈　造〕

君臣儿女情无二　《随园诗话》
雪月风烟意非一　〔徐　照〕

金马玉堂犹传舍　〔张　雨〕
秋月春花若流水　〔孙　蕡〕

王侯蝼蚁同丘墟　〔郭　印〕

日月星辰随大道　〔宋太宗〕
松椿桃李转鸿钧　〔王　柏〕

流行坎止人间事　〔释行海〕
穷通贵贱裈中虱　〔范承谟〕

楚泽吴江几度过　〔郑克己〕
蜀郡秦川两处愁　〔刘　兼〕

死生契阔十年余　〔陆　游〕
聚散荣枯一梦中　〔任　玠〕

瑶宫银阙自万古　〔顾　清〕
宝马香车又一年　〔朱锡绶〕

秋霜春雨自四时　〔杨万里〕
越树燕云各一天　〔曹鉴平〕

长短死生无两处　〔吴　融〕
南北东西总一般　〔丘处机〕②

道德文章传几世　〔辛弃疾〕
风度人品第一流　〔陈　造〕

春兰秋菊罗千丛　〔石韫玉〕③
玉磬金镛列两行　〔王同祖〕

鸾车凤马随飞烟　〔范祖禹〕
玉勒金台逐去尘　〔王　奕〕

匣剑囊书赴知己　〔周端臣〕
雨蓑晴笠住忘年　〔赵　蕃〕

---

①　郭登:明代名将,仪观甚伟,髯垂过腹。七岁读书过目成诵。他多才多艺,善书法,能绘画,通晓音乐。李东阳称其诗为明代武将之冠。

②　丘处机:宋金元时期思想家、养生学家,全真道第五代掌教。他曾以七十余岁高龄,远赴西域,劝说成吉思汗止杀爱民。成吉思汗深有感触,说:“天赐仙翁,以悟朕志。”这就是著名的“一言止杀”故事。对此,乾隆有联赞曰:万古长生,不用餐霞求秘诀;一言止杀,始知济世有奇功。

③　石韫玉:清代状元。他曾将王羲之的《兰亭序》原文324个字,打乱顺序,重新组合成一篇新的文章,人称《颠倒兰亭序》。有名联:精神到处文章老,学问深时意气平。晚清状元、军机大臣翁同龢的自题联“文章真处性情见,谈笑深时风雨来”与其如出一辙。

铜壶玉漏金门下〔唐　寅〕
竹几蒲团石室中〔吴昌裔〕

玉佩琼琚在眼中〔王安石〕
水色岚光满目前〔汪　遵〕

金盆玉罍陈花下〔任崧珠〕
柳色梅香到樽前〔贯　逋〕

雾色花光镜里过〔许　琮〕
云容天影水中摇〔黄庭坚〕

雾阁云窗天上起〔戴表元〕
金簴玉磬宫中生〔柳宗元〕

宝阁琼楼山上耸〔丘处机〕
金觥玉豆天中来〔文　同〕

宝钗珠袖尊前赏〔高　启〕
锦丝瑶管空中闻〔瞿荣智〕

银钩铁画胸中有〔释云岫〕
清歌妙舞世间无〔朱有燉〕

佛界魔宫任意游〔释慧远〕
凤阁鸾台信脚行〔华　岳〕

忠肝痛胆欲谁付〔苏　泂〕
酒魔诗祟要人排〔顾　清〕

孝子忠臣竟谁是〔李东阳〕
利户名枢莫我关〔詹中正〕

存亡得失由人作〔侯善渊〕
贱贫富贵不我移〔强　至〕

时光人事随年改〔白居易〕
贱贫富贵不我移〔强　至〕

世事人情随日改〔李　新〕

楚语吴歌落枕中〔释宝昙〕
齐讴赵舞绕膝前〔徐祯卿〕

禅板蒲团入眼中〔黄庭坚〕
水色岚光满目前〔汪　遵〕

金盆玉罍陈花下〔任崧珠〕
渔歌樵唱落尊前〔马凤翥〕

金簴玉磬宫中生〔柳宗元〕
霓旌羽盖天上来〔赵师秀〕

宝阁琼楼山上耸〔丘处机〕
金簴玉磬宫中生〔柳宗元〕

宝阁琼楼山上耸〔丘处机〕
锦丝瑶管空中闻〔瞿荣智〕

锦丝瑶管空中闻〔瞿荣智〕
鱼金虎竹天上来〔张　祜〕

乾马坤牛放手骑〔洪咨夔〕
佛界魔宫任意游〔释慧远〕

葛巾草履从人笑〔仇　远〕
瑶琴宝瑟与君弹〔吕　岩〕

金鱼玉带不汝却〔敖陶孙〕
利户名枢莫我关〔詹中正〕

越水吴洲共尔论〔李嘉祐〕
燕歌赵舞为君开〔卢照邻〕①

金户玉堂无梦到〔释行海〕
麟阁云台有分登〔刘克庄〕

天机地轴随时转〔陈　著〕
玉阙金堂逐日新〔施肩吾〕

世事人情随日改〔李　新〕

① 卢照邻："初唐四杰"之一。不堪病痛，与亲属执别，自投颍水而死。有名句：得成比目何辞死，愿作鸳鸯不羡仙。

野花芳草逐年新〔冯延巳〕
天光地气与年新〔毛　滂〕

物态人情随处好〔郑刚中〕
天光地气与年新〔毛　滂〕

冰壶玉鲨侵骨冷〔陆　游〕
淮雪江风裂面寒〔刘克庄〕

茶灶笔床随处有〔陈允平〕
魏紫姚黄此地无〔郭应祥〕

春花秋月何时了〔李　煜〕
东坛西社几人还〔李东阳〕

云情鹤态元如旧〔张　炜〕
酒量诗怀只似前〔岳　岱〕

春花秋月浑如昨〔汤国梨〕
酒量诗怀只似前〔岳　岱〕

芒鞋竹杖寻梅去〔曾　几〕
玉策金函访道来〔程芳铭〕

星冠月帔履云归〔马　钰〕
狐帽狼裘踏雪行〔宋　至〕

蜀栈秦关岁月遒〔陆　游〕
楚语吴歌曲调新〔释慧远〕

枫叶芦花秋兴长〔苏　轼〕
茅屋竹篱春意多〔方　岳〕

笔床经笥閒家具〔张　镃〕
药炉茶灶淡生涯〔陆　游〕

诗筒经卷静工夫〔仇　远〕
茶灶笔床淡生活〔岳　珂〕

诗书礼乐晋元帅〔刘　过〕
文章事业宋名臣〔曾　丰〕

文臣战将多如雨〔宋太宗〕
玉节金珂响似雷〔贯　休〕

冰壶玉鲨侵骨冷〔陆　游〕
珠星璧月照人寒〔李流谦〕

诗墨酒痕随处有〔项安世〕
魏紫姚黄此地无〔郭应祥〕

莼菜鲈鱼随处有〔仇　远〕
魏紫姚黄此地无〔郭应祥〕

西崦东屯何日了〔仇　远〕
北辕南柁几时休〔殷文圭〕

山色湖光宛如昔〔陈居仁〕
酒量诗怀只似前〔岳　岱〕

兰质蕙心何所在〔杨虞卿〕
水佩风裳若个边〔陈　造〕

狐帽狼裘踏雪行〔宋　至〕
鸾车鹤驾逐云飞〔吕　岩〕

塞北江南风景别〔张　昱〕
秋菊春兰臭味同〔宋　讷〕

国色天香消息断〔葛立方〕
旧交新贵音书绝〔苏　轼〕

铜瓶纸帐老因缘〔张问陶〕
药炉丹灶旧生涯〔林　外〕

诗筒经卷静工夫〔仇　远〕
药炉茶灶淡生涯〔陆　游〕

赵北燕南古战场〔苏　辙〕
吴头楚尾老髯翁〔袁　凯〕

松心鹤性清如水〔张　含〕
纸阁绳床静似禅〔马鼎梅〕

荻月霜枫等闲度〔范成大〕
柳靥梅魂取次回〔钱谦益〕

秋月春风等闲度　〔白居易〕
柳靥梅魂取次回　〔钱谦益〕

琪花瑶草寻常得　〔韩邦靖〕
荻月霜枫等闲度　〔范成大〕

李唐赵宋慌忙尽　〔郑板桥〕
楚云湘雨等闲休　〔元好问〕

长裘短褐经行处　〔孙子光〕
粝食粗衣饱暖时　〔辛弃疾〕

画船明月人归后　〔魏夫人〕
细雨轻寒花落时　〔韩　偓〕

蝶使蜂媒齐用力　《随园诗话》
繁花乱蕊皆同心　〔汪元量〕

宝钟灵鼓何须叩　〔范成大〕
流水高山不用弹　〔陆文圭〕

急管繁弦不须数　〔苏　平〕
新诗美酒安足论　〔田　雯〕

春花秋月千首诗　〔杨万里〕
沧海桑田几许悲　〔张以宁〕

野草闲花满地愁　〔释慧远〕
淡云疏树一天秋　〔方　回〕

汉水楚云千万里　〔刘长卿〕
竹杖芒鞋四十年　〔仲　并〕

茅屋竹篱三四家　〔苏　辙〕
鹤发鸡皮十二人　〔曾　丰〕

短蓑破笠三四子　〔李流谦〕
鹤发鸡皮十二人　〔曾　丰〕

槁木寒灰不二门　〔苏　籀〕

琪花瑶草寻常得　〔韩邦靖〕
秋月春风等闲度　〔白居易〕

寒食清明等闲过　〔洪咨夔〕
暮雨朝云容易度　〔瞿　佑〕

松岛兰舟潋滟居　〔谭用之〕
柳陌花衢烂熳游　〔释心月〕

画船明月人归后　〔魏夫人〕①
高楼半夜酒醒时　〔李商隐〕

画船明月人归后　〔魏夫人〕
冷雨寒灯夜话时　〔蒲松龄〕

枯木朽株齐努力　〔毛泽东〕
繁花乱蕊皆同心　〔汪元量〕

伟人豪士不易得　〔柳如是〕
长戈大戟非难为　〔柳如是〕

春花秋月千首诗　〔杨万里〕
暮雨朝云几许愁　〔黄庭坚〕

荣落智愚千古恨　〔郑清之〕
来往悲欢万里心　〔李　涉〕

瑶林琼宇三豪客　〔王之道〕
清风明月两闲人　〔欧阳修〕

画意诗情三万里　〔老　舍〕
竹杖芒鞋四十年　〔仲　并〕

竹篱茅舍两三家　〔吴晦之〕
鹤发鸡皮十二人　〔曾　丰〕

奇才逸思通千古　〔岳　珂〕
明月清风富一生　〔释正觉〕

塞北荆南心万里　〔徐祯卿〕

---

①　魏夫人：北宋女词人，宰相曾布妻。曾布当上宰相后，魏夫人为了排遣寂寞，派人千里迢迢到杭州找到才女朱淑贞，把她接到京城住下，一起吟诗弄词，听歌观舞。

弱骨丰肌自一家〔张　镃〕
西掖东曹疏几封〔储　巏〕

粝食粗衣过上元〔晁说之〕
斜风细雨度清明〔张实居〕

残月晓风添别绪〔袁　嘉〕
落花流水怨离琴〔李群玉〕

素弦瑶轸调新韵〔刘清夫〕
豪竹哀丝发妙音〔秦　观〕

菘菜芹羹入新味〔洪显周〕
吟杯赋笔消旧狂〔沈祖棻〕

瘦吟幽玩有余妍〔胡　铨〕
痴红騃紫无残香〔李流谦〕

断简陈编付药房〔王安石〕
孤云野鹤寄山家〔白玉蟾〕

荒山野水非吾土〔张　耒〕
明月清风是我家〔寒　山〕

荒山野水非吾土〔张　耒〕
破篱残屋是谁家〔李若水〕

玉堂金马非吾梦〔张玉娘〕
明月清风是我家〔寒　山〕

清风明月还诗债〔马致远〕
暗虫衰草入乡愁〔刘言史〕

修竹清湍记永和〔王　柏〕
淡烟疏柳认孤山〔刘　宰〕

丰车肥马载豪杰〔王安石〕
残编断简记英雄〔杨　慎〕

童男丱女觅蓬壶〔谢元淮〕
畸人逸士求神仙〔黄培芳〕

流水高山有殊遇〔孙应时〕
玉堂金马多奇逢〔曾　棨〕

端人志士抗高节〔史　密〕
豪竹哀丝发妙音〔秦　观〕

素弦瑶轸调新韵〔刘清夫〕
吟杯赋笔消旧狂〔沈祖棻〕

春草秋风老此身〔刘　商〕
吟虫鸣鸟送残年〔陈三立〕

野鹤孤云寄此生〔钱闻诗〕
篇诗斗酒付何人〔白玉蟾〕

暗香疏影系人思〔杨　炜〕
玉笛金笳动客情〔汪　琬〕

荒山野水非吾土〔张　耒〕
短篱疏竹是谁家〔洪咨夔〕

玉堂金马非吾梦〔张玉娘〕
破篱残屋是谁家〔李若水〕

玉堂金马非吾梦〔张玉娘〕
歌声灯影是谁家〔蒋　睒〕

衰兰枯荷了秋色〔华　岳〕①
游丝飞絮恼春心〔钱　逊〕

流水高山记昔年〔曹锡淑〕
好风佳月度今宵〔马廷鸾〕

丰车肥马载豪杰〔王安石〕
残编断简聚英灵〔顾嗣立〕

丽句清言继风雅〔曹　勋〕
高文大章垂金石〔罗源汉〕

---

① 华岳：南宋武状元、诗人，爱国志士。曾因上书请诛韩侂胄等人，下狱。韩侂胄被诛后放还。后来密谋除去丞相史弥远，下临安狱，杖死东市。有诗句：峰回路转六七里，林静鸟啼三四声。

庆云景星照户牖 〔姚培谦〕
霁月光风映眉宇 〔陈 棣〕

爱妻娇子如泥土 〔陈 普〕
急管繁弦似寇仇 〔胡 曾〕

连峰叠嶂拥峥嵘 〔李 壁〕
断崖怪石悬参差 〔黄人杰〕

老松古柏争清劲 〔邓 肃〕
夭桃秾李斗夸张 〔周必大〕

脆管繁弦竞追逐 〔吴伟业〕
清词丽句相玲珑 〔朱 腰〕

繁歌急调相迫促 〔徐祯卿〕
香车宝马并驱驰 〔周是修〕

古文奇字荡胸臆 〔王 行〕
新词丽曲爽心神 〔杨万里〕

光风霁月荡心目 〔叶 茵〕
平湖远岭开精神 〔陈师道〕

高吟幽赏无羁束 〔寇 准〕
枯棋浊酒有驱除 〔陈 造〕

高冠长剑并嵯峨 〔柳溪府君〕
雄心壮志两峥嵘 〔欧阳修〕

明珠白璧相照耀 〔黄 哲〕
宝光丹气共回环 〔张 炎〕

鸿篇伟制尽登载 〔贾田祖〕
只字片纸皆藏收 〔苏 轼〕

流水行云随自逝 〔王 力〕
明月清风伴我游 〔施曜庚〕

光风霁月无人识 〔钱 时〕
旧恨新愁只自知 〔苏 轼〕

灵犀美璞无人识 〔苏 轼〕

清肌瘦骨如冰玉 〔王之道〕
急管繁弦似寇仇 〔胡 曾〕

寒松衰菊绕崚嶒 〔吕祖谦〕
断崖怪石悬参差 〔黄人杰〕

老松古柏争清劲 〔邓 肃〕
危峰叠嶂斗峥嵘 〔刘 鳌〕

清歌妙舞斗嫣妍 〔孙 蕡〕
哀弦促管竞繁华 〔刘 宰〕

清词丽句相玲珑 〔朱 腰〕
名花美酒共婆娑 〔诸嗣郢〕

香车宝马相追逐 〔赵 葵〕
明月清风自往还 〔李 邴〕

啼鸟落花清耳目 〔释道宁〕
平湖远岭开精神 〔陈师道〕

明珠清玉比精神 《随园诗话》
凡桃俗李争芬芳 〔王 冕〕

明月清风无罣碍 〔白玉蟾〕
枯棋浊酒有驱除 〔陈 造〕

狂蜂游蝶自来往 〔吴 芾〕
落花流水空徘徊 〔释普度〕

清风明月好安排 〔陈 普〕
骚人墨客费寻思 〔杨公远〕

豪竹哀丝最激越 〔张恩泳〕
高文大字何瑰奇 〔尤 珍〕

壮图奇策无人问 〔刘 兼〕
旧恨新愁只自知 〔苏 轼〕

光风霁月无人识 〔钱 时〕
枯木寒灰唯我知 〔释印肃〕

隐文秘诀无人识 〔王 暇〕

枯木寒灰唯我知 〔释印肃〕
枯木寒灰唯我知 〔释印肃〕

芳尊美酒无人共 〔戴　良〕
好天良夜与谁同 〔华　岳〕

芳尊美酒无人共 〔戴　良〕
锦琴瑶瑟为谁张 〔李　奎〕

明眸皓齿无人惜 〔吴伟业〕
幽情往事复谁知 〔白居易〕

明眸皓齿无人惜 〔吴伟业〕
蕙抱兰怀只自怜 〔何绍基〕

明眸皓齿无人惜 〔吴伟业〕
幽意闲情不自知 《随园诗话》

冷蕊疏枝为谁好 〔刘一止〕
淡云微月替人愁 〔范成大〕

霁月光风元属我 〔方逢辰〕
游蜂舞蝶自随人 〔杨　亿〕

野草闲花都著眼 〔刘尔炘〕①
宿愁新恨两关心 〔吕渭老〕

野草闲花都著眼 〔刘尔炘〕
清泉白石总关心 〔裘万顷〕

野草闲花都著眼 〔刘尔炘〕
断碑残碣尽伤心 〔王　冕〕

死灰枯木都非法 〔姚　勉〕
凉雨凄云总是愁 〔杨万里〕

死灰枯木都非法 〔姚　勉〕
野水闲云总是愁 〔熊　禾〕

断云残雨都成梦 〔吴湖帆〕
枯木寒林总是禅 〔陈　岩〕

乐事良辰难入手 〔欧阳修〕
残灯清磬易回肠 〔黄　侃〕

怨鹤愁猿孰与俦 〔陈傅良〕
怪石长松自得朋 〔司空图〕

异草奇花人不识 〔智　亮〕
浊酒清诗谁与亲 〔苏　辙〕

高山流水人何在 〔梁羽生〕
白雪阳春谁与和 〔姬　翼〕

新词旧曲歌还住 〔吴　潜〕
繁弦急管停复作 〔俞兆晟〕

新词旧曲歌还住 〔吴　潜〕
宝马香车往复还 〔晏　殊〕②

好水佳山长似旧 〔洪咨夔〕
闲花野草总争新 〔顾　云〕

奴颜婢膝曳朱紫 〔谢应芳〕
冰丝玉缕簇青红 〔方　岳〕

日魂月魄无形状 〔董大仙〕
桑田沧海有变更 〔宗　韶〕

地角天涯无殊别 〔寰　普〕
桑田沧海有变更 〔宗　韶〕

天门地户无颠倒 〔宋太宗〕
桑田沧海有变更 〔宗　韶〕

---

① 刘尔炘(xīn)：清末民初学者。有题联：白鸟忘机，任林间云去云来，云来云去；青山无语，看世上花开花落，花落花开。

② 晏殊：宋代大臣、文学家。与儿子晏几道被称为“大晏”“小晏”。他的名句“无可奈何花落去，似曾相识燕归来”被称为“天然奇偶”。儿子晏几道的“落花人独立，微雨燕双飞”被誉为“千古不能有二”的名句。

清风明月无拘管〔杨万里〕
桑田沧海有变更〔宗　韶〕

春风秋月闲来往〔汪　莘〕
世味人情自淡浓〔王　奕〕

四金六鼓辨礼仪〔翁方纲〕
五风十雨报平安〔方　回〕

十洲三岛自从容〔宋太宗〕
万水千山只等闲〔毛泽东〕

天机人事观都遍〔王　逢〕
佳山好水看已多〔阳　枋〕

坎男离女共同欢〔王庆升〕
渚鸟汀花各自愁〔陈维崧〕

虚心高节真堪爱〔释智圆〕
鹤态云踪不可亲〔释智圆〕

斜阳故国易销魂〔沈祖棻〕
残羹冷饭难充饥〔刘　基〕

晚风斜日不胜愁〔张　泌〕
断云残雨尽堪悲〔蔡　伸〕

瘦菊疏梅尽耐看〔方　回〕
细风斜雨不堪听〔林　逋〕

浮花浪蕊都相识〔周邦彦〕
歌郎酒客尽知名〔程嘉燧〕

清风明月本无价〔欧阳修〕
野草闲花故有情〔贺　铸〕

清风明月原无价〔潘曾绶〕
野草闲花故有情〔贺　铸〕

高山流水本无事〔陈　东〕
银屏金屋不知秋〔黄　佐〕

桑田沧海有变更〔宗　韶〕
秋月春花无断绝〔袁宏道〕

桑畴麦陇自凄凉〔黄文雷〕
溪云谷月亦悲辛〔刘克庄〕

四时八节顺阴阳〔宋太宗〕
五风十雨报平安〔方　回〕

金阙玉楼行欲遍〔武　衍〕
佳山好水看已多〔阳　枋〕

针绣笔描俱未是〔宋　白〕
耳声眼色总非真〔释文珦〕

坎男离女共同欢〔王庆升〕
荷叶芭蕉各自愁〔葛秀英〕①

虚名浮利终无益〔哑　女〕
断编残稿本徒劳〔陆　游〕

冷猿秋雁不胜悲〔严　武〕
寒花春草总堪伤〔释行海〕

明月清风如有待〔沈　蔚〕
孤云野鹤本无求〔范成大〕

暗泉深洞尤难写〔朱希言〕
孤烟落日不可摹〔苏　轼〕

玉兔银蟾似多意〔齐　己〕
老树荒崖如有情〔苏　轼〕

明珠美玉本无价〔苏　洵〕
野草闲花故有情〔贺　铸〕

清风明月原无价〔潘曾绶〕
近水遥山皆有情〔苏舜钦〕

---

①　葛秀英:清代才女。《随园诗话》云:葛秀英乃“母梦吞梅花而生。幼时有老尼见而惊,曰:‘此青玄宫道贞女也。’劝其出家,父母不许。及长,适秦秀才,二年而卒,年才十九。秦为其刻《澹云楼诗》。”

湘瑟秦箫自有情〔李商隐〕
异花灵草自生春〔释智愚〕

良辰美景番成恨〔蜀成王〕
飘风骤雨来虚堂〔铁　保〕
苦雨终风便作愁〔陈　宓〕
断云残雪满空山〔盛　璲〕

芒鞋楮盖不知贫〔陈　藻〕
上智下愚诚不移〔邵　雍〕
陋巷箪瓢岂足忧〔陈　普〕
良金美玉信难偕〔邵　雍〕

青云白石肯相容〔陈　普〕
轻红酽白不易得〔袁　燮〕
芳辰美景最难兼〔陈　宓〕
芳辰美景最难兼〔陈　宓〕

良辰胜事从兹始〔韩　维〕
粗饭浊醪能送日〔孙应时〕
天上人间自此分〔王稚登〕
茂林修竹堪忘饥〔张元凯〕

雪骨冰肌合耐寒〔方　岳〕
流水高山有知己〔孙福清〕
茂林修竹堪忘饥〔张元凯〕
新松嫩竹是忘年〔陶梦桂〕

达官贵人不好士〔曾国藩〕
断云残雨当年事〔晏几道〕
騃女痴儿总爱梅〔杨万里〕
流水飞霞旧日恩〔屠　隆〕

金马玉堂真学士〔戴复古〕
杜诗韩笔愁来读〔杜　牧〕
清风明月老平章〔许月卿〕
好天佳月静时看〔黄　榦〕

楚云湘雨会阳台〔唐彦谦〕
落花啼鴂雨声寒〔林尚仁〕
仁人烈士集太行〔周文璞〕
浮云流水世情轻〔于　石〕

吟魂醉魄难呼取〔王又曾〕
落花流水青春暮〔向　滈〕①
浮花浪蕊易飘零〔释道璨〕
乳燕鸣鸠白日长〔张令仪〕

流水落花春寂寞〔杨万里〕
弱妻稚子颜色悲〔王　炎〕
疏树远山秋淡薄〔王　冕〕
忠臣义士肝胆寒〔袁　燮〕

短鞭破帽貂裘窄〔黎廷瑞〕
裹章束带朝还暮〔范成大〕
旧欢新恨苎衣宽〔元好问〕
采芳摘秀春复秋〔刘　溥〕

槌牛挝鼓会众宾〔李　白〕
张筵置酒集众宾〔石韫玉〕
腾云驾雾谒诸天〔释印肃〕
腾云驾雾谒诸天〔释印肃〕

弄弦调轸按前徽〔叶　适〕
换骨脱胎归旧路〔侯善渊〕

① 向滈:宋代词人。他从小就会作诗,才气很高而生活困窘。岳父因为他贫穷而将他的妻子嫁与别人。他万般无奈之下,填了一首《卜算子》。妻子见了,极为感动,毅然归来,与他白头偕老。此事一时传为佳话。他有传世名句:人情甚似吴江冷,世路真如蜀道难。

曳履杖筇蹑后尘　〔曾　协〕

呼酒捻花谈旧事　〔杨万里〕
改头易面悟前身　〔尚用之〕

呼酒捻花谈旧事　〔杨万里〕
镂冰剪雪作新篇　〔杨万里〕

呼酒捻花谈旧事　〔杨万里〕
支炉煮瀑烹新茶　〔易顺鼎〕①

问舍求田话昔时　〔吴则礼〕
漱流眠石过今生　〔林尚仁〕

迎新送旧当今日　〔王陈常〕
揽风招月自何年　〔刘一止〕

迎新送旧当今日　〔王陈常〕
傍花随柳待他时　〔陈　著〕

翳凤骑麟思往事　〔杨冠卿〕
买花载酒忆当年　〔凌云翰〕

指背挟肩行乐事　〔林　逋〕②
解剑换酒浇愁肠　〔杨　基〕

煨芋拥炉谈妙道　〔李　洪〕
汲泉煮茗话真空　〔吴　山〕

煮石烹金炼太元　〔李　浩〕
簪笔垂绅奉至尊　〔杨　亿〕

笼鹤囊琴驾短篷　〔方　回〕
张帆打鼓下长川　〔曾　惇〕

作诗觅酒真豪士　〔姜特立〕
改头易面悟前身　〔尚用之〕

呼酒捻花谈旧事　〔杨万里〕
漱流枕石书新诗　〔李　廌〕

呼酒捻花谈旧事　〔杨万里〕
敲金戛玉歌新腔　〔沈　愚〕

呼酒捻花谈旧事　〔杨万里〕
问舍求田话昔时　〔吴则礼〕

迎新送旧当今日　〔王陈常〕
问舍求田话昔时　〔吴则礼〕

迎新送旧当今日　〔王陈常〕
落絮飞花是去年　〔杨万里〕

撑天拔地期何日　〔虚云法师〕
傍花随柳待他时　〔陈　著〕

经山涉水向何处　〔戴叔伦〕
浮家泛宅在他乡　〔程大昌〕

藏机隐密传玄理　〔马　钰〕
汲泉煮茗话真空　〔吴　山〕

煨芋拥炉谈妙道　〔李　洪〕
煮石烹金炼太元　〔李　浩〕

笼鹤囊琴驾短篷　〔方　回〕
收云拾雨借长风　〔冯时行〕

别子休妻为上士　〔王　喆〕
忘食贪魔作瘦人　〔薛　能〕

脱寒就暖真奇事　〔方　回〕

---

①　易顺鼎：清末人物，晚号哭庵。幼时，僧格林沁曾赞他为“奇儿也！”自称“生平二十余年内，初为神童，为才子，继为酒人，为游侠。”有名言曰：人生必备三副热泪，一哭天下大事不可为，二哭文章不遇知己，三哭从来沦落不遇佳人。此三副泪绝非小儿女惺忪作态可比，惟大英雄方能得其中至味。

②　林逋：北宋隐逸诗人，字君复，宋仁宗赐谥“和靖先生”。隐居西湖孤山，终生不仕不娶，惟喜植梅养鹤。自谓“以梅为妻，以鹤为子”，人称“梅妻鹤子”。名句“疏影横斜水清浅，暗香浮动月黄昏”被誉为“千古咏梅绝唱”。黄庭坚云：君复书法高胜绝人，予每见之，方病不药而愈，方饥不食而饱。

闭门读书非俗人 〔汪炎昶〕

超凡入圣浑闲事 〔宋太宗〕
吟风啸月是真常 〔陈　造〕

谈玄酌酒焚枯鱼 〔王叔承〕
撞钟击鼓烹肥牛 〔刘　基〕

牵云曳雨归兰房 〔沈　愚〕
问石寻泉到竹斋 〔曾　几〕

批风切月烹天地 〔葛长庚〕
乘云抱气蹑箕斗 〔顾大申〕

研珠屑玉劳精神 〔李宪暠〕
镂月裁云费刃芒 〔李　靓〕

纡青拖紫争跳浪 〔王　冕〕
佩金鸣玉斗光辉 〔褚　载〕

饮水饭蔬差可乐 〔仇　远〕
模宋规唐徒自苦 〔张问陶〕

把酒论诗差可喜 〔刘子翚〕
横戈击剑未足豪 〔陆　游〕

驾鹤骖鸾自有时 〔张大直〕
养气安心不计年 〔陆　游〕

临水登山自有期 〔尚　颜〕
浮河泛海不知年 〔朱敦儒〕

赋诗饮酒须行乐 〔张　镃〕
骑鲸捉月莫辞劳 〔释惟一〕

觅句寻章聊遣兴 〔陈枕云〕
课经礼佛且加餐 〔陈克毅〕

栽桃种杏须付我 〔范成大〕
揽月吟风不用人 〔毛　滂〕

求剑刻舟应笑汝 〔严　仁〕
入圣超凡只在人 〔尹志平〕

闭门读书非俗人 〔汪炎昶〕

鸣钟击鼓浑闲事 〔张道成〕
吟风啸月是真常 〔陈　造〕

挟弹弯弧架铁矛 〔杨公远〕
撞钟列鼎倾金珠 〔姜特立〕

喊雾嘶风游水火 〔王　喆〕
餐霞吸露分阴阳 〔谢　緰〕

把酒论文开心胸 〔白玉蟾〕
登山临水祛烦忧 〔元好问〕

追风逐月费攀跻 〔方　岳〕
研珠屑玉劳精神 〔李宪暠〕

寻梅问柳无消息 〔曹慎仪〕
浮家泛宅断知闻 〔孙　嵩〕

把酒论诗差可喜 〔刘子翚〕
登山临水不胜悲 〔朱　翌〕

濯缨洗耳更何处 〔文彦博〕
驾鹤骖鸾自有时 〔张大直〕

临水登山自有期 〔尚　颜〕
养气安心不计年 〔陆　游〕

驾鹤骖鸾自有时 〔张大直〕
浮河泛海不知年 〔朱敦儒〕

赋诗酾酒聊行乐 〔李曾伯〕
课经礼佛且加餐 〔陈克毅〕

还淳返朴非用智 〔宋太宗〕
忧国思君不为名 〔宋　庠〕

栽桃种杏须付我 〔范成大〕
定国安邦不用伊 〔鲍之芬〕

摘胜寻幽须携壶 〔邓　深〕
卖药沽酒要安心 〔许　大〕

锄云荷月尽堪娱　〔方　岳〕
访幽寻胜自忘劳　〔萧之敏〕

说妙谈玄俱是错　〔释嗣宗〕
执象泥文都属非　〔李道纯〕

著书学剑皆成空　〔王叔承〕
论文谈易两俱闲　〔孔武仲〕

镂月裁云都是幻　〔喻　蘅〕
迎来送往总成空　〔刘　基〕

以此易彼可勿媿　〔梅尧臣〕
将黄对白本非羞　〔李　壁〕

餐霞弄月固不恶　〔罗　点〕
将黄对白本非羞　〔李　壁〕

访道修行恨不早　〔晁说之〕
问舍求田苦未成　〔韩元吉〕

绮户雕楹长若此　〔温庭筠〕
淡妆浓抹总相宜　〔苏　轼〕

迎新送故只如此　〔宋　祁〕
淡妆浓抹总相宜　〔苏　轼〕

击球弹金无不为　〔梅尧臣〕
抛砖打瓦又何妨　〔释绍昙〕

建国立家真可怪　〔陈　普〕
拔山扛鼎不妨奇　〔陆　游〕

粉身碎骨应未报　〔释印肃〕
改头换面者还来　〔释印肃〕

揽古怀今情曷已　〔晁说之〕
思乡望国意难堪　〔郎士元〕

临水登山兴自奇　〔贯　休〕
阅书观画味尤深　〔梅尧臣〕

吟水咏山心未已　〔罗　邺〕

锄云荷月尽堪娱　〔方　岳〕
幕天席地正可乐　〔范成大〕

说妙谈玄俱是错　〔释嗣宗〕
著书学剑皆成空　〔王叔承〕

镂月裁云都是幻　〔喻　蘅〕
著书学剑皆成空　〔王叔承〕

难进易退我不如　〔苏　轼〕
似是而非谁得知　〔白居易〕

著新替旧亦不恶　〔黄庭坚〕
将黄对白本非羞　〔李　壁〕

餐霞弄月固不恶　〔罗　点〕
作赋吟诗空自好　〔黄　昇〕

说剑吹箫须趁早　〔吴昌绶〕
看山听水要行迟　〔陈舜俞〕

雨迎花送长如此　〔吴　融〕
淡妆浓抹总相宜　〔苏　轼〕

射利干名不肯休　〔李昴英〕
贪荣窃禄未能归　〔苏　颂〕

指东作西未足怪　〔莫　济〕
拔山扛鼎不妨奇　〔陆　游〕

建国立家真可怪　〔陈　普〕
生天成佛有何奇　〔夏承焘〕

茹蔬饭糗何足道　〔苏　辙〕
采薇收橘不堪论　〔谭用之〕

问柳寻花意已便　〔陆　游〕
感事怀人兴未阑　〔陆　游〕

论文谈道意方微　〔钱　时〕
阅书观画味尤深　〔梅尧臣〕

写画哦诗意自便　〔都　穆〕

论文谈道意方微〔钱　时〕

怀古感今吟不尽〔周文璞〕
凭高把酒思无穷〔宋　祁〕

玩古乐今人未识〔梅尧臣〕
弄月吟风自不知〔陈　普〕

幕天席地人难测〔圆禅师〕
弄月吟风自不知〔陈　普〕

辨杏猜桃君莫误〔王安中〕
问舍求田吾已决〔李　石〕

画月裁云三百编〔李若水〕
饮酒读书四十年〔杨继盛〕

裁云剪月三千首〔杨维桢〕
缀玉连珠六十年〔李　忱〕

餐霞炼石三千年〔陈　陶〕
种药栽花二十春〔张　嵲〕

凿井烧丹八百年〔苏　辙〕
送古迎今几万回〔欧阳澥〕

把酒临风千种恨〔魏夫人〕
换羽移宫万里愁〔吴伟业〕

焚香扫地双林下〔贺　铸〕
泛宅浮家一叶间〔赵　蕃〕

烹羔压酒称千寿〔李　刘〕
戛玉锵金播八音〔王之道〕

结屋栽花度四时〔高　翥〕
理竹疏泉过一生〔周文璞〕

把酒看花能几时〔王安石〕
惜玉怜香过一生〔文静玉〕②

看花酌酒情相宜〔王　绂〕

弄石洗泉人不喜〔梅尧臣〕
乐天知命我无忧〔谢枋得〕

玩古乐今人未识〔梅尧臣〕
感事伤怀谁得知〔施宜生〕①

幕天席地人难测〔圆禅师〕
覆雨翻云孰定评〔缪珠荪〕

读书作文四十载〔李流谦〕
画月裁云三百编〔李若水〕

画月裁云三百编〔李若水〕
缀玉连珠六十年〔李　忱〕

鸣钟击鼓四百年〔李　复〕
种药栽花二十春〔张　嵲〕

餐霞炼石三千年〔陈　陶〕
养拙藏愚四十春〔陈　曙〕

送古迎今几万回〔欧阳澥〕
牵情惹恨两三番〔刘庭信〕

临水登山一年恨〔陆　游〕
换羽移宫万里愁〔吴伟业〕

撑天拄地定八极〔钱谦益〕
槌鼓撞钟闻九州〔杨万里〕

烹羔压酒称千寿〔李　刘〕
抹月批风当八珍〔杨万里〕

把酒看花能几时〔王安石〕
斗鸡走犬过一生〔王安石〕

识面论心已半生〔陈　郁〕
恨绿愁红又一年〔黄　庚〕

---

① 施宜生:宋金时期翰林学士。《金史》载:宜生困于场屋,遇僧善风鉴,谓之曰:“子面有权骨,可公可卿。”“其后竟如僧言。”

② 文静玉:清代才女。本为高氏女,因慕明代女画家文淑为人,改姓文。

赏菊论诗酒一樽　〔田　锡〕
感物思人泪数行　〔苏　颂〕

论诗说剑俱第一　〔苏　轼〕
撑天拄地更无二　〔释印肃〕

避世逃名俱已矣　〔王　冕〕
泛湖浮海两如何　〔刘　基〕

持筹握算心悄然　〔沈世良〕
枕流漱石兴悠哉　〔王十朋〕

把笔题诗意惘然　〔赵　蕃〕
枕流漱石兴悠哉　〔王十朋〕

论诗说剑气旁魄　〔赵树吉〕
持身接物心和平　〔李　光〕

忧时抚事意慷慨　〔姚文田〕
持身接物心和平　〔李　光〕

迎风浴露精神爽　〔王同祖〕
射虎屠龙意气豪　〔王伯稠〕

斗鸡走狗轻薄儿　〔黄庭坚〕
耕云种月自由人　〔释正觉〕

担柴运米寻常事　〔祖　观〕
耕云种月自由人　〔释正觉〕

镌章琢句寻常事　〔曾国藩〕
耕云种月自由人　〔释正觉〕

谈狐说鬼寻常事　〔周作人〕
耕云种月自由人　〔释正觉〕

立身扬名我辈事　〔廖行之〕
怜新弃旧他人心　〔周子谅〕

投珠抵璧当代事　〔彭孙遹〕
弃实求花后世心　〔陆梦发〕

赏菊论诗酒一樽　〔田　锡〕
卧月眠云屋半间　〔赵必象〕

酌酒赋诗云乐只　〔程　珌〕
沉李浮瓜亦快哉　〔赵　蕃〕

持筹握算心悄然　〔沈世良〕
凭高望远思悠哉　〔白居易〕

登高临远意凄然　〔林季仲〕
枕流漱石兴悠哉　〔王十朋〕①

论诗说剑气旁魄　〔赵树吉〕
谋家议国虑深长　〔徐　钧〕

吟风笑月意自在　〔王　冕〕
持身接物心和平　〔李　光〕

安贫守道节尤坚　〔苏　轼〕
撑天拄地气何雄　〔陈　普〕

达理通真功德备　〔尹志平〕
归根复命性灵明　〔尹志平〕

骑马棹船游冶客　〔葛绍体〕
斗鸡走狗轻薄儿　〔黄庭坚〕

攀花折柳寻常事　《随园诗话》
耕云种月自由人　〔释正觉〕

识荆说项寻常事　〔梁启超〕
耕云种月自由人　〔释正觉〕

攀山越水寻常事　〔胡乔木〕
耕云种月自由人　〔释正觉〕

忧国爱君吾辈事　〔许月卿〕
怜新弃旧他人心　〔周子谅〕

好生恶杀上帝心　〔吴文溥〕
争新弃旧世人情　〔欧阳修〕

---

①　王十朋：南宋状元、政治家。他中了正榜第一（状元），李三锡中了副榜第一，时有戏正榜尾者，曰："举头虽不见王十，伸脚犹能踏李三。"《四库全书总目》云："十朋立朝刚直，为当代伟人。"

脱旧著新金谷客〔陈　杰〕
攀条弄蕊苎罗人〔吴　颐〕

入圣超凡由汝做〔吕　岩〕
摇金戛玉真天成〔敖陶孙〕

剪水染云天上手〔陈元晋〕
刻雪裁冰物外人〔贺　铸〕

公子王孙天上客〔徐　庸〕
青楼红粉洞中仙〔杨　备〕

雪谷冰崖枯槁士〔方　岳〕
禅版蒲团老病僧〔范成大〕

道骨仙风骑鲸客〔张　辑〕
锦衣玉貌过江人〔陈三立〕

百里敢烦天下手〔邓　肃〕
千劫难忘世外人〔戴　晟〕

自叹犹为折腰吏〔韦应物〕
不须更羡钓鱼翁〔胡　铨〕

钓鱼却忆披蓑客〔居　节〕
闻歌不见采莲人〔何希尧〕

钓鱼却忆披蓑客〔居　节〕
登台不见讲经人〔江汝式〕

登台我亦悲秋客〔赵由仪〕①
折花谁是送酒人〔苏　辙〕

凤台不遇吹箫伴〔张学象〕
牛溪休访续经人〔宋　祁〕

今朝又送还乡客〔左　偃〕
明年还约看花侣〔陈　凤〕

乌衣巷里批敕手〔杨万里〕

感月吟风多少事〔李清照〕
拂叶攀花无限思〔刘　敞〕

乘风破浪门前客〔游　酢〕
刻雪裁冰物外人〔贺　铸〕

玉带金鱼坐中客〔李俊明〕
螓首蛾眉天上人〔白玉蟾〕

嘉兴郭里逢寒食〔徐　凝〕
钱塘江上遇中秋〔魏了翁〕

红幡绿盖弄潮者〔释宝昙〕
锦衣玉貌过江人〔陈三立〕

云衣霞佩栖山客〔张继先〕
竹杖纶巾避俗翁〔安　磐〕

三千里外未归人〔苏　辙〕
二十年前不系身〔李　涉〕

无因得似灌园翁〔陆龟蒙〕
至今羞见钓鳌人〔贺德英〕

钓鱼却忆披蓑客〔居　节〕
吟诗那得似花人〔王　柏〕

钓鱼却忆披蓑客〔居　节〕
骑马便作看花人〔吴　询〕

挥毫不作惊人语〔陈　棣〕
用拙常存守道心〔夏龙五〕

沙鸥惯识无心客〔皎　然〕
琴声长伴读书人〔李群玉〕

衡山自有开云手〔陈　普〕
燕市应无共饮人〔陆龟蒙〕

乌衣巷里批敕手〔杨万里〕

① 赵由仪:清代人。五岁读书,一见了知,人称奇童。闭户十年,沈酣载籍,才思益壮,纵笑天下事,慷慨自喜。可惜只活了二十多岁。

黄陵祠下泊舟人 〔高 启〕
紫藤架底读书人 〔姚 鼐〕

若耶溪畔采莲女 〔李 白〕
钱塘郭里看潮人 〔徐 凝〕

若耶溪畔采莲女 〔李 白〕
钱塘江上弄潮儿 〔张景崧〕①

若耶溪畔采莲女 〔李 白〕
桃花源里捕鱼郎 〔黄庭坚〕

武陵洞里寻春客 〔李群玉〕
桃花源里捕鱼郎 〔黄庭坚〕

钱塘郭里看潮人 〔徐 凝〕
桃花源里捕鱼郎 〔黄庭坚〕

山阴溪中钓鱼者 〔虞 堪〕
钱塘郭里看潮人 〔徐 凝〕

峨眉亭上题诗客 〔阮旻锡〕
苎罗山下浣纱人 〔杨万里〕

天津桥上骑驴客 〔沈继祖〕
龙瑞宫中种玉人 〔秦 观〕

阆风苑里司花女 〔范成大〕
龙瑞宫中种玉人 〔秦 观〕

凤凰池上挥毫手 〔范成大〕
枇杷花下校书人 〔纳兰性德〕

石屏峰下孤吟客 〔张 榘〕
汨罗江上独醒人 〔释正觉〕

石头城边旧游客 〔梅尧臣〕
武陵源中深隐人 〔梅尧臣〕

扬子江头欸乃歌 〔吴锡畴〕
平山堂上快哉风 〔晁补之〕

崇霞台上神仙客 〔韩定辞〕
昭阳殿里歌舞人 〔白居易〕

蓬莱宫中花鸟使 〔苏 轼〕
昭阳殿里歌舞人 〔白居易〕

香炉峰下烟霞客 〔晁说之〕
蓬莱山上神仙翁 〔白玉蟾〕

香炉峰下烟霞客 〔晁说之〕
吴松江头田舍翁 〔叶 茵〕

富春江上神仙侣 〔易君左〕
长安城里太平人 〔张 说〕

岘山亭畔红妆女 〔李 昉〕
金明池上绿衣儿 〔陈 普〕

芙蓉幕底风流宾 〔宋 讷〕
金玉堂中寂寞人 〔黄庭坚〕

虎溪桥上龙潭寺 〔齐 己〕
芙蓉巷里木犀门 〔杨万里〕

琥珀盏中云母钟 〔黄彦辉〕
芙蓉巷里木犀门 〔杨万里〕

白鹊楼前翠作堆 〔苏 轼〕
青琼板上绿为文 〔皮日休〕

青铜镜里朱阑侧 〔韩元吉〕
黄花丛畔绿尊前 〔白居易〕

凤凰山头驻青盖 〔潘 纯〕
芙蓉城中开紫府 〔张天英〕

咸阳市中叹黄犬 〔李 白〕
并州城头望白云 〔邵懿辰〕

---

① 张景崧：清代诗人。论诗以鲜新明丽为主，谓与其为假王、孟，不如为浅温、李，以王、孟可伪为，温、李不易伪为。

碧油幢下捧新诗〔白居易〕
青琐门前开素书〔韩　翃〕

黄公垆畔新醅绿〔王稚登〕
白崖山下古松青〔陶　弼〕①

红板桥头秋光暮〔柳　永〕
黄鸟声中春意深〔释文珦〕

黄芦冈上秋风起〔成　书〕
翠盖亭边春色归〔张　栻〕

碧纱窗外莺声嫩〔陈允平〕
黄叶声中秋夜长〔杨万里〕

香炉峰顶行人绝〔苏　泂〕
汉阳津上游女多〔黄庭坚〕

岳阳楼头暮角绝〔刘禹锡〕
桐庐江上晚潮生〔李　郢〕

石帆山下朝炊动〔陶望龄〕②
桐庐江上晚潮生〔李　郢〕

桐庐江上晚潮生〔李　郢〕
台儿庄外夕阳悬〔郁达夫〕

石帆山下朝炊动〔陶望龄〕
台儿庄外夕阳悬〔郁达夫〕

姑苏台上春光发〔张时甫〕
洞庭湖中秋气生〔黄大受〕

姑苏台上春风和〔孙　蕡〕
洞庭湖中秋气生〔黄大受〕

洛阳城里春光好〔韦　庄〕
太华峰头秋气新〔陆　游〕

浔阳江上秋风过〔仲春龙〕
太液池头春水生〔李东阳〕

馆娃宫中露华冷〔苏　平〕
湘娥竹上泪痕浓〔辛弃疾〕

梅花树下春风静〔释永颐〕
桃叶渡头秋雨繁〔王士祯〕

莲花池畔暑风凉〔顾　瑛〕
桃叶渡头秋雨繁〔王士祯〕

鹧鸪声里霜天晚〔陆　游〕
琵琶亭畔荻花秋〔元　稹〕

卧龙山前秋雨晴〔陆　游〕
临汝城中春雪消〔张　耒〕

合江亭前秋水清〔吴师道〕
建章宫里春风寒〔陆　游〕

涌金门外看春色〔姚　宽〕
浣花溪边濯锦裳〔马　偁〕

凝碧池头奏管弦〔王　维〕
沉香亭北倚阑干〔李　白〕

护花铃下打流莺〔袁宏道〕
吹香亭上送飞鸿〔乐雷发〕

鬼门关外逢人日〔陆　游〕
楚妃祠下听吴歌〔杨　基〕

---

① 陶弼：宋代诗人。倜傥知兵，能为诗，有“左诗书，右孙吴”之誉。《宋史》云：陶弼，字商翁，永州人。少俶傥，放宕吴中。行山间，有双鲤戏溪水上，伫观之。傍一老父顾曰：“此龙也，行且斗，君宜亟去。”去百步许，雷大震而雨，岸圮木拔。又出大云，仓卒遇风暴怒，二十七艘同时溺，独弼舟得济，人以是异之。能为诗，好士乐施，所得俸禄，悉以与人，家至贫不恤也。既死，妻在乡里，僦屋以居。

② 陶望龄：明代文学家。少有文名，五岁时，有人出“中举中进士”试其才，应声对曰“希贤希圣人”。二十几岁，便乡试第二，会试第一，殿试第三。一生清真恬淡，以治学为乐，把研究学问当作歇息，并以“歇庵”名其居室，人称歇庵先生。据云母董氏梦鹤唳于庭而生，终以母丧哀毁卒，年四十八。

天台路上寻牛迹　〔释云岫〕
武昌山下问骡踪　〔阮　阅〕

苎萝山前已秋色　〔王　铚〕
洛阳城里又春风　〔陆　游〕

凤凰楼上吹急管　〔王　宏〕
琵琶亭下动闲愁　〔祖无择〕

珊瑚枕上惊残梦　〔丘　氏〕
琵琶亭下动闲愁　〔祖无择〕

燕子堂前多旧土　〔宋　濂〕
虾蟆陵下总新人　〔邓汉仪〕

贺兰山前无缙绅　〔陈舜俞〕
长安城中足豪贤　〔戴　良〕

长安城中足豪贤　〔戴　良〕
洛阳陌上少交亲　〔白居易〕

名利场中车马尘　〔吴　芾〕
枇杷花下鹿麋踪　〔居　节〕

若耶溪头朝暮雪　〔陆　游〕
姑苏城外短长桥　〔倪　瓒〕

大梁城里王居士　〔赵　蕃〕
长安市上李将军　〔杨万里〕

桂花香里人敲句　〔黄　庚〕
杜鹃声底客思家　〔徐清叟〕

望夷宫中鹿为马　〔王安石〕
爱山堂前花作丛　〔喻良能〕

曲江院里题名处　〔张　籍〕
太液池边看月时　〔卢多逊〕

琵琶亭上维舟处　〔苏　洞〕
樱桃花下送君时　〔元　稹〕

双莲亭上送行客　〔释重显〕
百花香里听啼鹃　〔邹登龙〕

天台路上寻牛迹　〔释云岫〕
乳窦峰前捋虎须　〔释重显〕

武林门外正春华　〔柳应芳〕
桐庐江上又秋风　〔陆　游〕

芙蓉苑里起清秋　〔赵　嘏〕
琵琶亭下动闲愁　〔祖无择〕

木棉庵里催归魄　〔潘　喆〕
石楼峰下寄吟身　〔乐雷发〕

江渎祠前有流水　〔田　况〕
洛阳道上无行人　〔冯　著〕

钱塘门外有园林　〔范成大〕
贺兰山前无缙绅　〔陈舜俞〕

许昌门外驱霆雳　〔项安世〕
洪洞山前震鼙鼓　〔徐　贲〕

麒麟阁上丹青笔　〔唐　寅〕
名利场中车马尘　〔吴　芾〕

玉芝观里王居士　〔白居易〕
宝盖山前蔡道人　〔王之道〕

燕然山头堪勒石　〔黄　哲〕
桃花源里可耕田　〔毛泽东〕

少室山前风过耳　〔释道颜〕
华子岭头云荡胸　〔李弥逊〕

曲江院里题名处　〔张　籍〕
上阳宫里断肠时　〔汪元量〕

洛阳桥上闻鹃处　〔张　昱〕
太液池边看月时　〔卢多逊〕

双莲亭上送行客　〔释重显〕
九龙帐底贮归郎　〔范　汭〕

七言诗里寄深情　〔刘禹锡〕
万岁楼头望故乡　〔孟浩然〕

百花香里莺声好〔佚　名〕
万年枝上雪花残〔韩　翃〕

锁江亭上一樽酒〔黄庭坚〕
合皂峰头半朵云〔杨万里〕

芭蕉叶上三更雨〔释绍嵩〕
桂子香中十里秋〔刘师复〕

黄鹤楼前一首诗〔释崇岳〕
紫微阁上四厨书〔魏了翁〕

麒麟阁上春还早〔李　白〕
芙蓉幕里客归迟〔乐雷发〕

安州老人心似铁〔苏　轼〕
匡山先生发如丝〔刘　崧〕

金华道人少而壮〔释道璨〕
杜陵布衣老且愚〔苏　轼〕

紫微丈人椽作笔〔张　耒〕
青羊道士竹为家〔陆　游〕

青溪道士餐白石〔屠　隆〕
紫阳宫女捧丹砂〔张　继〕

碧眼仙人散绀发〔恽　格〕
白襦女儿系青裙〔陆　游〕

白须道士持檀笏〔白玉蟾〕
黄发真人戴玉冠〔张　治〕

白头宫女谈天宝〔柳亚子〕
青袍朝士识贞元〔邵亨贞〕

白头道士骑一鹤〔高　启〕
绿发将军领百蛮〔黄庭坚〕

白头老翁仰天叹〔张　耒〕
绿发仙人对花饮〔杨　基〕

梁园老人爱奇雅〔贝　翱〕

五岳丈人拥芝兰〔梁诗正〕
九重天子垂衣裳〔宋祖昱〕

梧桐叶上三更雨〔苏　轼〕
桂子香中十里秋〔刘师复〕

白云堂下一炉香〔黄公度〕
紫微阁上四厨书〔魏了翁〕

洞庭湖外千峰碧〔释智愚〕
罗浮山下四时春〔苏　轼〕

蒺藜沙上花开早〔仇　远〕
芙蓉幕里客归迟〔乐雷发〕

莲峰道士高且洁〔吕　岩〕
玉局仙人喜又悲〔张　埴〕

黄冠道士老而癯〔吴谨微〕
白发山翁病且贫〔钱　时〕

黄衣圣人坐紫宸〔罗　玘〕
青袍朝士走红尘〔吴　泳〕

青溪道士餐白石〔屠　隆〕
碧落真人著紫衣〔李　涉〕

白发丈人持竹竿〔黄庭坚〕
黄须客子居水滨〔黄庭坚〕

绿袍进士倚长剑〔刘　溥〕
白发将军看宝刀〔丁裔沆〕

白旗天子出东海〔佚　名〕
青骢御史上南秦〔元　稹〕

绿发将军领百蛮〔黄庭坚〕
青鬓仙人列九卿〔许　毂〕

汉阳归客悲秋草〔岑　参〕
吴兴才人怨春风〔李　贺〕

孔门弟子皆贤哲〔石　贯〕

茂陵帝子好神仙　〔王　泽〕
汉朝人物尽英奇　〔刘子翚〕

汉朝人物尽英奇　〔刘子翚〕
晋代衣冠空薜萝　〔李　莲〕

武陵太守无仙骨　〔王　弼〕
会稽夫子有古心　〔钟孝国〕

玄都道士桃千树　〔谢应芳〕
杜陵先生诗万纸　〔赵彦端〕

北方学者曹博士　〔王　奕〕
西溪先生刘夫子　〔杨万里〕

南州佳人号秀英　〔曹彦约〕
西岳高僧名贯休　〔欧阳炯〕

南宫先生无乃是　〔陈傅良〕
北湖居士安得此　〔陈傅良〕

云华夫人王母女　〔阎伯敏〕
敬轩居士子胥孙　〔杨万里〕

蓬山学士文章伯　〔姜特立〕
江州司马廊庙人　〔陈　造〕

匡庐先生古君子　〔苏　轼〕
汉阳太守旧王孙　〔屠　隆〕③

蓬壶仙子补天手　〔陈师道〕
洛阳少年济时才　〔李鼐平〕

汉宫蛾眉易生妒　〔屠　隆〕
梁园词客难成赋　〔黎民表〕

时人不识余心乐　〔程　颐〕
老夫聊发少年狂　〔苏　轼〕

牢山道士无仙骨　〔罗　隐〕
会稽夫子有古心　〔钟孝国〕

窈窕佳人褰绣幕　〔邵楚苌〕
聘婷仙子曳霓裳　〔崔　澹〕

东坡先生万卷腹　〔方　回〕
西方金仙千岁身　〔张　耒〕

南国佳人字玉儿　〔徐　铉〕
西岳高僧名贯休　〔欧阳炯〕①

东皇太乙方行令　〔刘克庄〕
南方小儿才读书　〔梅尧臣〕

南国佳人鬓欲丝　〔黄清老〕
西斋居士心已灰　〔李弥逊〕

芒砀真人赤龙子　〔方　岳〕
姑苏太守青娥女　〔殷尧藩〕②

砚溪居士神仙侣　〔丁鹤年〕
江州司马廊庙人　〔陈　造〕

洛阳才子姑苏客　〔王　维〕
豫章太守吴郡郎　〔王安石〕

峨眉道士风骨峻　〔陆龟蒙〕
庐陵相公名位高　〔项安世〕

岩下病僧犹坐禅　〔施肩吾〕
天上仙人亦读书　〔蔡松年〕

荷枯菊老秋芳歇　〔赵必象〕
日澹风和春意来　〔司马光〕

---

①　欧阳炯：五代十国时期“花间派”作家。他的词，艳而质，质而愈艳，行间句里，却有清气往来。

②　殷尧藩：唐代诗人。性简静，美风姿，工诗文，好山水。尝曰：“一日不见山水，便觉胸次尘土堆积，急须以酒浇之。”

③　屠隆：明代文学家。《明史》说他“诗文率不经意，一挥数纸。尝戏命两人对案拈二题，各赋百韵，咄嗟之间二章并就。又与人对弈，口诵诗文，命人书之，书不逮诵也。”

燕去莺来昏又晓　〔李弥逊〕
水流云飞朝复夕　〔黄顺之〕

燕语莺啼春又夏　〔文天祥〕
暮去朝来雨复云　〔韩元吉〕

暑往寒来速又徐　〔严敦常〕
花落水流纵复横　〔高　启〕

年去岁来离又合　〔乔大壮〕
花落水流纵复横　〔高　启〕

酒醒月落愁无那　〔林季仲〕
水阔烟深恨有余　〔王　赞〕

古往今来愁得尽　〔朱继芳〕
地老天荒恨莫穷　〔聂守真〕

水远山长愁不极　〔董希吕〕
地老天荒恨莫穷　〔聂守真〕

云飞雨散梦初破　〔田　锡〕
人静山幽天正凉　〔裘万顷〕

暑往寒来人渐老　〔佚　名〕
风飘雨洒水自流　〔李　益〕

古往今来人自老　〔白玉蟾〕
鸟啼花落水空流　〔刘　商〕

鹤煮琴焚事已赊　〔吴　琪〕
地老天荒恨未平　〔元好问〕

燕去莺来昏又晓　〔李弥逊〕
望圆晦缺秋复春　〔刘清叟〕

暑往寒来朝复暮　〔释行瑛〕
木落花开秋又春　〔清　江〕

年去岁来离又合　〔乔大壮〕
花落水流纵复横　〔高　启〕

酒醒月落愁无那　〔林季仲〕
水去云回恨不胜　〔李商隐〕

江寒木落悲无那　〔林季仲〕
水阔烟深恨有余　〔王　赞〕

星移物换愁无限　〔曾　瑞〕①
地老天荒恨莫穷　〔聂守真〕

云飞雨散梦初破　〔田　锡〕
斗转星稀夜欲阑　〔刘应时〕

燕乳鸠鸣春又老　〔喻良能〕
风飘雨洒水自流　〔李　益〕

暑往寒来人渐老　〔佚　名〕
鸟啼花落水空流　〔刘　商〕

昼短夜长公莫恨　〔虞　俦〕
天宽地大我何忧　〔章　甫〕

地老天荒情不变　〔张令仪〕
海枯石烂心难死　〔李鸿章〕②

---

①　曾瑞:元代散曲作家。本为北方人,因喜江浙人才风物而移家南方。神采卓异,衣冠整肃,优游于市井,洒然如神仙中人。由于志不屈物,终身不仕。钟嗣成《录鬼簿》说他“临终之日,诣门吊者以千数。”

②　李鸿章:晚清洋务运动主要领导人之一,安徽合肥人,世称李合肥。因行二,人称“李二先生”。民间有这样两副讥讽他的妙联:“杨三已死无苏丑,李二先生是汉奸。”另一联为“宰相合肥天下瘦,司农常熟世间荒。”相传日本首相伊藤博文嘲笑李鸿章时,二人联对了这么一副妙联:“内无相,外无将,不得已玉帛相将;天难度,地难量,这才是帝王度量。”关于此联,一说为左宗棠嘲讽李鸿章屡屡同外国签订卖国条约时,二人的联对。另有李东阳对外国使者联语:“朝无相,边无将,玉帛相将;天难度,地难量,乾坤度量。”李鸿章晚年手书了这么一联:享清福不在为官,只要囊有钱,仓有粟,腹有诗书,便是山中宰相;祈寿年无须服药,但愿身无病,心无忧,门无债主,可为地上神仙。

春来秋去谁曾省 〔邢　昉〕
荼苦荠甘我自知 〔家铉翁〕

地生天作谁能识 〔王义山〕
春去秋来自不知 〔武元衡〕

身闲酒美谁来劝 〔苏　轼〕
水复山重客到稀 〔陆　游〕

酒罢歌阑人散后 〔周邦彦〕
月明风静露凉时 〔王采蘋〕

庭空客散人归后 〔李　煜〕
月明风静露凉时 〔王采蘋〕

烟收雾敛曲彻后 〔文　同〕
月明风定酒醒时 〔林季仲〕

烟收雾敛曲彻后 〔文　同〕
斗转参横夜半时 〔葛　宜〕

月落乌啼人散后 〔杨　亿〕
酒醒更阑梦断时 〔李子正〕

天开地辟今古中 〔王正己〕
物换星移俯仰间 〔徐天佑〕

天荒地老顷刻事 〔周　济〕
物换星移俯仰间 〔徐天佑〕

天荒地老顷刻事 〔周　济〕
海枯石烂古今情 〔张　翥〕

风清月落无人见 〔方蒙仲〕
莺愁蝶恨有谁怜 〔黄　庚〕

水流花发少人知 〔朱　浩〕
莺愁蝶恨有谁怜 〔黄　庚〕

天崩地裂谁能管 〔释绍昙〕
春去秋来自不知 〔武元衡〕①

春去秋来人共见 〔李运使〕
天翻地覆谁得知 〔刘　商〕

位卑道屈志未就 〔强　至〕
草长苗稀计已疏 〔程嘉燧〕

烟收雾敛曲彻后 〔文　同〕
月明风静露凉时 〔王采蘋〕

庭空客散人归后 〔李　煜〕
月明风定酒醒时 〔林季仲〕

烟收雾敛曲彻后 〔文　同〕
香销风静月明时 〔顾太清〕

月落乌啼人散后 〔杨　亿〕
斗转参横夜半时 〔葛　宜〕

月落乌啼人散后 〔杨　亿〕
露凉风细雨晴时 〔乐雷发〕

龙归凤去须臾事 〔徐　灿〕
物换星移俯仰间 〔徐天佑〕

天荒地老顷刻事 〔周　济〕
古往今来暂时间 〔侯善渊〕

冰严雪冷无人会 〔释师范〕②
月淡风微只自知 〔葛天民〕

天荒地老无人识 〔李　贺〕
莺愁蝶恨有谁怜 〔黄　庚〕

北去南来几朝暮 〔杨　慎〕
花开叶落十秋春 〔方　回〕

---

① 武元衡:唐代宰相,武则天曾侄孙。早朝时,被平卢节度使李师道遣刺客刺杀。据传被刺前夜,他写了一首《夏夜作》,似乎成了"诗谶":夜久喧暂息,池台惟月明。无因驻清景,日出事还生。当年他在延英殿应对完毕,唐德宗目送之,曰:"是真宰相器!"

② 释师范:宋代诗僧,俗姓雍。临终偈:来时空索索,去也赤条条。更要问端的,天台有石桥。

物换星移几番春〔王文治〕
水瘦山空一样秋〔释正觉〕

日往月来三千春〔赵汝鐩〕
虎战龙争二十秋〔滕　毅〕

日往月来三千春〔赵汝鐩〕
事去人亡六百秋〔李　蓑〕

云分雨散十五年〔独孤及〕
事去人亡六百秋〔李　蓑〕

日往月来三千春〔赵汝鐩〕
云分雨散十五年〔独孤及〕

日往月来三千春〔赵汝鐩〕
电转星流四百年〔查慎行〕

死别生离三十载〔顾　清〕
电转星流四百年〔查慎行〕

山高水阔三千里〔钱　氏〕
云分雨散十五年〔独孤及〕

山高水阔三千里〔钱　氏〕
雨散云飞二十年〔释绍嵩〕

山高水阔三千里〔钱　氏〕
梦断香消四十年〔陆　游〕

山高水阔三千里〔钱　氏〕
义断情忘四十年〔释智愚〕

山高水阔三千里〔钱　氏〕
古往今来几百年〔释咸杰〕

鸟尽弓藏千古事〔王稚登〕
笔妙诗清万世功〔陈师道〕

玉走金飞两曜忙〔吕洞宾〕
雨顺风调四海宁〔朱有燉〕

东宾西饯几时休〔张继先〕
北来南去一生还〔江以达〕

南去北来何处是〔胡　寅〕
东宾西饯几时休〔张继先〕

东送西迎终几考〔李　洞〕
南舣北驾怨三生〔龚自珍〕

燕去鸿来今几度〔汪元量〕
李白桃红又一番〔方　岳〕

日往月来凡几秋〔白居易〕
柳暗花浓又一春〔司马光〕

蝶去莺飞无处问〔赵令畤〕
兰败荷枯不可寻〔罗　隐〕

龙争虎斗且莫论〔刘　溥〕
象生犀死何足言〔白居易〕

凫短鹤长无用较〔马　熙〕
象生犀死何足言〔白居易〕

凫短鹤长无用较〔马　熙〕
山重水阔不可量〔张　祜〕

凫短鹤长无用较〔马　熙〕
萧敷艾荣何足订〔程　珌〕

凫短鹤长无用较〔马　熙〕
云翻雨覆不须论〔李流谦〕

运去时来何足数〔吴泰来〕①
云翻雨覆不须论〔李流谦〕

河清海宴不难睹〔郑　嵎〕
山高水深未易量〔释宝昙〕

珠沉玉碎不须伤〔柳亚子〕
莺残花落却堪愁〔白居易〕

① 吴泰来：清代武状元、藏书家。家有遂初园，藏书数万卷，寝馈凡十余年。

地坼天分非所恤〔韩　愈〕
莺残花落却堪愁〔白居易〕

昔往今来亦何速〔李师中〕
电掣雷奔已是迟〔释鼎需〕

日往月来不见长〔释如珙〕
虎踞龙盘那得久〔屈大均〕

地转天回难辨别〔释智愚〕
清圣浊贤莫区分〔李　新〕

雾起云腾也奇怪〔释重显〕
海阔天遥非等闲〔释重显〕

雾起云腾也奇怪〔释重显〕
海阔山遥岂等闲〔释智愚〕

雾起云腾也奇怪〔释重显〕
地转天回岂等闲〔释咸杰〕

石走雷轰鬼神怖〔林　宪〕
风悲雨凄天地愁〔黄　载〕

云散水流天地静〔释慧晖〕
海运鹏抟日月忙〔释智愚〕

河清海晏乾坤净〔吕　岩〕
地久天长日月明〔袁　甫〕

春去秋来年岁疾〔刘　商〕
海阔天长音信稀〔宋之问〕

春去秋来年岁疾〔刘　商〕
水远山长信息稀〔苏　正〕

物换星移人事改〔丘处机〕
云散风流岁月迁〔欧阳修〕

天荒地老陵谷变〔李兆洛〕
云散风流岁月迁〔欧阳修〕

天荒地老陵谷变〔李兆洛〕
物换星移人事改〔丘处机〕

柳衰荷败芙蓉死〔黄　庚〕
天摧地裂龙凤殂〔文天祥〕

头轻目朗肌骨健〔韩　愈〕
耳热酒酣意气豪〔陈　毅〕

耳聋口哑眼睛瞎〔释如珙〕
筋酸骨楚头目眩〔曾　巩〕

人杰地灵风物美〔谢应芳〕
虎踞龙盘气象雄〔章　甫〕

秋高气爽人意佳〔吴　芾〕
天寒岁暮客愁深〔朱　熹〕

秋高气爽人意佳〔吴　芾〕
天寒酒薄客情浓〔王　铚〕

霜清木落山容净〔赵　汸〕
秋高气爽人意佳〔吴　芾〕

东来西去人情薄〔李商隐〕
山长水远客愁新〔黎廷瑞〕

参横月落庭乌啼〔张玉榖〕
天寒酒醒客心孤〔黄　庚〕

梅香月皎禅心净〔斌宗法师〕
海枯石烂诗魂哀〔梁启超〕

天荒地老松风悲〔方　岳〕
水澄月满道人愁〔释子淳〕

莺啼燕语晓风恬〔魏时敏〕
山高月小暮钟清〔魏新河〕

莺来蝶去芳心乱〔欧阳修〕
露冷霜乾玉骨寒〔释绍嵩〕

山高水深异人至〔李　雯〕

酒阑人散斗西倾〔吕渭老〕

花落寒轻倦客归〔杜　牧〕
星移物换水东流〔马　臻〕

花尽酒阑春到也〔苏　轼〕
南去北来人老矣〔王庭筠〕

今来古往无终极〔许有壬〕
天开地辟郁鸿濛〔诸　锦〕①

花开柳坼伤魂魄〔柳　永〕
乐往哀来摧肺肝〔曹　丕〕

朝来暮去冒风雪〔洪饴孙〕
云飞水宿过炎凉〔曹　纬〕

春去秋来同好丑〔涂逢震〕
世衰俗薄异炎凉〔郭　印〕

地墨天昏作风雨〔郑清之〕
花开叶落成春秋〔汪　莘〕

南来北去无时节〔宋太宗〕
东奔西走废光阴〔杨公远〕

南来北去断消息〔宋太宗〕
东奔西走废光阴〔杨公远〕

东涂西抹供游戏〔梁玉绳〕
北去南来任羽翰〔罗　隐〕

霞舒云卷逞娇媚〔熊　瑞〕
珠联璧叠争炜煌〔韩　维〕

霞舒云卷逞娇媚〔熊　瑞〕
珠联璧合增辉煌〔锺大源〕

云舒霞卷竞芳秾〔王　柏〕
桃夭李粲逞娉婷〔钱钟书〕

山移海转有变化〔蔡　襄〕
秋来春去无消息〔周　蕃〕

天覆地载如洪炉〔司马光〕
今来古往似长河〔熊　鉴〕

鹤怨猿惊嗟往事〔鲁千之〕
水流花落叹浮生〔温庭筠〕

北伐西征尽圣谟〔陆　游〕
文争武战就神功〔杜　牧〕

后乐先忧怀往哲〔吴　楷〕
刀耕火种效昔贤〔八指头陀〕

山长水远知何处〔晏　殊〕
地阔天宽著那边〔释智愚〕

山环水抱露茅屋〔陆继辂〕
龙盘虎踞拥金台〔张德兴〕

风颠雨急关侬事〔杨万里〕
春来秋去泄天机〔释道行〕

气清色正品尤高〔史　铸〕
雪压霜欺意更奇〔卫　泾〕

花发鸟啼皆有思〔王安石〕
月流云散两无情〔石孝友〕

花发鸟啼皆有思〔王安石〕
天荒地老终无情〔戴复古〕

古往今来唯有恨〔沈明臣〕
天荒地老终无情〔戴复古〕

花开叶落真成梦〔刘　基〕
鹤唳猿吟总是诗〔陆文圭〕

地久天长终有尽〔赵令畤〕
风流云散了无余〔秦　观〕

① 诸锦:清代学者。少孤,奉母教,辛苦诵读。家贫,无买书资,闻吴下某书贾爱客,诣之。留数日,主人曰:“观君举止,欲读竟此架上书耶!”锦笑而颔之。

雪凝霜降不肯春　〔李曾伯〕
风紧云轻欲变秋　〔杜　牧〕

岁暮天寒聊饮酒　〔张　耒〕
日高人渴漫思茶　〔苏　轼〕

蝶拍莺歌大道场　〔释印肃〕
竹深树老小禅关　〔李流谦〕

天荒地老人间世　〔陈　岩〕
春来秋去客中情　〔许　衡〕

黄絁制袍白布袴　〔刘克庄〕
青精作饭紫莼羹　〔沈明臣〕

黄金为墙白银壁　〔释宝昙〕
青精作饭紫莼羹　〔沈明臣〕

紫霞高冠白云履　〔沈明臣〕
青萝小屋绿莎墙　〔居　节〕

芙蓉池馆梧桐井　〔葛长庚〕
荷花世界柳丝乡　〔杨万里〕

宋齐霜雪梁陈月　〔文静玉〕
韩柳文章李杜诗　〔王禹偁〕

南楼酒伴东山侣　〔王稚登〕
西轩泉石北窗风　〔白居易〕

汉代威仪周礼乐　〔释必万〕
秦时风物晋山川　〔郁达夫〕

海棠姿态梅风格　〔宗　粲〕
山鸡形状鹤精神　〔魏　野〕

颜状惨淡气抑塞　〔程嘉燧〕
生涯牢落鬓萧疏　〔罗　隐〕

胸襟磊落笔锋利　〔方士鼐〕

风清月白偏宜夜　〔欧阳修〕
天荒地老方可人　〔方　岳〕

蚁斗蜗争求予决　〔刘克庄〕
河清海宴待君还　〔段巘生〕

蝶拍莺歌大道场　〔释印肃〕
花藏竹掩小柴门　〔文　昭〕

地老天荒梦里身　〔赵熊诏〕
春来秋去客中情　〔许　衡〕①

黄金为佩白玉琐　〔王　奕〕
青精作饭紫莼羹　〔沈明臣〕

苍松为幄碧草荐　〔沈　周〕
青精作饭紫莼羹　〔沈明臣〕

鱼龙渊薮风月窟　〔蒋　堂〕
荷花世界柳丝乡　〔杨万里〕

芙蓉池馆梧桐井　〔葛长庚〕
真珠楼阁水精乡　〔杨万里〕

山东宰相关西将　〔施宜生〕
太湖渔父虎丘僧　〔石　沆〕

楚江风浪吴烟雨　〔王　逢〕
秦时日月汉山河　〔柴　望〕

太平文物风流事　〔邵　雍〕
清远湖山佳丽人　〔仲　并〕

洞庭山脚太湖心　〔白居易〕
阖闾城外越江头　〔黄　滔〕

颜状惨淡气抑塞　〔程嘉燧〕
形容憔悴心烦冤　〔刘　溥〕

胸襟磊落笔锋利　〔方士鼐〕

---

①　许衡：元代政治家、天文学家。幼有异质，七岁入学，授章句，问其师曰："读书何为？"师曰："取科第耳！"曰："如斯而已乎？"师大奇之。病逝后，四方学士闻讣，皆聚哭。有数千里来祭哭墓下者。

精神英发气和平 〔曾　协〕
行为偏僻性乖张 《红楼梦》

酒兴崔嵬诗潦草 〔方　岳〕
愁心宛转病支离 〔赵录缜〕

香雾空蒙烟缥渺 〔马　熙〕
玉容寂寞泪阑干 〔白居易〕

长短驿亭南北路 〔刘　过〕
远近山光上下天 〔阮　阅〕

南箕簸扬北斗乱 〔孙元衡〕
东荣震裂西梠倾 〔李慈铭〕①

精神矍铄筋骨强 〔陈文蔚〕
耳目明利志气充 〔司马光〕

心魂澄澈耳目醒 〔宋　球〕
精神矍铄筋骨强 〔陈文蔚〕

文章汪洋道义富 〔文　同〕
头角峥嵘意气雄 〔陈　著〕

文章汪洋道义富 〔文　同〕
精神秀发气宇新 〔叶巽斋〕

花事阑珊人意倦 〔马叙伦〕
乡心迢递宦情微 〔许　浑〕

花径逶迤柳巷深 〔李商隐〕
松窗潇洒竹房虚 〔杨　亿〕

梧桐萧瑟江枫秋 〔王　恭〕
海棠风韵玉梅春 〔刘　过〕

山川虽异风景同 〔晁公溯〕
城郭如故人民非 〔阳　枋〕

碧峰依旧松筠老 〔李　绅〕
青山如故客情非 《随园诗话》

美人寂寞花凌乱 〔李士桢〕
韶华荏苒梦凄凉 〔沈宜修〕

香雾空蒙烟缥渺 〔马　熙〕
落花狼藉酒阑珊 〔李　煜〕

奇崛文章冰雪抱 〔沈廷芳〕
富贵标格神仙风 〔杨　基〕

形容瘦薄诗情苦 〔白居易〕
精神凋耗鬓毛衰 〔刘　过〕

精神矍铄筋骨强 〔陈文蔚〕
耳目康宁手足轻 〔陆　游〕

精神矍铄筋骨强 〔陈文蔚〕
头角峥嵘意气雄 〔陈　著〕

文章汪洋道义富 〔文　同〕
议论从横感慨深 〔戴复古〕

客况凄凉宦情薄 〔仇　远〕
病骨支离纱帽宽 〔陆　游〕

貂裘破弊霜风冷 〔陆　游〕
竹屋萧条草树荒 〔邓　深〕

冰壶清浅酒杯深 〔葛绍体〕
秋光冷淡客情浓 〔于　石〕

城郭已非人事改 〔苏　辙〕
山川虽异风景同 〔晁公溯〕

城郭依稀人物改 〔刘克庄〕
沧桑变易陵谷迁 〔沈昌宇〕

辛夷花发春醅热 〔陈　襄〕
梧桐叶落秋风老 〔殷尧藩〕

---

① 李慈铭:晚清官员、文史学家。有闲章曰“道光庚戌茂才,咸丰庚申明经,同治庚午举人,光绪庚辰进士。”甲午战争中国战败,闻讯忧惧,咯血而卒。

芙蓉庄新梅里古〔查　礼〕
琅琊山青让泉白〔王　洋〕

发似秋霜身槁枝〔刘克庄〕
心如止水形枯柯〔韩　维〕

君为隶虎我篆龙〔刘玉璋〕
尔作楚舞吾齐讴〔陆　游〕

我更搜诗君酿酒〔戴表元〕
尧自牵牛舜着鞭〔曾　丰〕

五铢衣覆九霞裙〔施远恩〕
百幅帆张万里风〔崔致远〕

半生立志学铅汞〔白玉蟾〕
一经教子守田园〔仇　远〕

一炉柴火三杯酒〔宋自逊〕
半榻山云千卷书〔王　问〕

数竿修竹半池荷〔杨公远〕
三间破屋一床书〔杨长孺〕

三间破屋两株松〔杨万里〕
一壶浊酒百家诗〔黄　滔〕

数竿修竹三间屋〔梁　栋〕
一壶浊酒百家诗〔黄　滔〕

数竿修竹三间屋〔梁　栋〕
一枝秃笔半床书〔王茂森〕

两行老泪千年恨〔陈　杰〕
百岁顽身万古心〔陈与义〕

十杯清酒千般意〔老　舍〕
一枝瘦杖万里心〔艾性夫〕

茱萸半紫菊花黄〔戴复古〕
吟髭全白醉颜红〔方　回〕

依为州民君刺史〔杨万里〕
尔作楚舞吾齐讴〔陆　游〕

朝服驼裘暮挥扇〔曹亨伯〕
昼读兵书夜枕戈〔李开先〕①

儿能鼓柁女荡楫〔杨　基〕
妻解吟诗子读书〔陈云章〕②

半区茅屋裹疏篱〔郑刚中〕
一树梅花掩旧居〔刘克庄〕

半幅蒲帆两枝桨〔崇　祐〕
万卷经书一叶舟〔严　维〕

数竿修竹半池荷〔杨公远〕
一曲清琴满架书〔韩　维〕

三间破屋两株松〔杨万里〕
数竿修竹半池荷〔杨公远〕

万树琪花千圃药〔曹　唐〕
一壶浊酒百家诗〔黄　滔〕

数竿修竹三间屋〔梁　栋〕
四壁清风一榻尘〔刘克庄〕

万卷仙经三尺琴〔吕　岩〕
一枝秃笔半床书〔王茂森〕

两行老泪千年恨〔陈　杰〕
一枝瘦杖万里心〔艾性夫〕

十杯清酒千般意〔老　舍〕
一片闲云万里心〔李　远〕

---

①　李开先：明代文学家。一生有三好：一好戏曲，二好藏书，三好交友。另外，他还是一位象棋高手，终其一生没有遇到过对手。

②　陈云章：清代官员。性喜聚书，以年老乞休，囊无余财，仅聚书五万卷，携归故里。妻李仲筠少时读书，过目成诵，有隽才，能诗。

千树桃花万年药〔元　稹〕
一庭春意半窗梅〔陈文蔚〕

百年休问几时好〔释义了〕
万事无堪两鬓华〔章　康〕

幽怀万种愁千斛《随园诗话》
修竹半窗云一床〔方　岳〕

疏篁百本松千尺〔林　逋〕
破屋三间书五车〔高　翥〕

清诗万首酒百斛〔严我斯〕
破屋三间书五车〔高　翥〕

鲈鱼千头酒百斛〔李　贺〕
荷花十里桂三秋〔谢　驿〕

桥边陌上无人识〔姚　合〕
雪中梅下与谁期〔李商隐〕

灯前炉畔深杯暖〔张　耒〕
松间石上定僧寒〔陆龟蒙〕

人间天上知何处〔罗运崃〕
花前竹外是谁家〔黄庭坚〕

天下文章极萧瑟〔陈舜俞〕
人间岁月自峥嵘〔朱晞颜〕

笔下文章焕星斗〔王　庭〕
象外风光照古今〔释如本〕

门前流水无冬夏〔王　午〕
身外浮名有是非〔冯惟健〕

门前车马空来去〔李曾伯〕
人间聚散妄悲欢〔耶律楚材〕

人间富贵难徵兆〔陆　珊〕
尘中日月易因循〔连文凤〕

人间多少乘除事〔周文璞〕

一片乡心千里目〔高叔嗣〕
四壁蛩声半夜灯〔王　璲〕

肥牛百头酒万石〔司马光〕
修竹半窗云一床〔方　岳〕

修竹半窗云一床〔方　岳〕
破屋三间书五车〔高　翥〕

浊酒数杯菜一盆〔陈　著〕
破屋三间书五车〔高　翥〕

矮屋数椽灯一点〔卢德仪〕
清诗万首酒百斛〔严我斯〕

江南塞北两般明〔陈宗远〕
天上人间一样香〔王　柏〕

花间叶下情无极〔唐顺之〕
海角天涯信不通〔释道颜〕

人间天上都是梦〔无何有翁〕
山中城里总非家〔陈与义〕

天下文章极萧瑟〔陈舜俞〕
眼前风物总悲凉〔向子諲〕

笔下文章焕星斗〔王　庭〕
庭前莺燕乱丝簧〔邓　肃〕

物外烟霞为伴侣〔吕　岩〕
人间声价是文章〔刘禹锡〕

门前流水无冬夏〔王　午〕
天际浮云任去留〔储　巏〕

门前车马任纵横〔苏　轼〕
胸中天地自玲珑〔陈　著〕

户外曾来长者车〔李弥逊〕
胸中无复少年狂〔晁公溯〕

世间多少乘除事〔洞庭老人〕

眼前无限往来舟　〔李昂英〕

世间多少荒唐事　〔陆文圭〕
眼前无限往来舟　〔李昂英〕

月下时斟消夜酒　〔丘处机〕
篱边犹忆隔年花　《柳如是别传》

眼边好景真须惜　〔陆　游〕
身外空名何足问　〔皎　然〕

人间聚散真难料　〔张　籍〕
世上悲欢岂易知　〔陆　游〕

人间笑口自难开　〔范成大〕
头上尘冠岂易弹　〔韩元吉〕

人间笑口信难开　〔罗与之〕
身后悬金未易求　〔刘克庄〕

眼前风物无堪恋　〔钱钟书〕
世间宠辱何足惊　〔张　宪〕

天下有情成眷属　〔顾保瑢〕
世间何物是文章　〔宋　湘〕

腹中有字不疗饥　〔王义山〕
世间无事可关心　〔项安世〕

腹中有字不疗饥　〔王义山〕
人间何处可埋愁　〔宁调元〕

人间岁月如流水　〔岑　参〕
客里光阴似过帆　〔孙廷铎〕

洞里神仙炼紫霞　〔陈允平〕
门外松萝锁翠阴　〔陈允平〕

渡头溪水系渔船　《随园诗话》
江上秋风动客情　〔叶绍翁〕

世间明月向人好　〔王　洋〕
门外东风将我愁　〔俞国宝〕

眼前无限往来舟　〔李昂英〕

世上元无倚天手　〔鲜于枢〕
山中向有读书人　〔虞　俦〕

椟中美玉不须沽　〔苏　辙〕
身外空名何足问　〔皎　然〕

眼边好景真须惜　〔陆　游〕
身外虚名莫妄求　〔宋　祁〕

人间快意真难待　〔陈　杰〕
头上尘冠岂易弹　〔韩元吉〕

人间笑口信难开　〔罗与之〕
头上尘冠岂易弹　〔韩元吉〕

物外志趣本不俗　〔白玉蟾〕
笔下文章信有神　〔邓　柞〕

天下有情成眷属　〔顾保瑢〕
世间无事不虚空　〔顾　况〕

腹中有字不疗饥　〔王义山〕
眼前无物可关心　〔范成大〕

腹中有字不疗饥　〔王义山〕
世间何物可浇愁　〔刘克庄〕

海外尘氛犹未息　〔李鸿章〕
梦中忧患尚如山　〔陆　游〕

户外杨柳系紫骝　〔梅尧臣〕
客里光阴叹白驹　〔连文凤〕

门里苔痕四时绿　〔赵崇嶓〕
城外秋荷一半黄　〔韩元吉〕

眼前俗子败人意　〔陆　游〕
窗外梅花恼客眠　〔王稚登〕

天涯莫道无同调　《随园诗话》
世间那复有知音　〔华　岳〕

石上精魂能阅世〔李　复〕
地下枯骨不沽名〔李　复〕

灯下新朋兼旧侣〔卢鸿基〕
笔端玉箸更银钩〔葛立方〕

江上孤峰石为骨〔苏　辙〕
山头锦鸡金作冠〔李东阳〕

较量锱铢判殿最〔曾国藩〕
变易是非移爱憎〔薛　蕙〕

牵惹巫云随峡雨〔张　璨〕
排比新声接旧欢〔汤显祖〕

安排饭碗与茶瓶〔华　岳〕
相将凤管和鸾笙〔张　泰〕

骖驾朱凤骑紫麟〔朱高煦〕
洗拭金杯拂玉徽〔白居易〕

佳人那得兼才子〔钱谦益〕
后生谁及见前修〔项安世〕

红颜憔悴垂白发〔张　羽〕
紫烟氤氲生绿波〔范端臣〕

春红转眼成秋绿〔周　密〕
英雄回首即神仙〔黄春伯〕

榆荚只能随柳絮〔韩　愈〕
黄冠不合附青云〔杨万里〕

牡丹偏自占春风〔权德舆〕
桃花那解傲秋霜〔项安世〕

骚客颠诗亦狂酒〔范成大〕
少年击剑更吹箫〔龚自珍〕

世事翻来还覆去〔吴　潜〕
山中玉兔化金鸦〔白玉蟾〕
江头秋色换春风〔杨　慎〕

林下诗人呵冻指〔莫　将〕
柳外宫莺啭晓寒〔陈允平〕

较量锱铢判殿最〔曾国藩〕
耗散精神损筋骨〔张继先〕

留连诗豪狎酒圣〔程嘉燧〕
号令龟使驱羊工〔乔崇烈〕

游戏长歌复短行〔戴表元〕
周旋渔弟与樵兄〔汪仲鈖〕

燕婉春朝复秋夕〔郑　琰〕
相将凤管和鸾笙〔张　泰〕

醉持玉盏吞金饼〔白玉蟾〕
倒骑白兔凌青天〔张实居〕

春烟蘸淡如秋景〔陈　璧〕
旧诗零落似前生〔赵　蕃〕

黄精有力扫白发〔王鸣盛〕①
绿杨无处认青楼〔华　岳〕

红莲犹得爱青山〔喻良能〕
锦葵原自恋金蜂〔仓央嘉措〕

桑田须臾变沧海〔何景明〕
臭腐倏忽成神奇〔林公庆〕

芙蓉只解添秋思〔陈　亮〕
牡丹偏自占春风〔权德舆〕

春物撩人又破禅〔陆　游〕
山花照坞复烧溪〔钱　起〕

蜡烛有心还惜别〔杜　牧〕

---

① 王鸣盛:清代学者。幼奇慧,四五岁日识数百字,县令以神童目之。四十一岁以老母去世,从此休官不做,读书、著述三十余年。

忧怀易得复难忘　〔宋　祁〕

造物无心还有意　〔陆　游〕
世情看假尽成真　〔姬　翼〕

山意有情留倦客　〔李弥逊〕
马蹄无处避香风　〔程公许〕

山意有情留倦客　〔李弥逊〕
柳丝无力系征帆　〔沈宜修〕①

金石有情悲过客　〔钱孟钿〕②
乾坤无地著孤臣　〔陆文圭〕

春光恰似秋容淡　〔汪　本〕
山色不如人意浓　〔龚　诩〕

年发已从书剑老　〔李　益〕
文章犹入管弦新　〔张　鼎〕

白云不放红尘入　〔叶　茵〕
大道宁容小智窥　〔袁　甫〕

高情偶与幽赏会　〔李流谦〕
清风长共好诗留　〔冯　介〕

流光不为浮生住　〔曹子念〕
新花还似旧时开　〔李　复〕

秦女吹箫蹑彩霞　〔仇　远〕
吴娃捧酒横秋波　〔张　碧〕

秋风又到洛阳城　〔陆　游〕
梦魂犹在玉门关　〔唐彦谦〕

莺花无主亦销魂　〔聂守真〕

天子金声兼玉振　〔刘克庄〕
主人草圣复诗仙　〔姚　合〕

山意有情留倦客　〔李弥逊〕
柳丝无力绊归舟　〔王　镃〕

山意有情留倦客　〔李弥逊〕
柳丝无力绾离情　〔赵我佩〕

此身无计老渔樵　〔苏　轼〕
浮生何处问穷通　〔翁　洮〕

心情已逐秋容减　〔圆　能〕
山色不随春态老　〔吴龙翰〕

天机皆由胸襟出　〔赵汝鐩〕
眼界原从阅历增　〔庄有恭〕③

武功可救文治穷　〔锡　缜〕
龙韬能致虎符分　〔熊孺登〕

流光不为浮生住　〔曹子念〕
清风长共好诗留　〔冯　介〕

情怀不似前时好　〔张　炎〕
山色犹如昔日新　〔耶律楚材〕

赵女临窗调宝瑟　〔申涵光〕
吴娃捧酒横秋波　〔张　碧〕

功名尽在长安道　〔陈草庵〕
将军空老玉门关　〔张可久〕

---

①　沈宜修：明代才女。丈夫为文学家叶绍袁，几个儿女均有文采，可谓一门风雅。女叶小鸾尤奇慧，“三四岁，口授《万首唐人绝句》及《花间》《草堂》诸词，皆朗然成诵，终卷不遗一字。”

②　钱孟钿：清代才女，九岁封臂疗父疾。有《浣青诗草》等。

③　庄有恭：清代状元、协办大学士。生而颖异，十三岁通五经。二十七岁钦点状元。幼时曾与镇粤将军对句：“旧画一堂，龙不吟，虎不啸，花不闻香鸟不叫，见此小子，可笑可笑。残棋半局，车无轮，马无鞍，炮无烟火卒无粮，喝声将军，提防提防！”说到此联，不得不提到王维与妻子裴氏联对的故事。相传裴氏与王维的联句分别是：中堂上一幅古画，龙不吟，虎不啸，花不芬芳，猿不跳，笑煞蓬头刘海。凉亭下半局残棋，马无主，车无轮，卒无兵器，炮无声，闷攻束手将军。

文章已得真消息〔刘　过〕
诗词引出假声名〔马　钰〕

天女原非世间色〔黄庭坚〕
山公不是俗中人〔崔　湜〕②

杜鹃啼破梢头月〔释慧远〕
春风吹尽枝上绵〔徐　照〕

杜鹃叫落花梢月〔黄　庚〕
春风吹老人间心〔梁　栋〕

佳句偶从闲里得〔吴　芾〕
乐事须向尊前求〔郑　獬〕

白云劝尽杯中物〔高　适〕
碧鸡啼落天上星〔刘　基〕

神仙只向人间觅〔张　炎〕
道理初从纸上求〔陈　藻〕

海棠自是花中杰〔袁　燮〕
牡丹尤为天下奇〔欧阳修〕

男儿意气自奇突〔王　昊〕
神仙风骨本巍峨〔李商叟〕

男儿意气自奇突〔王　昊〕
书生事业最非常〔端木国瑚〕

猿鹤定能知我意〔曹　勋〕
风雨何曾管客愁〔杨万里〕

东鸡叫出西江月〔佚　名〕
南风吹送北河舟〔李东阳〕

前岁钱塘江上看〔张　野〕
昨日祝融峰下见〔孙　偓〕①

秋风吹老茂陵树〔于　石〕
杜鹃啼断洛阳桥〔陈　著〕

杜鹃啼破梢头月〔释慧远〕
春风吹老人间心〔梁　栋〕

宝筝频送花前酒〔翁元龙〕
扁舟长寄梦中身〔王安石〕

美酒不妨车后载〔刘学箕〕
乐事须向尊前求〔郑　獬〕

青眼难于世上开〔陆九渊〕
黄花偏耐苦中看〔黄宗羲〕

富贵何如草头露〔杜　甫〕
琴书徒立世间名〔胡　骈〕

男儿事业须自奇〔贯　休〕
少年岁月莫轻抛〔刘克庄〕

男儿意气自奇突〔王　昊〕
美人才调信纵横〔龚自珍〕

蓬山绝景无人到〔郑　獬〕
海棠妙处有谁知〔刘克庄〕

东流不作西归水〔李　白〕
南来应笑北行人〔李　玮〕

暗香浮动黄昏月〔赵　鼎〕
老龙吟断碧天云〔施肩吾〕

---

① 孙偓:唐代状元、大臣。关于他中状元一事,《唐摭言》云:孙偓“尝梦积木数百,偓践履往复。既而请一李处士圆之,处士曰:‘贺喜郎君,来年必是状元,何者已居众材之上也。’”后来,孙偓果然以状元登第。他有句名言:士苟有行,不必以己长形彼短,己清彰彼浊。

② 崔湜:唐代宰相,被唐玄宗流放赐死。《旧唐书》载:(崔湜)行至荆州,梦于讲堂照镜,曰:“镜者明象,吾当为人主所明也。”以告占梦人张由,对曰:“讲堂者,受法之所;镜者,于文为‘立见金’,此非吉征。”其日追使至,缢于驿中,时年四十三。

吴宫花草黯春色〔张百熙〕①
汉家陵阙动秋风〔萨都剌〕

身世支离似败衣〔姚　燧〕
人生幻化若浮云〔惟　则〕

风涛汹涌千堆雪〔笃世南〕
云海苍茫万里春〔范端臣〕

客梦不堪千里远〔陈允平〕
酒肠犹喜十分宽〔高　翥〕

丈夫要活三百岁〔李　石〕
男儿须读五车书〔杜　甫〕

岭树重遮千里目〔柳宗元〕
轻舟已过万重山〔李　白〕

此情可待成追忆〔李商隐〕
他日当期数往还〔赵　蕃〕

佳期应未误行云〔贺　铸〕
美人胡为隔秋水〔杜　甫〕

好鸟鸣春尚有情〔张问陶〕
孤云出岫本无心〔于　谦〕②

青山满眼留侬住〔韩元吉〕
明月何时照我还〔王安石〕

孤臣老抱忧时意〔陆　游〕
美人偏有惜花心〔徐　贲〕

何处佳人惜团扇〔夏　竦〕③
谁家红袖凭江楼〔杜　牧〕

居士身心如槁木〔苏　轼〕
别驾生涯似蠹鱼〔陆　游〕

人生随处堪为乐〔牟　融〕
寸心从此莫言愁《随园诗话》

红绡已结千秋恨〔孙云鹤〕
罗衾不耐五更寒〔李　煜〕

牡丹枉用三春力〔司空图〕
蝴蝶休萦万里心〔徐介轩〕

男儿要作千年调〔李思衍〕
人生须读五车书〔丁　复〕

远树不遮千里目〔田均晋〕
轻舟已过万重山〔李　白〕

老僧心地闲于水〔赵　嘏〕
野人蓬户冷如霜〔陆　游〕

高云出岫虽无意〔宋　庠〕
好鸟鸣春尚有情〔张问陶〕

细雨作寒知有意〔苏　轼〕
闲花落地听无声〔李嘉祐〕

清光是处留人住〔张　元〕
明月何时照我还〔王安石〕

老夫亦动秋风兴〔陆　游〕
何人不起故园情〔李　白〕

谁家玉笛暗飞声〔李　白〕
何处佳人独倚林〔林季仲〕

---

① 张百熙:清末大臣、教育家。曾上疏严劾李鸿章“阳为战备,阴实主和。”

② 于谦:明代重臣,与岳飞、张苍水并称“西湖三雄”。生七岁,有僧奇之曰:“他日救时宰相也。”幼时,母亲把他的头发梳成双髻。有个叫兰古春的僧人见了,开玩笑说:“牛头且喜生龙角。”于谦一听,当即反唇相讥:“狗嘴何曾吐象牙。”那位僧人听了,深为惊异。

③ 夏竦:北宋宰相,古文字学家、文学家。二十岁出头,翰林侍读学士杨徽之预言他“真宰相器也!”他在黄州做官时,曾预言正在病中的属下庞籍将会作“贫宰相”。后来,庞籍果然官至宰相。庞籍晚年作诗记述这件事说:“田园贫宰相,图史富书生。”西夏军师张元作诗嘲讽他说:“夏竦何曾耸？韩琦未足奇。”

旧事难从遗老问 〔姚文田〕
高情不与俗人知 〔方　干〕

旧事难从遗老问 〔姚文田〕
此心惟有古人知 〔邹　輗〕

旧事难从遗老问 〔姚文田〕
此心当与古人期 〔于　石〕

旧事难从遗老问 〔姚文田〕
此心期与故人同 〔罗　伦〕①

此意有谁能会得 〔吴　芾〕
旧事无人可共论 〔韩　愈〕

此意有谁能会得 〔吴　芾〕
旧话无人可共论 〔刘克庄〕

家住绿水青山畔 《楹联丛话》
人在丹霄紫府中 〔崔　鶠〕

家住绿水青山畔 《楹联丛话》
人在光风霁月中 〔钱　时〕

路入青松翠霭间 〔李师中〕
人在光风霁月中 〔钱　时〕

路入青松翠霭间 〔李师中〕
人在丹霄紫府中 〔崔　鶠〕

路入青松翠霭间 〔李师中〕
人在琼楼玉宇中 〔王　冕〕

路入青松翠霭间 〔李师中〕
人在瑶池阆苑中 《琵琶记》

人在丹丘玄圃外 〔白玉蟾〕
路入青松翠霭间 〔李师中〕

人在丹丘玄圃外 〔白玉蟾〕
路入青松白石间 〔丁　谓〕②

酒醒还是他乡客 〔王　建〕
诗来深得故人心 〔陈　造〕

诗成似得江山助 〔唐仲友〕
梦回始觉死生分 〔赵　蕃〕

雨自无情风有恨 〔韩元吉〕
日还西出月东归 〔张伯端〕

人自因言能悟理 〔刘志渊〕
云本无心岂解停 〔钱　壁〕

美人即是真英雄 〔朱　鼒〕
男儿须为大丈夫 〔陈　著〕

谁为天下奇男子 〔吴保初〕
我是人间大丈夫 〔张舜民〕

我欲乘风谒帝君 〔黄　登〕
谁令骑马客京华 〔陆　游〕

我欲乘风游玉宇 〔白玉蟾〕
谁令骑马客京华 〔陆　游〕

我欲乘风干造化 〔黄人杰〕
谁令骑马客京华 〔陆　游〕

我欲乘风谒阊阖 〔刘　基〕
谁令骑马客京华 〔陆　游〕

---

① 罗伦：明代状元、理学家。蒋一葵《尧山堂外纪》云：成化乙酉，罗伦赴春闱，道经苏州，为文谒范文正公祠。是夕宿舟中，梦文正遗诗曰："赐带横腰重，宫花压帽斜。劝君少饮酒，不久卧烟霞。"明年状元及第，不久谢政，归隐而卒。

② 丁谓：北宋奸相，"五鬼"之一。善谈笑，尤喜为诗，至于图画、博弈、音律，无不洞晓。文字累数千百言，一览辄诵。初通判饶州，遇异人曰："君貌类李赞皇（唐代宰相李德裕）。"既而曰："赞皇不及也。"后罢相，贬崖州。

身骑白凤绕琼林　〔杨万里〕
手调朱弦弹玉筝　〔张　璨〕

手把醍醐坐白莲　〔王叔承〕
身骑凤凰吹紫箫　〔王叔承〕

身骑苍龙被赤舄　〔徐祯卿〕
手展黄庭卧白苹　〔李　石〕

口诵黄庭调绿绮　〔李　石〕
手披白蟫玩青编　〔杨　时〕

口诵黄庭调绿绮　〔李　石〕
手掷青山归白云　〔彭孙遹〕

口诵黄庭调绿绮　〔李　石〕
身骑白鹤游青天　〔施肩吾〕

手持绿酒酹苍苔　〔陆　游〕
身骑白鹤游青天　〔施肩吾〕

黄菊杯摇赤羽幢　〔王叔承〕
青罗带绕碧玉簪　〔杨万里〕

白云儿就青山父　〔释正觉〕
红蜻蛉伴绿螳螂　〔乐雷发〕

黄金钱照红玉豆　〔杨万里〕
青琅玕映碧玻璨　〔赵　蕃〕

青琅玕栖紫凤凰　〔方　回〕
碧鹦鹉对红蔷薇　〔李商隐〕

昆仑山迎蓬莱廓　〔马　钰〕
灞陵原接杏花村　〔宋　白〕

蔷薇露滴胭脂水　〔瞿　佑〕
珍珠帘卷水晶軿　〔韩　晓〕

修行便要寻捷径　〔王　喆〕
论功还欲请长缨　〔祖　咏〕

回头那顾名和利　〔赵显宏〕

手持银管跨紫凤　〔管　棆〕
身骑金虎佩苍鸾　〔张　治〕

身披绿麻戴青蒻　〔白玉蟾〕
手展黄庭卧白苹　〔李　石〕

身骑苍龙被赤舄　〔徐祯卿〕
手披白蟫玩青编　〔杨　时〕

口诵黄庭调绿绮　〔李　石〕
手掣紫电开青萍　〔杨承鲲〕

口诵黄庭调绿绮　〔李　石〕
手弄白日旋青天　〔龚易图〕

手援紫蕌坐碧草　〔贾　至〕
身骑白鹤游青天　〔施肩吾〕

眼看白璧埋黄壤　〔黄庭坚〕
手持绿酒酹苍苔　〔陆　游〕

黄菊杯摇赤羽幢　〔王叔承〕
红梅花插白纶巾　〔仇　远〕

青琅玕映碧玻璨　〔赵　蕃〕
红蜻蛉伴绿螳螂　〔乐雷发〕

黄金钱照红玉豆　〔杨万里〕
玄熊掌映紫驼蹄　〔陆　游〕

碧玉碗盛红玛瑙　〔苏　轼〕
黄金栏护紫袈裟　〔朱继芳〕

郁金裳浥蔷薇露　〔方　岳〕
水精帘动桂花风　〔练子宁〕

擎天正要中流柱　〔柴　望〕
消寒须用美人兵　《随园诗话》

把酒不须评往事　〔月鲁不花〕
论功还欲请长缨　〔祖　咏〕

挥毫当得江山助　〔陆　游〕

论功莫计酒与茶〔顾　清〕

读书未把壮心降〔马廷鸾〕
修行还悟宿根深〔尹志平〕

无情世事催人老〔邵亨贞〕
有意沙鸥伴我眠〔宋高宗〕

使我顶天并立地〔马　钰〕
与君异梦却同床〔钱钟书〕

放眼每愁天地窄〔陈展云〕
登高始觉太虚宽〔李建勋〕

得归才见乾坤阔〔许有壬〕
凭高始觉天地宽〔范祖禹〕

百年珠玉慨沉埋〔吴　宽〕
半生踪迹叹蹉跎〔沈　愚〕

百年心事归平淡〔龚自珍〕
半生踪迹任浮沉〔牟　融〕

百年心事归平淡〔龚自珍〕
半生情味剩思量〔于鉴之〕

百年心事归平淡〔龚自珍〕
一生缘分属清幽〔李　新〕

百年心事归平淡〔龚自珍〕
一生踪迹任浮沉〔释文珦〕

百年心事归平淡〔龚自珍〕
一生筋力尽驰驱《随园诗话》

一代文章继周鲁〔陈　棣〕
两卷风骚泣鬼神〔王　柏〕

四书功用弥天地〔吴势卿〕
九州豪杰争侯王〔张　耒〕

千年豪杰供指使〔叶　适〕
九流人物待陶甄〔薛　逢〕

动笔自有风月随〔陈　著〕

把酒莫辞今夕醉〔戴复古〕
似君须向古人求〔苏　轼〕

有意送春还惜别〔汪　斌〕
无心佩紫兼怀黄〔葛立方〕

尽任改头兼换面〔张继先〕
从教似我与非吾〔周必大〕

得归才见乾坤阔〔许有壬〕
登高始觉太虚宽〔李建勋〕

半生书剑各飘零〔虞　堪〕
百年心事两蹉跎〔邵　宝〕

百年心事归平淡〔龚自珍〕
半生踪迹叹蹉跎〔沈　愚〕

百年心事归平淡〔龚自珍〕
半生胸次著嵯峨〔陈　宓〕

百年心事归平淡〔龚自珍〕
一生名籍占风流〔文　同〕

百年心事归平淡〔龚自珍〕
一生踪迹任飘零〔徐集孙〕

百年心事归平淡〔龚自珍〕
一瞬枯荣任变更〔葛起耕〕

一代文章继周鲁〔陈　棣〕
两朝人物叹贤豪〔王安石〕

半生辛苦就名誉〔喻良能〕
一家温饱待文章〔李　新〕

千年成败俱尘土〔文天祥〕
一瞬枯荣任变更〔葛起耕〕

千年豪杰供指使〔叶　适〕
一窗风月恣推敲〔胡仲弓〕

千里音书慰离索 〔范成大〕
十年江海寄浮沉 〔苏　轼〕

千载废兴直梦幻 〔周　振〕
百年光影是文章 〔潘　谘〕

万卷诗书归腹簏 〔黄夷简〕
三生文字系精魂 《随园诗话》

万里山河归掌握 〔钱　易〕①
三生文字系精魂 《随园诗话》

五载离情空缱绻 〔张玉珍〕
十年归计费踟躇 〔沈祖棻〕

半世行藏都是错 〔顾祖禹〕
一生事业总成空 〔袁崇焕〕

一生怀抱无人见 〔李　新〕
十分心事有谁知 〔袁去华〕

百年心事无人会 〔储　泳〕
一生襟抱向谁开 〔杜　甫〕

百年心事无人识 〔王　遂〕
一生襟抱向谁开 〔杜　甫〕

百年心事无人识 〔王　遂〕
一生怀抱有谁知 〔无　则〕

百年心事无人识 〔王　遂〕
一生襟抱向谁论 〔王　令〕

百年心事无人识 〔王　遂〕
一生襟抱与山开 〔陈与义〕

百年心事无人识 〔王　遂〕
一生怀抱对谁伸 〔刘克庄〕

百年心事无人识 〔王　遂〕
平生甘苦应自知 〔周天麟〕

一生心事无人识 〔贡性之〕
百年怀抱向谁论 〔姚孝锡〕

一生心事无人识 〔贡性之〕
百年怀抱向谁倾 〔张以宁〕

一生肝胆向人尽 〔顾　况〕
百年怀抱对君开 〔徐子苓〕

平生心绪无人识 〔高　蟾〕
满怀情话向谁倾 〔陆　游〕

平生心绪无人识 〔高　蟾〕
百年怀抱向谁开 〔胡思敬〕

半夜秋声惊客梦 〔杜柬之〕
千里春色伤人心 〔刘长卿〕

半夜秋声惊客梦 〔杜柬之〕
十分春色属谁家 〔释迈贤〕

一溪春水送行舟 〔宋丰之〕
十分诗思满归船 〔史弥宁〕

一帘小雨怯春寒 〔杨皇后〕
半床明月老秋风 〔方　岳〕

一片归心随去棹 〔翁承赞〕
十年流水共行云 〔元好问〕

两袖清风倚曲栏 〔黄复之〕
一尊白酒寄离愁 〔元好问〕

四时花鸟护幽居 〔苏　洞〕
一轩风月作闲人 〔吴　芾〕

---

① 钱易:宋代翰林学士。十七岁举进士,殿试时,三道题不到半天答完,被斥为“轻俊”。不仅殿试通不过,连进士资格亦被免去。后来复举进士,自觉可得第一,但主考官不公,将他列为第二。钱易不平,上书朝廷,对本朝科举多有讥讽。结果宋真宗阅后不快,又将他降为第三名。《宋史》云:易才学赡敏过人,数千百言,援笔立就。

四时花鸟护幽居 〔苏　洞〕
一川风月伴瑶琴 〔陈　普〕

十里红莲照歌舞 〔丘　宻〕
几处朱楼试管弦 〔赵孟坚〕

千古高情寄白杨 〔朱曰藩〕
一年好景负黄花 〔廖行之〕

万里归情寄鸿鹄 〔李　祁〕
半生旧事付云烟 〔张縉英〕

三千宫女列金屋 〔李　贺〕
百万仙兵护帝车 〔王　镃〕

三千玉女拥瑶台 〔胡仲弓〕
百万仙兵护帝车 〔王　镃〕

一片归心似乱云 〔文天祥〕
万斛愁肠如秋江 〔白玉蟾〕

一尊春酒甘若饴 〔韩　愈〕
半规新月滑如酥 〔白玉蟾〕

几度桃花春浪暖 〔释了惠〕
十里松风秋月明 〔利　登〕

千杯绿酒何辞醉 〔李　白〕
一茎白发已堪嗟 〔杨　基〕

劝君更尽一杯酒 〔王　维〕
与我同消万古愁 〔郑刚中〕

劝君更尽一杯酒 〔王　维〕
只此能消万古情 〔曹　寅〕

唤醒心下十年梦 〔陈　著〕
洗尽胸中万斛愁 〔钱端礼〕

一川霞锦供行客 〔汪元量〕
万顷烟波属钓翁 〔曾　几〕

十年踪迹走红尘 〔陈　抟〕①
半生场屋弄朱衣 〔王之道〕

一片幽心卧紫霞 〔白玉蟾〕
千古高情寄白杨 〔朱曰藩〕

千载长天起大云 〔毛泽东〕
几回明月弄清风 〔释印肃〕

三千上士满皇州 〔黄　颇〕
百万仙兵护帝车 〔王　镃〕

一局残棋悲往事 〔江汝式〕
满目寒云忆故人 〔莫友芝〕

一片断云天外飞 〔释梵琮〕
数声新雁枕边来 〔陆　游〕

一朝谢病游江海 〔李　白〕
几时煮酒论英雄 〔柳亚子〕

千年议论经几手 〔黄畴若〕
万里流离只一身 〔洪　皓〕

百年未必长于梦 〔王　铚〕
寸心争忍不成灰 〔胡　曾〕

劝君更尽一杯酒 〔王　维〕
与汝同浇万古愁 〔葛起耕〕

举目便怀千古恨 〔陈元鉴〕
问君能有几多愁 〔李　煜〕

画取天涯一片秋 〔陆　游〕
阅尽人间万劫尘 〔陈　岩〕

---

①　陈抟：五代宋初道教学者、养生家，传统神秘文化中富有传奇色彩的人物，世称“陈抟老祖”。《宋史》云：陈抟“始四五岁，戏涡水岸侧，有青衣媪乳之，自是聪悟日益。及长，读经史百家之言，一见成诵，悉无遗忘，颇以诗名。”他能自知死期，结果真的“如期而卒，经七日支体犹温。有五色云蔽塞洞口，弥月不散。”

长作人间三月雨〔舒　坦〕
为洗胸中万斛愁〔王　阮〕

送我扁舟六十里〔苏　辙〕
负尔清风七百年〔贺　铸〕

俯仰人间七百年〔孔武仲〕
弹压胸中十万兵〔陆　游〕

俯仰人间七百年〔孔武仲〕
辜负胸中十万兵〔梁启超〕

枉读平生三万卷〔辛弃疾〕
空负才名四十年〔杨　时〕

虽然寂寞千秋魄〔罗　隐〕
可怜憔悴百年身〔于　谦〕

尽欲读书三万卷〔陈傅良〕
何当酿酒二千斛〔许伯旅〕

高吟大醉三千首〔郑　谷〕
笑舞狂歌五十年〔唐　寅〕

赖有高楼能聚远〔苏　轼〕
恨无佳句可酬公〔魏了翁〕

尚有故人能慰我〔王安石〕
恨无佳句可酬公〔魏了翁〕

尚有故人能慰我〔王安石〕
未知何地堪容身〔刘克庄〕

剩有闲情堪弄月〔汤显祖〕
更无余事可劳心〔白居易〕

剩有闲情堪弄月〔汤显祖〕
更无余事可留心〔居　遁〕

已觉此身本非我〔白玉蟾〕
更有何人得似伊〔欧阳修〕

只有琴樽堪寄老〔李之仪〕
幸无骨相可封侯〔陈傅良〕

只有春风知我苦〔白玉蟾〕
岂容秋月使人愁〔楼　钥〕

必待英豪始联偶〔戴　良〕
除却蓬莱莫寄身〔葛秀英〕

当留此物朝上国〔王安石〕
好与名山作主人〔王安石〕

空有篇章传海内〔杜荀鹤〕
漫劳车马驻江干〔杜　甫〕

空有篇章传海内〔杜荀鹤〕
偶存名迹在人间〔元　结〕

尚喜江湖有此翁〔释文珦〕
莫教风景属他人〔刘禹锡〕

无数桃花伴春梦〔潘大临〕
多少乡心入酒杯〔赵　嘏〕

欲将青史订愚贤〔祝允明〕
不与红尘染是非〔陈文蔚〕

顷刻白衣化苍狗〔方　回〕
须臾红锦作翠纱〔杨万里〕

从教白鹭侣红鸾〔范成大〕
祗将青眼看黄花〔翁　甫〕

欲倚黄精除白发〔陆　游〕
愿凭朱实表丹诚〔白居易〕

若得黄金医白发〔朱　黼〕
愿凭朱实表丹诚〔白居易〕

不遣红英点翠苔〔冯惟敏〕
免教白发见黄花〔徐似道〕

曾歌紫绶照青春〔仲　并〕

又将乌帽插黄花〔陆　游〕

又将乌帽插黄花〔陆　游〕

又见赤日悬青天〔项安世〕
再为苍生入紫微〔白居易〕

再为苍生入紫微〔白居易〕
又将乌帽点黄埃〔杨万里〕

安用丹书禳赤口〔陆　游〕
何必青楼倚翠空〔赵　嘏〕

共割黄云炊白玉〔范成大〕
独骑玄鹤上丹丘〔胡粹中〕

莫恨微霜侵绿鬓〔陆　游〕
休怜细雨湿黄花〔老　舍〕

直将高意抗青霞〔程师孟〕
安得长剑倚白云〔陆文圭〕

但得新诗胜旧年〔章　甫〕
莫将美酒负良辰〔杨　发〕

我寄愁心与明月〔李　白〕
谁将幽怨度华年〔陈子龙〕

自汲清泉烹活火〔汤国梨〕
谁把长竿钓巨鱼〔吕声之〕

独抱遗经卧空谷〔杜大成〕
共看明月照寒窗〔张献翼〕

聊借画图怡倦眼〔鲁　迅〕
闲凭栏干望落晖〔元　稹〕

聊将醉眼送归鸿〔陆　游〕
更把闲愁付落晖〔强　至〕

欲伴骚人赋落英〔苏　轼〕
更邀诗客上高楼〔曹　唐〕

尚有残钱沽老酒〔刘克庄〕
了无俗事败幽情〔陆　游〕

再为苍生入紫微〔白居易〕

重将白发对青蛾〔顾　甗〕
再为苍生入紫微〔白居易〕

遥见青山起白云〔姜　夔〕
静看碧水生玄珠〔赵崇鉘〕

抉开青云见白日〔元好问〕
拨破红尘入紫烟〔古成之〕

还从青衣驾赤犊〔薛章宪〕
休将白发唱黄鸡〔苏　轼〕

时引清流灌碧莲〔释遵式〕
常撞大吕应黄钟〔苏　轼〕

要同佳客濯清泉〔吴　芾〕
须教明月照深杯〔秦松龄〕

犹把新诗诵奇句〔佚　名〕
且将浊酒伴清吟〔韩　偓〕

自汲清泉烹活火〔汤国梨〕
谁将断绠绊浮云〔贺　铸〕

自汲清泉烹活火〔汤国梨〕
谁把长竿钓巨鳌〔释善清〕

独倚栏干看落晖〔黄　巢〕
始知富贵本浮云〔陆　游〕

尚有残钱沽老酒〔刘克庄〕
惜无佳客共清樽〔陈　造〕

还教画手添新意〔程师孟〕
更邀诗客上高楼〔曹　唐〕

欲伴骚人赋落英〔苏　轼〕
拟把朝簪换钓竿〔刘　兼〕

更无幽梦随寒枕〔张　耒〕
赖有昏灯伴苦吟〔陆　游〕

赖有新诗送远鸿〔柴元彪〕
惭无妙笔写徽音〔陈长方〕

唤醒罗浮山下梦〔程梦子〕
点破潇湘水底天〔释子益〕

洗尽世人烦恼障〔胡　宏〕
截断英雄富贵尘〔陈　著〕

独於高处接阳和〔薛师石〕
常将劲节负秋霜〔薛　涛〕

欲从此地卧烟霞〔石　钧〕
更于何处觅英雄〔彭秋宇〕

欲从此地卧烟霞〔石　钧〕
更於何处觅蓬莱〔何彦国〕

更要好诗书岁月〔赵　蕃〕
故应美酒送生涯〔胡　悌〕

人把荣枯同幻梦〔魏了翁〕
谁将炎热换清凉〔阮　阅〕

长以声音为佛事〔王安石〕
每将弦管乐脾神〔韩　维〕

聊寓闲情在山水〔邓　深〕
更把狂诗当管弦〔邵　雍〕

独有暮鸦知我意〔佚　名〕
只应明月识人情〔洪咨夔〕

共引家童拾野蔬〔卢　纶〕
独持古道作今人〔吴　宽〕

休问南辰共北斗〔佚　名〕
何关东阁与西湖〔刘　翼〕

倪容北面学南华〔刘克庄〕
敢将东客罪西人〔陈　普〕

还知武备资文事〔吴　潜〕

约取清秋弄明月〔孙应时〕
乞得新晴赋晚霞〔戴复古〕

听彻玉蟾宫里曲〔赵国华〕
濯罢铜驼陌上尘〔陆　游〕

勘破世间烦恼障〔方　岳〕
消尽平生幻妄心〔陆　游〕

欲从此地卧烟霞〔石　钧〕
更于何处觅神仙〔徐　端〕

欲从此地卧烟霞〔石　钧〕
更于何处觅山林〔姜竹野〕

更要好诗书岁月〔赵　蕃〕
应须美酒送生涯〔杜　甫〕

欲共高僧话心迹〔罗　隐〕
且为闲人作草书〔沈祖棻〕

人把荣枯同幻梦〔魏了翁〕
我视功名等尘垢〔王　冕〕

只将放浪作生涯〔陆　游〕
但委心形任去留〔白居易〕

唯有管弦知客意〔李群玉〕
应无风月到吾门〔陶梦桂〕

独捻冰须搜雪句〔杜　范〕
共嚼秋芳咀春华〔赵必象〕

自古无独却有偶〔董葆琛〕
从来图易必思艰〔洪咨夔〕

长自东家适西舍〔陆　游〕
略谈北事向南人〔刘克庄〕

总为燕歌动楚吟〔储　巏〕
空教晋帝笑秦皇〔仇　远〕

还知武备资文事〔吴　潜〕

不觉前贤畏后生　〔杜　甫〕

还度新腔调旧瑟　〔韩　奕〕
更取金瓶泻玉浆　〔施肩吾〕

看得浅黄成嫩绿　〔陆　游〕
留取新诗结旧缘　〔李　壁〕

留取新诗结旧缘　〔李　壁〕
试凭后果证前因　〔宁调元〕

移来旧碣作新碑　〔顾　逢〕
幻出臭腐为神奇　〔卫宗武〕

暂借秋光作春色　〔汪元量〕
且把茶瓯当酒杯　〔吴　芾〕

当以曲直为胜负　〔苏　轼〕
只应离合是悲欢　〔辛弃疾〕

且将图史当渔樵　〔李　纲〕
聊把江山作障屏　〔黄　播〕

但写真情并实景　〔都　穆〕
莫问新欢与旧愁　〔刘一止〕

怨尽朝云还暮雨　〔赵彦端〕
恨杀昏鸦及晓莺　〔刘　基〕

不论高低并上下　〔陈　郁〕
莫话兴亡与是非　〔仇　远〕

不问风烟和雨雪　〔李　軏〕
岂论春夏及秋冬　〔白玉蟾〕

不问风烟和雨雪　〔李　軏〕
莫话兴亡与是非　〔仇　远〕

无论廊庙及山林　〔冯　琦〕
莫话兴亡与是非　〔仇　远〕

怎奈花残又莺老　〔杜安世〕
从教绿暗与红稀　〔周必大〕

未觉前贤畏后生　〔姜宸英〕

挽取银河作玉流　〔李　石〕
消得茶瓯当酒杯　〔金　涓〕

酿得深愁成浅笑　〔沈祖棻〕
留取新诗结旧缘　〔李　壁〕

愿除旧妄生新意　〔詹　初〕
宁减明月添清风　〔方　岳〕

欲炼金丹饵玉芝　〔戴复古〕
要令道骨合仙方　〔张元干〕

只将输赢分罚赏　〔张建封〕
不以成败论英雄　〔古　语〕

愿持仁义为篙檝　〔金君卿〕
拟将忠孝报君亲　〔丁鹤年〕

枉将风月恼肝脾　〔舒　坦〕
错认烟霞作画图　〔华　岳〕

未羡金茎与玉壶　〔李东阳〕
不嫌恶雨并乖风　〔李　祯〕

不计东西与南北　〔高　登〕
岂论春夏及秋冬　〔白玉蟾〕

不论高低并上下　〔陈　郁〕
岂分南北与西东　〔马　钰〕

不问风烟和雨雪　〔李　軏〕
莫分廊庙与江湖　〔李　壁〕

不论贵贱及富贫　〔郭　印〕
莫话兴亡与是非　〔仇　远〕

行尽吴头并楚尾　〔赵希逢〕
踏遍山巅与水涯　〔张　炜〕

解识阴晴圆缺意　〔陈寅恪〕
剖破存亡治乱机　〔陈　淳〕

又见东阡西陌雨　〔袁说友〕
尚待朝南暮北风　〔王　履〕

犹恨东郊西寺远　〔魏　野〕
不堪山驿水程赊　〔喻良能〕

未快穿云涉水心　〔王安石〕
那识怀家去国情　〔李流谦〕

元非附凤攀龙客　〔裴　谟〕
却是刻舟求剑人　〔乾　隆〕

堪笑刻舟求剑者　〔释法泰〕
元非识字读书人　〔仇　远〕

再烦起死回生手　〔陈　造〕
更著如花似玉人　〔赵师侠〕

识破鸢飞鱼跃事　〔陈文叔〕
除非道满月圆人　〔释印肃〕

我是补天修月手　〔李　复〕
谁为漱石枕流人　〔苏　颂〕

留取长安遮日手　〔仇　远〕
放出阳关成道人　〔马　钰〕

追数樽前插花客　〔刘克庄〕
唤起亭中入定人　〔陈与义〕

乍离水绕山环地　〔王志灏〕
又对风斜雨细天　《随园诗话》

恰在兰枯梅落后　〔范成大〕
又到山寒木瘦时　〔张之洞〕

恰在兰枯梅落后　〔范成大〕
正是天荒地老时　〔张道洽〕

最宜雨沐风梳际　〔王十朋〕
便是烟消火灭时　《红楼梦》

行到水穷云起处　〔陈以壮〕

犹恨东郊西寺远　〔魏　野〕
偏诵南山北阙诗　〔魏　冲〕

拟酬白雪阳春句　〔刘　宰〕
且听高山流水音　〔真德秀〕

尚有种花移竹意　〔曹　勋〕
未快穿云涉水心　〔王安石〕

不是探奇索隐者　〔方　文〕
元非识字读书人　〔仇　远〕

不为怀金纡紫事　〔曾　几〕
懒作关门闲户人　〔释智愚〕

纵有浅斟低唱者　〔赵时韶〕
不及朝耕暮读人　〔翁蒙之〕

却笑东征西讨客　〔吴　潜〕
不管南游北去人　〔李　祯〕

可怜燕颔虎头人　〔王　阮〕
已作鸡皮鹤发翁　〔戴复古〕

因逢燕市悲歌客　〔魏学渠〕
得见蓬山不死人　〔项　斯〕

同是天涯未归客　〔韩　缜〕
且作花间共醉人　〔元　稹〕

恰在兰枯梅落后　〔范成大〕
正是红稀绿暗时　〔顾　逢〕

恰在兰枯梅落后　〔范成大〕
正是橙黄橘绿时　〔苏　轼〕

恰在兰枯梅落后　〔范成大〕
正是花残蝶老时　〔孔素瑛〕

行到山穷水尽处　〔裴　休〕
待得功成名遂时　〔李敦诗〕

行到水穷山尽处　〔丘处机〕

待得功成名遂时　〔李敦诗〕

行至天穷云尽处　〔刘黄裳〕
待得功成名遂时　〔李敦诗〕

遥知独酌微吟处　〔杜　范〕
不记如痴似醉时　〔杨万里〕

著在残山剩水边　〔李龙高〕
付与晨钟暮鼓中　〔沈钦圻〕

写入金泥玉检中　〔张廷玉〕
著在暗香疏影边　〔史弥宁〕

高卷珠帘明点烛　〔成郎中〕①
清供杯茶熟煮汤　〔周　才〕

空洞胸襟著今古　〔陈　造〕
跌宕生涯寄文史　〔胡　敬〕

踏遍乾坤犹是客　〔汪元量〕
买尽风光不著钱　〔释正觉〕

病后精神殊未减　〔陆　游〕
老去心情总不堪　〔晁公溯〕

别有幽愁暗恨生　〔白居易〕
唯是春风秋月知　〔白居易〕

苦吟不放此心闲　〔汪元量〕
力行须与古人同　〔范祖禹〕

帜分赤白青玄黄　〔蒋业晋〕
声谐匏土革木金　〔曾　丰〕

伤春未已复悲秋　〔戴叔伦〕
论诗才了便谈禅　〔楼　钥〕

待得功成名遂时　〔李敦诗〕

遥知独酌微吟处　〔杜　范〕
正在有情无思间　〔范成大〕

欲和寒山拾得诗　〔戴复古〕
须识光风霁月心　〔陈　普〕

写入金泥玉检中　〔张廷玉〕
著在残山剩水边　〔李龙高〕

深炷炉烟浓著火　〔释昭辑〕
清供杯茶熟煮汤　〔周　才〕

密锁玄机牢闭户　〔王　喆〕
深掩柴门静读书　〔张　炜〕

峥嵘岁月忆往昔　〔毛泽东〕②
风流人物看今朝　〔毛泽东〕③

东临碣石有遗篇　〔毛泽东〕
西出阳关无故人　〔王　维〕

病后精神殊未减　〔陆　游〕
老去情怀百不宜　〔楼　钥〕

胸饱珠玑貌自丰　〔黄　刍〕
腹有诗书气便清　〔曾由基〕

冥搜汉魏晋唐宋　〔冯廷櫆〕
牢守孔孟张朱程　〔陈　普〕

登山得似游湖好　〔杨万里〕
骑马那胜策杖行　〔徐　夤〕

贪忙安得似偷闲　〔苏　泂〕
恋阙那堪又忆家　〔韩　愈〕

---

① 成郎中:宋代人。宣和中为省官,貌不扬而多髭。再娶之夕岳母陋之,曰:“我女菩萨乃嫁一麻胡!”命成作诗。成乃操笔大书云:一床两好世间无,好女如何得好夫?高卷珠帘明点烛,试教菩萨看麻胡。

② 峥嵘岁月忆往昔:原句为“忆往昔峥嵘岁月稠。”

③ 风流人物看今朝:原句为“数风流人物,还看今朝。”

识字终当输挽弓　〔潭　溥〕
屠牛那不胜栽禾　〔龚自珍〕

看云本自忘饥渴　〔丁鹤年〕
御风不必问雌雄　〔杨万里〕

非律非禅自在身　〔周必大〕
无荣无辱太平人　〔唐　寅〕

无材无德痴顽老　〔陆　游〕
看山看水自由身　〔陆　游〕

乍晴乍雨清明候　〔姚凤翙〕
不寒不暖杏花天　〔汪　莘〕

有文有武方为国　〔韦　庄〕
无邻无里不成村　〔吴　融〕

打车打牛俱是妄　〔释如珙〕
忘形忘气总归虚　〔牧常晁〕

曰旸曰雨元无定　〔王　庭〕
为暑为凉不可知　〔祝允明〕

学孔学释非两截　〔黎士弘〕
念经念佛能一般　〔齐　己〕

半醒半醉游三日　〔杜　牧〕
愁雨愁风过一生　《随园诗话》

潮生潮落几时停　〔李　遇〕
帆去帆来何日休　〔张　耒〕

无作无为成活路　〔马　钰〕
一瓶一钵是生涯　〔黄宗旦〕

含娇含态情非一　〔卢照邻〕
倾国倾城恨有余　〔薛昭蕴〕

春来春去无终极　〔方　岳〕
花合花开有正偏　〔释师范〕

花开花落何须问　〔郑　獬〕
春去春来那得知　〔孟　郊〕

执鞭应自胜操觚　〔沈祖棻〕
识字终当输挽弓　〔潭　溥〕

独步独吟人莫会　〔邵　雍〕
多病多愁心自知　〔白居易〕

无歌无酒痴顽老　〔蒋　捷〕
非律非禅自在身　〔周必大〕

无月无灯寒食夜　〔白居易〕
乍晴乍雨杏花天　《金瓶梅》

无利无名一老翁　〔文　彭〕
藏书藏帖两高人　〔龚自珍〕

打车打牛俱是妄　〔释如珙〕
着有着无都不真　〔李道纯〕

作公作卿亦何有　〔朱紫贵〕
成仙成佛未可知　〔曾　丰〕

愁死愁生未易休　〔邵　雍〕
多情多感自难忘　〔陆龟蒙〕

或出或处非一途　〔李　吕〕
画石画松无两般　〔方　干〕

花开花落今几度　〔吴梦旸〕
春去春来自一年　〔张　炜〕

不染不滞为净业　〔张伯端〕
无思无念是真空　〔庞　蕴〕

无作无为成活路　〔马　钰〕
真清真净做生涯　〔马　钰〕

闲愁闲闷不关心　〔张　榘〕
浮名浮利枉劳神　〔杜安世〕

花落花开俱有意　〔方　岳〕
春来春去总无端　〔范　汭〕

花开花落何须问　〔郑　獬〕
人是人非不欲闻　〔韦　蟾〕

花开花落何须问 〔郑　獬〕
春去春来尽不知 〔李　复〕

花开花落何须问 〔郑　獬〕
春去春来总不知 〔林师蒧〕

年去年来人渐老 〔刘秉忠〕
花落花开蝶自忙 〔陈　瓘〕

花落花开人世梦 〔王　枢〕
潮去潮回客子程 〔陆文圭〕

山鸟山花送行客 〔顾光旭〕①
春雨春风作主人 〔钱陆灿〕

万梅万竹万松柏 〔方　回〕
一庵一钵一袈裟 〔斌宗法师〕

无萸无菊无螃蟹 〔方　回〕
有花有酒有笙歌 〔白居易〕

小庵小舍小丛林 〔释祖元〕
大根大器大丈夫 〔释宗杲〕

是风是雨是明月 〔刘学箕〕
非烟非雾非卿云 〔元好问〕

非长非短非大小 〔无　了〕
不今不古不朝昏 〔易　祓〕

不仙不佛不贤圣 〔郑板桥〕
非民非庶非侯王 〔徐咸清〕③

非扬非墨亦非儒 〔汪元量〕
是尔是我抑是人 《别琴竹枝词》

堪怜堪惜还堪爱 〔李太古〕

花开花落何须问 〔郑　獬〕
春来春去总不知 〔熊　禾〕

帆来帆去何曾歇 〔曾　几〕
潮落潮生卒未休 〔尹廷高〕

年去年来人渐老 〔刘秉忠〕
花落花开春自闲 〔方　岳〕

花开花谢无人主 〔孔凡章〕
春去春来只自怜 〔王叔承〕

白鸠之白谁与邻 〔李　白〕
道人有道山不孤 〔苏　轼〕

无寒无暑无四时 〔吕　岩〕
谢天谢地谢三光 〔邵　雍〕

如梦如幻如水月 〔释宗杲〕
象天象地象人身 〔吕　岩〕

大根大器大力量 〔释宗杲〕
小庵小舍小丛林 〔释祖元〕

无晓无夜无年月 〔吕　岩〕
不今不古不朝昏 〔易　祓〕②

不仙不佛不贤圣 〔郑板桥〕
非愚非痴非狂颠 〔方　回〕

非扬非墨亦非儒 〔汪元量〕
不佛不仙仍不侯 〔许月卿〕

非姚非宋还非张 〔李东阳〕
是尔是我抑是人 《别琴竹枝词》

堪怜堪惜还堪爱 〔李太古〕

---

① 顾光旭：清代官员。工书法，求书必索润笔，亦甚廉。即取以市大布制棉衣以施寒者，乡里称善人。

② 易祓：字彦章，南宋大臣、学者。他在京以优等为“前廊”，久不归，妻寄《一剪梅》呵责他：染泪修书寄彦章，贪做前廊，忘却回廊。功名成遂不还乡，石做心肠，铁做心肠。红日三竿懒画妆，虚度韶光，瘦损容光。不知何日得成双，羞对鸳鸯，懒对鸳鸯。

③ 徐咸清：清初学者。少奇慧，一岁能识字，五岁通一经。妻商景徽，为明朝吏部尚书商周祚次女，有国色，嗜学能诗。徐咸清因就稽山辟广庭，构药栏，设长筵，发所藏书，暇辄与之博考群籍，抽牍赋诗。

可惊可怪复可喜〔陈　普〕
相思相望不相亲〔纳兰性德〕

可醉可吟尤可卧〔叶　茵〕
能棋能酒又能诗〔黄庭坚〕

有山有水复有酒〔冯　琦〕
无争无议亦无忧〔熊　鉴〕

防风防雨如防盗〔苏　辙〕
爱媳爱女等爱儿〔宋景卫〕

一箪鸡黍一瓢酒〔邵　雍〕
几瓯麦饭几盂茶〔卢德仪〕

一把黄花一樽酒〔邵　雍〕
满目青山满面风〔释道璨〕

一炷清香一局棋〔王　谌〕
满堂佳客满园花〔黄　由〕

千首新诗千斛酒〔刘辰翁〕
满堂佳客满园花〔黄　由〕

千首新诗千斛酒〔刘辰翁〕
一庭深雪一窗风〔黄　滔〕

千首新诗千斛酒〔刘辰翁〕
一局残棋一曲箫〔汪　桐〕

一炉香篆一张琴〔杨公远〕
半规凉月半帘风〔李致远〕

山馆吟余山月斜〔罗　邺〕
菊翁去后菊园荒〔许月卿〕

相思不比相逢好〔晏几道〕
生男岂如生女强〔戴　良〕

相逢不及相思好〔陈独秀〕
改园更比改诗难〔汪春田〕

生女反较生男好〔王士元〕
学诗有似学仙难〔白玉蟾〕

惜命惜身兼惜气〔真德秀〕
爱书爱字不爱名〔田家英〕

无名无位却无事〔刘　威〕
有形有心即有情〔苏　轼〕

一杯春酒一枰棋〔徐　賁〕
满身秋月满襟风〔刘克庄〕

一曲琵琶一樽酒〔陆费瑔〕
满架诗书满炷香〔李　昉〕

一部清商一壶酒〔白居易〕
满堂佳客满园花〔黄　由〕

一曲清歌一杯酒〔刘秉忠〕
满堂佳客满园花〔黄　由〕

千首新诗千斛酒〔刘辰翁〕
一船明月一帆风〔韦　庄〕

千首新诗千斛酒〔刘辰翁〕
一炷清香一局棋〔王　谌〕

一曲银簧一杯酒〔韩　维〕
半规凉月半帘风〔李致远〕

几舡珠玑几车玉〔洪咨夔〕
一堂风月一床书〔吴　芾〕

无家更甚无鱼苦〔李流谦〕
学诗有似学仙难〔白玉蟾〕

相逢不及相思好〔陈独秀〕
生男岂如生女强〔戴　良〕

相逢不及相思好〔陈独秀〕
学诗有似学仙难〔白玉蟾〕

生女反较生男好〔王士元〕
换心恐比换骨难〔陈宝琛〕

骑马不若骑牛安　〔舒岳祥〕
建功何似建言奇　〔上　崇〕

天若有情天亦老　〔李　贺〕
月如无过月长临　〔王　力〕

春若有情春更苦　〔薛昂夫〕
月如无恨月长圆　〔石曼卿〕

春风烂熳春云热　〔徐　端〕
秋花惨淡秋草黄　《红楼梦》

晚唐诗似晚春景　〔郑清之〕
新种花如新嫁娘　《随园诗话》

新花更映新妆面　〔王　铚〕
古树多依古寺门　〔赵朴初〕

诗仙应赴诗家供　〔陈　郁〕
楚魂须著楚词招　〔高观国〕

斯文直待斯人出　〔林亦之〕
此心犹为此君留　〔翁　森〕

金牛湖畔金陀坊　〔凌和钧〕
铜柱山前铜鼓声　〔吕　诚〕

得巧未必如得拙　〔李流谦〕
屠龙终自胜屠牛　〔释智圆〕

看花应不如看叶　〔罗与之〕
支机未必及支琴　〔白居易〕

问宅无成复问律　〔王　洋〕
看书才了又看山　〔杨万里〕

诗翁犹自假诗鸣　〔李曾伯〕
国士还须为国忧　〔华　岳〕

仙骨应须饮仙酒　〔李流谦〕

作诗不与作文比　〔戴复古〕
治国宜将治圃看　〔洪咨夔〕

春若有情春更苦　〔薛昂夫〕
月如无过月长临　〔王　力〕

湘山峻刻湘流深　〔赵　蕃〕
楚江呜咽楚云愁　〔章　甫〕

秋云飞尽秋山出　〔孙　琮〕①
春雨吹散春风回　〔陈　藻〕

秦娥本是秦宫客　〔石孝友〕
楚人元爱楚风吟　〔邓忠臣〕

诗仙应赴诗家供　〔陈　郁〕
国色须蒙国士知　〔胡　寅〕

斯文直待斯人出　〔林亦之〕
此音唯独此心知　〔周芝田〕

斯文赖有斯人在　〔范成大〕
此心犹为此君留　〔翁　森〕

得巧未必如得拙　〔李流谦〕
居家到底胜居官　〔何应龙〕

得巧未必如得拙　〔李流谦〕
采绿何曾胜采蓝　《随园诗话》

看花应不如看叶　〔罗与之〕
为龙未必胜为鱼　〔白居易〕

问宅无成复问律　〔王　洋〕
处易不得乃处难　〔汪　端〕

同心自古应同寿　〔佚　名〕
相逢何必曾相识　〔白居易〕

仙骨应须饮仙酒　〔李流谦〕

---

① 孙琮：清初文学家、藏书家。以隐士自居，居于“山晓阁”，乔木参天，古树环列，家藏书万余卷，读书著述其中。

天葩只合奉天人 〔家铉翁〕
西湖只合比西施 〔黄 宏〕

佳山要自胜佳人 〔方 岳〕
好女如何得好夫 〔成郎中〕

愚公移山真复愚 〔周永年〕
痴翁说梦尽添痴 〔马廷鸾〕

贫中无处可安贫 〔白居易〕
山外如何便识山 〔易 祓〕

古人今人若流水 〔李 白〕
长歌短歌如狂澜 〔汪士慎〕

硬语险语兼苦语 〔戚学标〕
天心道心并诗心 〔黎 简〕

玻璃盆泻琉璃水 〔杨万里〕
无情人寄有情书 〔苏小娟〕

朝有宴饫暮有赐 〔白居易〕
生无勋业死无名 〔陆 游〕

树哭寒螭草哭虫 〔王 令〕
桃笑春风菊笑秋 〔史 铸〕

波上渔舟亭上客 〔尤 袤〕
雨中神女月中仙 〔白居易〕

去岁桃花前岁柳 〔魏新河〕
昨日孩提今日翁 〔刘克庄〕

袍似烂银文似锦 〔元和举子〕
人如韫玉操如冰 〔薛师石〕

身似寒松心似水 〔陈广宁〕
目如流电口如河 〔梁启超〕

目如流电口如河 〔梁启超〕
身似浮云鬓似霜 〔白居易〕

黄花只似去年黄 〔刘辰翁〕
青原不改旧时青 〔郭彦章〕

客里可堪频送客 〔丁 岳〕
棋后何须更说棋 〔汤显祖〕

梦中亦复知是梦 〔陆 游〕
山外如何便识山 〔易 祓〕

三日四日五六日 〔卢 仝〕
一枝二枝千万枝 〔赵朴初〕

东山云作西山雨 〔吕渭老〕
北地花开南地风 〔张 嫔〕

冬无霜雪夏无热 〔谢枋得〕
秋宜稻谷春宜桑 〔李若川〕

菊傲寒霜梅傲雪 〔老 舍〕
柳盼春阴花盼晴 〔老 舍〕

云想衣裳花想容 〔李 白〕①
江思笋蕨客思家 〔陈 杰〕

林间戏蝶帘间燕 〔冯延巳〕
窗前流水枕前书 〔李九龄〕

郎似梅花侬似叶 〔王国维〕
君如春柳我如松 〔楼 钥〕

身似枯株心似水 〔辛弃疾〕
目如流电口如河 〔梁启超〕

目如流电口如河 〔梁启超〕
身似浮云心似灰 〔白居易〕

衣如飞鹑马如狗 〔李 贺〕
身似浮云鬓似霜 〔白居易〕

---

① 云想衣裳花想容:《楹联丛话》之《秋雨庵随笔》云:淳安方朴山先生病革时,门弟子咸在。有二人私语曰:"'水如碧玉山如黛',以何为对?"先生枕上闻之,曰"可对'云想衣裳花想容'。"言毕而逝。

衣如飞鹑马如狗〔李　贺〕
身似浮云心似灰〔白居易〕

车如鸡栖马如狗〔黄庭坚〕
禄似蝇头舍似蜗〔郑刚中〕

聚若浮萍散若云〔张　炜〕
来如飞鸟去如风〔梅尧臣〕

清如瘦竹闲如鹤〔金　农〕
拙似苕鸠懒似僧〔陈　造〕

贫似山僧瘦似猿〔丘　葵〕
懒于沙鸟拙于鸠〔许有壬〕

西山松竹东山月〔邵　宝〕
南州桃李北州梅〔白居易〕

东城杨柳西城草〔晏几道〕
南山猿鹤北山莱〔李叔同〕

魏家池馆姚家宅〔杨　果〕
蜀人文赋楚人辞〔苏　轼〕

吴苑莺花梁苑雪〔丘逢甲〕
秦家宫殿隋家墀〔巩　丰〕

陈家宫阙汉家陵〔顾贞立〕
唐人文字晋人书〔姜特立〕

陈家宫阙汉家陵〔顾贞立〕
秦代衣冠晋代山〔赵贞吉〕

南朝词臣北朝客〔刘禹锡〕
秦家御史汉家郎〔卢　纶〕

楚女腰肢越女腮〔晏几道〕
伊川山水洛川花〔欧阳修〕

庾家楼上谢家池〔王　嵒〕
秦人溪畔汉人山〔周必大〕

南邻歌舞北邻哭〔高　启〕

衣如飞鹑马如狗〔李　贺〕
心似寒灰首似蓬〔唐彦谦〕

身似泥沙心似玉〔陈　普〕
性如灯烛命如油〔王　喆〕

清于独鹤瘦于梅〔释道璨〕
拙似苕鸠懒似僧〔陈　造〕

贫似山僧瘦似猿〔丘　葵〕
闲如云鹤散如仙〔孙　仅〕

东崦晴岚西崦雨〔张　羽〕
南溪流水北溪云〔萧　翀〕

东城杨柳西城草〔晏几道〕
南州桃李北州梅〔白居易〕

北面芰荷南面桂〔苏　洞〕
东边杨柳西边槐〔土家情歌〕

蜀人文赋楚人辞〔苏　轼〕
秦家宫殿隋家墀〔巩　丰〕

秦家宫殿隋家墀〔巩　丰〕
唐人文字晋人书〔姜特立〕

周时宫室汉时城〔刘克庄〕
秦代衣冠晋代山〔赵贞吉〕

南齐杏花北齐菊〔杨万里〕
秦时明月汉时关〔王昌龄〕

南朝词臣北朝客〔刘禹锡〕
唐人诗句晋人书〔黎廷瑞〕

莲花博士薇花郎〔方　回〕
诗家才子酒家仙〔赵　嘏〕

东家酿酒西家醉〔刘　基〕
南人行乐北人悲〔刘禹锡〕

南军囊轻北军重〔陆之裘〕

东枝憔悴西枝荣　〔李　白〕
东家杓短西家长　〔释正觉〕

画意都从诗意出　〔朱文治〕
庭梅元自野梅来　〔牟　巘〕

水痕不似泪痕深　〔洪　适〕
酒兴那如归兴浓　〔董嗣杲〕

妾心还似郎心苦　〔盛　彧〕
鬼语亦如人语悲　〔陆　游〕

鬼语亦如人语悲　〔陆　游〕
花心应似客心酸　〔范成大〕

人事不如春事好　〔卫宗武〕
君心还与我心同　〔吴　芾〕

汉王不及吴王乐　〔徐　夤〕
刘氏难令吕氏安　〔刘　宰〕

今人常怀昔人苦　〔王　令〕
后者焉知前者难　〔义　净〕

闲愁那抵离愁切　〔汤国梨〕
净土何如乐土真　〔周应合〕

火性何如水性柔　〔徐　夤〕
俗缘那似道缘深　〔姜特立〕

秋风不似春风好　〔晏几道〕
故乡还与异乡同　〔周弘亮〕

秋月何如春月好　《花月痕》
花妆那似妾妆清　〔张至龙〕

秋色还如春色好　〔吴研因〕
今朝不与昨朝同　〔施肩吾〕

秋色还如春色好　〔吴研因〕
今年不与去年同　〔刘辰翁〕

秋色还如春色好　〔吴研因〕
活人不及死人香　《随园诗话》

画意都从诗意出　〔朱文治〕
活人全在死人中　〔释绍昙〕

花事亦如人事苦　〔彭玉麟〕
宦情何似客情悲　〔姜特立〕

春花也似秋花恨　《花月痕》
鬼语亦如人语悲　〔陆　游〕

人事不如春事好　〔卫宗武〕
花心应似客心酸　〔范成大〕

江面不如杯面阔　〔王　质〕
逆境须同顺境宽　〔蔡　格〕

假金方用真金镀　〔李　绅〕
今人始觉前人非　〔曹　勋〕

今人合笑古人拙　〔元好问〕
后者焉知前者难　〔义　净〕

浊流那及清流好　〔郭仲达〕
净土何如乐土真　〔周应合〕

秋风不似春风好　〔晏几道〕
火性何如水性柔　〔徐　夤〕

秋月何如春月好　《花月痕》
新欢宁似旧欢长　〔张　先〕

诗兴还随酒兴俱　《随园诗话》
今朝不与昨朝同　〔施肩吾〕

秋色还如春色好　〔吴研因〕
他生未卜此生休　〔李商隐〕

秋色还如春色好　〔吴研因〕
今人当似古人清　〔张　炎〕

春吟不似秋吟好　〔杨万里〕
水鉴何如人鉴明　〔邵　雍〕

春吟不似秋吟好　〔杨万里〕
酒兴何如诗兴赊　〔王　冕〕

神力也须人力附　〔翁溪园〕
天心不与我心违　〔曾　丰〕

红袍不及蓝袍好　〔陈独秀〕
彩衣争似绣衣荣　〔魏　野〕

诗缘渐与情缘熟　〔赵彦端〕
鬓色几如雪色匀　〔张　镃〕

李花不减梅花白　〔赵必象〕
吴山应胜越山青　〔王之道〕

黟山可似骊山好　〔柳如是〕
灌水争如密水清　〔綦汝楫〕

人间不识山间妙　〔许有壬〕
尘梦那知鹤梦长　〔曹　唐〕

哭声不似笑声长　〔陈　造〕
人境未如心境宽　〔王　铚〕

旧愁还是新愁样　〔赵长卿〕
今宵依旧昨宵人　〔郭应祥〕

弱水流西河水东　〔熊　禾〕
牛头向北马头南　〔释道璨〕

朝云未罢暮云起　〔范成大〕
早潮才过晚潮来　〔杨　备〕

春风未了秋风到　〔蒋　捷〕
早潮才过晚潮来　〔杨　备〕

春风未了秋风到　〔蒋　捷〕
古人已往今人来　〔朱骏声〕

旧愁未了新愁起　〔方一夔〕
古人已去今人来　〔丘逢甲〕

早潮才落晚潮来　〔白居易〕
秋草未枯春草生　〔宋　肇〕

春意似同人意好　〔王之道〕
天心不与我心违　〔曾　丰〕

诗家不及禅家乐　〔朱长文〕
他山未比此山幽　〔喻良能〕

奴面不如花面好　〔李清照〕
郎心何似妾心忧　〔陈　旅〕

橘色浑如柿色黄　〔张　镃〕
秋花少似春花红　〔周必大〕

吴山不似湘山碧　〔侯　置〕
灌水争如密水清　〔綦汝楫〕

潇水不如湘水好　〔屈大均〕
吴山空对越山明　〔张　混〕

天道只如人道迩　〔张鹏翀〕
哭声不似笑声长　〔陈　造〕

今时自与古时别　〔王　冕〕
水战原非陆战同　〔清德宗〕

去舟时共来舟语　《随园诗话》
新愁常续旧愁生　〔陆　游〕

秋花落后春花发　〔柴元彪〕
雄鸠啼罢雌鸠鸣　〔沈谨学〕

旧雪未乾新雪催　〔赵　蕃〕
早潮才过晚潮来　〔杨　备〕

旧愁未了新愁起　〔方一夔〕
早潮才过晚潮来　〔杨　备〕

旧愁未了新愁起　〔方一夔〕
古人已往今人来　〔朱骏声〕

旧愁未了新愁起　〔方一夔〕
秋草未枯春草生　〔宋　肇〕

旧愁未了新愁起　〔方一夔〕
早潮才去晚潮来　〔郑　獬〕

旧愁未了新愁起　〔方一夔〕
早潮才落晚潮来　〔白居易〕

早潮才落晚潮来　〔白居易〕
春兰未了夏兰开　〔郑板桥〕

前车未去后车续　〔尹廷高〕
早潮才过晚潮来　〔杨　备〕

酒兴未已诗兴浓　〔白玉蟾〕
蚁梦方酣蝶梦飞　〔释绍昙〕

动似颠狂静似愁　〔姚　合〕
发于歌咏形于诗　〔白居易〕

出不高车食不鱼　〔陈　宓〕
耕无余粮织无衣　〔范端臣〕

梅太清臞桃太肥　〔王　迈〕
雪更玲珑玉更温　〔杨　基〕

月作主人梅作客　〔杨万里〕
松是交朋竹是邻　〔陈　著〕

观鱼未必知鱼乐　〔戴复古〕
见花无复为花羞　〔释仲皎〕

大鱼却被小鱼吞　〔释文礼〕
上字还成下字看　〔杨万里〕

画兰直作真兰视　〔书　諴〕
只鹭还将双鹭看　〔杨万里〕

心宜庄敬气宜舒　〔陈　著〕
句要丰腴字要安　〔戴复古〕

十分流辈九分无　〔白居易〕
三间破屋两间空　〔石　沆〕

李家哭泣元家病　〔白居易〕

前波未灭后波生　〔刘禹锡〕
早潮才落晚潮来　〔白居易〕

前车未去后车续　〔尹廷高〕
早潮才落晚潮来　〔白居易〕

短声欲尽长声续　〔刘　基〕
旧弦未断新弦张　〔徐　庸〕

感君意气进君酒　〔陈独秀〕
慕公名字读公诗　〔席佩兰〕

豹死文章人死节　〔高文照〕
风生松桧雨生杉　〔王　遂〕

行太卑微诗太俊　〔郁达夫〕
才自精明志自高　《红楼梦》

鹑作衣裳铁作肝　〔李　邴〕
冰为胸次玉为神　〔王义山〕

观鱼未必知鱼乐　〔戴复古〕
逢花却欲替花羞　〔卢　纶〕

画竹岂能知竹意　〔王　冕〕
看花不可见花心　〔舒岳祥〕

画兰直作真兰视　〔书　諴〕
上字还成下字看　〔杨万里〕

无情不似多情苦　〔晏　殊〕
登场更比下场难　《随园诗话》

七品官阶三品服　〔朱长文〕
千金鞍马百金刀　〔曹子念〕

陈兄高奇范兄伟　〔易顺鼎〕
张娘妩媚史娘憨　〔柳亚子〕

道心岑寂尘心定　〔完颜麟庆〕①

---

① 完颜麟庆：清代官员、学者。据家谱记载，先祖有隆万杭爱者，生而智勇过人。性喜捕虎，杀虎至九十有九。

刘郎怊怅阮郎悲〔武　衍〕
诗情平澹宦情疏〔姜特立〕

前峰突兀后峰攒〔吴　镇〕
远山细腻近山粗〔杨万里〕

静处每思喧处事〔张继先〕
异乡仍送故乡人〔许　浑〕

人心合处天心到〔张维屏〕
脚力穷时眼力通〔杜　范〕

奉天殿前拜天子〔王　鏊〕
回龙桥上望龙颜〔王同祖〕

扬州驿里梦苏州〔白居易〕
春风亭上问秋风〔李曾伯〕

桂阳江口望祁阳〔杨　基〕
扬州驿里梦苏州〔白居易〕

江州犹似胜通州〔白居易〕
涪陵何必逊嘉陵〔锺骏声〕

徽州颇不让莱州〔王振声〕
涪陵何必逊嘉陵〔锺骏声〕①

尧山应合胜牛山〔夏　竦〕
西林原不让东林〔查　景〕

秋风还不及春风〔王　建〕
有情争得似无情〔韦　庄〕

秋风还不及春风〔王　建〕
蛾眉真个愧须眉〔赵录缜〕

秋晴未必减春晴〔陆　游〕
舟行终是胜山行〔杨万里〕

心净还同佛土净〔释印肃〕
酒浓不抵别愁浓〔陆　游〕

东风必定压西风〔钱俊瑞〕
北溟安得胜南溟〔苏　籀〕

东风总是压西风〔熊　鉴〕
北溟安得胜南溟〔苏　籀〕

江水由来胜山水〔孙　作〕
东风总是压西风〔熊　鉴〕

高士不应轻俗士〔陈师道〕
后人何用泣前人〔张　庚〕

高士不应轻俗士〔陈师道〕
后人空自愧前人〔高　翥〕

旧知毕竟胜新知《柳如是别传》
后人空自愧前人〔高　翥〕

前辈不须轻后辈〔柳　棠〕
旧人直莫妒新人〔曹　勋〕

前辈不须轻后辈〔柳　棠〕
今人何必非古人〔虞　集〕

越女腰支胜赵女〔晁说之〕
蜀都风物似吴都〔洪咨夔〕

白花亦复胜红花〔方　回〕
今人岂不如古人〔李流谦〕

紫霞老子望青霞〔赵汝腾〕
白衣山人侍黄衣〔李流谦〕

烟霞铸颜气铸骨〔书　諴〕
文章为命酒为魂〔老　舍〕

葭苇作篙蒲作楫〔曹彦约〕
乾坤为舸月为篷〔德　诚〕

---

① 锺骏声：清代状元。清代浙江第一位状元是史大成，最后一位状元就是锺骏声，惊人地应验了民间早就流传的清代浙江状元“始于史，终于锺”的说法。

葭苇作篙蒲作楫 〔曹彦约〕
藤萝为屋松为门 〔德 普〕

茅茨为屋竹为椽 〔朱继芳〕
烟云作嶂松作关 〔李曾伯〕

珊瑚作鞭金作勒 〔刘 溥〕
芙蓉为苑玉为田 〔张笃庆〕

丹霞为台月为殿 〔胡 粲〕
黄金作壁玉作堂 〔李应莘〕

绿水为家云为屋 〔端木国瑚〕
黄金作壁玉作堂 〔李应莘〕

黄金作壁玉作堂 〔李应莘〕
绿萝为带月为钩 〔毕 田〕

黄金作壁玉作堂 〔李应莘〕
青天为被地为毡 〔王处一〕①

黄金作壁玉作堂 〔李应莘〕
丹枫为幛石为屏 〔汪学金〕

紫蛇有光蜗有角 〔函 可〕
白云无路水无情 〔许 浑〕

紫蛇有光蜗有角 〔函 可〕
碧天无际水无垠 〔释师范〕

东风如梦春如画 《随园诗话》
桃花含笑柳含愁 〔毕慧珠〕

骄马似龙旗似雨 〔姚 勉〕
美人如玉剑如虹 〔龚自珍〕

静看可怜还可笑 〔范成大〕
细思堪惜又堪嫌 〔晁咏之〕

每度暗来还暗去 〔王 建〕
几回经雨复经霜 〔张仲素〕

葭苇作篙蒲作楫 〔曹彦约〕
茅茨为屋竹为椽 〔朱继芳〕

珊瑚作鞭金作勒 〔刘 溥〕
琼瑶为室玉为台 〔姚 勉〕

白云为屏石为枕 〔范祖禹〕
黄金作壁玉作堂 〔李应莘〕

青天为幕地为席 〔岳 珂〕
黄金作壁玉作堂 〔李应莘〕

黄金作壁玉作堂 〔李应莘〕
青山为路竹为门 〔孔武仲〕

黄金作壁玉作堂 〔李应莘〕
紫萝为带月为钩 〔石 敦〕

黄金作壁玉作堂 〔李应莘〕
青松为友竹为朋 〔张之翰〕

青鸾能歌兔能舞 〔杨维桢〕
红杏可婢桃可奴 〔强 至〕

紫蛇有光蜗有角 〔函 可〕
碧天无际水无涯 〔唐彦谦〕

黄精采根还采苗 〔护 国〕
青蒻裹盐仍裹茗 〔曾 几〕

骄马似龙旗似雨 〔姚 勉〕
美人如玉酒如渑 〔吴 芾〕

稻饭似珠菰似玉 〔陆 游〕
尺薪如桂米如金 〔苏 轼〕

每度暗来还暗去 〔王 建〕
几回相送复相迎 〔释绍嵩〕

两度劳心又劳力 〔释普济〕
几回经雨复经霜 〔张仲素〕

① 王处一：金元之际道教哲学家。母亲周氏梦见红霞绕身而生他。

几回经雨复经霜〔张仲素〕
一杯成喜亦成悲〔韦应物〕

独在异乡为异客〔王　维〕
每见故人思故园〔方　干〕

将以斯道觉斯民〔陈　栎〕
独与此君谈此心〔杨万里〕

须信孤云似孤宦〔王　周〕
要知良相即良医〔谢枋得〕

肯信高人有高卧〔戴表元〕
定知闲客欲闲来〔陆　游〕

可能相别还相忆〔戴叔伦〕
不知何地复何年〔白居易〕

任教春去复春还〔顾　随〕
休论人是与人非〔钱　时〕

安问在朝还在市〔胡　敬〕
更论谁后又谁今〔文天祥〕

惯看潮落又潮生〔葛绍体〕
懒听人是与人非〔黄　庚〕

更向西湖见西子〔曹　勋〕
只应天眼识天人〔苏　轼〕

天下何思复何虑〔白玉蟾〕
心头无喜亦无悲《红楼梦》

世间非醉亦非睡〔苏　洞〕
胸中何爱复何憎〔惟　则〕

个中非动亦非静〔王　铚〕
其间何怨复何恩〔白居易〕

是中非声亦非色〔刘　琰〕
其间堪笑复堪愁〔邵　雍〕

明月自来还自去〔崔　橹〕

十载相思不相见〔程长文〕
百年堪喜又堪伤〔薛　莹〕

欲将斯道觉斯民〔李　刘〕
独与此君谈此心〔杨万里〕

欲凭新句破新愁〔张玉娘〕
要将华发系华年〔陆维钊〕

但把贞心守贞色〔毛直方〕
只将残梦伴残灯〔陆　游〕

且共玉人斟玉醑〔黄庭坚〕
更依琼树开琼田〔梁诗正〕

遥怜故人思故乡〔高　适〕
静思前事似前生〔王　洋〕

虽不爱钱犹爱诗〔赵必象〕
苟非干利即干名〔邵　雍〕

安问在朝还在市〔胡　敬〕
懒听人是与人非〔黄　庚〕

若到越溪逢越女〔武元衡〕
更向西湖见西子〔曹　勋〕

天下何思复何虑〔白玉蟾〕
世间宜假不宜真〔吕　岩〕

心头无喜亦无悲《红楼梦》
胸中何爱复何憎〔惟　则〕

个中非异亦非同〔葛天民〕
其间何怨复何恩〔白居易〕

个中非动亦非静〔王　铚〕
其间堪笑复堪愁〔邵　雍〕

琴罢独歌还独吟〔张继先〕
雨余新沐更新梳〔杨万里〕

明月自圆还自缺〔刘　基〕

流年堪惜又堪惊　〔赵　嘏〕

兹言非智还非愚　〔李东阳〕
此门无古亦无今　〔黄庭坚〕

与茶作经花作谱　〔方　岳〕
以文为业砚为田　〔戴复古〕

于斯相逢复相别　〔释心月〕
至今堪叹亦堪羞　〔于　石〕

把酒自歌还自笑　〔王之道〕
抱书空出又空归　〔唐彦谦〕

老来无喜亦无忧　〔苏　洞〕
病中嫌雨又嫌晴　〔杨万里〕

醒后自看还自笑　〔陆　游〕
醉来堪喜亦堪伤　〔陆　游〕

斯人可期复可惜　〔陈观国〕
此花宜雨又宜晴　〔胡仲弓〕

至人无心亦无法　〔苏　辙〕
愚翁何喜复何忧　〔白居易〕

老僧阅世如阅画　〔林景清〕
幽人闻雁若闻莺　〔赵彦端〕

名士爱山如爱色　〔单可惠〕
幽人闻雁若闻莺　〔赵彦端〕

道人嚼花同嚼蜡　〔曾　焕〕
方士画符如画鸦　〔于　石〕

丈夫师古但师意　〔铁　保〕
英雄学儒必学佛　〔蒋敦复〕

春风堪赏还堪恨　〔雍　陶〕
仙客可望不可亲　〔杨万里〕

流年堪惜又堪惊　〔赵　嘏〕

与茶作经花作谱　〔方　岳〕
以书为辙道为轩　〔吴　泳〕

以鱼作蔬菱作粮　〔乔崇烈〕
与月为友花为邻　〔曾　懿〕

与君同醒复同醉　〔杨万里〕
教人嫌少不嫌多　〔杨万里〕

赠我以诗兼以酒　〔杨循吉〕①
愿渠无过亦无功　〔苏　轼〕

老去自鸣还自止　〔刘克庄〕
醉来忘渴复忘饥　〔白居易〕

睡思乍来还乍去　〔贺　铸〕
和诗频改又频吟　〔赵　蕃〕

老僧无见亦无说　〔卢　纶〕
愚翁何喜复何忧　〔白居易〕

至人无心亦无象　〔邓辅纶〕
愚翁何喜复何忧　〔白居易〕

少年观书如观火　〔戈　涢〕
幽人闻雁若闻莺　〔赵彦端〕

老僧学佛兼学圃　〔李　敬〕
高人读律仍读书　〔子　贤〕

村家爱桑如爱儿　〔李若水〕
书生得句胜得官　〔陈与义〕

春风堪赏还堪恨　〔雍　陶〕
佳人可望不可亲　〔章　甫〕

心火自生还自灭　〔元　稹〕
物情先盛复先衰　〔李　膺〕

---

① 杨循吉：明代礼部主事。好读书，每得意则手舞足蹈，不能自禁，人称“颠主事”。家富裕，以巨资购书，所藏书十余万卷，晚岁赤贫。

岁事报成还报始 〔邵　雍〕
人情怜旧复怜新 〔项安世〕

物景可吟兼可画 〔徐　照〕
情怀堪恨复堪怜 〔释　英〕

国境未安身未立 〔路德延〕
虏穴已扫庭已犁 〔孙应威〕

故人有文兼有武 〔屠应埈〕
老臣无国又无家 〔文天祥〕

将军推食复推衣 〔宁调元〕
先生钓鱼兼钓名 〔袁　绶〕

家酿满瓶书满架 〔白居易〕
野竹漫山水漫门 〔韩元吉〕

余生堪叹复堪怜 〔成廷珪〕
残年宜去亦宜休 〔刘克庄〕

香火一炉灯一盏 〔白居易〕
花雨半床云半窗 〔吴　泳〕

明月一栏风一枕 〔李　觏〕
奇书万卷酒万斛 〔黄　鹤〕

自是闲人足闲趣 〔陆　游〕
由来情种是情痴 〔孙云鹤〕

长洲水接淞江水 〔谢应芳〕
上台星近老人星 〔秦　观〕

众生家是法王家 〔虚云法师〕
社稷臣非少主臣 《随园诗话》

不知心里又藏心 《随园诗话》
那堪愁上更添愁 〔辛弃疾〕

却笑梦中还说梦 〔周汝昌〕①

物景可吟兼可画 〔徐　照〕
英雄堪恨复堪怜 〔叶绍翁〕

物景可吟兼可画 〔徐　照〕
时光堪恨也堪怜 〔赵长卿〕

文章有神交有道 〔杜　甫〕
珍珠无价玉无瑕 〔吴伟业〕

将军射虎不射石 〔李流谦〕
先生钓鱼兼钓名 〔袁　绶〕

诗翁爱花复爱柳 〔张　耒〕
道人乘月又乘风 〔赵彦端〕

平生宗释复宗儒 〔释智圆〕
如今非项亦非刘 〔王　奕〕

当时有月并有酒 〔刘　鉴〕
如今无壁更无门 〔杨　杞〕

麦饭一盂酒一滴 〔于　石〕
花雨半床云半窗 〔吴　泳〕

新茗一瓯香一篆 〔许月卿〕
奇书万卷酒万斛 〔黄　鹤〕

芙蓉城劣海棠城 〔刘克庄〕
兰亭春胜镜湖春 〔陆　游〕

赤甲山连白帝山 〔汪元量〕
三间愁接二妃愁 〔屈大均〕

合是愁时亦不愁 〔白居易〕
才堪休处便须休 〔释文珦〕

那向梦中还说梦 〔李化楠〕
莫於诗上更题诗 〔吴　泳〕

莫向空边更说空 〔曾　丰〕

---

① 周汝昌:红学家。书斋名“脂雪轩”,是脂砚斋与曹雪芹的合称。他每年都给曹雪芹“祝寿”,每逢曹雪芹的生日和忌日,都给他上香表达敬意。

不知身外更藏身 〔白玉蟾〕
未免泥中又洗泥 〔释 深〕

过尽长亭复短亭 〔汪仪凤〕
题遍南村与北村 〔刘克庄〕

踏遍千山与万山 《随园诗话》
行尽长亭又短亭 〔徐 霖〕

行尽千山与万山 〔葛立方〕
吟过长亭复短亭 〔戴复古〕

拣尽南枝与北枝 〔杨万里〕
啼了千声更万声 〔释绍嵩〕

看尽深红及浅红 〔释了惠〕
惹起新愁与旧愁 〔卢 炳〕

预知妾面如花面 〔赵崇嶓〕
料得君心似我心 〔刘得仁〕

能知古乐犹今乐 〔邵 雍〕
应觉他乡是故乡 〔乐雷发〕

须知花意如人意 〔杨无咎〕
应识今吾即故吾 《随园诗话》

但得新年胜旧年 〔黄庭坚〕
莫道今吾非故吾 〔潘 牥〕

试依北斗看南斗 〔苏 辙〕
且认他乡作故乡 〔陈寅恪〕

不知今夕是何夕 〔贾 岛〕
空想人间出世间 〔齐 己〕

未必人情知物情 〔白居易〕
只愿君心似我心 〔李之仪〕

只要今吾胜昔吾 〔曾 几〕
即是新年换故年 〔晁补之〕

因论佛地求心地 〔李 益〕
为上吴山望楚山 〔陈傅良〕

踏遍千山与万山 《随园诗话》
过尽长亭复短亭 〔汪仪凤〕

行遍千山复万山 〔高 翥〕
过尽长亭又短亭 〔白玉蟾〕

观尽千山与万山 〔胡仲弓〕
吟过长亭复短亭 〔戴复古〕

行遍江南忆剑南 〔陆 游〕
认得渔翁是放翁 〔陆 游〕

勘破无常即有常 〔虚云法师〕
说尽君心见我心 〔赵汝谈〕

预知妾面如花面 〔赵崇嶓〕
能推己心达人心 〔邵 雍〕

须知花意如人意 〔杨无咎〕
应觉他乡是故乡 〔乐雷发〕

须知花意如人意 〔杨无咎〕
莫道今吾非故吾 〔潘 牥〕

但得新年胜旧年 〔黄庭坚〕
且认他乡作故乡 〔陈寅恪〕

不知今夕是何夕 〔贾 岛〕
且认他乡作故乡 〔陈寅恪〕

不知今夕是何夕 〔贾 岛〕
只愿君心似我心 〔李之仪〕

情知是雪疑非雪 〔杨公远〕
欲为题诗未敢诗 〔杨公远〕

未知今夕是何夕 〔周 密〕
惟觉新年非故年 〔刘 基〕

误听风声是雨声 〔唐彦谦〕
错认梅枝作桂枝 〔杨万里〕

枉将眼界疑心界 〔苏　辙〕
错把风声作雨声 〔石光霁〕

错把风声作雨声 〔石光霁〕
反认他乡是故乡 《红楼梦》

傥非痴物亦俗物 〔方　回〕
不是诗人即道人 〔仇　远〕

休将世事关身事 〔王　炎〕
莫为前薪急后薪 〔宋　庠〕

莫忧世事兼身事 〔韩　愈〕
休问清流与浊流 〔刘　黻〕①

休论公地兼私地 〔喻良能〕
莫问南枝与北枝 〔韩元吉〕

休论公地兼私地 〔喻良能〕
莫问今年与去年 〔赵　蕃〕

休论公地兼私地 〔喻良能〕
莫问他乡与故乡 〔吕碧城〕

无论独乐兼同乐 〔杨万里〕
休说弹冠与挂冠 〔黄庭坚〕

更问如何与若何 〔释绍昙〕
始觉奇之又怪之 〔吕　岩〕

欲以先知觉后知 〔刘克庄〕
更把民饥作己饥 〔黄　榦〕

将谓金陵即秣陵 〔仇　远〕
直把杭州作汴州 〔林　升〕

将谓金陵即秣陵 〔仇　远〕
欲把杭州当橘州 〔八指头陀〕

即从江水浮淮水 〔曾　几〕

误道他乡是故乡 〔范　淑〕
错把风声作雨声 〔石光霁〕

傥非痴物亦俗物 〔方　回〕
不是奸人即妇人 〔罗　隐〕

傥非痴物亦俗物 〔方　回〕
不是花民即酒民 〔易顺鼎〕

休将世事关身事 〔王　炎〕
莫把无涯恨有涯 〔刘辰翁〕

休论公地兼私地 〔喻良能〕
莫问清流与浊流 〔钱　时〕

休论公地兼私地 〔喻良能〕
莫辨南枝与北枝 〔胡仲弓〕

休论公地兼私地 〔喻良能〕
莫道无情与有情 〔汤国梨〕

无论独乐兼同乐 〔杨万里〕
休问多才与不才 〔张伯玉〕

不须覆手仍翻手 〔杨万里〕
何必骑牛更觅牛 〔周无所住〕

欲把时风变古风 〔释玄宝〕
更易俗流作道流 〔王丹桂〕

长想吴江与蜀江 〔元　稹〕
直把杭州作汴州 〔林　升〕

将谓金陵即秣陵 〔仇　远〕
还把杭州送汴州 〔张　岱〕

即从巴峡穿巫峡 〔杜　甫〕
直自襄阳向洛阳 〔陆　游〕

长取新年续旧年 〔张　说〕

---

① 刘黻：南宋忠臣。因故触犯执政遭贬，归别其母解氏。解氏曰："为臣死忠，以直被贬，分也。速行！"在抗元的最后岁月里，积极投入战斗。及罗浮，以疾卒，其配林氏举家蹈海。

便下襄阳向洛阳　〔杜　甫〕

却从西岸抛东岸　〔杨万里〕
又向南山过北山　〔释法薰〕

水流圆折仍方折　〔陈　岩〕
路转前山复后山　〔武　衍〕

人言圆觉何曾觉　〔宋高宗〕
君问归期应有期　〔陈能宽〕

人言明祖如汉祖　〔蒋湘南〕①
自笑今吾即故吾　〔于　石〕

芭蕉易去愁难去　〔方　岳〕
光阴未老人先老　〔刘应凤〕

青春未老人先老　〔石延年〕
白发萧然涕泫然　〔欧阳修〕

水流东海月西海　〔梅尧臣〕
我向南州君北州　〔汪元量〕

我居北海君南海　〔黄庭坚〕
君管南村我北村　〔刘克庄〕

关山有限情无限　〔苏　轼〕
文字无穷才有穷　〔刘克庄〕

山河有尽情无尽　〔杨无咎〕
行役将穷兴未穷　〔赵　蕃〕

墙头前雪望后雪　〔黄景仁〕
城上长更续短更　〔陆　游〕

几度朝阳又夕阳　〔葛天民〕
八载梁州复益州　〔陆　游〕

几度言归未得归　〔刘　木〕
一日能留便少留　〔林亦之〕

总把官身换客身　〔朱南杰〕

涉历长亭复短亭　〔赵希迈〕
漂泊天涯更水涯　〔秋　瑾〕

人言圆觉何曾觉　〔宋高宗〕
君问归期未有期　〔李商隐〕

人道新诗胜旧诗　〔韦　庄〕
自笑今吾即故吾　〔于　石〕

未了风声又雨声　〔李流谦〕
不尽长吟复短吟　〔方　岳〕

人生易老天难老　〔毛泽东〕
鬓华虽改心无改　〔欧阳修〕

水流东海月西海　〔梅尧臣〕
君住南山我北山　〔蒲寿宬〕

君居北海我南海　〔袁　凯〕
我向南州君北州　〔汪元量〕

野鸟如歌又似啼　〔雍裕之〕
暮风似箭复如刀　〔杨万里〕

山河有尽情无尽　〔杨无咎〕
文字无穷才有穷　〔刘克庄〕

关山有限情无限　〔苏　轼〕
行役将穷兴未穷　〔赵　蕃〕

半世长亭复短亭　〔许有壬〕
几度朝阳又夕阳　〔葛天民〕

几叶秋声和雁声　〔万俟咏〕
一片今愁共古愁　〔吴　潜〕

鸳鸯欲绣偏难绣　《随园诗话》
神仙可学应须学　〔李　覯〕

---

①　蒋湘南：清代学者。自幼丧父，母亲王氏寒暑无间，对他进行启蒙教读。叔父见他聪明好学，置书千卷，聘请老师教授。

过眼红云成白云 〔刘克庄〕
转首今吾非故吾 〔林季仲〕

我叹今人似古人 〔李 新〕
谁道他乡异故乡 〔郭应祥〕

庭下榴花开未开 〔贺 铸〕
山中道士归不归 〔方 岳〕

玉室金堂深更深 〔洪咨夔〕
月窟天根玄又玄 〔方 回〕

憧憧门外红尘路 〔张 嵲〕
亭亭砌下黄金花 〔周文璞〕

毵毵华发映朱绂 〔陆 游〕
漾漾清流照翠微 〔张 耒〕

灿灿珠星联璧月 〔刘子翚〕
悠悠往古继来今 〔杨文郁〕

岁岁春芳付流水 〔吴鼎芳〕
年年秋草埋寒烟 〔陈德荣〕

往往哀丝间豪竹 〔吴文溥〕
处处垂杨接画桥 〔顾 瓛〕

处处绿杨堪系马 〔刘子羽〕②
在在青山可结庐 〔张 羽〕

美人娟娟隔秋水 〔杜 甫〕
梅花淡淡著寒烟 〔吴龙翰〕

绫梭夜夜织寒衣 〔杜 牧〕
舜琴日日弹薰风 〔王士熙〕

春光日日催行棹 〔熊 卓〕
秋心点点逐归鞭 〔周 无〕

芳草年年与恨长 〔冯延巳〕
琼箫夜夜挟愁吹 〔蒋 捷〕

花非解语如欲语 〔沈继祖〕
玉本无瑕却有瑕 〔释宗杲〕

南浦云归春亦归 〔何应龙〕
东塘水幽人更幽 〔张毛健〕

玉室金堂深更深 〔洪咨夔〕
槿篱竹户重复重 〔杨万里〕

路入灵峰西复西 〔蒲寿宬〕
家在扶桑东更东 〔韦 庄〕

飒飒凉风吹客鬓 〔殷 奎〕①
娟娟妙月照人衣 〔林季仲〕

灿灿珠星联璧月 〔刘子翚〕
耿耿银河涵玉绳 〔宋 濂〕

日日征帆送远人 〔李商隐〕
年年啼鸟怨东风 〔张 继〕

日日凄风兼苦雨 〔晁说之〕
岁岁新烽续旧烟 〔沈祖棻〕

萧萧绿竹无人爱 〔戴复古〕
翩翩黄鹤为谁来 〔韩元吉〕

茫茫大块洪炉里 〔刘 因〕
漠漠轻烟细雨中 〔刘子翚〕

尺素重重封锦字 〔赵令畤〕
银屏叠叠遮琐窗 〔唐芳第〕

春光日日催行棹 〔熊 卓〕
东风夜夜吹归心 〔宋 琬〕

方士年年采药去 〔白居易〕
春雨日日送愁来 〔刘 基〕

---

① 殷奎:明代学者。洪武初曾任咸阳教谕。念母致疾而卒,年四十六。
② 刘子羽:宋代抗金将领。弃文习武后,盛暑严寒,必清晨著单衫,入教坊学射矢三百。

琼箫夜夜挟愁吹〔蒋 捷〕
淑景年年倚恨生〔陈子龙〕

吴弦续续弹楚歌〔钱 林〕
胡骑骎骎犯蜀关〔王同祖〕

玉佩珊珊出禁扉〔王 庭〕
祥风习习飘天香〔王 迈〕

春云阴阴围绣幄〔杨 基〕
秋水娟娟隔美人〔张道洽〕

珠楼曲曲贮仙娃〔袁宏道〕
秋水娟娟隔美人〔张道洽〕

疏篱萧萧茅屋破〔杨 基〕
短发飕飕病骨轻〔陆 游〕

杨柳飘飘春思长〔刘学箕〕
蒹葭漫漫秋风多〔李 兼〕

长江浩浩数千里〔白玉蟾〕
修竹娟娟一万竿〔张 耒〕

曲中历历叙乡土〔刘 商〕
席间往往落珠玑〔吴 宽〕

浮生忽忽何须感〔陈 著〕
流年冉冉不曾停〔李 至〕

苍旻茫茫不可问〔魏了翁〕
白发萧萧未用惊〔陆 游〕

秋鬓苍苍春树碧〔黎廷瑞〕
梨花白白柳条青〔仇 远〕

几度问花花不语〔葛秀英〕
者番望月月才圆《随园诗话》

几度留春春竟归〔叶静宜〕
者番望月月才圆《随园诗话》

几度问春春不应《随园诗话》
者番望月月才圆《随园诗话》

几度消寒寒尚在〔石韫玉〕
者番望月月才圆《随园诗话》

几度唤他他不转〔陈楚南〕
者番望月月才圆《随园诗话》

几度寻春春不遇〔王国维〕
者番望月月才圆《随园诗话》

东风吹客客思家〔赵崇鉘〕
柳丝牵我我伤情〔薛 能〕

春寒侵竹竹憔悴〔苏 辙〕
秋风吹客客凄凉〔释行海〕

千古华山山下路〔释大观〕
十里荆溪溪上梅〔赵 蕃〕

人间桑海朝朝变〔李商隐〕
笔下文章日日新〔李 廌〕

春花秋草年年事〔方信孺〕
碧海青天夜夜心〔李商隐〕

疏梅淡月年年好〔赵彦端〕
野草闲花日日新〔楼 钥〕

春风秋月年年好〔徐 贲〕
白发苍颜日日新〔苏 辙〕

春风秋月年年好〔徐 贲〕
帝德王功日日昌〔崔敦诗〕

春风秋月年年好〔徐 贲〕
北曲南歌日日新〔方 回〕

春风秋月年年好〔徐 贲〕
柳色花光日日妍〔曾 惇〕

春风秋月年年好〔徐 贲〕
樵唱渔歌日日新〔杜荀鹤〕

山亭水馆处处好〔曾　巩〕
樵唱渔歌日日新〔杜荀鹤〕

蜑雨蛮烟日日催〔曾国藩〕
楚泽巴山岁岁忙〔陆　游〕

风车龙辇辚辚去〔屠　隆〕
水色山光滚滚来〔王之望〕

倚遍江南寺寺楼〔杜　牧〕
销尽平生种种心〔白居易〕

春风有意年年到〔刘辰翁〕
野水无情处处流〔薛　逢〕

朱颜那有年年好〔韩　嵺〕
白酒何妨日日中〔胡　铨〕

十年生死两茫茫〔苏　轼〕
一朝风雨寒霏霏〔苏　辙〕

碧桃红杏水潺潺〔许　浑〕
白云黄鹤思悠悠〔张　炎〕

玉宇琼楼寒漠漠〔刘　鉴〕
宦情羁思苦悠悠〔赵　蕃〕

宦情羁思共凄凄〔柳宗元〕
远书归梦两悠悠〔李商隐〕

落花流水太茫茫〔释重显〕
凄风苦雨却匆匆〔陆　游〕

来波去浪恨迢迢〔张　耒〕
落花飞絮思悠悠〔曹　勋〕

霞衣玉佩去飘飘〔杨　雯〕
鬟云黛雨散匆匆〔寇梦碧〕

寻魂吊影愁茫茫〔高　启〕
感时伤别思悠悠〔许　浑〕

卖鱼买酒醉日日〔徐　侨〕

水声山色年年好〔陈舜俞〕
樵唱渔歌日日新〔杜荀鹤〕

蜑雨蛮烟日日催〔曾国藩〕
纤妇耕夫处处忙〔卫宗武〕

百首新诗句句妍〔王之望〕
一帙遗文字字香〔程　珌〕

题遍江南寺寺诗〔张道洽〕
销尽平生种种心〔白居易〕

恩如明月家家到〔张　先〕
情似浮云处处生〔田　锡〕

长安古道马迟迟〔柳　永〕
杜陵寒食草青青〔韦应物〕

百年怀抱郁沈沈〔姚孝锡〕
半生心事澹悠悠〔赵　巩〕

青枫黑塞梦凄凄〔王　奕〕
白云黄鹤思悠悠〔张　炎〕

冷雨疏风凉漠漠〔葛长庚〕
宦情羁思苦悠悠〔赵　蕃〕

云情雨意两茫茫〔袁去华〕
水光山色同悠悠〔陈舜俞〕

落花流水太茫茫〔释重显〕
游丝飞絮何纷纷〔王鸣盛〕

断烟残日意沉沉〔武　衍〕
落花飞絮思悠悠〔曹　勋〕

含怨衔辛情脉脉〔黄　泳〕
感时伤别思悠悠〔许　浑〕

卖鱼买酒醉日日〔徐　侨〕
拥愁含恨过年年〔李　郢〕

卖鱼买酒醉日日〔徐　侨〕

传杯把笔过年年　〔黄庭坚〕

卖鱼买酒醉日日　〔徐　侨〕
看花骑马过年年　〔孙　蕡〕

眠云卧月只如如　〔释惟一〕
浮家泛宅何飘飘　〔释道昌〕

眠云卧月只如如　〔释惟一〕
浮家泛宅谩区区　〔赵鈛夫〕

问水寻山聊尔尔　〔金大车〕
浮家泛宅谩区区　〔赵鈛夫〕

天长地久终茫茫　〔文天祥〕
风流云散太匆匆　〔毛　滂〕

日往月来何草草　〔薛　逢〕
天长地久终茫茫　〔文天祥〕

古来今往尽茫茫　〔吴　融〕
天长地久大悠悠　〔释仲殊〕①

电光石火太迟迟　〔释宗杲〕
水萍风云何匆匆　〔赵汝鐩〕

耳边消息谩沉沉　〔刘庭信〕
眼前荣利徒纷纷　〔皎　然〕

高台春去恨茫茫　〔杜　牧〕
荒林秋尽雨潇潇　《随园诗话》

不成欢笑不成哭　〔黄庭坚〕
亦无烦恼亦无悲　〔顺治帝〕

不曾富贵不曾穷　〔陆　游〕
亦无烦恼亦无悲　〔顺治帝〕

不曾富贵不曾穷　〔陆　游〕

烹葵煮藜过年年　〔徐　侨〕

贪名逐利各区区　〔徐　积〕
求荣争宠任纷纷　〔白居易〕

问水寻山聊尔尔　〔金大车〕
眠云卧月只如如　〔释惟一〕

问水寻山聊尔尔　〔金大车〕
浮家泛宅何飘飘　〔释道昌〕

天长地久终茫茫　〔文天祥〕
寒来暑往自悠悠　〔陆定一〕

日往月来何草草　〔薛　逢〕
风流云散太匆匆　〔毛　滂〕

日往月来何草草　〔薛　逢〕
天长地久大悠悠　〔释仲殊〕

浅深浓淡一般般　〔吴　芾〕
是非得失两茫茫　〔辛弃疾〕

风前月下路漫漫　〔武三思〕
人间天上梦悠悠　〔白玉蟾〕

耳边消息空沉沉　《霞笺记》
眼前荣利徒纷纷　〔皎　然〕

不在江湖不在山　〔宋太宗〕
亦无烦恼亦无悲　〔顺治帝〕

不乞荣华不乞巧　〔任崧珠〕
亦无烦恼亦无悲　〔顺治帝〕

不曾富贵不曾穷　〔陆　游〕
也无风雨也无晴　〔苏　轼〕

不曾富贵不曾穷　〔陆　游〕

---

①　释仲殊：北宋僧人、词人，俗姓张。年轻时游荡不羁，几乎被妻子毒死，遂弃家为僧。先后寓居苏州承天寺、杭州宝月寺。因时常食蜜以解毒，人称“蜜殊”。与苏轼来往甚厚，自缢死。

也由人事也由天〔罗大经〕
也无欢喜也无愁〔释普度〕

不忧风雨不忧晴〔宋伯仁〕
也无欢喜也无愁〔释普度〕

不信神仙不信佛〔方　回〕
也无欢喜也无愁〔释普度〕

或居朝市或居山〔白玉蟾〕
也无欢喜也无愁〔释普度〕

不业农商不业儒〔释绍昙〕
也无欢喜也无愁〔释普度〕

不求名利不求荣〔良　价〕
也无欢喜也无哀〔空林子〕

独自凭栏独自愁〔倪　瓒〕
半缘修道半缘君〔元　稹〕

未曾减亦未曾添〔韩凤仪〕
半似春还半似秋〔程嘉燧〕

此时风月此时情〔蔡　伸〕
旧年颜色旧年心〔释仲殊〕

去年灯烛去年花〔范成大〕
旧时天气旧时衣〔李清照〕

白头浪里白头人〔白居易〕
紫阳山下紫阳翁〔杨万里〕

安乐窝前安乐僧〔王　洋〕
清净堂中清净人〔魏　野〕

一度春风一度花〔储　泳〕
半是夭桃半是梅〔陶　弼〕

千里故人千里月〔元好问〕

不求豪富不求官〔宋伯仁〕
也无欢喜也无愁〔释普度〕

不学神仙不学僧〔陈　著〕
也无欢喜也无愁〔释普度〕

不为容易不为难〔钱　颖〕
也无欢喜也无愁〔释普度〕

不为仇雠不为恩〔石达开〕①
也无欢喜也无愁〔释普度〕

清闲官秩清闲景〔张　素〕
自在身心自在舟〔李流谦〕

君王自有君王业〔张　汤〕
圣人仍是圣人甥〔岳　珂〕

昨夜星辰昨夜风〔李商隐〕
旧年颜色旧年心〔释仲殊〕

去年灯烛去年花〔范成大〕
旧日颜容旧日妆〔李建中〕

白头夫妇白头泪〔于右任〕
岁寒兄弟岁寒心〔王　柏〕

秋风亭下秋风客〔商　盘〕
友于阁上友于人〔赵　蕃〕

花前把酒花前醉〔邵　雍〕
枕上还乡枕上回〔杨万里〕

一片桃花一片春〔王　珪〕
数叶芭蕉数叶秋〔方　岳〕

千里故人千里月〔元好问〕

---

① 石达开:太平天国军事家、政治家,绰号石敢当,是太平天国最富有传奇色彩的人物之一。周询《蜀海丛谈》载:石达开等三人"系以凌迟极刑处死,至死均默默无声,真奇男子也。"相传他曾为冯云山改过这么一副对联:磨砺以须,问天下头颅几许?及锋而试,看老夫手段如何!

万顷沧江万顷秋　〔董　颖〕

千里故人千里月　〔元好问〕
一年春事一年心　〔何应龙〕

千里故乡千里梦　〔元好问〕
十年春事十年心　〔高观国〕

千遍思量千遍泪　〔杨　澈〕
一番离别一番愁　〔袁　绶〕

隐逸人对隐逸花　〔孙玉庭〕
顺水风吹顺水船　〔陈　杰〕

新生涯即旧生涯　〔章　康〕
好因缘是恶因缘　〔李　漳〕

柳使君输杨使君　〔白居易〕
新花枝胜旧花枝　《随园诗话》

崔公楼替庾公楼　〔白居易〕
张家军比岳家军　〔沈继祖〕

苏公堤接白公堤　〔完颜麟庆〕
汉王城对楚王城　〔文天祥〕

东家女笑西家女　《随园诗话》
白头人送黑头人　〔易士达〕

东家女笑西家女　《随园诗话》
南姚村打北姚村　〔方　回〕

下水船为上水船　〔吴　芾〕
忧君心是致君心　〔韦　庄〕

下水船逢上水船　〔杨万里〕
无声诗索有声诗　〔胡仲弓〕

遇饮酒时须饮酒　〔唐　寅〕
得开眉处且开眉　〔黄庭坚〕

遇饮酒时须饮酒　〔唐　寅〕
得吟诗处且吟诗　〔姜特立〕

万重离恨万重山　〔程　垓〕

千里故人千里月　〔元好问〕
十年春事十年心　〔高观国〕

几度相逢几度别　〔汪元量〕
为谁归去为谁来　〔陈尧佐〕

千古心存千古事　〔何梦桂〕
十分春是十分愁　〔周端臣〕

商量开尽商量落　〔陈　藻〕
等闲飞去等闲来　〔方信孺〕

此日人非昔日人　《周秦行纪》
李将军是故将军　〔李商隐〕

新花枝胜旧花枝　《随园诗话》
今夫人赛昔夫人　〔邹应龙〕

吴国山迎越国山　〔何宋英〕
汉王城对楚王城　〔文天祥〕

上尧峰接下尧峰　〔闵　华〕
大洞天连小洞天　〔毛　奎〕

东家女笑西家女　《随园诗话》
今年人哭去年人　〔柴随亨〕

南山高是北山高　〔杨万里〕
昨夜圆非今夜圆　〔李建枢〕

下水船为上水船　〔吴　芾〕
折花人是惜花人　〔龚　璛〕

得开眉处且开眉　〔黄庭坚〕
堪白头时好白头　〔释重显〕

遇饮酒时须饮酒　〔唐　寅〕
得抽头处好抽头　〔曹　勋〕

合望月时常望月　〔王　建〕
得吟诗处且吟诗　〔姜特立〕

合望月时常望月　〔王　建〕
得饶人处且饶人　〔蔡州道人〕

汉人歌罢楚人歌　〔汪元量〕
南商行过北商行　〔高　启〕

葫芦自去缠葫芦　〔欧阳景〕
英雄还要识英雄　〔华　岳〕

西施终是老西施　〔方　回〕
并州非复旧并州　〔欧阳詹〕

乌头未白人头白　〔允　礼〕
麦花不生菜花生　〔王又旦〕

编罢邑人编郡人　〔崔　旭〕
慰了农心慰士心　〔刘克庄〕

寻罢酒徒寻猎徒　〔陆　游〕
听尽吴歌听楚歌　〔王　苏〕

寻罢酒徒寻猎徒　〔陆　游〕
看过桃花看藕花　〔仇　远〕

非谒朱门谒孔门　〔杜荀鹤〕
不属番家属汉家　〔陆　游〕

莫画长眉画短眉　〔元　稹〕
不爱浓妆爱淡妆　〔王同祖〕

扇影似人人似月　〔厉　鹗〕
月光如水水如天　〔赵　嘏〕

年年衣袖年年泪　〔晏几道〕
日日湖山日日春　〔邓石如〕

年年花月年年病　〔陈　云〕
处处风波处处愁　〔唐　寅〕

暖醺醺后困蒙蒙　〔范成大〕
闹浩浩处冷湫湫　〔释守净〕

汉人歌罢楚人歌　〔汪元量〕
桃花飞后杨花飞　〔林　宪〕

屈生去后祢生去　〔陈锺祥〕
汉人歌罢楚人歌　〔汪元量〕

西施终是老西施　〔方　回〕
少年安得长少年　〔李　贺〕

富贵那能长富贵　〔金　庸〕
荣华未必是荣华　〔刘　基〕

出水何如未出水　〔释崇岳〕
为僧难得不为僧　〔杜荀鹤〕

听尽吴歌听楚歌　〔王　苏〕
劝醉周公劝鲁公　〔范成大〕

寻罢酒徒寻猎徒　〔陆　游〕
看尽闽山看越山　〔刘子翚〕

陶诗和后和丰诗　〔吕文老〕
李花看了看桃花　〔杨万里〕

非谒朱门谒孔门　〔杜荀鹤〕
不读儒书读道书　〔白玉蟾〕

客舍似家家似寄　〔刘克庄〕
月光如水水如天　〔赵　嘏〕

扇影似人人似月　〔厉　鹗〕
泪痕如雨雨如丝　〔徐　勃〕

年年衣袖年年泪　〔晏几道〕
处处风波处处愁　〔唐　寅〕

长安夜夜家家月　〔章孝标〕
圣主朝朝暮暮情　〔白居易〕

暖醺醺后困蒙蒙　〔范成大〕
闹浩浩处静悄悄　〔释了演〕

角声朝朝兼暮暮〔朱　湾〕
歌钟夜夜复年年〔方　干〕

暗虫唧唧夜绵绵〔白居易〕
寒灯耿耿漏迟迟〔徐　铉〕

离心杳杳思迟迟〔寇　准〕
病身兀兀意昏昏〔杨万里〕

清歌曲曲酒巡巡〔张　先〕
幽香淡淡影疏疏〔陆　游〕

生计悠悠身兀兀〔白居易〕
前程渺渺鬓斑斑〔张可久〕

从此朝朝仍暮暮〔程嘉燧〕
于今了了复玄玄〔何绍基〕

欲问卿卿还好好〔陈三聘〕
何如暮暮与朝朝〔朱淑真〕

如此文文而章章〔黄清老〕
居然是是亦非非〔陈傅良〕

不作奇奇并怪怪〔吴则礼〕
底须莫莫更休休〔郑清之〕

莫言闲话是闲话〔卫　准〕
那论昔人非昔人〔释宗杲〕

惜花须惜海棠花〔刘克庄〕
学诗莫学晚唐诗〔王义山〕

击鼓莫击少卿鼓〔陈　瑚〕
作诗须作古人诗〔曹彦约〕

无营无欲自如如〔李　至〕
非凡非圣独醒醒〔贯　休〕

年年春事关心事〔李　甲〕
日日花光乱酒光〔苏　洞〕

襟抱磊磊还落落〔陈　淳〕
利名莫莫复休休〔刘秉忠〕

芳心脉脉夜迢迢《随园诗话》
病身兀兀意昏昏〔杨万里〕

流光匆匆泪潺潺〔李　壁〕
浮云澹澹心悠悠〔房　皞〕

花影摇摇情默默〔余观复〕
烟光澹澹思悠悠〔李　昉〕

生计悠悠身兀兀〔白居易〕
布衣衲衲发星星〔唐　寅〕

若使悠悠复泛泛〔范承谟〕
何如莫莫与休休〔李流谦〕

如此朝朝还暮暮〔张继先〕
居然是是亦非非〔陈傅良〕

不作奇奇并怪怪〔吴则礼〕
何须苦苦更波波〔释印肃〕

不作奇奇并怪怪〔吴则礼〕
何分白白与红红〔王同祖〕

莫言闲话是闲话〔卫　准〕
安知后人哀后人〔俞　畴〕

击鼓莫击少卿鼓〔陈　瑚〕
惜花须惜海棠花〔刘克庄〕

树头树底花楚楚〔彭　纲〕
天上天下人痴痴〔释如珙〕

南海以南北岳北〔汤贻汾〕
东门之东西市西〔谢应芳〕

年年春事关心事〔李　甲〕
岁岁花时是病时〔方　回〕

岁岁求晴复求雨 〔郭　登〕
日日看山还看云 〔王　绂〕

依依宫柳拂宫墙 〔谢克家〕
悠悠春梦逐春风 〔张　耒〕

如此如此复如此 〔卢　仝〕
一朝一朝又一朝 〔李元圭〕

农家农家乐复乐 〔陆　游〕
世人世人知不知 〔唐士耻〕

云不成云雨不雨 〔沈明臣〕
溪自是溪山自山 〔陈　著〕

生固非生死非死 〔汪　端〕①
古倏成古今成今 〔汪仲鈖〕

诗人说诗等说法 〔吴　宽〕
蚕娘养蚕如养儿 《随园诗话》

山气化云云化水 〔丘逢甲〕
月波成露露成霜 〔杨万里〕

我自识花花识我 〔家铉翁〕
侬不觉他他觉侬 〔杨万里〕

我自识花花识我 〔家铉翁〕
人非照镜镜照人 〔许　玠〕

酒不断愁愁断酒 〔庄盘珠〕
人非照镜镜照人 〔许　玠〕

我念梅花花念我 〔黄　昇〕
吾爱白云云爱吾 〔郭时雍〕

各养其养适其适 〔李兆洛〕
但有所有无所无 〔苏　辙〕

溶溶春水浸春云 〔欧阳修〕
依依宫柳拂宫墙 〔谢克家〕

一日一日复一日 〔陈允平〕
万年万年更万年 〔释惟一〕

双燕双燕复双燕 〔郑　韶〕
一朝一朝又一朝 〔李元圭〕

清者自清浊者浊 〔陈　基〕
浓处还浓枯处枯 〔杨万里〕

花者必花柳必柳 〔方　回〕
贵人自贵贫自贫 〔元　稹〕

生固非生死非死 〔汪　端〕
事如无事为无为 〔邵　堂〕

水气浮天天接水 〔纳兰性德〕
人面看花花笑人 〔王　洋〕

侬不觉他他觉侬 〔杨万里〕
卿须怜我我怜卿 〔冯小青〕②

我自识花花识我 〔家铉翁〕
人不见渠渠见人 〔方　岳〕

蝶不恋花花恋蝶 〔徐　灿〕
人非照镜镜照人 〔许　玠〕

雪似故人人似雪 〔苏　轼〕
冰如溪水水如冰 〔杨万里〕

以马喻马指喻指 〔翁方纲〕
似叟非叟姝非姝 〔王鸣盛〕

求晴得晴雨得雨 〔程敏政〕
嫁狗逐狗鸡逐鸡 〔赵汝鐩〕

---

① 汪端:清代女诗人。幼聪慧,读木华《海赋》、庾信《哀江南赋》两遍,即能背诵无误。翁陈文述、夫陈裴之均为诗人。陈文述称他们夫妇二人曰:玉女金童膝下人,佳儿佳妇说无伦。

② 冯小青:明代才女,工诗词,解音律。年十八,命画师画像自奠而卒。

以醒为醉醉为醒　〔田　雯〕
因空成色色成空　〔辛弃疾〕

弄假像真真像假　〔虞　俦〕
祷晴得雨雨得晴　〔王之道〕

谁为白眼谁青眼　《随园诗话》
孰是真儒孰盗儒　〔刘克庄〕

旧新新旧千重变　〔文怀沙〕
色空空色两无殊　〔王丹桂〕

渺渺濛濛云一缕　〔徐　灿〕
潇潇洒洒屋三间　〔戴复古〕

岁岁年年事征战　〔冯待征〕
朝朝暮暮卷衣裳　〔曹　勋〕

岁岁年年送春去　〔丘　葵〕
朝朝暮暮望君归　〔钱　氏〕

岁岁年年送春去　〔丘　葵〕
朝朝暮暮望郎来　〔洪良浩〕

时时处处通消息　〔释正觉〕
年年日日报平安　〔仇　远〕

生生死死浑虚语　〔梁羽生〕
来来去去总玄机　〔林景熙〕

念念时时修净业　〔可　旻〕
行行坐坐执空观　〔释印肃〕

郁郁葱葱生瑞气　〔释如净〕
霏霏拂拂凝香雨　〔徐　于〕①

盈盈耿耿意无尽　〔陆　游〕
莫莫休休兴已阑　〔虞　俦〕

休休歇歇无分别　〔张继先〕
去去来来总自由　〔袁　燮〕

生生死死皆如梦　〔葛长庚〕
非非是是总成空　〔周　密〕

去去来来只如此　〔杨冠卿〕
是是非非可奈何　〔章仙岩〕

兀兀腾腾聊自遣　〔寇　准〕
悠悠漫漫竟何成　〔元　稹〕

杳杳袅袅清且切　〔常　建〕
霏霏飒飒重还轻　〔李　端〕

飘飘忽忽散复聚　〔陈　寅〕
霏霏飒飒重还轻　〔李　端〕

槎槎牙牙老梅树　〔释如净〕
凹凹凸凸破沙盆　〔释普度〕

刹刹尘尘三昧事　〔释正觉〕
辣辣辛辛一味禅　〔释心月〕

刹刹尘尘三昧事　〔释正觉〕
行行住住百年身　〔张中行〕

扰扰匆匆水里月　〔释重显〕
来来去去山中人　〔释正觉〕

霏霏拂拂又迢迢　〔吴　融〕
飘飘荡荡复悠悠　〔沈　周〕

闲听瑟瑟潇潇雨　〔钱　穆〕
静阅胶胶扰扰身　〔李流谦〕

唧唧唧唧复唧唧　〔杨万里〕
行行行行重行行　〔陈　毅〕

---

① 徐于:明代常熟人。身为贵公子,不问家人生产。与歌妓王桂善,家贫不能娶。桂归嘉禾富人子,郁郁且死,召于与诀,于岁吊其墓。集唐人句为百绝以悼之。后复识妓徐三,尽资备装。值于卧病,三窃其资他适,于遂不食死。

附　　录

附录 A：人名联

白起　黄璞　黄钺　黄琮　　黄芦　黄菊　黄岩　碧玉
黄兴　白圭　白圭　白圭　　白薇　白薇　白水　绿珠

白起：战国时期秦国名将，与王翦、廉颇、李牧并称“战国四将”。长平之战中，坑杀赵国四十万降卒，仅留下二百多个年轻的士卒回赵国报信，有“人屠”之称。后受相国范雎谗害，被秦昭襄王赐死。毛泽东评价他说：“论打歼灭战，千载之下，无人出其右。”

白璧　蓝玉　朱服　朱绂　朱衣　艾青　艾丹　侯显
绿珠　绿珠　黄裳　黄裳　黄裳　萧红　萧红　王通

蓝玉：明代大将军，开平王常遇春妻弟。被朱元璋以谋反罪诛杀，剥皮实草，传示各地，史称“蓝玉案”。

侯喜　陶铸　程远　邹鲁　齐鲁　李杜　李杜　俞樾
王欢　铁凝　路遥　李唐　秦晋　苏辛　马列　季承

周密　郑重　舒坦　康泰　屈平　陈平　张角　居正
严谨　庄严　平安　平安　张衡　齐安　关羽　端方

张衡：字平子，东汉天文学家、发明家，与“谋圣”姜子牙，“商圣”范蠡，“科圣”张衡，“医圣”张仲景，“智圣”诸葛亮并称“南阳五圣”。

秉志　张冕　张勋　启功　于漪　寒山　金波　田叟
守节　戴冠　启功　废名　斯霞　清江　玉液　江翁

夏历　周礼　周文　韩文　秋瑾　商盘　商盘　夏鼐
周诗　唐诗　唐诗　杜诗　夏圭　夏圭　周鼎　商盘

韩文：明代大臣。因正直得罪刘瑾而被罚至“家业荡然”。生时，父梦紫衣人抱送文彦博至其家，故名之曰文。　周鼎：清代陕西慈善人物。光绪年间关中遭灾，州县筹集救济资金，带头捐银五千两，小麦数百石，乡里饥饿者多得救。第二年，州县救济已停，秋田作物未熟，他又拿出三千两银子，散给本里及府城附近各户，乡里感悦。

宋玉　林外　南子　西川　松筠　芦荻　终童　贾生

明珠　田中　西施　北岛　柏杨　柏杨　贾生　周郎

武臣　武仙　侯冕　龙云　柯岩　秦大河　秦大河
文翁　文翁　王冠　凤山　乔石　周小川　赵长天

梅尧臣　蒲松龄　蒲松龄　蒲松龄　蒲松龄　黄金台
蒲禹卿　李龟年　李椿年　李鹤年　杨鹤年　白玉堂

李龟年:唐玄宗时著名音乐家,被誉为“歌圣”“乐圣”。一次唱歌时突然昏倒,只有耳朵还有热气,妻子不忍心把他装进棺材。过了几天,又慢慢苏醒过来,最终郁郁而死。

红线女　黄老虎　鲁赤水　宋清如　孔继孟　于化虎
白云生　白牡丹　齐白石　唐安然　曾对颜　邱成龙

鲁赤水:康生的笔名之一,与“齐白石”相对。据说“鲁”是为了对“齐”,“赤”是为了对“白”,“水”对“石”有“水滴石穿”之意。

徐化虎　王赐福　罗振玉　王耀武　张经武　车若水
迟变龙　侯承恩　张佩纶　侯显文　罗历戎　马如龙

秦如虎　石韫玉　石韫玉　田种玉　罗爱爱　杨珊珊
唐若龙　田生金　田生芝　石生金　张惜惜　柳依依

柳依依:清代才女。江苏无锡人,俞莹姬人。善写梅,能吟咏。另有《西泠闺咏》载:柳依依字灵和,江苏扬州人,归方氏。随夫侍翁官浙东,夫死守贞,时年十八。越三载被贼虏,不食七日卒。

麦玲玲　凤飞飞　周柏春　唐槐秋　陶于菊　万斛泉
柳依依　龙飘飘　唐桂芳　周柏春　周以莲　千家驹

田千顷　郭钟岳　岳钟琪　元轻白俗　郊寒岛瘦
米万钟　顾羡季　季羡林　归奇顾怪　张颠素狂

归奇顾怪:归,指清初文学家归庄。顺治十年,归庄“泣血负土”以葬先辈,并于墓侧筑茅庐而居。自题一联于堂上:“两口寄安乐之窝,妻太聪明夫太怪;四邻接幽冥之宅,人何寥落鬼何多。”内室署名“推仔楼”,别人不解其意,答曰:“才子佳人合抱也(“推仔”二字拆开,即是“才子佳人”)。”他的字号很多,如“归来乎”“逐花狂客”等等。他曾说“名从其旧,字从其新,号从其怪者云。”顾,即“明末清初三大儒”之一的顾炎武。归庄与顾炎武都是江苏昆山人,都是抗清志士,都是复社成员,且同年而生,志趣一致,相知相交长达四十年之久。归庄生平“最善顾炎武,以博雅独行相推许,而俱不谐于俗。里中有归奇顾怪之目。”顾炎武“读书一目十行,性耿介,绝不与人交,独与晨庄归庄善,同游复社,相传有归奇顾怪之目。”后人在诠释“归奇顾怪”时说:“先生(指顾炎武)北游后已不复怪,庄虽里居而晚节益奇。”“归奇顾怪”也可理解为“瑰奇古怪”。

李文杜诗　尉迟敬德　阔普通武　阔普通武　田间田汉
杨骚柳风　仆固怀恩　綦毋怀文　伊藤博文　巴金巴人

伊藤博文：日本政治家，第一个内阁首相，第一个枢密院议长。他曾四次组阁，任内发动中日甲午战争，胁迫清政府签订《马关条约》。1909 年 10 月 26 日，在中国哈尔滨车站被朝鲜爱国志士安重根刺杀。

陈诚陈策　鲁肃张鲁　惠施施惠　公孙衍犀首
张长张弓　周瑜庄周　公刘刘公　顾恺之虎头

李阳冰笔虎　李长吉诗鬼　金圣叹人瑞
杨维桢文妖　杨维桢文妖　贺方回鬼头

黄居难乐地　碧野杨绛梅白　张可久尚可喜
白居易乐天　绿原柳青萧红　史可法袁可嘉

史可法：明末抗清名将、民族英雄。《明史》记载：史可法母亲"尹氏有身，梦文天祥入其舍，生可法。"史可法短小精悍，面黑，目烁烁有光。年四十余，无子，其妻欲置妾。太息曰："王事方殷，敢为儿女计乎！"

蔡尚思艾思奇　杨牧秦牧牧碧野　碧野田间作田汉
钱钟书魏书生　艾青柳青青绿原　绿原沙汀鸣沙鸥

周涛王涛　涛声迭起　辜鸿铭　汉滨读易者
张澜杨澜　波澜不惊　郑观应　罗浮待鹤人

辜鸿铭：名汤生，鸿铭为其字，号立诚，别署汉滨读易者。"清末怪杰"，清代精通西洋科学、语言兼及东方华学的中国第一人。袁世凯死，全国举哀三天，他特意请来一个戏班，在家里大开堂会，热闹了三天。西方人云："到中国可以不看紫禁城，但不可不看辜鸿铭。"自称"一生四洋"，即：生在南洋，学在西洋，婚在东洋，仕在北洋。

郭忏悔吾　杨守敬惺吾　张九龄子寿　陆九龄子寿
黄维悟我　林尹民无我　金日磾翁叔　马日磾翁叔

张九龄：字子寿，唐代名相。自幼天资聪慧，五六岁便能吟诗作对，人称神童。年十三，以书干广州刺史王方庆，大嗟赏之，曰："此子必能致远。"

李续宾克惠　李续宜克让　石德宽敬吾　潘达微景吾
钱大昕竹汀　钱大昭竹庐　吕叔简心吾　胡惟德馨吾

孙武孙文前呼后应　薛岳仰岳岳乃伯陵
张骞张謇分道扬镳　龙云登云云为子舟

薛岳仰岳岳乃伯陵：薛岳是国民党上将，抗日名将，被认为是抗日战争中歼灭日军最多的中国将领，有抗日"战神"之称。侵华日军总司令冈村宁次曾说："撼山易，撼薛将军难！"

父亲因仰慕岳飞，给他取名仰岳，字伯陵，后来他自己改名薛岳。

龙云登云云为子舟：龙云原名登云，字志舟，又字治舟、子舟，国民党上将。人称“云南王”“民主堡垒”。

孙坚孙策孙权　一门英俊　　　　刘邦歌大风风起云涌
苏洵苏轼苏辙　千古风流　　　　曹操观沧海海阔天空

孙坚：字文台，吴大帝孙权之父，东汉末年军阀，吴国的奠基者。三十七岁中箭身亡。《吴书》载：母怀妊坚，梦肠出绕吴昌门，寤而惧之，以告邻母。邻母曰：“安知非吉征也?”坚生，容貌不凡，性阔达，好奇节。

孙策：字伯符，孙坚长子，孙权之兄。在一次狩猎中为刺客所伤，不久死去，年仅二十六岁。　孙权：字仲谋，吴国的建立者。生来紫髯碧眼，目有精光，方颐大口，形貌奇伟，异于常人。

张慎言　孙慎行　言行一致　　　　秦绍文　王绍武　文武兼备
林思进　汤思退　进退两难　　　　赵尚志　马尚德　志德非凡

沈秉堃　熊秉坤　音同形异　　　　高攀龙　李攀龙　攀龙附凤
周公瑾　夏公谨　貌合神离　　　　沈起凤　朱起凤　起凤腾龙

关汉卿　张汉卿　亦文亦武　　　　李宗仁　傅作义　有仁有义
米元章　王元章　如痴如狂　　　　王耀武　苏炳文　亦武亦文

蒋中正　宋美龄　中美合作　　　　蒋中正　宋美龄　中美合作
邵飘萍　林白水　萍水相逢　　　　向警予　蔡和森　向蔡同盟

蒋中正　宋美龄　中美合作：宋美龄，蒋介石第四任妻子，又称蒋宋美龄、蒋夫人。她集美貌、财富、权力、荣誉于一身。1949 年，当选为“全世界十大美人”，且名列榜首。在对待生与死的问题上，笃信基督的她有一则经典语录：上帝让我活着，我不敢轻易去死；上帝让我去死，我决不苟且地活着。2003 年 10 月病逝美国，享年 106 岁。1927 年 12 月 1 日，蒋中正与宋美龄在上海举行盛大婚礼，有人称之为“中美合作”。

唐生明　唐生智　颇为明智　　　　张树声　李振声　声声入耳
洪仁发　洪仁达　徒然发达　　　　韩素音　林徽音　音音成韵

林徽音：后改名林徽因，民国才女，建筑学家、诗人。

汪南溟　薛南溟　不是于北溟　　　　李北海　康南海　海阔凭鱼跃
孔北海　李北海　亦非康南海　　　　武则天　张闻天　天高任鸟飞

李北海　康南海　海为龙世界　　　　宋嘉树　罗琼树　树树皆秋色
武则天　张闻天　天是鹤家乡　　　　安禄山　阎锡山　山山唯落晖

海阔凭鱼跃；天高任鸟飞：由唐代诗僧玄览的诗句“大海从鱼跃，长空任鸟飞”演变而来。

海为龙世界;天是鹤家乡:邓石如题铁砚山房联。流传甚广的“海为龙世界,云是鹤家乡”,是由于误写邓石如的对联而来。

卓文君王昭君　迩事父远事君
于慎行郝懿行　听其言观其行

孔子孟子老子庄子　天之骄子
汉人唐人古人今人　龙的传人

精卫填海　女娲补天　海天一色
夸父逐日　嫦娥奔月　日月同辉

女娲补天　杞人忧天　天若有情天亦老
嫦娥奔月　貂蝉拜月　月如无恨月长圆

宋霭龄　宋庆龄　宋美龄　一门佳丽
王羲之　王徽之　王献之　两代才人

宋霭龄　宋庆龄　宋美龄:历史上著名的宋氏三姐妹。她们的丈夫分别为中华民国南京国民政府行政院长兼财政部长孔祥熙;中华民国和中国国民党创始人孙中山;中国国民党当政时期党、政、军主要领导人蒋介石。后二者又通常被称作当时中国的第一夫人。像这样才貌双全、声名煊赫的三姐妹,在世界历史上亦极为罕见。

王徽之:字子猷,东晋名士、书法家,王羲之第五子。为人生性高傲,放诞不羁。有关他的故事很多,如《桓子野吹笛》:王子猷出都,尚在渚下。旧闻桓子野善吹笛,而不相识。遇桓于岸上过,王在船中,客有识之者云:“是桓子野。”王便令人与相闻,云:“闻君善吹笛,试为我一奏。”桓时已贵显,素闻王名,即便回下车,踞胡床,为作三调。弄毕,便上车去。客主不交一言。

李谪仙　贾浪仙　蒲留仙　仿佛神仙
顾宁人　孙立人　周树人　决非凡人

王安道　戴安道　杜安道　守德安道
于慎行　孙慎行　查慎行　谨言慎行

卢抱经　臧拜经　王念经　引经据典
袁宗道　陈师道　李行道　乐道安贫

李德生　白健生　傅宜生　三生有幸
葛云飞　钱壮飞　王若飞　一飞冲天

金日磾　马日磾　金日磾乃匈奴太子
郦食其　审食其　郦食其是高阳酒徒

王履畸叟　刘郁文拙叟　胡震亨遯叟
傅山浊翁　万斯大跛翁　刘子翚病翁

吴兆麟畏三　谭延闿畏三　处世焉能无畏
庞际云省三　刘铭传省三　为人确须自省

赵伸符执信　朱大符执信　信乃立身之本
杨靖宇尚德　高君宇尚德　德为做人之基

高君宇:原名高尚德,五四运动时期北京大学学生会负责人。北京陶然亭高君宇的墓碑上,恋人石评梅题写着他的名句:“我是宝剑,我是火花。我愿生如闪电之耀亮,我愿死如彗星之迅忽。”石评梅病逝后,人们把他俩葬在了一起,总算了却了这位才女“生前未能相依共处,愿死后得并葬荒丘”的遗愿。周恩来总理夫妇曾多次前往凭吊他们。

于学忠　张学良　忠者自忠　良者自良
孙澹静　蒋澹宁　静者得静　宁者得宁

鳌叟　蝯叟　虹叟　石叟　都似清痴叟
弱翁　病翁　倦翁　悔翁　尽是刁懒翁

王子安　李易安　辛幼安　何曾身安心安
杜牧之　韩退之　胡适之　姑且听之任之

项羽称王　关羽称帝　陆羽称圣　帝王或许入圣
李白是仙　李贺是鬼　李渔是凡　仙鬼当然超凡

许褚虎痴　张难先义痴　陆子玄清痴　黄公望大痴
郑谷守愚　吕廷振乐愚　王光祈若愚　沈德潜归愚

张轸翼三　顾祝同墨三　蒋鼎文铭三　佟麟阁捷三
方天运九　孙兰峰畹九　郝梦龄锡九　金汉鼎铸九

陈长捷介山　蒋中正介石　王仲廉介仁　郑杰夫介民
陈厚甫绍宽　朱宝瑛绍良　王家烈绍武　秦德纯绍文

一钱太守刘祖荣
二春居士李宝嘉
三教外人邓牧心
四明狂客贺知章
五柳先生陶渊明
六如居士唐伯虎
七绝圣手王昌龄
八指将军黄克强
九峰先生蔡仲默
十全老人乾隆帝
百子山樵阮大铖
千岩老人萧德藻
万里长城檀道济

附录B:自撰联

强身莫若习武
养德有待修文

教诗书传人道
赏花鸟悟天机

琅琅书声读寒暑
沙沙笔歌写春秋

东坡文笔健若龙
太白诗骨傲似仙

水浒英雄气竟短
红楼儿女恨偏长

琴棋书画风雅物
诗词歌赋性情篇

苏州杭州　物华天宝
北京南京　人杰地灵

物事荣枯天地意
人生穷通古今情

读书耻作名利计
处世羞为稻粱谋

五经四书　儒家宝典
三教九流　俗世奇观

诗书闲岁月
花鸟小生涯

书卷中多好岁月
人情里有大文章

醉翁亭上　觥筹交错
桃花源里　鸡犬相闻

采菊东篱　种豆南山
酌酒花间　吟诗月下

陶渊明隐士本色
李太白才子风流

岳阳楼头　范仲淹先忧后乐
幽州台上　陈子昂吊古伤今

襄阳南阳　无非两汉地域
玄德孟德　都是一代天骄

著书但求富
处世何妨贫

百年身世杜工部
千秋才调李谪仙

马致远天涯寄秋思
余光中海外怀乡愁

天地英雄气
花月美人风

养我浩然气
乘彼快哉风

读书须静　静中方悟圣贤意
赏花宜闲　闲里始知造化心

附录 C:劳生吟草

胡春芳

1　田园小景

山上男孩砍柴,河下女娃捞虾。
田里农夫种麦,园中妇女摘瓜。

1982 年

2　春光

一树二树三树四树,十朵百朵千朵万朵。
山山水水村村寨寨,桃红柳绿燕舞莺歌。

1985.4.10

3　山乡纪事

听——
丁当　丁当
青山深处什么响

看——
丁当　丁当

载着牧童的黑水牛
行走在山下的碧原上

1986.7.14

4　题雪莱像

你是暴风
你是闪电
你狂啸着
你闪耀着

你是烈火
你是利剑
你燃烧着
你挥舞着

你是迎风搏击的大鹰
你是直冲九霄的云雀
你翱翔着
你歌唱着

你驱逐黑暗
你抽打黑暗
你焚烧黑暗
你刺杀黑暗
你蔑视乌云
你呼唤春天

你是风之魂
你是电之魂
你是火之魂
你是剑之魂
你是勇猛的斗士
你是战斗的诗人

1986.8.9

5　童年

童年
是一支小河般欢乐的歌

童年
是一群扑翅争飞的小白鸽

童年
是一片天真烂漫的微笑

童年
是一片纯洁美丽的花朵

1987.1.10

6 无题

纷纭往事注心头，甘苦亦罢梦亦休。
从此凝情抒壮志，未许抱笔写哀愁。
雄鹰睥睨风云眼，骏马驰骋万里足。
誓将热血调丹青，悉心涂抹我春秋。

1992.10.9

7 无题

思入风云外，身囚斗室中。
极目向九霄，阴霾布正浓。
罡风有时至，愁云自会开。
他日扶摇上，春雷滚滚来！

1992.10.23

8 生活启示录

水泥上　不能诞生绿色
泥土上　却能孕育春花

让我做一抔朴实的泥土吧
去孕育红花绿草
生生不息

别让我做僵化的水泥
对生活冷漠无情
荒芜一生

1996.12.1

9 放飞

姹紫嫣红季节，风华正茂时候。
趁此万里春光，放飞平生追求！

1997.4.3

10 春水

潺潺下深涧，汩汩出幽林。
洒下一路歌，登上万里程。
我心如春水，洋溢不老情。
生命活泼泼，浇绿满园春。

1997.4.8

11 劲松

挺立天地间，啸傲风雨电。
撑开一片绿，笑看万重山！

1997.4.8

12 题照

人在红花下，花在绿树丛。
树在楼阁间，阁在水天中。

1997.5.7

13 有感

熙熙攘攘众生中，几个男儿是豪雄？
终生蜷缩陋室里，不敢击翼上苍穹！

1997.6.5

14 无题

烟花十分色，青春万里心。
有志揽日月，无力起风云！

1997.12.2

15 拿破仑

生于科西嘉
死于圣赫勒拿
曾经纵横欧陆
一时名扬天下

既败莫斯科
又败滑铁卢
可怜一代枭雄
不再风云叱咤

1997.12.6

16 河滩上

河滩上

一半麦绿
一半花黄

那是阳光闪烁的地方
那是芳草如茵的地方
那是野鸽纷飞的地方
那是河水汤汤的地方

河滩上
一半麦绿
一半花黄

那是少女寻春的地方
那是少年寻梦的地方
那是儿童踏浪的地方
那是歌声飞扬的地方

河滩上
一半麦绿
一半花黄

绿的 叫人心醉
黄的 令人神伤

1998.3.30

17　婆娑树

婆娑一株树,即是心中佛。
绿意娱眼目,生机撼魂魄!

1998.5.5

18　会亭湖观澜

碧波徐徐浪,清风缓缓吹。
借问会亭湖:柔情欲醉谁?

1998.6.16

19　月下漫步

群山暮色里,湖面波不惊。
抬头望苍穹,明月如故人。

1998.9.1

20　植佳木

植佳木兮高山
抗风云兮御严寒

植佳木兮水涯
舒绿叶兮吐红葩

植佳木兮幽谷
饮清泉兮友鸣禽

植佳木兮险峰
立大地兮拄苍穹

1998.11.6

21　大树

扎根大地,立身云中。
搏击风雷,笑傲苍穹!

1998.11.29

22　琴

生活
是一部奇妙的琴
你有着多么高超的智慧
就能演奏多么美妙的乐音

1998.11.29

23　三弦琴

人心中
有一把三弦琴

当你拨动"真"的时候
它叫你　直面人生

当你拨动"善"的时候
它叫你　怜惜生命

当你拨动"美"的时候
它叫你　创造生活

2000.1.24

24　春鸟

娇小玲珑身，翩翻飘忽影。
翠竹青林下，肆意弄妙音。

2000.2.18

25　鹰

翼上生闪电，眼底起风雷。
天赋凌云翅，安敢不雄飞！

2000.4.20

26　白鹭

是白色的闪电，是飞翔的云朵。
从蓝天上飘来，在碧波上降落。

得日月之精华，凌风雨而高歌。
比天仙还娇美，比浪花更活泼。

2000.4.20

27　大树

佛前修得不老身，白云清风若为邻。
寄身红尘无怨悔，繁花开罢撑绿阴。

2000.5.6

28　赠人

折花松林下，步月湖水边。
松林常青青，湖水长泛泛。
物事有本性，人情是故缘。
愿做水与木，清华到永远。

2001.3.29

29　柳源观鸟有感

从来诗家即佛家，爱山爱树更恋花。
水光云影鸟声里，一禅之悟到天涯。

2006.5.9

30　柳源听鸟

春秋佳日最宜晴，三生石上听鸟鸣。
柳源青青柳色里，长歌短吟到我心。

2006.8.4

31　柳源

人生何处看风景，三生石上最销魂。
柳源柳色青若梦，养我痴顽不老心。

2006.9.26

32　植树歌

我有嘉木，
赠之少女，
植于河曲。

五年之后，
枝叶婆娑，
翩翩起舞。

我有嘉木，
赠之少女，
植于山隅。

十年之后，
游戏其下，
其乐何如？

2007.11.30

33　无题

老夫行年四十春，尚存一片不老心。
跋山涉水寻幽去，一路莺花伴我行。

2008.4.8

34　无题

逢水我必观，逢树我必看。
观水能悟道，看树即参禅。
人生多庸碌，水木何清闲。
愿做水与木，修成世外仙。

2008.7.1

35　纪游

青云庵前看古枫，白云寺里访茶农。

绿野黄花碧山下，流水人家鸟声中。

2008.7.1

36 唐人写意

唐人精气神，风流冠古今。
妖艳三春花，飘逸九天云。
红颜善吹箫，童稚解操琴。
樵夫阅山色，舟子知水性。
酒徒醉高阁，骚客发狂吟。
游宦餐烟霞，头陀卧松阴。
乐工泣鬼魅，术士通幽灵。
歌舞随我意，挥洒任我情。
合是仙佛魔，偷来人间行！

2008.7.15

37 纪游

蝉声夹水声，古木垂绿阴。
树下溪石上，空谷卧幽人。

2008.7.28

38 柳门咏

高柳夹山溪，溪上潭水碧。
潭边可结庐，庐外即田地。
栽花还种菜，养鱼更喂鸡。
蝉鸟入窗户，云霞掩形迹。

2008.8.10

39 无题

登山不肯比山低，读书欲与古人齐。
男儿志行修到此，人生始可称得意。

2008.8.15

40 张家界·九寨沟

如果不到张家界去看山
就对不起你的那双眼睛
如果不到九寨沟去看水
就对不起你的那颗心灵

那两处的奇山异水
是天仙遗在人间的梦境
那山水的秀野幽媚
足以抚慰你的前世今生

2009.8.20

41 细冲村纪游

溪边合欢树，花开似红云。
村中人不识，相看又一春。

2010.8.9

42 郁王故事

郁王故事足风流，骚客何必苦吟讴。
才子难免狂士气，佳人本非淑女俦。
聚散离合云意思，阴晴圆缺月态度。
一段传奇标青史，后生休教枉白头。

2020.1.8

43 郁王故事

郁王故事太风骚，至今令人恨难消。
一双鸳鸯各飞散，富春江上景寂寥。

2020.1.11

44 柳源独步

日日登山不厌山，花朝月夕更流连。
天光树影张画本，鸡声鸟语动管弦。

2020.3.15

45 花村

桃花梨花杜鹃花，红红白白遍山崖。
田野鸟语兼人语，妇姑相唤忙采茶。

2020.3.22

46 花村

大山深处有花村，鸡声人语犹古音。
路口清池映老木，岩头红花笼白云。

2020.4.4

47 采茶人

日暮山谷鸟语喧，农家妇女采茶还。
穿林拂花六七人，布衣草帽笑开颜。

2020.4.7

48 山乡纪事

清明时节好风光，家家户户采茶忙。
妇姑呼朋引伴去，田头地角笑声长。

2020.4.8

49 林徽因

一枝香艳出红尘，色情才艺自天真。
翩然零落人间世，青史难掩是芳名。

2020.6.8

50 宋美龄

出云威凤入海龙，女儿本色男儿风。
纵横捭阖外交场，美人原来是英雄！

2020.9.12

51 无题

壮心已逐流年老，美景还随佳时来。
回首平生殊堪恨，千秋襟抱未曾开。

2020.11.14

52 赠友人

星月双眸窈窕身，顾盼生姿动我情。
何时觅得丹青手，图将伊人上画屏。

2021.2.3

53 赠友人

人间佳偶有几双，柴米夫妻最堪当。
神仙眷侣靠自修，何关老天点鸳鸯？

2021.2.5

54 赠友人

美人春风容貌，才子秋霜词笔。
世上若无恨事，天下哪得传奇！

2021.2.8

55 山中独步

一入深山不回头，人生能得几胜游？
嘉木幽泉奇沟壑，最与我心相绸缪！

2021.2.10

56 题照

美人容貌何辉煌，骚客文思费周章。
清词丽句任玲珑，怎奈国色与天香？

2021.2.12

57 醉中吟

阆苑仙葩李革英，精金美玉雕琢成。
春风秋月闲态度，云衣霓裳淡心神。
凡情俗事不挂目，浮名薄利岂关身。
人生修炼已若此，焉用烦言更语君。

2021.2.13

58 题照

美人毕竟是美人，荣华落尽风韵存。
容色犹见花面貌，情怀更显月精神。

2021.2.14

59 无题

诗语多半是痴语，语不痴时怎称诗。
诗入痴境是真境，人到真时是痴时。

2021.2.15

60 题照寄友人

美人意态本闲适，缘何花面含隐忧？
两眼不观身外事，双眉自锁心中愁。
气象犹见秋萧索，性情难掩春温柔。
我生无福消受伊，万般遗恨空悠悠！

2021.2.16

61 赠友人

平生自谓是山痴，山痴语尔尔岂知？
山川颇有精灵在，与我相期话幽思。

2021.2.16

62 无题

神仙岁月花眷属，凡夫俗子岂可求。
柴米油盐真夫妻，酒囊饭袋假朋友。

2021.2.16

63 自题小照

知君前生是山僧，不住城市爱山林。
一种痴顽存我性，十分朴拙葆天真。

2021.2.17

64 春晚山中散步作

莺莺燕燕燕燕莺，卿卿我我我我卿。
朝朝暮暮长相思，生生世世作情人！

2021.2.17

65 无题

我生一世草一春，但求活出精气神。
若得仙客成美眷，不辞风流作诗人！

2021.2.17

66 题照赠友人

一枝仙葩娇上春，十分颜色惊天人。
画手丹青骚客笔，百般写照不传神。

2021.2.18

67 蹉跎河

我呼伊名蹉跎河，蹉跎河水笑呵呵。
只为与我同命运，伊蹉跎时我坎坷！

2021.2.18

68 花下吟

阳光明媚气候温，山野樱花来报春。
十树百树千万树，如雪如霞复如云。
深涧幽壑自烂漫，岭头谷底还缤纷。
颜色娇艳真迷我，意态娉婷何动人！
本来性情本来命，不关人工不关神。
生生世世落复开，年年岁岁泥还尘。
开时有爱落无恨，为报天地造化恩。
人间有客远相访，秽我眼目恼我心。
呼尔俗子休攀折，我将我身保天真。
一身繁华一身寒，岂是尔辈可知闻！

今日下午三点余，为访樱花，独行山中。攀崖越岭，披荆斩棘，终得一睹芳容，欣悦何如？至一花树下，反复拍照，摄其精神，取其容色。花色悦我眼目，花容摇我心旌。遂坐花下石上，欣然赋诗，拟古人之风流，抒我生之怀抱，以奉我友一赏。

嗟夫！诗非上品，文亦末流，花虽不语，我情何堪！率尔成章，聊志一段风雅故事耳！

2021.2.18

69 无题

光阴匆匆去似箭，日月忽忽过如梭。
花开花落天消遣，年来年往人折磨。
世事翻覆云还雨，俗情得失悲又乐。
参透生死大机关，我不怜我谁怜我！

2021.2.20

70 燕栖亭独坐

日暮独坐燕栖亭，静听林外春鸟鸣。
人生如梦复如幻，唯有我心是真灵。

2021.2.20

71 生日自题

骚客老去未自伤，缓歌徐行度流光。
花香鸟语入耳目，春风秋月著篇章。
万卷诗书随我顾，一毫名利任人忙。
荣华富贵何庸俗，成败得失太荒唐！

2021.2.21

72 生日自题

五十又七颇高龄，回首前尘意气平。
吟诗只为抒雅志，看花聊将慰素心。
待人何曾假面目，处世自是真性情。
最喜老去有奇福，幸遇知己李革英！

2021.2.21

73 赏樱

闻说村野花事浓，邀得美女进山中。
美人玉手指点处，一树樱花分外红。

2021.2.21

74 生日自嘲

五十又七已是精，未成仙佛未通灵。
有家有室有儿女，无才无气无功名。
非农非士非工商，不贪不恋不钻营。
我自与我周旋久，周旋到底遂初心！

2021.2.22

75 生日自嘲

五十七龄真可惊，功名财气都不行。
饮酒徒然挠愁肠，折花何曾献美人。
读书亦且空怀恨，吟诗自是枉抒情。
问君此后怎度日，少看世态多观景！

2021.2.22

76 生日自嘲寄友人

五十又七犹天真，不问柴米只养心。
指点江山赏风月，激扬文字抒性灵。
花妖木客为同志，诗朋酒友作知音。
此乐难为俗子道，说与美人仔细吟！

2021.2.22

77 生日自嘲寄友人

土木形骸怀痴性，说出鬼神应骇惊。
有事无事游山水，没日没夜纵讴吟。
狂来只管抒我志，醉后免得闻人情。
如此生涯如此度，造物休得挠我心！

2021.2.22

78 生日自嘲寄友人

骚客才思未容禁，能入佛界可通灵。
妖魔鬼怪供劳力，风花雪月任调情。
识得古今闲人物，赚取天地好光景。
更有雅怀秉奇志，欲与造化说不平！

2021.2.22

79 生日自嘲寄友人

骚客穷途不哀吟，草草劳生殊称心。
已知世事颇无奈，孰料天公竟有情。
拂去幽恨作我我，赢得美人唤卿卿。
莫畏前程多歧路，且吟且歌从容行！

2021.2.22

80 题照

万方仪态柳起舞，两朵笑容花盛开。
欲写美人真风流，须是陈王八斗才！

2021.2.23

81 自画像

骚客老大更抱真，不教初心蒙红尘。
有时听曲遣幽怀，无事吟诗寄美人。
水边林际萧散影，花前月下闲适身。
造物知我羁不住，何妨放诞傲常伦！

2021.2.23

82 骚愁

骚客情怀亦太真，骚客牢愁亦何深。
赏花易逢折花客，吟诗难得解诗人。
痛哭天地不曾顾，悲歌鬼神如未闻。
著就经典传青史，此心惟愿说与君！

2021.2.23

83 骚愁

无端意绪方露头，无奈骚客动吟讴。
倦怠浮生梦里过，寂寞狂心天外游。
一种痴情何草草，百年恨事太悠悠。
美人悲泣千行泪，骚客痛赋万斛愁！

2021.2.23

84 诗狂

诗是文坛一女王，气质高贵貌辉煌。
抒情言志真善美，我生直欲为伊狂！

2021.2.23

85 看山

一种天性忒任真，不肯将心寄红尘。
俗子凡眼休看我，我惟看山不看人！

2021.2.23

86 花痴

花痴赏花不愧惭，花与我辈有奇缘。

尔自开时我自赏，尔我同病应相怜！

2021.2.23

87　花痴

人笑我痴亦真痴，寻花问柳还吟诗。
我有深恨谁识得，唯是奇花异卉知！

2021.2.23

88　自画像寄友人

凡胎俗骨颇自怜，一身清闲赛神仙。
若非吟风即弄月，不是临水便看山。
炎凉世态非关我，浮沉人生只由天。
淡泊宁静为真宰，成败得失是虚言！

2021.2.25

89　自画像

人生不苦也非甜，世途非窄自不宽。
天道有晴还有雨，我心无悲亦无欢。
参透成败大考老，看穿得失小神仙。
回首往昔殊平淡，放眼前程何等闲！

2021.2.25

90　山行

独来独往一痴人，看山看水入深林。
曲径蜿蜒上下路，好鸟啾啁远近音。
逢得怪石便坐卧，遇到奇花即讴吟。
最爱清泉出幽谷，汩汩流淌洗我心！

2021.2.25

91　赏茶花寄友人

我欲为君写风流，收尽春色遣笔头。
可堪人间千般好，无那心中万斛愁！

2021.2.26

92　自画像

鹄面鸠形土木偶，最爱登山独寻幽。
林中奇花当佳人，路边怪石作好友。
临水洗心照面目，看云识幻发吟讴。
一种痴情千秋在，半日不游百般愁！

2021.2.27

93　自画像

如痴似呆一木偶，别样性情谁可俦？
贪杯非作假蕴藉，恋花才是真风流。
迷梦人生看难破，幻影世象参岂透？
保持本色纵天性，得闲便作逍遥游！

2021.2.27

94　无题

自谓平生颇离奇，功名利禄不在意。
赏花无喜亦无忧，饮酒非缓亦非急。
万事且凭天操作，一身任从我游戏。
莫遣此心成辜负，寻欢作乐休迟疑！

2021.2.28

95　观音湖

观音湖上雨蒙蒙，山光水影别样浓。
何时扁舟载美人，荡漾诗情画意中？

2021.2.28

96　卿卿

卿卿卿卿复卿卿，无奈遭际伤我心。
空有闭月羞花貌，不逢怜香惜玉人。
锦绣年华亦已矣，风雅怀抱竟何云。
幽愁深恨独付我，良辰美景一任君！

2021.3.2

97　美人吟

天生一双美人眼，看山看水心自闲。
花开花落不惊宠，云起云消随变幻。
得失浮沉从颠倒，成败荣辱任循环。
悲欢离合何足道，酸甜苦辣亦自甘。

2021.3.2

98　生日赋

骚客老大未嗟呀，不惊无宠度岁华。
有时读书还植树，终年游山复看花。
功名富贵付他人，诗词歌赋存自家。
世事任从多翻覆，得闲何妨喝杯茶。

2021.3.3

99 寻芳

野客寻芳山村里，篱落人家花满蹊。
隔水数树开如雪，几声幽鸟抒鸣笛。

2021.3.4

100 夭桃

一树夭桃飞红云，多少游客曾访寻。
只今无端遭砍伐，辜负我辈看花心！

2021.3.4

101 水边人家

一户人家临水居，种茶养鸡复养鱼。
春朝饮茶观鱼跃，秋夕食鱼数鸡雏。

2021.3.5

102 山行

春日芳菲动游兴，美女名曲伴同行。
幽鸟探头探脑窥，险径缩手缩脚经。
触目花光人面映，入耳风声天籁鸣。
时立断崖敞怀抱，舒我望眼寄豪情！

2021.3.7

103 山村观景

春晚漫步到农家，一杯清茶话桑麻。
隔河秾李飞白雪，临水夭桃吐红葩。

2021.3.9

104 春景

春日赏景到山乡，触目尽是好风光。
河畔桃李红衬白，垄上油菜绿映黄。

2021.3.9

105 村野漫步

有客得余闲，漫步村野间。
鸟鸣青山坳，人行黄花川。
古木舒绿叶，老屋升碧烟。
温风自习习，流水还涓涓。

2021.3.11

106 春游

菜花时节原野黄，红男绿女赏风光。
三三两两相嬉笑，不知步入画中央。

2021.3.12

107 自嘲

丈夫挺立天地间，任凭沧海变桑田。
控住心猿心神静，套定意马意气闲。
世途自古多险阻，人生从来少平安。
不因得失计成败，岂将离合作悲欢！

2021.3.12

108 山乡春色

山乡二月色彩浓，人家掩映画图中。
油菜黄时李花白，园畦绿处桃花红。

2021.3.18

109 鸟鸣涧听鸟

鸟鸣涧里鸟语喧，如歌如吟如管弦。
又似春花千万朵，姹紫嫣红开心田。

2021.3.24

110 鸟鸣涧听鸟

鸟鸣涧里春鸟鸣，叽叽咕咕复嘤嘤。
一部鼓吹奏天乐，洗得尘心彻底清。

2021.3.24

111 春日

一点两点潇潇雨，三阵四阵瑟瑟风。
五家六家柳色黄，七里八里杏花红。

2021.3.30

112 自画像

骚客襟抱含天性，是俗是雅倩谁评。
读史吟诗喜夜雨，赏花怀人爱朝晴。
世事不辨真共假，生涯岂计利与名。
俯仰之间自可乐，谈何醒醉并浊清。

2021.4.1

113　春景

叠叠鱼儿浪，剪剪燕子风。
处处春草绿，家家桃花红。

2021.4.3

114　无题

处世格局宜宏阔，为人气度须开张。
宇宙万象皆齐观，天地一体同等量。
眼前俗事莫纠结，心头初衷别遗忘。
争名夺利真可笑，拜相封侯只堪伤。

2021.4.4

115　清明

暖日和风度清明，鸟语花香草菁菁。
谁家儿女扫墓归，手持红芳笑盈盈。

2021.4.4

116　自画像

骚客无思虑，动静任自然。
酒醉即吟诗，兴来便登山。
畏闻俗客语，羞见美人颜。
但求身心适，岂计岁与年。

2021.4.4

117　自画像

骚客意趣别群伦，惊世骇俗不自禁。
赏花唯恐花笑我，观鸟偏喜鸟依人。
得失何用青白眼，荣辱难动本初心。
碌碌浮生等闲度，岂容名利劳精神！

2021.4.6

118　无题

人生忧患在身心，身体易衰心难平。
欲求身心俱康乐，须是修得好德行。

2021.4.7

119　看山有感

骚客春朝入山林，赏景归来感慨深。
山中佳木多病树，世上美女少福人。

2021.4.8

120　山行

骚客山行遣幽情，草色花光迷性灵。
林外青蛙咕咕叫，树头春鸟叽叽鸣。

2021.4.9

121　无题

骚客至性忒赤诚，自将痴迷伤劳生。
天上人间真无奈，花前月下又何曾。
献诗寄情枉碌碌，倾心吐胆空耿耿。
憾事种种可平复，唯有此恨最折腾！

2021.4.9

122　自嘲

行所当行不可止，止其宜止不可行。
白日无妨醉里过，黑夜应须醒中经。
人事本自是他事，世情何必如我情。
宠柳娇花休访问，清风明月且管领。

2021.4.9

123　登山采茶

山中绿绿青青树，林下红红白白花。
一路野鸟殷勤唤，相伴农妇去采茶。

2021.4.11

124　农家

春晚散步到农家，老翁敬烟复奉茶。
引领屋侧菜地里，指点芍药牡丹花。

2021.4.11

125　无题

大块暂寄百年身，土木形骸何足云。
来似电光空见影，去如石火不留痕。
参透我心我非我，勘破人情人是人。
蜉蝣生涯短即长，蝴蝶梦幻假还真。

2021.4.13

126　寄美人

苍天造物用意深，说与俗子骇听闻。
身无傲骨假名士，心有奇香真美人。

2021.4.15

127 在时光里

在时光里，
我们慢慢老去。
一分一秒，
一点一滴。

在时光里，
我们慢慢老去。
在花之朝，
在雨之夕。

在时光里，
我们慢慢老去。
沐着春风，
走过冬季。

在时光里，
我们慢慢老去。
有过哀痛，
有过欣喜。

在时光里，
我们慢慢老去。
曾经感慨，
未尝叹息。

在时光里，
我们慢慢老去。
未负他人，
无愧自己。

在时光里，
我们慢慢老去。
你搀着我，
我扶着你。

在时光里，
我们慢慢老去。
相亲相爱，
不离不弃。

在时光里，
我们慢慢老去。
像两棵花树，
你望着我，
我守着你。
根柢相连，
枝叶相依。

在时光里，
我们一起老去。
你成了我，
我成了你。
我们的名字，
叫做——
夫妻！

2021.4.17

128 无题

情分忽去情是假，缘会自来缘乃真。
从今不做赏花客，到底仍为看山人。
身处梦境大可梦，心游神域便能神。
劳倦形骸且安逸，忠直肝肠须轮困。

2021.4.17

129 寄美人

一代佳人李革英，骚客心头好风景。
赏花堪比花王艳，望月当如月华清。

2021.4.18

130 无题

苍天造物意思深，唯有灵心始通神。

能爱山色即名士，可解花语真美人。

2021.4.19

131 无题

渺茫世事多真假，梦幻生涯常错差。
佳人颜色空中月，才子意思雾里花。
有情何方不能寄，无心随处都是家。
明白糊涂俱非计，成功失败且由它。

2021.4.21

132 无题

造化乘除异常伦，凡夫俗子须识真。
骚客最是失意客，美人多为薄命人。
栽花插柳随处见，种瓜得豆有时闻。
寄语世上名利士，随波逐流好安身！

2021.4.21

133 无题

骚客本性难谐俗，岂与流辈竞奢华。
读书常共高士语，吟诗但求美人夸。
支离形体谋活计，漫浪情怀度生涯。
闲来独步深林下，静听幽鸟啼落花。

2021.4.22

134 无题

骚客意思亦奇葩，不羡名利恋物华。
木石无语最宜我，花鸟有情更爱它。
观水权当闲事业，游山聊作真生涯。
吟风弄月抒性灵，别有会心自可佳。

2021.4.22

135 无题

流俗由来对还错，传奇自古假成真。
错对表面无霄壤，真假内里有毫分。
骚客常为秋风客，美人多是锦屏人。
物理犹且同天理，我心何妨共他心。

2021.4.23

136 无题

世间灵物属我辈，俗子凡夫莫比量。
骚客雅抱蕴奇志，美人芳心含异香。
琢磨小事知大事，推敲无常识有常。
悲欢离合歌三叠，富贵荣华梦一场。

2021.4.23

137 无题

人生本无迷，物理却有机。
水到深时浅，山向高处低。
花未开已落，云才消便起。
我生且随缘，安分莫相疑。

2021.4.23

138 山水

骚客情趣亦罕见，独于山水结奇缘。
山极高处心自乐，水至清时意更怜。

2021.4.24

139 农家芍药花

农家门前芍药花，绿衣红唇如仙娃。
风流妩媚含巧笑，解语贵妃奈何她？

2021.4.28

140 自嘲

萧萧散散一骚人，山水窟里寄吟身。
风月任凭眼前过，不许俗客到吾门。

2021.5.20

后　记

抽著《千联经典》在编著过程中，得到了周学林、汪竹林、汪杉林、胡长浩、高爱武（沧州）、胡斌周、胡明周、阳全洲、周小庆、吕光明、周小刚、王凯先生，以及刘玉兰（青岛）、李革英、汪金花、欧阳莲、汪金霞、刘雯、杨含慧、孙雅迪女士莫大的关心和帮助。在此，对以上各位一并表示衷心的感谢！

《千联经典》的编写，参阅了一定数量的网络资料。对那些未曾谋面的同志的辛勤劳动，致以诚挚的谢意！

胡春芳

二〇二一年五月十二日　于春晓庐